W0029191

ullstein

Das Buch

Psychiaterin Nathalie Svensson wird von der Polizei nach Sundsvall gerufen. Dort sind zwei Ärzte aus dem Krankenhaus verschwunden. Kurz darauf wird die Leiche von Thomas Hoffman, einem der beiden Vermissten, gefunden. In seinem Hals steckt ein Dominostein, und auf seinem Rücken finden sich merkwürdige Male. Die einzigen Spuren von seinem Kollegen Oberarzt Erik Jensen: sein Namensschild und ein Dominostein. Kommissar Johan Axberg, Eriks bester Freund, setzt alles daran, ihn mit Nathalies Hilfe noch rechtzeitig zu finden.

Nathalie hat ebenfalls ein persönliches Interesse an dem Fall, denn ihre Schwester Estelle kannte Erik Jensen gut, und sie ist auch die letzte Person, die ihn lebend gesehen hat. Könnte sie etwas mit den Verbrechen zu tun haben?

Der Autor

Jonas Moström wurde 1973 geboren. Er begann während seiner Elternzeit damit, an seinem ersten Roman zu arbeiten, der 2004 erschien. *Dominotod* ist der zweite Teil der erfolgreichen Krimiserie aus Schweden um Psychiaterin Nathalie Svensson.

Von Jonas Moström sind in unserem Hause erschienen:
Aus der Nathalie-Svensson-Reihe:
So tödlich nah
Dominotod

JONAS MOSTRÖM

Dominotod

KRIMINALROMAN

Aus dem Schwedischen
von Dagmar Mißfeldt und Nora Pröfrock

Ullstein

Besuchen Sie uns im Internet:
www.ullstein-taschenbuch.de

Deutsche Erstausgabe im Ullstein Taschenbuch
1. Auflage Dezember 2017
© für die deutsche Ausgabe Ullstein Buchverlage GmbH, Berlin 2017
© Jonas Moström, 2015
First published by Lind & Co, Stockholm, Sweden
Titel der schwedischen Originalausgabe: *Dominodöden*
Umschlaggestaltung: zero-media.net, München
Titelabbildung: © FinePic®, München (Struktur und Ast);
plainpicture/© SuzetteBross (Haus)
Satz: LVD GmbH, Berlin
Gesetzt aus der Kepler und Helvetica
Druck und Bindearbeiten: CPI books GmbH, Leck
ISBN 978-3-548-28892-5

Personen

Nathalie Svensson, 45 Jahre. Psychiatrische Oberärztin an der Uniklinik Uppsala, Schwedens führende Expertin für Psychopathen und neuerdings auch Mitglied der Einheit für operative Fallanalyse (OFA) des Zentralkriminalamts, mit der sie die örtliche Kriminalpolizei im ganzen Land bei der Aufklärung schwerer Gewaltverbrechen unterstützt. Nathalie hat sich kürzlich von dem Anwalt **Håkan Svensson** scheiden lassen, mit dem sie zwei Kinder hat: **Gabriel**, 8 Jahre, und **Tea**, 6 Jahre.

Sonja Nilson, 67 Jahre. Nathalies wein- und martiniselige Mutter, die sich abwechselnd der Fotografie und diversen Wohltätigkeitsprojekten mit ihren Freundinnen vom Lions Club widmet.

Victor Nilson. Nathalies Vater, der in *So tödlich nah*, dem ersten Teil der Serie, ums Leben kommt.

Estelle Ekman, 43 Jahre. Nathalies jüngere Schwester, die vor neun Jahren nach einem abrupten Bruch mit der Familie nach Sundsvall gezogen ist, wo sie als Krankenschwester in der

Chirurgie arbeitet. Verheiratet mit dem Trabrennpferdebesitzer **Robert Ekman**.

Louise af Croneborg. Nathalies beste Freundin aus dem Medizinstudium in Uppsala, die eine Praxis für plastische Chirurgie im Stockholmer Strandvägen betreibt. Ehemals verheiratet mit dem Kriminalhauptkommissar **Frank Hammar**, der nach der Scheidung Interesse für Nathalie zeigt.

Ingemar Granstam, 61 Jahre. Ein behäbiger Nordschwede, der die OFA-Einheit leitet und aufgrund seines Körperbaus, eines beeindruckenden Schnäuzers und seiner unerschütterlichen Gerechtigkeitsliebe den Spitznamen »Walross« trägt.

Tim Walter, 22 Jahre. Kriminaltechniker und jüngstes Mitglied der OFA-Einheit, dem Tabellen und Verhörprotokolle weitaus weniger zu schaffen machen als der Umgang mit Menschen.

Angelica Hübinette, 55 Jahre. Die knallharte und kompetente Gerichtsmedizinerin der Einheit. Lässt sich eher von Kostümfilmen und romantischen Komödien rühren als von Obduktionen.

Kriminalhauptkommissar **Johan Axberg**, 40 Jahre. Leiter der verdeckten Ermittlung und Lebensgefährte der Fernsehreporterin **Carolina Lind**, 37 Jahre. Die beiden haben einen anderthalbjährigen Sohn namens **Alfred**.

Oberarzt **Erik Jensen**, 40 Jahre. Johans einziger enger Freund, der sich gerade von **Sara Jensen** getrennt hat. Die ehemalige

Hausfrau ist mittlerweile Erfolgsautorin und hat ein Verhältnis mit ihrem Literaturagenten **José Rodriguez**. Erik und Sara haben zwei Töchter: **Sanna** und **Erika**, 8 und 10 Jahre alt.

Rosine Axberg, 88 Jahre. Johans Großmutter, die auf der Insel Frösön lebt und ihn großgezogen hat, nachdem er mit zwölf seine Eltern bei einem Verkehrsunfall verloren hat.

Prolog

Hätte er gewusst, dass dies das letzte Omelett seines Lebens würde, wäre er bei der Zubereitung vielleicht etwas bemühter gewesen. Doch nach dem langen Arbeitstag war er müde und hungrig, und da nahm er es mit der Sorgfalt nicht so genau. Sie kümmerte sich ohnehin nicht um ästhetische Details, erst recht nicht, wenn sie krank war.

Seit neun Tagen und Nächten hatte sie nun schon diesen Husten. Er hatte es auf ihre hartnäckige Erkältung geschoben, die sich auf die Bronchien gelegt hatte. Sie hingegen war der Meinung, der ungewöhnlich starke Pollenflug verschlimmere ihr Asthma. Wie immer hatte sie recht gehabt: Nachdem sie gestern Kortisontabletten verschrieben bekommen hatte, ging es ihr schon etwas besser. Bald war sie hoffentlich wieder gesund und ganz die Alte.

Im Moment kam er mit der Arbeit kaum hinterher, sosehr er sich auch in jeder wachen Minute ins Zeug legte. Es gab einfach zu viel zu tun, wie jedes Frühjahr.

Während er darauf wartete, dass das Teewasser im Topf zu kochen begann, schaute er hinaus in den Regen. Der unvorhersehbare Weg der Regentropfen über die Fensterscheibe verstärkte seine innere Unruhe nur. War zwischen ihnen alles in Ordnung? In den letzten Wochen war sie so launisch und gereizt gewesen. Liebte sie ihn nicht mehr? Hatte er irgendetwas Falsches gesagt oder getan? Wie sehr er sich auch den Kopf zerbrach, ihm wollte einfach nichts einfallen, und trotzdem wusste er, dass genau das, was er nicht sagte oder tat, sie oft am meisten auf die Palme brachte.

Das Wasser im Topf warf die erste Blase auf. Er goss es in ihre Lieblingstasse, legte einen Beutel Kamillentee hinein und gab zwei Stücke Zucker hinzu. In der Küche kamen ihm seine Hände grob und ungeschickt vor, aber darüber durfte er vor ihr kein Wort verlieren. Sie legte großen Wert auf Gleichberechtigung in ihrer Beziehung.

Er stellte Tasse und Teller strategisch auf das Tablett und machte sich damit auf den Weg in die obere Etage. Als die erste Treppenstufe knarrte, kam erneut Unruhe in ihm auf. War es nicht ungewöhnlich still dort oben? In den zehn Minuten seit seiner Ankunft konnte sie doch nicht schon eingeschlafen sein, sie hatte ihn doch noch mit einer Umarmung begrüßt.

Er rief ihren Namen. Keine Antwort, nur das Geräusch seiner Wollsocken auf dem Kiefernholz und das Prasseln der Regentropfen auf dem Dachfenster, das er nach der letzten Frostperiode eingebaut hatte. Sie ist wohl doch eingeschlafen, redete er sich ein und ging weiter die Treppe hinauf.

Oben schlug ihm das Herz bis zum Hals. Noch einmal rief er nach ihr. Wieder keine Antwort. Er verzog das Gesicht, als etwas Tee aus der Tasse schwappte und über seinen Daumen lief. Er hatte sie zu voll gemacht, das passierte ihm sonst nie – nur ein weiterer Beweis dafür, wie nervös er war.

Die Zimmertür war angelehnt. Ein kalter Luftzug kroch

über den Boden, so als stünde ein Fenster offen. Vielleicht brauchte sie ja frische Luft, aber bei Regen das Fenster zu öffnen sah ihr eigentlich nicht ähnlich. Er schob die Tür mit dem Fuß auf, vorsichtig, für den Fall, dass sie tatsächlich schlief.

Der Anblick, der sich ihm dann bot, traf ihn wie ein Schlag ins Gesicht.

1

SUNDSVALL,
SAMSTAG, 3. MAI

»Das ist also in den kommenden Tagen unser Arbeitsplatz«, sagte Ingemar Granstam, Leiter der zentralen Einheit für Operative Fallanalyse, und guckte durch die Windschutzscheibe.

»Ja«, bestätigte der 22-jährige Kriminaltechniker Tim Walter, ein echter Überflieger, der mitten auf dem Rücksitz saß. »Die Stadt hat 50 780 Einwohner, die ganze Gemeinde fast doppelt so viele.«

Tim drehte den Schirm seiner Baseball-Cap zur Seite und fügte mit einem überheblichen Grinsen hinzu: »Und *einen* Täter, für den wir bald ein Profil haben, damit er hier nicht mehr lange frei rumläuft.«

»Seien Sie sich da mal nicht so sicher«, erwiderte Granstam und überholte einen Holztransporter. »Das ist der merkwürdigste Fall, der mir jemals untergekommen ist.«

»Dabei müsste das doch inzwischen Ihr siebenunddreißigster mit der OFA-Einheit sein, oder?«, fragte Nathalie Svensson neben ihm auf dem Beifahrersitz.

»Stimmt genau«, sagte Granstam mit Nachdruck. »Der

sechzehnte außerhalb von Stockholm, der erste in Sundsvall. Manchmal komme ich mir vor wie Nils Holgersson, nur dass wir hier auf den Spuren des Todes durch Schweden reisen.«

»Und jetzt geht es ins Chicago von Nordschweden«, sagte Walter amüsiert. »Stimmt es, dass Sie bisher nur einen Fall nicht aufklären konnten?«

»Ja«, sagte Granstam, und seine Miene verfinsterte sich.

»Dieser Serienmörder namens …«

»Ich will nicht darüber reden«, schnitt Granstam ihm das Wort ab. »Konzentrieren wir uns lieber auf die anstehende Ermittlung.«

Eine Weile herrschte Schweigen in dem schwarzen BMW. Nathalie betrachtete den Rauch, der von den Fabriken am Meer landeinwärts über Sundsvall zog und sich wie ein Deckel zwischen den beiden Stadtbergen über den Ort legte. Für sie war es der zweite Einsatz mit der OFA-Einheit. Als führende Expertin für Psychopathen hatte sie um Weihnachten herum bei der Überführung eines Serienvergewaltigers in Malmö geholfen. Sie hatte sich gefreut, dass Ingemar Granstam sie auch weiterhin in der Einheit haben wollte, selbst wenn die Umstände im Moment nicht die glücklichsten waren.

Erst Freitag hatte sie mit ansehen müssen, wie ihr Vater ums Leben gekommen war. Die Bilder und Geräusche dieses Vorfalls ließen sie nicht los, sie schnitten ihr in Leib und Seele wie die Splitter der Fensterscheibe, die er durchstoßen hatte. Ungeachtet des Schmerzes konnte sie das Geschehene nach wie vor nicht fassen.

Sonja, ihre Mutter, war nach einer lebensbedrohlichen Vergiftung gerade noch einmal dem Reich der Toten entkommen. Inzwischen befand sie sich wieder in ihrem Haus im Süden von

Uppsala, wohlbehütet von ihren Freundinnen, so dass Nathalie es als vertretbar empfunden hatte, sie dort zurückzulassen. Länger als einen Tag wäre sie ohnehin nicht unterwegs. Morgen Abend um sieben musste sie die Kinder bei Håkan abholen. Was auch immer geschehen würde, bis dahin wäre sie allerspätestens zurück in Uppsala. Wenn sie sich nicht an die Abmachung hielt, würde Håkan das eiskalt im Sorgerechtsstreit gegen sie verwenden. Vor allem aber wollte Nathalie Tea und Gabriel vom Tod ihres Opas erzählen, bevor Håkan sich womöglich »aus Versehen« verplapperte. In der Presse war zum Glück nur die Rede davon gewesen, dass der bekannte Geschäftsmann und Verfechter von Gleichberechtigung Victor Nilson bei einem Sturz ums Leben gekommen war.

Nathalie öffnete ihre italienische Lacklederhandtasche, holte den Taschenspiegel heraus und strich sich die Augenbrauen zurecht. Neben dem Täterprofil, das zu erstellen war, gab es noch einen weiteren Grund, warum Granstam sie an diesem Tag dabeihaben wollte: Die Polizei in Sundsvall hatte einen außerordentlich gestörten Psychopathen festgenommen, den Nathalie verhören sollte. Die Anfrage hatte ihr natürlich geschmeichelt, doch in Hinblick auf die jüngsten Ereignisse und ihre Verantwortung den Kindern gegenüber war ihr die Entscheidung alles andere als leichtgefallen. Was sie schließlich zum Mitfahren bewogen hatte, war der Anruf ihrer jüngeren Schwester Estelle heute früh gewesen, die sie gebeten hatte zu kommen.

Sie hatte Estelle nun schon seit fast drei Jahren nicht mehr gesehen, und das Gespräch mit ihr hatte sie gleichermaßen gefreut, neugierig gemacht und beunruhigt. Sie wusste, dass ihre Schwester sowohl als Zeugin als auch als Geliebte eines der beiden verschwundenen Ärzte in den Fall verwickelt war. Granstam hatte die Verdachtsmomente gegen Estelle zwar heruntergespielt, Nathalie wusste aber, dass er sie nur beruhigen wollte. Am Telefon hatte ihre Schwester nicht näher erklärt, warum Nathalie nach Sundsvall kommen sollte. Sie hatte nur gesagt, dass sie der Polizei nicht vertraue, alles ziemlich verfahren sei und sie Unterstützung brauche. Ihre Stimme hatte so angespannt und fremd geklungen, wie Nathalie es von ihr nicht kannte.

Sie brannte darauf zu hören, warum Estelle vor neun Jahren so abrupt mit der Familie gebrochen hatte. Ihre bisherige Erklärung lautete, dass sie einfach ihr eigenes Leben führen, mal etwas Neues ausprobieren wollte. Nathalie hatte schon immer das Gefühl gehabt, dass das nur die halbe Wahrheit war, aber da auf ihre wiederholten Nachfragen immer dieselbe Antwort gekommen war, hatte sie die Erklärung irgendwann akzeptiert. Die Ereignisse der letzten Tage hatten jedoch ein neues Licht auf Estelles überstürzten Aufbruch geworfen. Man brauchte kein psychiatrisches Fachwissen, um zu vermuten, dass Estelle von dem unbegreiflichen Doppelleben ihres Vaters gewusst hatte. Die Frage war nur, wie viel. Und die unangenehmste aller Fragen lautete: War sie seinen Machenschaften womöglich ebenfalls ausgeliefert gewesen?

Ingemar Granstam zwirbelte seinen Schnäuzer zwischen den Fingern und hielt vor einer roten Ampel am Rande des Zentrums. Es war Viertel vor zwei, und die Häuser und Straßen waren in ein graues Licht getaucht. Die Spitzen und Türme der Stadt waren von Nebel umhüllt, das Meer lag ruhig und glänzend da wie eine Platte Aluminium.

»Um zwei treffen wir Hauptkommissar Johan Axberg, der uns mit dem Fall vertraut machen wird«, sagte Granstam und gab Gas, sowie die Ampel auf Gelb umsprang. »Wir fahren direkt zum Polizeigebäude, im Hotel einchecken können wir auch später noch.«

»Wo wohnen wir denn?«, wollte Tim Walter wissen.

»Im Knaust«, antwortete Granstam.

»Wo die Holzbarone früher logiert haben.« Tim grinste und schob sich seine Baseball-Cap zurück in die Stirn. »Wussten Sie, dass einer von ihnen die Marmortreppe im Foyer auf einem Pferd hochgeritten ist?«

»Ja, davon habe ich gehört«, sagte Granstam, schien jedoch in Gedanken bereits woanders zu sein.

Nathalie wusste, dass er genau wie sie während der Fahrt die spärlichen Informationen verarbeitete, die sie über den Fall erhalten hatten. Zu den internen Übereinkünften der Einheit gehörte unter anderem die Abmachung, keine Spekulationen anzustellen. Für ein brauchbares Täterprofil war es wichtig, den Tatort zu betrachten und zu versuchen, sich dort in das Denken, Fühlen und Handeln des Täters hineinzuversetzen. Voreilige Schlüsse behinderten die Arbeit oder führten auf falsche Fährten. In diesem Punkt kannte Granstam kein Pardon.

»Ich freue mich schon auf das Frühstücksbuffet«, sagte Tim und tippte auf sein iPad. »Scheint ja ein nettes Hotel zu sein.«

Nathalie musste noch einmal an Estelles Angebot denken, dass sie auch bei ihr, Robert und den Kindern übernachten könnte. Instinktiv hatte sie es abgelehnt. Granstam wäre sicher nicht sehr begeistert gewesen, außerdem lautete die Lehre der vergangenen vierundzwanzig Stunden, dass sie niemandem vertrauen konnte – nicht einmal den Menschen, die sie vermeintlich am besten kannte.

Sie fuhren ins Zentrum. Stolze Gründerzeithäuser reihten

sich in die typische Bebauung einer mittelgroßen Stadt ein, deren sämtliche Gebäude aus Stein waren.

»Wussten Sie, dass neunundneunzig Prozent der Bevölkerung durch den Stadtbrand 1888 obdachlos wurden?«, fragte Tim Walter und legte das Tablet beiseite. »Das war im Übrigen der größte Brand, den wir hierzulande jemals hatten. Die Drachenskulpturen an den Straßenecken dienen als Wächter und sollen die Stadt vor neuen Bränden schützen ...«

Nathalie und Granstam wechselten flüchtige Blicke, und Nathalie sah Tim an. »Danke für die Informationen, Tim. Ich wünschte, ich hätte Ihr Gedächtnis, dann hätte ich im Medizinstudium nicht so viel büffeln müssen.«

Mit einem zufriedenen Gesicht lehnte Tim sich zurück und legte die Arme auf die Rückenlehne. Als auf der linken Seite eine große rote Backsteinkirche hinter knospenden Birken und Ahornbäumen sichtbar wurde, warf Granstam einen Blick auf das GPS-Gerät.

»Jetzt sind wir bald da. Tim, Sie kennen doch sicher den Namen der Kirche, oder?«

»Gustav-Adolf-Kirche, auch gemeinhin als G2 bezeichnet«, antwortete Tim, ohne zu registrieren, dass er die Kollegen mit seinem Wissen eher amüsierte als beeindruckte.

Im Kreisverkehr am Olof Palmes torg nahm Granstam die linke Abzweigung und bog in die Storgatan ein. Auf der rechten Seite war zwischen Laubbäumen und Mietshäusern nun der Fluss Selångersån zu sehen, der parallel zur Storgatan durch die Stadt floss. Nathalie fiel auf, wie weit die Natur hier hinter dem Frühlingsausbruch in Uppsala zurücklag, doch dieser Eindruck konnte auch durch das graue, verregnete Wetter entstanden sein, das gerade für pollen- und insektenfreie Luft sorgte.

Das Polizeigebäude war ein braunes, vierstöckiges Backsteinhaus mit dicht aneinandergereihten Fenstern. Nathalie schob die Füße in ihre Pumps und zog ihren rechten BH-Träger hoch, der unter der pflaumenblauen Bluse über ihre Schulter gerutscht war. Sie sah noch einmal nach, ob Portemonnaie und Handy an Ort und Stelle waren, schloss ihre Handtasche dann sorgfältig und stieg aus – wie immer als Letzte.

»Bin ja mal gespannt auf Johan Axberg«, sagte Tim Walter.

»Ich auch«, stimmte Granstam zu und schloss den Wagen ab. »Axberg gehört zu den besten Ermittlern des Landes.«

»Hat er nicht auch den Terroranschlag auf das Musikfestival Storsjöyran diesen Sommer verhindert?«, fragte Nathalie.

»Stimmt genau«, sagte Granstam und drückte mit schmerzverzerrter Miene den Rücken durch. »Aber er kann ein bisschen eigenwillig sein, war eine Weile suspendiert und hatte ein Disziplinarverfahren am Hals, nachdem er vor zwei Jahren den Exmann seiner Freundin niedergeschlagen hat. Er wurde zwar freigesprochen, aber wie heißt es doch so schön ...«

»Wo Rauch ist, ist auch Feuer?«, schlug Tim vor und hängte sich die Schultertasche mit den drei Laptops um.

»Das wollte ich eigentlich nicht sagen, aber egal«, murmelte Granstam und trottete auf den Eingang zu.

Nathalie sah ihren jungen Kollegen streng an. Er wusste genauso gut wie sie, dass Granstam vor kurzem erst aufgrund eines Disziplinarverfahrens vom Dienst suspendiert worden und dies sein erster großer Fall seit über einem Jahr war. Ein gewisses Maß an Feingefühl konnte man wohl selbst von einem Menschen erwarten, dessen Gehirn zu neunzig Prozent mit dem Abrufen von Zahlen und scheinbar bedeutungslosen Buchstabenkombinationen beschäftigt war.

Vor dem Eingang blieb Ingemar Granstam stehen, drehte sich schwerfällig zu seinen Kollegen um und fuhr sich mit der Hand über den kahlen Kopf.

»Und denken Sie daran, die örtlichen Ermittler sind nicht gerade begeistert über unser Kommen. Ihr Leiter, Polizeidirektor Ulf Ståhl, hat uns hergebeten.«

»Die Provinzbullen müssen hier wohl ihr Revier markieren«, sagte Tim grinsend zu Nathalie, als sie durch die Glastür gingen.

Nathalie erwiderte das Lächeln nicht. In Gedanken hörte sie noch einmal die Angst in Estelles Stimme, ihre verkrampfte Bitte um Hilfe.

2

Da sind sie also, dachte Kriminalhauptkommissar Johan Axberg mit einem Seufzen. Er stand am Fenster seines Büros im dritten Stock des Gebäudes und sah das Trio vom Zentralkriminalamt auf den Eingang zukommen. Hauptkommissar Granstam, das legendäre »Walross aus Kiruna«, kannte er bereits aus den Medien, die kurvenreiche Frau mit dem langen braunen Haar und den Typen mit der Schirmmütze sah er allerdings zum ersten Mal. Ganz unbekannt kam sie ihm jedoch nicht vor.

Er ging zum Schreibtisch und warf die leere Packung Nikotinpflaster in den Papierkorb. Nach kurzem Zögern stellte er auch das Foto von Carolina und Alfred in den Kleiderschrank. Er hatte sich bereit erklärt, die Neuankömmlinge in seinem Büro in den Fall einzuweisen, und wollte vor ihnen nicht sein Privatleben zur Schau stellen. Wer wusste schon, welche Schlüsse die Fallanalytiker aus einem stinknormalen Familienfoto ziehen würden? Seine übertriebene Skepsis rang ihm ein schiefes Lächeln ab, aber es ärgerte ihn immer noch, dass Polizeidirektor Ståhl so schnell um externe Hilfe gebeten hatte. Johan hatte immerhin zur Aufklärung der meisten Morde in diesem Land beigetragen, wenn man Granstam mal außen vor ließ. Das hier war nun zwar sein erster Mordfall, seit er nach Weihnachten aus dem Vaterschaftsurlaub zurückgekommen war, doch er und sein Team wären ganz sicher auch allein zurechtgekommen.

Er trank drei Schlucke kaltes Wasser direkt aus dem Hahn und ermahnte sich zu positivem Denken. Jetzt kam es einzig und allein darauf an, dass Erik gefunden wurde. Die Nachricht von seinem Verschwinden war ein Schock gewesen, und die Parallele zu dem Psychiater, dessen Leiche gestern auf Alnön gefunden wurde, war offensichtlich. Seither hatte Johan an nichts anderes mehr denken können. Carolina beschwerte sich schon darüber, dass er noch geistesabwesender war als sonst, auch wenn sie seine Sorge um Erik teilte. Das Einzige, was ihn den Fall zwischendurch mal vergessen ließ, war Alfreds Freude über einen neuen Entwicklungsschritt, das nächtliche Geschrei des kleinen Räubers hingegen war im Moment das Letzte, was er bei seinem ohnehin schon bis zur Sinnlosigkeit gestörten Schlaf gebrauchen konnte.

Johan wischte sich den Mund mit dem Handrücken ab und überlegte, ob er den Fallanalytikern sagen sollte, dass Erik sein bester Freund war. Er beschloss, erst einmal abzuwarten. Erfahrungsgemäß würden die Hauptstadtkollegen vermutlich wenig Verständnis dafür haben, dass man hier draußen in der

Provinz nun mal nicht darum herumkam, auch in Verbrechen gegen Freunde und Angehörige zu ermitteln.

Das Telefon klingelte. Monika Roos von der Rezeption teilte ihm mit, dass die Kollegen vom Zentralkriminalamt da seien. Er bat sie, die drei hinaufzuschicken, und machte sich auf den Weg zu den Aufzügen.

3

»Dritter Stock«, sagte die metallische Stimme, als der Aufzug schwerfällig zum Stehen kam. Die Türen öffneten sich, und das Erste, was Nathalie auf dem Korridor sah, war ein Mann, der ihrem Blick begegnete und sie mit einer Art erstauntem Widerwillen anlächelte. Durch das kurze zerzauste Haar, den Dreitagebart und das tiefenentspannte Outfit, bestehend aus einem weiten Leinenhemd, schwarzen Jeans und abgetragenen Boots, hatte er einige Ähnlichkeit mit Frank, der allerdings nicht ganz so groß und schlank war wie der Mann vor ihr. Bei seinem Anblick musste sie unwillkürlich an den Wettschwimmer denken, mit dem sie nach der Scheidung von Håkan eine Zeitlang ausgegangen war. Etwas in seinen grünen Augen erregte ihre Aufmerksamkeit.

»Hallo, ich bin Hauptkommissar Johan Axberg.« Er streckte ihr die Hand entgegen.

»Nathalie Svensson«, sagte sie. »Und das sind meine Kollegen Ingemar Granstam und Tim Walter.«

»Damen begrüße ich immer zuerst, auch wenn ich natürlich weiß, dass sie nicht die Chefin in der Runde ist«, sagte Axberg lächelnd, als er Granstam und anschließend Walter die Hand schüttelte.

Nathalie musste innerlich seufzen. Dämliche Frauenwitze hatte sie gründlich satt, auch wenn die Bemerkung im Grunde harmlos war. Johan sah sie prüfend an.

»Sie haben ein bisschen Ähnlichkeit mit dieser Fernsehköchin, deren Sendung meine Freundin immer guckt, wie heißt sie noch gleich ... Backen mit Leila, oder?«

»Ja, das höre ich nicht zum ersten Mal«, sagte Nathalie lächelnd. »Leider bekomme ich nicht mal Muffins hin, ohne dass sie mir anbrennen.«

Johan nickte und wurde wieder ernst.

»Hier entlang«, sagte er und führte sie durch einen Korridor, der sich genauso gut in jedem beliebigen anderen Polizei- oder Verwaltungsgebäude hätte befinden können.

Sie betraten einen Raum mit Blick auf die Straße, in der sie soeben geparkt hatten. Hinter den hellen Mietshäusern auf der anderen Seite war der Selångersån zu erahnen, der sich wie ein blauschwarzer Wurm durch eine Allee knospender Linden schlängelte.

»Nehmen Sie Platz«, sagte Johan Axberg und deutete auf die Stühle, die auf der Besucherseite seines Schreibtisches aufgereiht waren. »Entschuldigen Sie die Unordnung, aber wie Sie sich denken können, geht es hier in letzter Zeit ganz schön rund.«

»Ja«, sagte Granstam und zwirbelte sich den Schnurrbart. »Am besten kommen wir sofort zur Sache.«

»Ich aktiviere nur schnell die Technik«, sagte Tim Walter und klappte einen Laptop auf seinem Schoß auf.

»Im Großen und Ganzen sind Sie ja schon informiert, aber

ich fasse noch mal zusammen«, begann Axberg und öffnete einen Ordner auf seinem Schreibtisch. »Es geht hier also um zwei vermisste Ärzte, von denen einer heute Morgen ermordet aufgefunden wurde.«

Johan Axberg legte zwei vergrößerte Passfotos auf den Tisch und deutete auf den älteren der beiden abgebildeten Männer. Er war um die fünfzig Jahre alt, hatte dunkles, welliges Haar, markante Augenbrauen, sonnengebräunte Haut und ein strahlendes Lächeln. Ein bisschen erinnerte er Nathalie an einen in die Jahre gekommenen George Clooney.

»Oberarzt Thomas Hoffman ist Montagnacht mitten im Dienst spurlos verschwunden, irgendwann zwischen zwei und drei«, sagte Axberg. »Nach einer Narkose in der Chirurgie war er auf dem Weg zurück in die psychiatrische Notaufnahme, wo er allerdings nie ankam. Freitagmorgen gegen acht wurde seine Leiche in einem Waldstück auf Alnön gefunden.«

Johan Axberg ging zu einer Karte an der Wand. Tim Walter schaute von seinem Bildschirm auf. »Alnön ist die dreizehntgrößte Insel in Schweden. Bis zum Bau der Ölandbrücke war die Alnöbrücke mit 1 042 Metern die längste Brücke von Schweden. Auf der Insel gibt es einen Haufen Tiere, vor ein paar Jahren wurde dort sogar ein Bär geschossen ...«

»Eine Frau, die mit ihrem Schäferhund gerade Fährtensuchen trainierte, hat Hoffman gefunden«, unterbrach Axberg ihn und zeigte auf eine Markierung im Süden der Insel. »Alles deutet darauf hin, dass er schon tot war, als er hier abgelegt wurde. Zu Tode kam er durch einen Schlag mit einem stumpfen Gegenstand an die Schläfe, möglicherweise ein Hammer.«

»Kann man etwas über den Todeszeitpunkt sagen?«, wollte Nathalie wissen.

»Die Gerichtsmedizin arbeitet daran, aber da das Blut noch nicht vollständig geronnen war, lag der Mord wohl noch nicht allzu viele Stunden zurück, als Hoffman gefunden wurde.«

»Dann wurde er also seit Montagnacht irgendwo festgehalten«, folgerte Granstam.

»Gut drei Tage lang«, bestätigte Johan Axberg mit einem Nicken und kehrte zu seinem Platz am Schreibtisch zurück. »Aus irgendeinem Grund hat ihn der Täter dann erschlagen und auf die Insel gebracht.«

»Unsere Kollegin Angelica Hübinette ist gerade in Umeå«, murmelte Tim Walter. »Sie ist Expertin für Zeitbestimmungen.«

»Und es gibt keinen Anhaltspunkt, wo er möglicherweise festgehalten wurde?«, fragte Nathalie.

»Nein«, sagte Johan Axberg. »Hoffmans Handy ist verschwunden und wurde zeitgleich mit dem Überfall deaktiviert. Weder am Fundort noch an der Leiche haben wir irgendwelche Hinweise gefunden.«

Johan Axberg holte ein weiteres Foto hervor, auf dem Thomas Hoffman halb sitzend und nur in Unterhose an einem Stein lehnte. Nathalie wandte den Blick ab. Das Blut an Hoffmans Schläfe rief ihr den Anblick ihres auf dem Asphalt liegenden Vaters ins Bewusstsein. Sie atmete tief ein, schob die Erinnerung beiseite und konzentrierte sich auf Axberg, der in seinem Bericht fortfuhr: »Wir sind auf zwei Besonderheiten gestoßen. Erstens wurde Hoffman auf beiden Seiten der Wirbelsäule ein jeweils drei mal fünf Zentimeter großes Rechteck aus der Muskulatur geschnitten.«

Ein weiteres Foto. Nathalie wagte einen flüchtigen Blick und sah dann schnell hinaus in den grauen Himmel. Ob es so eine gute Idee gewesen war, sich an den Ermittlungen zu beteiligen? Vielleicht hätte sie lieber nur Estelle besuchen sollen.

»Ist das zwischen dem dritten und vierten Lendenwirbel?«, fragte Tim und hörte einen Moment auf zu tippen.

»Mitten in der Lendengegend«, bestätigte Axberg.

»Was für ein Werkzeug hat der Täter da verwendet?«, wollte Granstam wissen und beugte sich blinzelnd über seinen dicken Bauch.

»Der Gerichtsmediziner geht von einem Stechbeitel aus. Und aufgrund der Blutungen kann man wohl darauf schließen, dass Hoffman noch gelebt hat, als ihm diese Wunden zugefügt wurden.«

Einen Moment herrschte betretenes Schweigen.

»Perfekte Symmetrie«, stellte Tim Walter schließlich fest. »Das spricht für einen zwanghaften Menschen.«

»Jetzt bitte keine voreiligen Schlüsse«, mahnte Granstam. »Was ist da für Dreck in den Wunden?«

»Erde, Tannennadeln und Gras. Das Opfer wurde von einem Forstweg aus etwa zwanzig Meter zum Fundort gezogen. Der Täter hat die Leiche vermutlich mit dem Auto auf die Insel gebracht, aber eindeutige Spuren fehlen bisher.«

Granstam nickte, und Axberg fuhr fort: »Bei der zweiten Besonderheit handelt es sich um einen Dominostein, der in Hoffmans Rachen gefunden wurde. Er steckte so tief drin, dass er nach dem Mord hineingedrückt worden sein muss.«

Das nächste Foto. Dieses Mal sah Nathalie hin. Das Bild zeigte einen Dominostein mit sechs Punkten auf jedem Feld. Es hätte ein Schwarz-Weiß-Foto sein können, wäre da nicht die Metallfläche unter dem Stein gewesen, die im oberen Teil des Bildes bläulich schimmerte.

»Noch mehr Symmetrie: sechs plus sechs«, bemerkte Tim Walter. »Und die Markierungen auf dem Rücken haben dieselben Proportionen wie die Felder auf dem Stein.«

Axberg, Nathalie und Granstam tauschten Blicke. Dann verglichen sie die beiden Fotos miteinander und stellten fest, dass Walter recht hatte. Eine Weile sagte niemand etwas. Nur Walters emsiges Tippen und die Lüftung des Laptops waren zu hören. Nathalie musste an ihren eigenen Ordnungsdrang denken, den sie seit der Scheidung zugunsten eines möglichst ungezwungenen Lebensstils zu unterdrücken versuchte. Das Vorgehen des Täters aber zeugte von einer Zwangsstörung, von der sie weit entfernt war.

Ihre Gedankenkette riss ab, während es vor dem Fenster dunkler wurde, als hätte sich die graue Wolkendecke über der Stadt noch weiter verdichtet.

»Hoffmans Kleidung oder andere seiner Habseligkeiten wurden also nicht gefunden?«, fragte Nathalie.

»Nein«, antwortete Axberg. »Die Schleifspuren an den Beinen deuten darauf hin, dass der Täter ihn vor dem Mord ausgezogen haben muss. Die Frage ist, wieso.«

»Um an seinen Rücken zu kommen«, schlug Tim Walter vor.

»Das erklärt aber nicht, warum Hoffman auch keine Hose mehr anhatte«, wandte Granstam ein.

»Um ihn zu demütigen?«, spekulierte Nathalie.

Niemand ging auf den Gedanken ein. Johan Axberg stand auf und schaltete die Deckenlampe an. »Ich habe uns Kaffee und ein paar Brötchen bestellt, sie sollten jeden Moment da sein.«

Mit einem dankbaren Nicken änderte Granstam seine Sitzposition. Axberg kehrte zum Schreibtisch zurück und präsentierte ein Foto von Erik Jensen: ein gutaussehender Mann Anfang vierzig mit länglichem Gesicht und blonden Locken.

Nathalie nahm in Axbergs Stimme eine zunehmende Unruhe wahr, als er erzählte:»Bei dem zweiten Fall handelt es sich, wie Sie schon wissen, um den Oberarzt Erik Jensen. Er ist in der Nacht von Donnerstag auf Freitag während des Dienstes verschwunden, also drei Tage später als Hoffman. Dr. Jensen war wegen eines Notfalls in die psychiatrische Klinik gerufen worden – ein Patient dort hatte einen Herzstillstand. Anschließend hat er sich umgehend auf den Rückweg in die somatische Notaufnahme gemacht. Eine Krankenschwester, die ihm unten im Gang begegnet ist, in dem aller Wahrscheinlichkeit nach auch Hoffman überfallen wurde, war die Letzte, die ihn gesehen hat. Zu diesem Zeitpunkt war es Viertel nach zwei.«

Johan Axberg fuhr sich mit der Hand durchs Haar und fasste zusammen:»Hoffman und Jensen sind also in etwa zur selben Uhrzeit am selben Ort verschwunden. Der ausschlaggebende Grund, warum wir einen Zusammenhang zwischen den beiden Fällen sehen, ist dies hier ...«

Damit zog er ein weiteres Foto aus einem Umschlag. Zuerst dachte Nathalie, es handele sich um eine Kopie der ersten Abbildung des Dominosteins: dieselben Proportionen, dieselbe Symmetrie und dieselbe blau schimmernde Metallplatte. Doch dann entdeckte sie den Unterschied: Anstelle eines Sechserpaares befanden sich auf dem Stein jeweils zwei einzelne Punkte.

»Der wurde neben Erik Jensens Namensschild gefunden«, informierte sie Johan Axberg.

»Ein kleines Souvenir vom Täter«, sagte Tim Walter.

»Vermutlich«, sagte Axberg. »Fragt sich nur, was er damit sagen will.«

»Darauf können wir später noch zurückkommen«, sagte Granstam. »Gibt es weitere Beweise?«

»Vielleicht«, sagte Axberg und deutete auf das Foto von dem ersten Dominostein. »Auf dem Stein aus Hoffmans Rachen hat der Gerichtsmediziner ein Haar gefunden, ein erster Abgleich hat ergeben, dass es nicht von ihm selbst stammt. Wenn wir Glück haben, gehört es dem Täter. Der zweite Stein ist leider klinisch sauber, und auf Dr. Jensens Namensschild finden sich nur seine eigenen Fingerabdrücke.«

Es klopfte an der Tür. Johan Axberg sah von den Fotos auf und erhob sich.

4

Nathalie spürte einen Luftzug an den Beinen, als Axberg die Bürotür öffnete. Ein junger Kerl mit kariertem Flanellhemd und Hipsterbart grüßte gut gelaunt in die Runde und rollte einen Wagen mit einer Kaffeekanne und vier Brötchen herein. Nathalie bot Granstam ihres an, und er nickte bereits eifrig kauend. Nach ein paar Minuten Kaffeepause und Smalltalk kehrten sie zu ihren Plätzen am Schreibtisch zurück.

»Neben Erik Jensens Namensschild haben die Techniker noch etwas anderes gefunden: ein bisschen Erde, die sich aus den Rillen einer Schuhsohle gelöst haben muss, wie bei einem Stiefel oder Boot.«

Die drei Fallanalytiker sahen Axberg fragend an.

»Eine erste Schnellanalyse hat ergeben, dass es sich um ein besonderes Erdgemisch handelt, das unter anderem Spuren von Asche enthält. Ein Agronom beim Landwirtschaftsamt sieht sich das jetzt genauer an.«

»Klingt ziemlich aus der Hüfte geschossen«, sagte Tim Walter und wischte sich einen Kaffeerand von der Oberlippe. »Es ist doch nicht gesagt, dass der Täter das hinterlassen hat.«

»Das stimmt«, gab Axberg ihm recht. »Aber wenn wir die Erdprobe einem bestimmten Ort zuordnen können, ist trotzdem viel gewonnen. Bei der Gemeinde gibt es offenbar einen Mitarbeiter, der sich mit der Bodenbeschaffenheit hier in der Umgebung auskennt. Und das mit der Asche ist durchaus interessant.«

»Woran denken Sie? Ein möglicher Zusammenhang mit einem Brand?«, fragte Granstam und schluckte einen letzten Bissen Brötchen hinunter.

Johan Axberg machte eine Geste, die alles und nichts bedeuten konnte.

»Lässt sich etwas über die Schuh- oder Stiefelgröße sagen?«, wollte Nathalie wissen.

»Nein«, antwortete Axberg.

Nathalie überflog ihre Notizen. »Wenn ich das richtig verstanden habe, ist Erik Jensen Donnerstagnacht zwischen zwei und drei verschwunden, und Hoffmans Leiche wurde Freitagmorgen auf die Insel gebracht.«

»Genau«, bestätigte Axberg. »Der Mörder muss die beiden Opfer also ein paar Stunden gleichzeitig festgehalten haben. Über das Warum habe ich mir schon vergeblich den Kopf zerbrochen.«

»Vielleicht wollte er sie mal zusammenbringen?«, sagte Walter mit einem Grinsen.

»Sofern sie überhaupt am selben Ort festgehalten wurden«,

überlegte Nathalie. »Auf jeden Fall aber scheint der Täter alles ziemlich genau geplant zu haben.«

»Möglich«, sagte Granstam und strich sich über den Schnurrbart. »Aber mit dem Täterprofil warten wir noch. Das Ganze kann ja auch praktische Gründe gehabt haben: Vielleicht konnte der Täter einfach nur zu den gegebenen Zeitpunkten zuschlagen.«

Schweigend sannen sie einen Moment über den Gedanken nach. Granstam fasste sich an den Rücken und verzog das Gesicht.

»Johan, können Sie noch ein paar Worte zu den Opfern sagen? Gibt es neben den Dominosteinen und der Tatsache, dass beide Ärzte und zur selben Uhrzeit am selben Ort verschwunden sind, noch andere Parallelen?«

»Ja«, sagte Axberg mit düsterer Miene. »Sie sind ... beziehungsweise waren beide relativ frisch geschieden. Thomas Hoffman hat sich vor einem Jahr von seiner Frau Maria getrennt, mit der er zehn Jahre verheiratet war, Kinder hatten die beiden nicht. Sie arbeitet als Betriebswirtin bei der Svenska Handelsbanken und war zum Zeitpunkt des Mordes auf einer Konferenz in Västerås. Hoffman war seit dem Jahrtausendwechsel am Krankenhaus angestellt und hat einen guten Ruf als Arzt; aber es gibt Gerüchte, dass er angeblich das weibliche Personal belästigt hat.«

»Nur angeblich?«, fragte Granstam.

»Soweit wir wissen, schon.«

»Haben Hoffman und seine Exfrau neue Partner?«, wollte Nathalie wissen.

Aus ihrer langjährigen Praxis als Psychiaterin wusste sie, dass vielen Konflikten Beziehungsprobleme zu Grunde lagen.

31

Und wie sie Granstams wiederkehrenden Schwänken aus seiner Ermittlungsarbeit entnehmen konnte, verhielt es sich bei Morden nicht anders.

»Soweit wir wissen, hat Thomas Hoffman allein gelebt«, antwortete Johan Axberg. »Maria wohnt seit einem halben Jahr mit einer Pastorin zusammen. Die Scheidung hat ihr zufolge allerdings nichts mit dieser neuen Beziehung zu tun, sondern nur mit dem Üblichen: Sie haben sich auseinandergelebt, die Leidenschaft ist verloschen. Keine schwerwiegenden Konflikte oder möglichen Motive.«

»Und der aggressive Patient, den ich beurteilen soll?«, sagte Nathalie.

»Auf den komme ich noch«, sagte Johan Axberg.

»Lassen Sie ihn erst mal den Fall umreißen«, bat Granstam und zog eine Dose Snus aus der Lederweste.

Axberg betrachtete das Foto von Erik Jensen und trank einen Schluck Kaffee. Nathalie ahnte etwas, eine Verbindung zwischen den beiden Männern, die über das rein Berufliche hinausging. Die etwas zu ausführlichen Informationen zu Jensens Privatleben, die nun folgten, bestätigten ihren Verdacht.

»Erik Jensen hat sich im Januar von Sara Jensen scheiden lassen. Die beiden haben zwei Kinder im Alter von acht und zehn Jahren, Sanna und Erika. Sie waren fünfzehn Jahre verheiratet, die Trennung ging von Sara aus.«

Tim Walter schaute verwundert von seinem Bildschirm auf.

»Die Erfolgsautorin Sara Jensen? Die *Me and my Selfie* geschrieben hat?«

»Ja«, bestätigte Axberg. »Inzwischen ist sie mit ihrem Literaturagenten José Rodriguez liiert. Erik hat sich eine Wohnung gesucht, Sara ist im Haus geblieben, und die Kinder sind im wöchentlichen Wechsel bei ihm beziehungsweise bei ihr. In der Nacht, als Erik verschwand, waren sie bei Sara und José.«

»Die beiden sind sicher schon verhört worden?«, vermutete Granstam und schob sich den Tabak etwas weiter unter die Lippe, so dass sein Schnäuzer eine neue Wölbung annahm.

»Ja«, antwortete Axberg. »Sie haben keine Ahnung, was passiert sein könnte. Sara macht sich natürlich große Sorgen.«

»Kann ich verstehen«, sagte Tim Walter keck. »Wenn der Täter es mit der Zeit so genau nimmt wie mit der Symmetrie, sollten wir Erik Jensen besser vor Montagmorgen finden …«

Axberg biss die Zähne so fest aufeinander, dass seine Kiefermuskeln hervortraten, und nickte. »Im Moment sind Sara und José geschäftlich in Berlin, sie kommen aber morgen früh zurück. Ich habe ihnen die Reise gestattet.«

»Und die Kinder?«, fragte Nathalie.

»Sind bei Saras Eltern.«

»Erik Jensen wird von seinem Kollegium ebenfalls sehr geschätzt, er hat keine offensichtlichen Feinde. Sein Handy ist ausgeschaltet, und wir wissen nicht, wo er sich aktuell befindet«, fuhr Axberg fort.

»Vermutlich da, wo auch Hoffman festgehalten wurde«, grunzte Granstam und schenkte sich zum zweiten Mal Kaffee nach.

»Die Gegend um das Krankenhaus haben wir erfolglos abgesucht«, erklärte Axberg. »Die Techniker haben jetzt natürlich jede Menge Zeug auf dem Tisch – unglaublich, was die Leute alles so wegwerfen: leere Dosen, Bonbonpapier, Snusdosen, Plastikspielzeug, Kondome, Münzen, Schlüssel … die Liste ist lang. Bisher leider nichts, was uns weiterbringt.«

Es klopfte an der Tür, und Polizeidirektor Ulf Ståhl betrat

den Raum. Wie immer trug er einen grauen Armani-Anzug mit einem frisch gebügelten Hemd darunter. Er begrüßte die Fallanalytiker aufs Herzlichste und bedankte sich für ihr Kommen.

»Wie läuft es?«, fragte Ståhl, nachdem er die Willkommensfloskeln hinter sich gebracht und sein exklusives Rasierwasser das Büro eingenommen hatte.

»Hauptkommissar Axberg führt uns gerade vorbildlich in den Fall ein«, erklärte Granstam.

»Ich habe für achtzehn Uhr eine Pressekonferenz einberufen, ich hoffe doch, Sie können dabei sein?«

»Das werden Sie allein machen müssen«, sagte Johan Axberg. »Wenn wir den Fall hier lösen wollen, müssen wir uns ranhalten.«

Ståhl musterte seinen Mitarbeiter. Einen Augenblick sah es so aus, als wollte er ihn zurechtweisen. Doch dann lächelte er Nathalie und Granstam zu. »Faulheit kann man ihm jedenfalls nicht vorwerfen.«

Wieder an Axberg gerichtet, ordnete er an: »Um halb sechs erwarte ich einen Bericht. Ich verlasse mich auf Sie. Auf Sie alle!«

Ståhl nickte noch einmal in die Runde und verließ dann das Zimmer. Johan Axberg stand auf, öffnete ein Fenster und warf einen Blick auf die IKEA-Uhr an der Wand. Viertel vor drei. Die Kollegen von der verdeckten Ermittlung warteten bereits im Konferenzraum. Es war höchste Zeit, das Einführungsgespräch abzuschließen.

»Kommen wir jetzt also zu unserem Hauptverdächtigen, zu dem wir gern Ihre Einschätzung hätten«, fuhr Axberg mit einem Blick in Nathalies Richtung fort. »Kent Runmark, 39 Jahre alt, war mehr oder weniger sein Leben lang in Kontakt mit der Psychiatrie. Mit 17 hat er seine Pflegeeltern gefoltert und ermordet, nachdem sie ihn nicht mehr bei sich wohnen lassen wollten. Vermutlich hat er sie mit einem Hammer erschlagen.«

Johan Axberg blätterte durch die Aktenstapel auf seinem Schreibtisch. Zu Nathalies Erleichterung zeigte er jedoch keine weiteren Fotos. Stattdessen erhob er sich, ging hinüber zum Stadtplan und deutete auf eine Landzunge im Norden von Alnön.

»Die beiden Leichen wurden hier im Wald gefunden, knapp einen Kilometer vom Zuhause der Familie entfernt. Kent hat sich bei der Polizei gemeldet und gesagt: ›Jetzt habe ich die Arschlöcher umgebracht.‹ Fünf Jahre später hat er einen Polizisten mit einem Schraubenschlüssel zu Tode misshandelt, nachdem er aus einem Park in Umeå verwiesen worden war. Im Anschluss daran war er zeitweise in der forensischen Psychiatrie untergebracht. Vor einem Jahr wurde er auf eine offene Station verlegt, weil sein Zustand stabil war, wie es in einer Krankenakte heißt, die ich hier irgendwo in meinem Chaos habe.«

»Wie lautet seine Diagnose?«, fragte Nathalie.

»Multiple Persönlichkeitsstörung mit paranoid-psychotischen Schüben«, sagte Johan.

Granstam legte Nathalie seine Bärenpranke auf die Schulter. Ein leichter Snusgeruch stieg ihr in die Nase.

»Jetzt wissen Sie, warum ich Sie dabeihaben wollte«, flüsterte er.

Sie nickte, ohne jedoch Johan Axberg aus den Augen zu lassen. Granstam ließ ihre Schulter wieder los, und Johan fuhr fort: »In letzter Zeit hat Kent Runmark seine Medikamente nicht mehr regelmäßig eingenommen, so dass sich sein Zustand verschlechtert hat. Samstagnacht hat er die psychiatrische Notaufnahme aufgesucht. Da ist er dann Thomas Hoffman begegnet ...«

»Zwei Tage, bevor er verschwunden ist«, warf Tim Walter ein.

»Genau«, sagte Johan. »Runmark ging es schlecht, einer Krankenschwester zufolge wollte er sich einweisen lassen. Weil aber alle Stationen belegt waren, hat Dr. Hoffman ihn mit einer erhöhten Dosis wieder nach Hause geschickt.«

»Was war denn mit der Forensischen?«, fragte Nathalie.

»Die hatten auch keinen Platz und konnten ihn nicht akut aufnehmen. Also hat Kent Runmark die Psychiatrie wieder verlassen, offenbar ziemlich aufgebracht. Das Letzte, was er der Krankenschwester zufolge über Hoffman gesagt hat, war: ›Der sollte besser verdammt gut aufpassen.‹ Wo er sich danach aufgehalten hat, ist unklar. Er behauptet, in seiner Wohnung Computer gespielt zu haben, aber das kann niemand bestätigen. Weder für Hoffmans Entführung noch für den Zeitpunkt, zu dem die Leiche auf Alnön abgelegt wurde, hat er ein Alibi.«

Eine Weile herrschte Schweigen. Draußen auf der Straße knatterte ein Moped vorbei.

»Diese Folter, von der Sie sprachen ...«, sagte Granstam nachdenklich.

»Weder Dominosteine im Rachen noch Schnittwunden auf dem Rücken«, sagte Johan. »Da kamen vor allem Schläge und brennende Zigaretten auf der Haut zum Einsatz.«

Johan lehnte sich auf seinem Stuhl zurück, massierte sich die Schläfen und fuhr fort: »Was Kent Runmark so interessant für uns macht, ist die Tatsache, dass er noch ein weiteres Mal in der psychiatrischen Notaufnahme war und bei der Gelegenheit zur Beobachtung dabehalten wurde.«

Schweigend betrachtete er seine zugereisten Kollegen. Sah, wie Ingemar Granstam und Nathalie Svensson langsam der

Zusammenhang dämmerte, während Tim Walter nur ein Ich-hab's-kapiert-also-weiter-Gesicht machte.

»Das war Donnerstagabend, neun Stunden bevor Erik Jensen verschwunden ist. Während Dr. Jensen sich um den Patienten kümmerte, der mit einem Herzstillstand auf dem Korridor zusammengebrochen war, kam Kent Runmark aus seinem Zimmer und verfolgte den missglückten Wiederbelebungsversuch. Als Erik Jensen die Notaufnahme wieder verlassen wollte, soll Runmark ihm hinterhergebrüllt haben: ›Mörder! Du wirst deine Strafe schon bekommen, du Todesengel!‹«

»Allerliebst«, kommentierte Tim Walter.

»Wurde Kent Runmark denn nicht beschattet?«, fragte Nathalie.

»Doch«, sagte Johan. »Aber als es zu dem Herzstillstand kam, herrschte erst mal Chaos, die Routine auf der Station wurde nicht eingehalten. Im Anschluss an seine Drohung ist Runmark aus der Psychiatrie geflohen und verschwunden. Und Dr. Jensen ist noch eine Weile dageblieben, bevor er sich auf den Rückweg durch den Gang machte.«

»Dann kann Runmark sich also theoretisch auch ihn geschnappt haben«, schloss Granstam und verschränkte die Arme vor der Brust. »Er könnte Hoffman irgendwo eingesperrt, ihn am nächsten Morgen ermordet und auf Alnön abgelegt haben, stimmt's?«

Johan nickte ernst. »Kent Runmark hatte seinen Wagen, einen schwarzen Van, in der Tiefgarage stehen, die sich fünfzig Meter vom Fundort von Dr. Jensens Namensschild befindet. Die Techniker sind schon dabei, das Fahrzeug zu untersuchen, aber bisher ohne Ergebnis.«

»Ist er denn groß und stark genug, um Erik Jensen überwältigen zu können?«

Erneut nickte Johan Axberg.

»Aber wie soll er das angestellt haben?«, fragte Nathalie.

»Er kann ihn doch einfach bewusstlos geschlagen und zur Garage geschleppt haben«, schlug Tim Walter vor. »Immerhin scheint er ziemlich gewalttätig zu sein.«

»Ja«, stimmte Granstam zu. »Oder er hatte eine Waffe und hat Jensen gezwungen, mitzukommen. Wo wohnt Runmark?«

»In einer Wohnung im Stadtteil Granloholm, ein paar hundert Meter hinter dem Krankenhaus. Es gibt keinerlei Anzeichen dafür, dass sich das Opfer dort aufgehalten hat.«

»Aber wenn er es wirklich war, wozu dann die Dominosteine und die Wunden am Rücken?«, fragte Nathalie.

Johan zuckte mit den Schultern.

»Er sitzt schon in einer Isolationszelle im Keller und wartet auf Sie«, sagte er ohne die geringste Spur von Sarkasmus. »Kent Runmark gehört zu den unangenehmsten Menschen, die mir je begegnet sind. Es ist, als würde er sich in einen hineinfressen, wie eine Ratte, die sich durch einen Betonboden nagt, langsam und zielstrebig, ohne mit der Wimper zu zucken. Nach einer Weile hat man das Gefühl, man wäre selbst der Angeklagte.«

Nathalie unterdrückte ein Seufzen. Ständig diese Patientendarstellungen, die eine mutierte Variante von Hannibal Lecter heraufbeschworen. So grotesk das äußere Erscheinungsbild auch sein mochte, dahinter verbarg sich stets ein Mensch, und den zu sehen war ihre Aufgabe.

»Hat man von ihm eine Speichelprobe genommen?«, wollte Tim Walter wissen.

»Ja«, sagte Johan. »Dafür waren vier Männer vom Einsatzkommando nötig.«

Nathalie erhob sich ungeduldig.

»Sollen wir?«

5

SUNDSVALL 2005

Wenn er sich auf die Zehenspitzen stellte, konnte er das Dach
ihres Hauses sehen. Es war rot und rostig und leuchtete wie
Glut in der kräftigen Julisonne. Seit ihrem Einzug um Mittsommer hatte er jeden Tag nach dem Frühstück, Mittag- und Abendessen eine Weile am Wohnzimmerfenster gestanden und an sie
gedacht. Auch vor dem Zubettgehen dachte er stets an sie, dann
erlaubte er sich sogar ein paar Minuten mehr als tagsüber. Anschließend trug er die Erinnerungen an ihr Lächeln, ihre exoti-
schen Gesichtszüge und flinken Bewegungen mit hinauf ins
Schlafzimmer und in die nächtlichen Träume.

Ob das Liebe war? Er war sich nicht sicher, schließlich war er
noch nie verliebt gewesen. Bisher hatte er niemandem von seinen Gefühlen erzählt, nicht einmal seinem großen Bruder oder
Oskar. Wie auch, er fand ja kaum in Gedanken Worte dafür, wie
er empfand.

Er hatte sich vorgenommen, mal mit ihr zu reden. Doch zu
mehr als einem schüchternen Nicken, wenn sie sich im Supermarkt, in der Apotheke oder an der Tankstelle über den Weg
liefen, hatte sein Mut natürlich nicht gereicht. Er wusste nicht,

wer sie war oder woher sie kam, aber ein Landei war sie nicht, das merkte man an ihrem Kleidungsstil und Verhalten. Sie musste ungefähr in seinem Alter sein und schien unentwegt gute Laune zu haben. Warum sie das alte Haus der Witwe Granheden gekauft hatte, wusste er nicht. Oskar hatte gehört, dass sie aus Uppsala sei und das Stadtleben satthabe.

Er fuhr sich mit den Händen übers Gesicht. Das Streichen der Terrasse war eine schweißtreibende Angelegenheit gewesen, eigentlich musste er unter die Dusche. Es war einer der heißesten Tage des Sommers, und da er wie bei allen anfallenden Arbeiten auf dem Hof nun mal unbedingt einen Blaumann tragen musste (wenn auch nur mit Unterwäsche darunter), lief sein körpereigenes Kühlsystem auf Hochtouren. Noch lagen aber die Aufgaben des Nachmittags vor ihm, die Dusche musste also warten.

Er ging in die Küche, nahm seine Mittagstablette und schluckte sie mit etwas Wasser direkt aus dem Hahn hinunter. Wenn er sie das nächste Mal traf, musste er sich einen Ruck geben und etwas zu ihr sagen. Bei dem schlechten Zustand ihres Hauses konnte er ja einfach fragen, ob sie vielleicht bei irgendetwas Hilfe brauchte. So schwer konnte das doch nicht sein.

Aber es war schon klar, was sie antworten würde, dachte er betrübt. Er war jetzt einunddreißig Jahre alt und hatte noch nie näher mit einer Frau zu tun gehabt. Es war wie ein Fluch. Widerwillig hatte er sich mit einem Leben allein abgefunden. Er war wohl einfach zu schüchtern und gleichzeitig zu taff, nur auf die falsche Art. Hin und wieder kam ihm der Gedanke, dass seine plumpen Witze eine abschreckende Wirkung auf Frauen hatten, oder war vielleicht sein kräftiger, aber schwerer Körper das Problem? Andere Männer betrachteten ihn in der Regel als harten Kerl, doch da er nicht besonders viel redete, war Oskar sein einziger enger Freund. Er bekam oft zu hören, dass er in seiner eigenen Welt lebte. Eine seltsame Aussage, wie er fand. Galt das nicht für alle?

Bei der Erinnerung an Oskars aufmunternde Worte jedoch musste er lächeln: »Mit dir ist alles in Ordnung! Wenn ich eine abgekriegt habe, dann bekommst du das auch noch hin.«

Und Oskar war es tatsächlich geglückt. Seit er die neuen Medikamente bekam, hatte er seine bipolare Störung gut in den Griff bekommen und aufgehört zu trinken. Eva-Marie war eine herzliche und liebe Frau, und die Arbeit im Krankenhaus machte ihm Spaß. Das Beste aber war, dass Oskar, wenn alles nach Plan lief, in einem Monat Vater wurde.

Er holte den Teller Makkaroni mit Fleischwurst aus dem Kühlschrank und stellte ihn in die Mikrowelle. Während er auch den Ketchup und das Leichtbier holte, ertappte er sich dabei, wie er ein Lied aus dem Radio pfiff, dessen Text ihm entfallen war.

Nach dem Essen wollte er rüber zu Mikael gehen und ihm helfen, die Pferde zu striegeln, und eine Kuh festhalten, die operiert werden sollte. Sein großer Bruder war in letzter Zeit immer öfter auf Hilfe angewiesen, sowohl in der Tierklinik als auch bei sich im Stall. Die Aufgaben waren zwar spannend und machten Spaß, aber allmählich wurde es etwas viel. Ich werde mal mit ihm reden müssen, sagte er sich und stellte den Salzstreuer auf die grün-weiß gestreifte Wachstischdecke, gleich neben das Besteck.

Er warf einen Blick aus dem Fenster, und da war er: ihr roter Golf, das kleinste und sauberste Auto, das seit Jahren in der Nachbarschaft zu sehen gewesen war. Sein Herz machte einen

Salto, er stand wie angewurzelt da und sah den Wagen auf dem Schotterweg vorbeifahren, gefolgt von einer Staubwolke.

Kaum war der Golf außer Sichtweite, stand seine Entscheidung fest. Reflexartig kontrollierte er Mikrowelle und Wasserhahn und stürmte aus der Küche. Die Autoschlüssel steckten in einer Tasche seines Blaumanns, und als er die Haustür öffnete, verspürte er eine eigenartige Energie.

Nach etwa einem Kilometer sah er den roten Kleinwagen vor sich auf der Straße. Wohin sie wohl fuhr? Es war Samstag, und sowohl der Laden als auch die Tankstelle hatten geöffnet. Oder war sie auf dem Weg in die Stadt?

Mit einem Mal überkamen ihn Zweifel. Was dachte er sich eigentlich? Sollte er nicht lieber wieder umkehren?

Nur noch ein kleines Stück, sagte er sich.

Sein Herz schlug höher, als sie auf den Parkplatz vor dem einzigen Lebensmittelladen der Insel fuhr. Dort standen kaum Autos, was mitten am Tag und bei dieser Hitze kein Wunder war. Er fuhr ebenfalls auf den Parkplatz, ein paar Dinge brauchte er tatsächlich auch.

Sie stieg aus, behände und anmutig wie immer. Helle Ledersandaletten, sonnengebräunte Beine und weiße Shorts. Ein rosafarbenes Polohemd und ihr kurzer blonder Haarschopf, bei dessen Anblick er erst einmal das Fenster herunterlassen und tief durchatmen musste.

Er blieb noch sitzen, bis sie im Laden verschwunden war. Auf keinen Fall sollte sie mitbekommen, dass er ihr folgte. Vermutlich aber hatte sie ihn ohnehin nie bewusst wahrgenommen, so war es ja meistens. Vielleicht war es sogar besser so.

Zweifelnd blickte er die Straße hinunter, die zurück nach Hause führte. Glaubte er wirklich, dass er es heute schaffte, sie anzusprechen? Ausgerechnet jetzt, da er so verschwitzt war und in seiner Arbeitskluft und den mit Farbe bekleckersten Holzschuhen steckte.

Er rief sich noch einmal Oskars Rat in Erinnerung: »Mach dir nicht zu viele Gedanken, lass es einfach passieren. Sobald du nachdenkst, wirst du nervös, und dann geht es in die Hose.«

Mit diesem Mantra näherte er sich schließlich dem Eingang. Ein Hauch ihres Duftes lag in der Luft, eine Mischung aus Maiglöckchen und Zitrusaromen, und er spürte, wie sich ihm der Magen zuschnürte.

Wie in Trance nahm er sich einen Einkaufswagen und ließ den Blick durch den Laden schweifen. Sie war nirgendwo zu sehen, also bewegte er sich in Richtung Obstabteilung. Die klimatisierte Luft war angenehm kühl, und er überlegte angestrengt, was er zu ihr sagen konnte.

Beim Obst sah er, wie sie gerade zwei Liter fettarme Milch aus dem Kühlregal zehn Meter weiter nahm. Da drehte sie plötzlich den Kopf in seine Richtung und schaute ihn an, noch ehe er den Blick abwenden konnte. Ihr strahlendes Lächeln hob sich hell von dem dunklen Teint ab und ging ihm durch Mark und Bein. Er versuchte zurückzulächeln, nickte zum Gruß und brachte ein »Hallo« heraus, das genauso verkrampft klang, wie es sich anfühlte. Sie erwiderte den Gruß freundlich und ging weiter zur Wursttheke.

Der Moment war vorbei. Er griff nach ein paar Dosentomaten und ließ sie in den Wagen fallen. Sie landeten mit einem so lauten Scheppern, dass er Angst hatte, sie würde sich noch einmal umdrehen und ihn fragen, was er da eigentlich trieb, stattdessen aber wandte sie sich an die Mitarbeiterin an der Theke und erkundigte sich nach Kartoffelsalat und Steaks.

Langsam ging er mit seinem Wagen näher heran, blieb am Gewürzregal stehen, nahm eine Tüte Lorbeerblätter und tat so, als würde er lesen, was auf der Rückseite stand. Die Tüte raschelte in seiner großen Hand, und nun bemerkte er auch, dass er zitterte.

An der Kasse ließ er einen älteren Mann vor, so dass er nicht unmittelbar hinter ihr in der Schlange stand, doch er wandte den Blick nicht von ihr ab. Die flinken Hände, an denen nirgendwo ein Ring zu sehen war, die lachenden Augen, die ihren Gesichtszügen so ein eigentümliches Strahlen verliehen, als wäre sie einst von einem glücklichen Gott erschaffen worden. Wie es wohl war, ihr mal so richtig nahzukommen?

Seine Gedanken und sein Starren trieben ihm die Schamesröte ins Gesicht. Er zwang den Blick auf die Schlagzeilen der Abendzeitungen. »Die besten Grilltipps« oder »Die Jahrhunderthitze hält weiter an« – er hatte freie Wahl. Er nahm sich von beiden Blättern ein Exemplar und dachte, dass sie zumindest eine gute Unterlage für die Farbtöpfe waren.

Während er bezahlte, entwischte sie zur Glastür hinaus. Schleunigst lief er ihr nach und winkte nur ab, als die Kassiererin fragte, ob er die Quittung haben wollte.

Die Sonne brannte erbarmungslos vom Himmel, nirgends gab es auch nur ein einziges schattiges Plätzchen.

Er war schon auf dem Weg zu seinem Ford und tröstete sich mit dem Gedanken, dass schon noch andere Gelegenheiten kommen würden, da geschah es plötzlich. Aus dem Augenwinkel sah er, wie ihre Plastiktüte an der Autotür hängenblieb und zerriss. Die Milch und der Kartoffelsalat fielen zu Boden.

Ohne nachzudenken, war er zur Stelle und hob die Milchtüte auf.

»Hier«, sagte er und spürte, wie ihre Hände ihn beim Entgegennehmen streiften. Sie sah ihn lächelnd an.

»Danke.«

Während sie die Lebensmittel auf den Rücksitz legte, stand er noch immer mit ausgestreckten Händen da, besann sich jedoch in letzter Sekunde, bevor sie sich noch einmal zu ihm umdrehte.

»Ich glaube, wir haben noch gar nicht richtig hallo gesagt«, meinte sie.

Sie gaben sich die Hand und stellten sich vor.

»Wir wohnen direkt nebeneinander«, hörte er sich sagen.

»Ja, ich habe Sie schon auf dem Hof gesehen. Sie wohnen wirklich schön.«

»Sie aber auch.«

Sie runzelte die Stirn und stieß ein Lachen aus.

»Das Haus ist ziemlich runtergekommen, das wissen Sie sicher.«

»Klar«, sagte er betont selbstbewusst. »Falls Sie bei irgendwas Hilfe brauchen, sagen Sie einfach Bescheid. Mit praktischen Dingen kenne ich mich aus, und an Werkzeug habe ich alles, was man braucht.«

»Sie haben mir schon mehr als genug geholfen«, sagte sie lächelnd und schlug die Tür zu. »Aber kommen Sie doch mal auf einen Kaffee vorbei, passt es zum Beispiel morgen Nachmittag?«

Drei Sekunden lang war sein Kopf wie leergefegt.

»Ja, gerne«, brachte er mühsam hervor.

»Sagen wir halb drei?«

Er nickte.

»Abgemacht. Aber jetzt muss ich los, bevor die Milch sauer wird.«

Damit winkte sie ihm eilig zu, sprang ins Auto und fuhr los. In ihm brodelte es wie in einem Vulkan. Zu diesem Zeitpunkt konnte er noch nicht ahnen, dass dieses Glück der Anfang eines ebenso großen Unglücks war.

6

»Das Verhör eilt nicht«, meinte Johan Axberg. »Wir können Kent Runmark noch vier Stunden festhalten. Ich dachte, ich stelle Ihnen vielleicht zuerst mal meine Ermittler vor.«

»Gute Idee«, Granstam befeuchtete seinen Zeigefinger, um auch die letzten Brötchenkrümel von seinem Pappteller aufzulesen. »Wenn sich der Täter in Jensens Fall an denselben Zeitplan hält wie in Hoffmans, müssen wir ihn vor Montag finden. Können Sie uns noch mehr zu der Krankenschwester erzählen, die ihn zuletzt gesehen hat?«

»Natürlich«, sagte Johan, und Nathalie sank frustriert zurück auf ihren Stuhl.

Eigentlich hätte sie gern zuerst Estelles Version gehört, aber das konnte sie jetzt vergessen.

»Estelle Ekman, chirurgische Krankenschwester, hat Erik Jensen etwa zweihundert Meter von der Stelle entfernt getroffen, wo später der Dominostein und Eriks Namensschild gefunden wurden. Sie war auf dem Weg in die psychiatrische Notaufnahme, um bei einem Patienten Fäden zu ziehen, und Dr. Jensen wollte wie gesagt zurück in die somatische Notaufnahme. Frau Ekman zufolge haben sie sich nur kurz gegrüßt, weil sie es beide eilig hatten. Ihr ist nichts Besonderes an Jensen aufgefallen, und auf den restlichen fünfhundert Metern zur psychiatrischen Notaufnahme ist ihr auch niemand sonst begegnet. Frau Ekman war mit einem Tretroller unterwegs und Jensen zu Fuß, außerdem macht der Gang an dieser Stelle eine Kurve, weshalb es durchaus sein kann, dass sie von dem Überfall weder etwas gehört noch gesehen hat, wie sie sagt.«

»Und das Gerücht, dass die beiden ein Verhältnis miteinander haben?«, sagte Granstam.

»Stammt von den Kollegen«, antwortete Johan. »Frau Ekman behauptet, sie hätten auf einer Betriebsfeier nur ein bisschen geflirtet, aber ich hatte den Eindruck, dass sie etwas verschweigt.«

»Ist vielleicht kein Wunder, immerhin ist sie verheiratet und hat vier Kinder«, warf Tim Walter ein, und bei einem Blick auf den Bildschirm sah Nathalie, dass er eine Datenbank geöffnet hatte.

Sie wollte schon sagen, dass Estelle ihre Schwester war, hielt sich aber noch einmal zurück. Johan fuhr fort: »Estelle Ekman ist mit einem Trabrennpferdebesitzer namens Robert Ekman verheiratet. Er wurde bereits wegen Körperverletzung verurteilt, insgesamt dreimal in den Neunzigern, darüber hinaus wegen Steuerbetrugs und Pferdedoping. Außerdem hat er Anfang der 2000er einen Bären gewildert.«

Nathalie spürte, wie sich ihr Nacken verspannte. Davon hatte Estelle nie etwas erzählt. Zwar hatte sie auch schon den Eindruck gehabt, dass Robert jemand war, der nach seinen eigenen Spielregeln lebte, aber das hätte sie nun doch nicht erwartet.

Tim Walter grinste. »Aber nicht den Bären von Alnön, oder?«

»Nein«, sagte Johan. »Das war in Storlien.«

»Im königlichen Jagdrevier?«, fragte Walter.

Johan überhörte das und nahm Blickkontakt mit Granstam auf. »In der Nacht, als Erik Jensen verschwand, war Robert Ekman mit den Kindern zu Hause. Allein kann seine Frau Dr. Jensen kaum entführt haben. Zeitlich kann es zwar hinkommen, dass sie an der Entführung beteiligt war, aber dafür gibt es bisher keinerlei Indizien.«

Gut, dachte Nathalie. Aber warum hatte Estelle bei ihrem Anruf so beunruhigt geklungen?

»Kennt Robert Ekman das Gerücht über das Verhältnis seiner Frau?«, fragte sie.

»Nein, zumindest dem Anschein nach. Er hat es als vollkommen ausgeschlossen bezeichnet, und ich wollte nicht weiter nachbohren, schließlich haben wir keine Beweise dafür.«

»Gibt es irgendeine Verbindung zwischen Frau Ekman und Dr. Hoffman?«, wollte Granstam wissen und fuhr sich mit der Hand über seine Glatze.

»Bisher konnten wir keine ausfindig machen«, sagte Johan.

»Bis auf die Tatsache, dass sie im selben Krankenhaus gearbeitet haben«, warf Tim Walter ein. »Der Fall hat ja ganz offensichtlich was mit der Klinik zu tun. Ich meine, deswegen sind wir schließlich hier, oder?«

Fragende Blicke am Tisch. Tim Walter erläuterte seine Bemerkung: »Weil es im Krankenhaus von Menschen nur so wimmelt und die Anzahl potentieller Täter in etwa ein Zehntel der Ortseinwohner beträgt? Ein vollständiges Täterprofil von uns kann locker neunundneunzig Prozent von ihnen ausschließen, wenn man die Gauß'sche Normalverteilung berücksichtigt ...«

Mit einem Seufzen öffnete Johan ein weiteres Fenster. Als er zum Schreibtisch zurückkehrte, konnte Nathalie sich nicht länger beherrschen.

»Estelle Ekman ist meine jüngere Schwester.«

Johan sah sie verblüfft an. Sie nickte und fuhr fort: »Sie ist zwei Jahre jünger als ich und wohnt seit neun Jahren in Sundsvall. Wir hatten in den letzten Jahren nicht allzu viel Kontakt.«

Ingemar Granstams glatte Stirn zog sich zu besorgten Falten zusammen. »Wir haben intern darüber beratschlagt und sind zu dem Schluss gekommen, dass das kein Problem darstellt. Nathalie wird immerhin in erster Linie für das Verhör von Kent Runmark gebraucht.«

Johan setzte sich. Nachdenklich blickte er zwischen Nathalie und Granstam hin und her. Zu ihrer Überraschung antwortete er schließlich: »Mir macht das nichts aus. Bei uns kommt es durchaus schon mal vor, dass man in Fällen ermittelt, in denen Verwandte oder Freunde eine Rolle spielen.«

Johan betrachtete die Fotos von Hoffman und Jensen auf dem Tisch und sah wieder auf. »Erik Jensen ist ein guter Freund von mir. Und seine Frau Sara kenne ich auch.«

Die Falten auf Granstams Stirn wurden tiefer, auf einen Kommentar verzichtete er jedoch. Johan wandte sich an Nathalie: »Ich werde Ihre Schwester heute Abend um acht bei ihr zu Hause verhören. Wenn Sie möchten, können Sie mich begleiten. Mit Kent Runmark müssen wir bis dahin sowieso fertig sein.«

»Gern«, sagte Nathalie.

Johan Axberg warf einen Blick auf die Uhr. Viertel nach drei. Komisch, dass noch keiner von den Kollegen angeklopft hat, dachte er und stand auf.

»Wir sehen uns in zehn Minuten im großen Konferenzraum rechts den Korridor entlang«, sagte er. Damit war das Gespräch beendet.

7

Im Korridor steuerte Nathalie geradewegs auf eine Toilette zu. Hinter verriegelter Tür schloss sie die Augen und entspannte die Schultern. Sie hatte das dringende Bedürfnis, allein zu sein, und sei es nur für eine Minute. Die Ereignisse der letzten Tage in Kombination mit der Wende, die das Ganze soeben genommen hatte, ermatteten sie.

Sie wusch sich das Gesicht mit kaltem Wasser und trug frischen Lippenstift und Wimperntusche auf. Dann fuhr sie sich ein paar Mal mit der Bürste durch das braune Haar und dachte an Estelle, die sie wohl besser anrufen sollte. Sie hatte gehofft, ihre Schwester allein treffen zu können, aber daraus würde nun nichts.

Sie holte ihr Handy aus der Handtasche und sah dabei die ID-Karte, die Granstam ihr gegeben hatte, als sie heute Morgen vor ihrem Haus südlich von Uppsala zu ihm ins Auto gestiegen war. Widerwillig befestigte sie das Ding an einer Stelle ihrer Bluse, an der sie am wenigsten störte.

Frank hatte dreimal angerufen und vier SMS geschickt, in denen er um Entschuldigung bat. Ohne darauf zu antworten, löschte sie alle. Dass er ihr verschwiegen hatte, was mit Adam, der Liebe ihres Lebens, in Wahrheit geschehen war, würde sie ihm nie verzeihen.

Gabriel und Tea hatten ihr je ein Foto von dem Trampolin geschickt, das Håkan ihnen gekauft hatte. Sie schrieb zurück: »Morgen um sieben hole ich euch ab. Ihr fehlt mir!«

Sie spürte einen Anflug von schlechtem Gewissen. Aber die Scheidung von Håkan war nicht zu vermeiden gewesen. Sie war dadurch zu einer glücklicheren und besseren Mutter geworden. Nun musste sie ihrem Exmann nur begreiflich machen, dass es das Beste für alle war, wenn sie sich das Sorgerecht teilten. Der Gedanke an das Gespräch, in dem er das alleinige Sorgerecht für sich beansprucht hatte, machte sie immer noch rasend. Das war seine Art, sich an ihr zu rächen – nur ein weiterer Beweis dafür, dass es richtig gewesen war, sich von ihm zu trennen.

Sie hatte noch immer nicht verdaut, dass er mit den Kindern vor ihrer Wochenendwohnung in Stockholm aufgetaucht war. Als sie ihn zur Rede stellen wollte, hatte er es bestritten, doch sie wusste, dass er log. Sie war schon kurz davor gewesen, Gabriel und Tea zu fragen, hatte dann aber im letzten Moment eingesehen, wie dumm es gewesen wäre, die Kinder noch mehr in den Konflikt hineinzuziehen.

Am Mittwoch stand ein letztes gemeinsames Gespräch beim Sozialamt an. Dann würde dieser Wahnsinn endlich ein Ende nehmen. Gemeinsames Sorgerecht im Interesse der Kinder, eine Alternative gab es nicht.

Sie suchte Estelles Telefonnummer heraus, doch als sie sah, dass ihr bis zum Treffen im Konferenzraum nur noch zehn Minuten blieben, beschloss sie, lieber ein bisschen frische Luft zu schnappen. Auf dem Weg zu den Aufzügen sah sie Johan Axberg mit besorgter Miene an seinem Schreibtisch sitzen. Dass er mit Erik Jensen befreundet war, schien ihr nur von Vorteil zu sein. Ihre Verwandtschaft mit Estelle kam ihr dadurch gleich ein wenig unproblematischer vor.

Da sie im Aufzug allein war, nutzte sie die Gelegenheit, um kurz die Seite der Partnerbörse aufzurufen. Nach allem, was in den letzten vierundzwanzig Stunden passiert war, hatte sie zwar keine große Lust, sich mit irgendwem zu verabreden, trotzdem musste sie mehrmals am Tag einen Blick auf ihr Profil werfen. Ihr Bedürfnis nach Bestätigung trieb sie dazu, und diesen Reflex konnte und wollte sie nicht unterdrücken. In ihrem Postfach fand sie zweiundvierzig neue Nachrichten, unter anderem auch eine von ihrem Kollegen Bengt Vallman.

Montag fange ich bei euch an. Hoffe, wir sehen uns dann ☺

Als die Aufzugtüren aufgingen, schickte sie ihm eine Nachricht zurück:

Nein. Ich habe frei. Und wenn wir uns wiedersehen, dann nur als Kollegen./N

Zufrieden mit ihrer Antwort, ging sie durch die Glastüren ins Freie. Die Wolkendecke war ein wenig aufgebrochen und ließ eine Helligkeit zu, in der sich das Grün der sprießenden Bäume um das Polizeigebäude leuchtend von der grauen, farblosen Umgebung abhob. Der Westwind hatte etwas abgeflaut, aber die Luft war angenehm kühl, und Nathalie verspürte das erfrischende Gefühl von Freiheit. Gleichzeitig dachte sie an Kent Runmark, der in diesem Moment in einer Isolationszelle im Keller saß und auf sie wartete.

Es war wohltuend, mal kurz vor die Tür zu gehen und ein

wenig durchzuatmen. Wollte sie Runmarks Versuch standhalten, in ihr Inneres vorzudringen, was Johan zufolge ja eine besondere Herausforderung darstellte, musste sie in bester Verfassung sein.

Auf der gegenüberliegenden Straßenseite stand Ingemar Granstam rauchend vor einem Kiosk. Nathalie musste lächeln. Sie wusste, dass er mit dem Snus eigentlich von den Zigaretten loskommen wollte, doch anstatt das eine Laster durch ein anderes zu ersetzen, hatte er nun zwei. Sie mochte Granstam, der ohne Zweifel Ähnlichkeit mit einem gestrandeten Walross hatte: wankend unter seinem eigenen Gewicht, etwas unbeholfen, als befände er sich im falschen Element, und dennoch gefährlich für jeden, der ihm zu nah kam.

Hundert Meter weiter rechts schlenderte Tim Walter auf dem Bürgersteig auf und ab und führte ein engagiertes Telefonat. Nathalie ging die Storgatan in die entgegengesetzte Richtung hinunter und rief ihre Schwester an.

»Ja, hallo?«

Estelle klang nervös. Ihre Stimme erinnerte an Nathalies, nur dass sie etwas heller war und nicht diesen Hauch von Heiserkeit hatte, den viele Männer an Nathalie so sexy fanden. Außerdem hatte Estelle ihren Uppsala-Dialekt abgelegt und die für Sundsvall typische Sprechweise angenommen – ein Beispiel für eine der wenigen Eigenschaften, die sie mit ihrer älteren Schwester teilte: das Bedürfnis, immer mit ihrer Umgebung weitestgehend zu verschmelzen.

»Hallo, ich bin's, Nathalie.«

»Hallo. Bist du unterwegs?«

»Nein, tut mir leid, ich bin noch bei der Polizei. Die Besprechung zieht sich, wir sind noch nicht fertig. Wie es aussieht, komme ich mit Hauptkommissar Axberg so um acht zu dir. Er scheint dich noch mal verhören zu wollen.«

»Ja, er hat vor ein paar Stunden angerufen. Dann können wir uns also nicht vorher sehen?«

»Wahrscheinlich nicht. Ich muss auch gleich wieder rein, aber gibt es vielleicht etwas, was du mir vorher noch sagen willst?«

Es wurde still in der Leitung. Ein Tankwagen brauste stadtauswärts vorbei. Als der Lärm verklungen war, sagte Estelle: »Ich habe gerade mit Mama gesprochen. Ihr scheint es den Umständen entsprechend ganz gut zu gehen. Sie war in ihrem Atelier und hat an irgendeiner Fotocollage gearbeitet. Ein paar ihrer Freundinnen vom Lions Club waren auch da.«

»Gut«, sagte Nathalie und schaute auf Adams Armbanduhr mit dem roten Lederarmband, die sie am Handgelenk trug, seit dieses Erinnerungsstück in der vergangenen Woche unter seinen Hinterlassenschaften wieder aufgetaucht war.

Zwei Minuten noch. Nathalie drehte sich um und sah ihr Spiegelbild im Fenster des Amtsgerichts. »War sie nüchtern?«

»Ich glaube schon«, sagte Estelle. »Sie hat sich angehört wie immer, aber ich habe in letzter Zeit ja nicht allzu oft mit ihr geredet ... Sie meinte, für Papas Beerdigung sei so weit alles vorbereitet.«

»Hat sie sich für einen Friedhof entschieden?«

»Ja, ich meine, sie hat vom Alten Friedhof Uppsala gesprochen.«

Gut, dachte Nathalie. Sonja hatte zuerst auf den Englischen Friedhof bestanden, auf dem auch Victors Eltern lagen, aber das war für Nathalie nicht in Frage gekommen. Bei der Vorstellung, dass Victor in der Nähe von Adam beerdigt werden sollte, wurde ihr übel.

Sie beendete das Gespräch und eilte zurück ins Gebäude. Das Smartphone in ihrer Hand fühlte sich warm an. Ihr Leben spielte sich zur Hälfte in dem kleinen Gerät ab, genau wie bei den meisten anderen. Sowohl Hoffmans als auch Jensens Handy waren in Verbindung mit dem Überfall ausgeschaltet worden. Das Namensschild hingegen hatte der Täter zurückgelassen, hinzu kamen diese rätselhaften Dominosteine. Was sagte das über seine Persönlichkeit aus? Wenn sie in der Gruppe bleiben wollte, musste sie gute Arbeit leisten. Trotz Granstams lobender Worte hatte sie das Gefühl, dass sie sich mehr ins Zeug legen musste als die übrigen Mitglieder, vor allem jetzt, da ihre Schwester in den Fall involviert war.

Granstam drückte den Zigarettenstummel vor dem Kiosk aus und holte eine Packung Tabletten aus der Innentasche seines Sakkos. Er behauptete zwar immer, die Pillen seien gegen seine Rückenschmerzen; doch einmal hatte Nathalie den Eindruck gehabt, dass es sich dabei aber um ein Beruhigungsmittel handelte. Nachgefragt hatte sie allerdings nicht. Granstam war ihr Vorgesetzter, und es stand ihr nicht zu, die Nase in seine Angelegenheiten zu stecken. Sie wusste, dass er eine schwierige Zeit hinter sich hatte. Vor einem halben Jahr hatte man ihn verdächtigt, seine Frau eine Treppe hinuntergestoßen und damit ihren Genickbruch verursacht zu haben. Im Rahmen des Disziplinarverfahrens war er für unschuldig erklärt worden, doch das Misstrauen in den Blicken der anderen war geblieben.

»Hallo, haben Sie auch ein bisschen frische Luft geschnappt?«, sagte sie, als sie vor dem Eingang aufeinandertrafen.

»Höchstens ein bisschen die Gedanken gelüftet«, sagte er mit einem Lächeln und hustete. »Aus irgendeinem Grund kann ich das Rauchen einfach nicht lassen.«

»Vielleicht weil es eine gute Entschuldigung ist, mal ein paar Minuten seine Ruhe zu haben«, schlug Nathalie vor.

»Ja«, sagte Granstam lächelnd. »Vielleicht sollte ich eine Therapie machen ...«

»Sie haben ja keine Ahnung, wie teuer das ist«, gab Nathalie zurück und ging vor ihm durch die Glastür. »Aber verglichen mit dem, was die Zigaretten kosten, ist das natürlich gar nichts. Ich kann Ihnen gern jemanden empfehlen, wenn Sie möchten.«

»Wir nehmen den Aufzug, oder?«, sagte Granstam und hustete noch einmal.

8

Der große Konferenzraum erinnerte in vielem an das Besprechungszimmer im Zentralkriminalamt: der gleiche rechteckige Grundriss, ein Whiteboard mit Projektor, in der Mitte ein ovaler Tisch für zwanzig Ermittler.

Die Uhr an der Wand zeigte halb vier, als Johan Axberg hereinkam und die Tür schloss. Nathalie, Granstam und Tim Walter wurden drei Stühle nebeneinander zugewiesen, die mit den Rückenlehnen zu den Fenstern standen. Auf der gegenüberliegenden Seite saß das örtliche Team: die Kommissare Sofia Waltin, eine blonde sportliche Frau von 35 Jahren, Pablo Carlén, ein Mann mit gefärbten Haaren, in einem frisch gebügelten Hemd und militärischer Haltung, und Jens Åkerman, vermutlich im gleichen Alter wie Tim Walter, der mager war und eine dicke Brille trug. Neben der Tür stand der Zwei-Meter-Hüne Sven Hamrin, in den Fünfzigern, und machte ein griesgrämiges Gesicht.

»So«, beendete Johan Axberg den offiziellen Teil der Einführung und trat ans Whiteboard. Dort hingen Fotos, die mit Magneten befestigt waren: von den Opfern, dem Krankenhaus, dem Fundort auf Alnön, den Dominosteinen und den Spuren im Boden. Zu Nathalies Erleichterung gab es weder Bilder von Estelle noch den Stichverletzungen an Thomas Hoffmans Rücken. Jede Menge Striche, Kreise und Fragezeichen mit Rotstift wiesen auf denkbare Verbindungen hin.

»Aha, und hinter welchem Verrückten sind wir diesmal her?«, polterte Hamrin von seinem Standpunkt an der Wand aus und kratzte sich den tätowierten Anker auf dem Unterarm.

»Wenn wir das wüssten, würden wir wohl nicht hier sitzen«, antwortete Nathalie verwundert und schaute dem Riesen mit der Kurzhaarfrisur direkt in seine hellblauen Augen.

Aus dem Augenwinkel sah sie, dass Johan Axberg lächelte, aber als sie sich zu ihm drehte, erstarrte er und schaute auf seine Unterlagen.

»Ich würde Ihre Frage gern ausbauen«, erklärte Ingemar Granstam. »Wer, warum, wie, wo und wann?«

»Das war eine intelligente Analyse«, erwiderte Hamrin und verschränkte die Arme vor der Brust.

»Wir sind Experten für Denkmuster von Mördern«, erklärte Tim Walter und loggte sich auf seinem Laptop ein. »Aber wenn wir Ihnen helfen sollen, müssen Sie uns helfen.«

»Das tun wir selbstverständlich«, sagte Pablo Carlén und drückte den Rücken so durch, dass sein frisch gebügeltes Hemd knisterte. »Aber dann müssen Sie auch sagen, was Sie von uns wissen wollen.«

Angespanntes Schweigen entstand. Auf Nathalie wirkten die beiden Ermittlergruppen wie zwei konkurrierende Mannschaften. Typisch Männer, dachte sie dann und betrachtete Sofia Waltin, die ihr gegenüber saß und genauso genervt von dem Gezicke zu sein schien wie sie.

»Konzentration«, ermahnte Johan Axberg. »Wenn wir Erik Jensen rechtzeitig finden wollen, müssen wir zusammenarbeiten. Wir fangen mit der Frage *Wer?* an. Mir ist klar, dass es noch zu früh für ein Täterprofil ist, aber es wäre gut zu wissen, was Sie bisher von dem Fall halten.«

Er sprach zu Granstam, der auf das Whiteboard blickte. »Zwei Ärzte sind am selben Ort im Krankenhaus zum gleichen Zeitpunkt verschwunden ... Wahrscheinlich verfügt der Täter über gute Ortskenntnisse. Die Frage ist, ob die Opfer nach dem Zufallsprinzip ausgesucht wurden.«

»Sie meinen, der Täter hat einfach nur auf das erstbeste Opfer gewartet?«, fragte Sofia Waltin.

»Unwahrscheinlich, weil es zwei Ärzte sind«, widersprach Nathalie.

»Das kann ein Zufall sein, obwohl was an Ihrer Überlegung dran ist«, meinte Granstam. »Aber wenn der Täter es auf Hoffman und Jensen abgesehen hatte, muss er gewusst haben, dass sie zu einem bestimmten Zeitpunkt durch diesen Gang gehen würden.«

»Ich bin mir ganz sicher, dass es mit ihrer Arbeit zusammenhängt«, sagte Pablo Carlén.

»Hoffman war in Zivil«, erklärte Johan, »in dem Fall muss der Täter gewusst haben, wer er war.«

»Sich ein privates Motiv vorzustellen ist schwieriger«, fand Granstam und steckte sich eine Portion Snus in den Mund.

Nathalie fiel auf, dass seine Hände zitterten, was sie vorher nicht bemerkt hatte. Ist er trocken?, dachte sie gerade, als er fortfuhr: »Das wäre der Fall, wenn der Täter den Tatort ausgesucht hätte, um uns in die Irre zu führen ...«

»Vielleicht gibt es kein Motiv«, schlug Nathalie vor. »Das mit den Dominosteinen und den Verletzungen an Hoffmans Rücken hat was von einem Ritual.«

Sven Hamrin veränderte seine Stellung an der Wand und seufzte.

»Auf die Idee sind wir auch schon gekommen«, erklärte er. »Und wir kämpfen an beiden Fronten, aber es arbeiten über zehntausend Personen in dem Krankenhaus, das dauert also seine Zeit.«

»Ich habe eine Verbindung zwischen den Opfern gefunden«, meldete sich Sofia Waltin zu Wort und wandte sich an Axberg. »Erik Jensen war doch im Skvaderorden, oder?«

»Ja. Er ist dem Orden nach der Scheidung beigetreten.«

»Hoffman auch«, stellte Sofia fest.

»Was zum Henker ist der Skvaderorden?«, grummelte Hamrin.

Sofia drehte sich zu ihrem Kollegen um. »Ein Herrenclub aus einer Reihe von Männern ab vierzig aufwärts, die sich jeden Donnerstagabend zu Vorträgen, Abendessen und diversen Feiern treffen.«

Wieder an Axberg gerichtet, fuhr sie fort: »Meinem Eindruck nach handelt es sich da um einen Verein von Karrieristen, die neue Freunde und auf lange Sicht neue Partner suchen.«

Johan nickte, und Sofia erklärte weiter: »Der Skvaderorden veranstaltet immer einmal im Monat ein Abendessen mit einer weiblichen Entsprechung, die ›Gesällerna‹ heißt.«

»Genau«, sagte Johan. »Erik hat das erwähnt, aber keine Details genannt. Die Verbindung zu Hoffman ist interessant. Überprüf das mal genauer.«

Hamrin drehte sich, so dass es in seinem dicken Nacken knackte.

»Die Frage ist, was diese bescheuerten Dominosteine zu bedeuten haben.«

Die Gruppe betrachtete die vergrößerten Fotos. Ein Stein mit je einem Punkt in jedem Feld. Der andere mit einem Sechser-Paar.

»Er will uns damit etwas sagen, zeigen, dass der Mord und das Verschwinden zusammengehören«, stellte Granstam fest.

Tim Walter sah vom Bildschirm auf, schaute umher und ließ dann seinen Blick zum Fenster schweifen. »Normalerweise hinterlassen Serienmörder ein Souvenir oder sie nehmen eines mit. So können sie den emotionalen Auslöser noch mal erleben, den sie beim Mord empfunden haben.«

»Aber hier geht es doch nicht um einen Sexualmord«, widersprach Kommissar Jens Åkerman, der ebenfalls mit einem Laptop vor sich am Tisch saß.

»Nein«, stimmte ihm Granstam zu. »Ich glaube auch nicht, dass die Entführung und der Mord sexuell motiviert sind. Sehen Sie sich diese Wunden an Hoffmans Rücken an ... die wirken eher zwanghaft als sadistisch.«

Er drehte sich zu Nathalie um. Sie nickte. »Und wir haben nur einen Mord, da ist es noch viel zu früh, um von einem Serienmörder zu sprechen.«

»Das finde ich auch«, sagte Granstam. »Auch wenn die Zwanghaftigkeit dafür spricht, dass ...«

Als Johan ein paar Schritte auf das Fenster zuging und sich mit den Händen durchs Gesicht fuhr, biss Granstam sich auf die Zunge. Alle beendeten still in Gedanken den Satz: *Wenn wir*

Erik Jensen nicht vor Montag finden, besteht das große Risiko, dass auch er ermordet wird.

»Außerdem ist die Person bereit, Risiken in Kauf zu nehmen«, ergriff Granstam wieder das Wort. »Bei der Art, wie die Opfer überfallen und entführt wurden, bestand offenkundig die Gefahr, entdeckt zu werden.«

»Was schlecht zum Kontrollbedürfnis passt«, warf Nathalie ein.

»Eine gespaltene Persönlichkeit?«, schlug Tim Walter vor.

»Vielleicht haben wir es mit mehreren Tätern zu tun«, gab Granstam zu bedenken.

»Oder mit Kent Runmark«, schlug Pablo Carlén vor und lächelte Nathalie vielsagend an.

Johan Axberg schaute auf die Uhr.

»Es wird Zeit, dass wir Runmark verhören. Aber ich habe keine Hoffnung, dass er vorhat, uns zu verraten, wo Erik ist, wenn er es denn weiß.«

»Das ist doch klar wie Kloßbrühe, dass er es ist«, grummelte Hamrin. »Hier in der Stadt laufen nicht unendlich viele Gestörte rum.«

»Kann er ein Trittbrettfahrer sein?«, fragte Tim Walter.

»Glaube ich nicht«, antwortete Axberg. »Das mit den Dominosteinen ist nicht an die Presse durchgesickert.«

Er lief vor der Tafel im Kreis und fuhr fort: »Warum ließ der Mörder Hoffman drei Tage am Leben, ehe er ihn umbrachte und im Wald ablegte?«

»Um ihn zu quälen«, antwortete Tim Walter und tippte auf die Tastatur ein, als schreibe er die Antwort, während er sie aussprach.

»Aus Kontrollbedürfnis«, vermutete Nathalie.

»Und warum hat er Erik überfallen, bevor er Hoffman getötet hat?«

»Vielleicht konnte er Erik Jensen vorher nicht kriegen«, meinte Åkerman. »Soweit ich weiß, hatte Erik vor dem Überfall drei Wochen lang keine Nachtschicht.«

Nathalie nickte und ergänzte: »Und wegen der Zwanghaftigkeit musste er Hoffman drei Tage festhalten, ehe er ihn erschlug.«

»Die Frage ist, *wo* wir suchen müssen«, sagte Johan. »Missing People sucht die Umgebung ums Krankenhaus ab, und unsere Kollegen von der Schutzpolizei durchkämmen das Gelände um den Fundort auf Alnön.«

Granstam nickte ernst.

»Vermutlich hat der Täter eine Verbindung zum Krankenhaus und auch zu Alnön, berücksichtigt man aber, dass er für den Abtransport ein Auto gehabt haben muss, kann er sich innerhalb eines großen Radius bewegt haben. Es bringt also nichts, blindlings draufloszusuchen.«

Nathalie sah, wie sich Johans ausdrucksvolles Gesicht verhärtete. Tim Walter entwickelte die Analyse: »Weil er Hoffman tötete, bevor er ihn ablegte, hat er das vermutlich in einem Versteck getan.«

»Wenn er ihn nicht im Auto getötet hat«, überlegte Sofia laut.

»In einem *großen* Auto«, schob Pablo Carlén ein. »Wir reden hier mindestens von einem Van.«

»Zeit, Vollgas zu geben«, stellte Axberg fest und stützte sich mit den Händen auf die Kurzseite des Tisches. »Nathalie und ich verhören Kent Runmark und danach Estelle Ekman. Sofia überprüft den Skvaderorden, und Hamrin zeigt Granstam und

Walter die Tatorte. Pablo und Åkerman beschaffen weiterhin Informationen über die Opfer und das Krankenhaus.«

Alle machten sich daran, ihre Sachen einzupacken, und wollten gerade aufstehen, als es an der Tür klopfte.

»Herein«, rief Johan.

Eine Polizistin in Zivil betrat den Raum und sah ihn gestresst an. »Entschuldigung, dass ich störe, aber ich glaube, es ist wichtig.«

Johan nickte.

»Hier ist eine Frau, die unbedingt mit Ihnen sprechen will. Sie heißt Christina Bäckström und ist die Nachbarin von Sara Jensen. Sie hat etwas Wichtiges über Erik Jensen zu erzählen.«

9

Draußen im Korridor fragte Johan, ob Nathalie bereit sei, beim Gespräch mit Eriks ehemaliger Nachbarin anwesend zu sein.

»Es ist immer besser, zu zweit zu sein, und weil wir Runmark zusammen verhören wollen, da dachte ich, dass ...«

Er verstummte, als Hamrin und Granstam auf dem Weg zu den Fahrstühlen an ihnen vorbeigingen.

»Gerne«, antwortete Nathalie, »ich bin schließlich hier, um zu arbeiten.«

Fünf Minuten später saß sie neben Johan hinter seinem Schreibtisch. Ihnen gegenüber hatte die Schwedischlehrerin Christina Bäckström Platz genommen. Sie war in den Vierzigern, hatte einen rötlichen Pagenkopf und ein niedliches, sommersprossiges Gesicht. Sie trug ein rotes Polohemd, Designer-

Jeans und weiße Converse. Zunächst war Christina Bäckström skeptisch gewesen, als Johan sagte, dass Nathalie dabei sein sollte, hatte dann aber den Kopf in den Nacken geworfen und zugestimmt.

Johan schaltete das Aufnahmegerät ein und begann: »Wir haben uns doch schon mal gesehen, oder?«

»Ja«, antwortete Christina Bäckström. »Letztes Jahr um Weihnachten, auf Eriks Glühweinparty.«

»Ja, stimmt«, erinnerte sich Johan. Ein verzweifelter Versuch seines Freundes, das Vakuum nach der Scheidung zu füllen. Johan war mit Alfred dort gewesen. Carolina hatte in Stockholm ein Fernseh-Interview mit Zlatan geführt.

»Meine Kinder gehen in die gleiche Klasse wie Sanna und Erika«, erklärte Christina Bäckström Nathalie und zog den Kragen des Poloshirts zurecht. »Ich habe aber zwei Söhne, darum spielen sie also nicht mehr so häufig mit Saras und Eriks Töchtern. Haben Sie eine Ahnung, wo Erik ist?«

»Sie wollten uns etwas erzählen«, sagte Johan und lehnte sich zurück.

»Ja«, nickte Christina Bäckström. »Wir machen uns natürlich sehr große Sorgen. Im Hinblick auf den anderen Arzt, der auf Alnön gefunden wurde, da ...«

Auf Christina Bäckströms Augen lag ein feuchter Film, als sie Johans Blick erwiderte. Sie schluckte kräftig. »Es war an dem Tag, bevor Erik verschwand, also letzten Donnerstagnachmittag ...«

»Ja«, ermunterte Johan sie.

»Da kam Erik in seinem BMW angefahren und hat auf der Straße geparkt. Sara, José und die Mädchen tranken im Garten Kaffee. Ich war an unserer Hausecke beim Unkrautjäten und hatte den Überblick über ihr Grundstück, ohne dass sie mich sehen konnten.«

»Sprechen Sie weiter.«

Ein Netz aus kaum sichtbaren Falten trat auf Christina Bäckströms Stirn, als sie aus dem Fenster schaute und das Geschehene abermals zu erleben schien.

»Erik sah freundlich, aber entschlossen aus. Die Mädchen liefen ihm entgegen und umarmten ihn, da stand Sara auf und fragte ihn so was wie: ›Was machst du hier? Wir haben doch vereinbart, dass du nicht ...‹ Das Ende des Satzes konnte ich nicht mehr verstehen, aber es war offensichtlich, dass Sara über seinen Besuch nicht gerade erfreut war. Dann kabbelten sie sich leise eine Minute wegen irgendetwas, bis José plötzlich aufstand ...«

Das rosige Gesicht der Frau lief rot an.

»Sie wissen, dass José Saras neuer Freund ist, oder?«

»Und ihr Literaturagent«, nickte Johan.

Erik hatte sich bei ihren mittwöchigen Kneipenbesuchen viel und gründlich über José ausgelassen. Johan wiederum hatte seinem Ärger und der Ambivalenz über die Beziehung mit Carolina Luft gemacht. Manchmal hatten sie sogar darauf verzichtet, den Wettschein für die V5 auf der Trabrennbahn in Bergsåker auszufüllen, weil keiner von ihnen mehr die Energie dazu hatte. Erik konnte Josés Art nicht ausstehen, wie er mit Aufmerksamkeiten und vollkommener Nonchalance Sara erst in den Himmel hob und dann wieder auf den Boden der Tatsachen stellte. Und das Allerschlimmste: Er war nicht nett zu den Kindern.

»José geht auf Erik zu und sagt laut und deutlich: ›Jetzt kannst du hier wieder verschwinden, du bist nicht willkommen.‹ Sara lotst die Kinder ins Haus, kommt aber gleich wieder raus. Als Erik versucht, ihr etwas zu sagen, packt José ihn am Arm und schubst ihn gegen den Zaun, Sara steht mit verschränkten Armen da und starrt Erik die ganze Zeit sauer an. Sie hat keinerlei Anzeichen von Protest gegen Josés Ausfall gezeigt.«

Johan schloss eine Sekunde die Augen. Das Haus, auf das Sara und Erik so stolz waren, der Garten, in dem ihre Töchter ihre ersten Schritte gemacht hatten.

»Als ich aufstehe, sehe ich, wie wütend Erik wird«, fuhr Christina Bäckström fort. »Eine Sekunde lang sieht es so aus, als würde er José eine scheuern. Dann sagt er etwas zu Sara und fährt davon.«

»Wann war das ganz genau?«, wollte Johan wissen.

»Letzten Donnerstag. Gegen vier Uhr.«

»Um sechs Uhr ging Erik zur Nachtschicht«, sagte Johan zu Nathalie. Sie dachte an alle Streitereien, die sie mit Håkan ausgefochten hatte. Manchmal sogar vor den Kindern.

»Ist so was vorher schon mal vorgekommen?«, fragte sie.

Christina Bäckström schaute sie an.

»Nein, aber ich weiß ja, dass es zwischen Sara und Erik oft Zoff gegeben hat. Und dass José schon vor der Scheidung aufgetaucht ist. Jetzt ist das Haus leer, ich glaube, sie sind verreist.«

»Sie sind in Berlin und kommen morgen früh wieder«, klärte Johan sie auf und schaltete das Aufnahmegerät aus. »Gut, dass Sie das erzählt haben, Frau Bäckström. Möchten Sie noch etwas sagen?«

Das rötliche Haar wehte, als sie den Kopf schüttelte. »Werden Sie José verhören?«

»Darauf kann ich leider nicht antworten«, sagte Johan.

»Wenn Sie es tun, wäre ich dankbar, wenn Sie ihm nicht sagen, dass ich hier gewesen bin.«

»Wir sind immer so diskret, wie es uns möglich ist«, beendete Johan das Gespräch und erhob sich.

Nachdem er die Tür geschlossen hatte, wandte er sich an Nathalie.

»Was meinen Sie, haben wir es hier mit einem Eifersuchtsdrama zu tun?« Er ging ans Fenster, steckte die Hände in die Gesäßtaschen seiner schwarzen Jeans und wippte auf den gut geputzten Boots auf und ab.

»Scheint mir zu weit hergeholt mit Blick auf die Dominosteine«, antwortete sie. »Aber Eifersucht kann die bizarrsten Formen annehmen. Geht der Täter mit genug Berechnung vor, dann sind vielleicht alle Attribute nur dazu da, um uns in die Irre zu führen.«

Johan kratzte sich hörbar die Bartstoppeln. »Das Merkwürdige ist, dass Sara den Streit nicht erwähnt hat, als ich mit ihr sprach. Sie behauptete, sie und Erik hätten sich zuletzt am Abend davor bei einer Ballettaufführung der Töchter gesehen. Ich rufe sie an und erkundige mich«, schloss er das Gespräch ab und griff nach seinem Handy.

Als der Anrufbeantworter ansprang, bat er Sara um einen schnellstmöglichen Rückruf.

»Ich glaube kaum, dass Sara etwas damit zu tun hat, Erik ist doch der Vater der Kinder«, sagte er zu Nathalie.

»Und José?«

»Bezweifele ich. Soweit wir wissen, haben weder er noch Sara eine Verbindung zu Hoffman.«

»Estelle und Robert auch nicht«, sagte Nathalie.

Johan schien etwas anderes durch den Kopf zu gehen, als er wieder auf die Straße schaute. Nathalie war danach, ihm die Hand auf die Schulter zu legen, traute sich aber nicht. Er sah sie an: »Ich glaube, unser Mann sitzt im Keller und wartet auf uns. Wollen wir uns jetzt Kent Runmark vornehmen?«

»Unbedingt, aber ich muss zuerst seine Krankenakte lesen.«

10

»Ich habe sämtliche Krankenakten von Runmark aus der normalen Psychiatrie und aus der forensischen Psychiatrie besorgt«, sagte Johan Axberg und trat an den Schreibtisch.

Noch ehe er anfing, in dem Stapel zu suchen, klingelte sein Mobiltelefon. Ein Rocksong, den Nathalie kannte, aber nicht einordnen konnte. Er war jedenfalls nicht von der Boygroup, die sie sonst als Abwechslung zu den Proben mit dem Ekeby-Chor hörte. Johan machte ein entschuldigendes Gesicht und nahm das Gespräch an. Nach der ehrfurchtgebietenden Einleitungsphrase wurde er in seinem Ton gleich zurückhaltender und trat ans Fenster. Nathalie betrachtete seinen Rücken und die Hand, mit der er sich den Nacken massierte. Hörte ein: »Wir besprechen das später ... ich weiß, aber ich habe jetzt keine Zeit ... klar, tschüss, mach's gut Schatz.«

Mit einem Lächeln, das eher steif als herzlich war, drehte er sich zu ihr um und steckte das Handy in die Vordertasche seiner Jeans.

»Ihre Frau?«

Johan begann in den Stapeln auf dem Tisch zu blättern.

»Freundin, die Mutter unseres Sohnes Alfred. Carolina heißt sie. Hier ist ein Ausdruck der Krankenakten.«

Er nahm den zehn Zentimeter dicken Packen hoch und überreichte ihn ihr. »Das ist die Krankenakte aus der forensischen Psychiatrie, es gibt noch einen genauso dicken Stapel aus dem Krankenhaus.«

Gleich darauf landete die nächste Akte auf der frei gewordenen Stelle. »Ich habe alles angefordert, weil ich nicht wusste, wonach Sie suchen.«

»Wo kann er stecken?«, fragte sie und entschlüsselte zugleich Kent Runmarks Personalnummer. »7. Mai 1974. Fünf Jahre jünger als ich. Wird in vier Tagen vierzig.«

Sie fragte sich, ob Runmark das kümmerte. Viele ihrer Patienten interessierte es nicht, wenn sie denn überhaupt wussten, dass sie Geburtstag hatten.

Es klopfte energisch an der Tür.

»Herein«, rief Johan, und Nathalie spürte den Luftzug, als Pablo Carlén ins Zimmer stürmte.

Pablo sah seinen Chef mit gewichtiger Miene an. »Ich habe etwas rausgefunden, wovon ich glaube, dass es uns weiterbringen kann.«

»Erzähl«, bat Johan ihn, obwohl Kommissar Carlén aussah, als könne ihn ohnehin nichts auf der Welt davon abhalten.

»Wir haben eine neue Verdächtige, die Hoffman und auch Jensen bedroht hat. Sie heißt Yasmine Danielsson und ist Krankenschwester in der Notaufnahme. Sie war bis vor einem Monat Chefin, dann wurde sie abgesetzt. Und nun hört mal gut zu ...« Pablo Carlén verschränkte die Arme vor der Brust und legte eine Kunstpause ein. Als weder Johan noch Nathalie etwas sagten, fuhr er fort: »Thomas Hoffman und Erik Jensen saßen beide im Aufsichtsrat der Klinik, der entschied, Frau Danielsson aus ihrer leitenden Position zu entfernen. Sie erfuhr das in einer gelinde gesagt aufgewühlten Sitzung – ich habe nämlich mit der Personalleiterin gesprochen, die dabei war.«

»Und?«, fragte Johan.

»Frau Danielsson ist wütend geworden und hat gesagt, sie sollen sich in Acht nehmen. Dass sie alle Chauvischweine seien, die nicht damit klarkämen, eine Frau als Chefin zu haben ...«

»Wann war das?«

»Die Sitzung war vorvorigen Freitag, eine Woche vor Hoffmans Verschwinden.«

»Warum wollte man sie loswerden?«, fragte Nathalie.

»Weil mehrere Ärzte, die meisten von ihnen Männer, sich über sie beschwert hatten. Sie wäre eine schlechte Chefin. Außerdem kam sie nicht mit dem Budget aus.«

Pablo stellte sich wie für eine gymnastische Übung auf die Zehenspitzen, ehe er die Fußsohlen wieder auf den Boden absenkte und weitersprach: »Die Sache ist nämlich die, dass Yasmine Danielsson im Kampfsport Taekwondo in Schweden auf dem dritten Platz steht.«

»Wirklich?«, staunte Johan.

»Für sie wäre es bestimmt kein Problem, Hoffman und Jensen zu überwältigen. Und sie arbeitet im Krankenhaus und kennt sich dort aus ...«

Johan aktivierte den Computer und googelte sie. Mehrere Bilder von einer gut durchtrainierten Frau mit asiatischen Gesichtszügen und Pferdeschwanz erschienen auf dem Bildschirm. Die eine Hälfte der Bilder zeigte sie in Trainingskleidung, die andere in einem enganliegenden Hosenanzug. Auf keinem der Fotos war sie als Krankenschwester zu sehen.

Pablo kommentierte die Fotos: »Sie ist ein Adoptivkind aus Vietnam und im Alter von drei Jahren nach Sundsvall gekommen. Sie ist Vorsitzende in der Partei FD, Feministische Definition, und sitzt im Landtag. Vertritt offensichtlich ziemlich radikale Ansichten.«

»Gut gemacht, Pablo«, sagte Johan und klopfte dem Kollegen auf die Schulter des faltenfreien weißen Oberhemds. »Nimm Sofia mit, und verhör Frau Danielsson.«

Der Eifer in Pablos Augen wurde etwas gedämpft, als er den Namen der Kollegin hörte, doch er nickte und verließ den Raum.

Johans Handy klingelte wieder. Jetzt erkannte Nathalie, dass Bob Dylans »Knockin' on Heaven's Door« ertönte. Abermals mit betretenem Gesichtsausdruck sagte er: »Sie können sich hier hinsetzen, ich bin in einer halben Stunde wieder zurück.«

Dann schnappte er sich die Schachtel mit dem Nikotinpflaster vom Schreibtisch und nahm das Gespräch erst an, nachdem er die Tür hinter sich geschlossen hatte.

11

Nathalie blieb eine Weile stehen, erstaunt über Johan Axbergs Großzügigkeit. Hätte sie jemandem, den sie nicht kannte, ihr Sprechzimmer überlassen? Nein, eigentlich überhaupt niemandem. Der Gedanke, jemand könne ihre pedantische Ordnung stören, war so fern wie die Sonne von Sundsvall an diesem Tag. Auf Johans Schreibtisch glänzte Ordnung durch Abwesenheit, aber sie schob sich eine Ecke frei und sortierte die Krankenakten in chronologischer Reihenfolge und machte sich ans Lesen. Sie war gut darin, einen Text zu überfliegen, und würde diese Fähigkeit jetzt nutzen. Dreißig Minuten für etwas, das bei gründlicher Lektüre dieselbe Anzahl von Stunden gedauert hätte.

Das Handy brummte. Eine SMS von Ingemar Granstam:

Wir haben im Knaust eingecheckt. Ihr Koffer steht an der Rezeption. Bis bald/ G.

Sie atmete tief durch und las weiter. Kent Runmark war schon in der Schule durch sein gewalttätiges Verhalten aufgefallen. Im Alter von acht Jahren kam er zum ersten Mal in Berührung mit der Kinderpsychiatrie, nachdem er einen Lehrer mit einem Baseball-Schläger angegriffen hatte. Dann folgte eine ebenso bunte wie konsequente Reihe von Maßnahmen, unterstützenden Gesprächen und Medikamentierungen. Genau an Kents zehntem Geburtstag brannte das Haus der Familie in Timrå bis auf die Grundmauern nieder. Kent und sein großer Bruder konnten sich ins Freie retten, die Eltern aber überlebten nicht. Die Brandursache konnte nie geklärt werden, der Verlauf war ungewöhnlich schnell, und alle eventuellen Beweise waren verkohlt, bevor die Feuerwehr löschen konnte.

Kent wurde durch etliche Pflegefamilien geschleust, durfte aber nirgendwo länger als ein Jahr bleiben, weil niemand mit ihm zurechtkam. Als er vierzehn Jahre alt war, wurde das Muster durchbrochen, als er zu dem jungen Bauernehepaar Holger und Hanna Gustavsson nach Alnön zog. Kent fühlte sich wohl und zeigte gute Leistungen in der Schule. Er war immer als intelligent eingestuft worden, und nun brachte er gute Noten nach Hause. Ihm fiel es leicht, sich Formeln, Karten und Jahreszahlen zu merken. Nathalie nahm an, dass er Anteile vom Asperger-Syndrom hatte, doch keiner ihrer Medizinerkollegen hatte es erwähnt, und davon stand auch nichts in der Krankenakte.

Als Kent siebzehn war, nach drei einigermaßen harmonischen Jahren, kam der Bescheid, das Ehepaar Gustavsson wolle ihn nicht länger bei sich wohnen haben. Den Grund dafür kannte niemand; hier musste man sich einfach auf Kents Worte, »Die Ärsche hielten es nicht mehr aus«, verlassen. Eines Abends im Juni ermordete er beide im Norden von Alnön, einen knappen Kilometer von ihrem Haus entfernt. Nathalie überflog das Gutachten des Rechtsmediziners über Folter mit Brandmalen und Schlägen, verursacht von einem harten stumpfen Gegenstand. Die Erinnerung an die Dominosteine und die Verletzungen an Hoffmans Rücken mit den unangenehmen Detailbeschreibungen kamen ihr in den Sinn, und ihr wurde übel. Sie rief sich Johans Worte ins Gedächtnis, dass es sich wahrscheinlich um einen Hammer gehandelt habe, und sah die Verletzung an Hoffmans Schläfe vorüberzucken.

Kent wurde in die forensische Psychiatrie gesperrt, bekam Elektroschocks und beruhigende Medikamente und Neuroleptika verpasst, deren Dosierung das stärkste Pferd umgehauen hätten. Bei einem Freigang 1997, als er 23 Jahre alt war, erschlug er den Polizisten in Umeå mit einem Schraubenschlüssel.

Der gleiche Modus Operandi mit Gewalt, die durch Wut ausgelöst wurde, entstanden, weil er sich abgelehnt fühlte, schlussfolgerte Nathalie und machte sich eine Notiz. Könnte mit dem Profil übereinstimmen. Hoffman hatte Runmark in der Notaufnahme weggeschickt, aber wie passten die Dominosteine ins

Bild? Soweit die Kollegen wussten, war Runmark Erik Jensen nicht begegnet, bis er ihn im Korridor angeschrien hatte.

Um ihren Kreislauf in Gang zu halten, zog Nathalie die Pumps aus und machte unter dem Tisch zwanzig Sätze Zehenheben, während sie weiterlas. Sie musste zu einer guten Analyse kommen, so dass Granstam und Johan Axberg zufrieden waren. Runmarks Diagnosen hatten im Lauf der Jahre variiert, was teilweise am Kostenübernahmesystem auf Beschluss des Landtages lag, doch in den letzten zehn Jahren hatten sie sich auf »multiple Persönlichkeitsstörungen mit Schüben von paranoider Psychose« eingependelt.

Nachdem er fast zwei Jahrzehnte wie eine Flipperkugel zwischen geschlossener Psychiatrie und forensischer Psychiatrie hin- und hergeschubst worden war, folgte eine dreijährige Phase mit offensichtlicher Verbesserung. Kent wurde in die Poliklinik überwiesen, man erlaubte ihm immer längere Freigänge und einen Aushilfsjob als Reinigungskraft im Busterminal. Dann trat um den Jahreswechsel eine abrupte Verschlechterung ein. Er begann die Einnahme der Medikamente zu vernachlässigen und suchte wiederholt die Notaufnahme auf. Der Höhepunkt war der Besuch im Krankenhaus, wo ihn Hoffman wieder nach Hause schickte. Drei Tage später wurde er in die Psychiatrie eingewiesen, um auf einen Platz in der forensischen Psychiatrie zu warten, und bedrohte dann Erik Jensen.

Nathalie schloss die Augen. Warum hatte sich Runmarks Zustand um den Jahreswechsel verschlechtert? Nach drei Jahren mit immer seltener gewordenen Arztbesuchen und einem Broterwerb als Reinigungskraft im Busbahnhof war offenbar etwas passiert. Sie war zu schnell vorgegangen. Entschlossen blätterte sie zurück und suchte.

Ein paar Seiten vorher fand sie die Erklärung: Kent Runmark hatte eine Freundin namens Jennie Larsson gehabt. Sie hatten sich bei der Arbeit im Busbahnhof kennengelernt. Jennie Larsson hatte sich in der Silvesternacht auf einer Toilette in der psychiatrischen Notaufnahme mit einer Wäscheleine erhängt, nach fünf Stunden Wartezeit auf einen Arzt, der nie kam. Ein Hausmeister hatte sie gefunden und vergeblich versucht, ihr das Leben zu retten.

Nathalie lief ein kalter Schauer über den Rücken, als sie am Ende der Akte den Namen des Arztes las: Thomas Hoffman.

Diese Verbindung hatte Johan Axberg nicht erwähnt. War das Zufall? Aber wenn Runmark sich an Hoffman rächen wollte – warum hatte er sich damit fünf Monate Zeit gelassen? War die Ablehnung in der Notaufnahme der Tropfen, der das Fass zum Überlaufen brachte?

Nathalie fuhr sich mit den Händen durch die Locken und massierte ihre Schläfen. Sie sprang kreuz und quer im Text und erkannte, dass der Selbstmord der Freundin der Auslöser für die Lawine an Destruktivität war, die bis heute in Kents Psyche tobte.

Unruhig stand sie auf, drehte eine Runde durch das Zimmer und blieb vor dem Bücherregal stehen, in dem genauso ein Chaos herrschte wie im Durcheinander aus Ordnern, Mappen und privaten Sachen auf dem Schreibtisch. Ihr Blick blieb an einer Halbkugel hängen, auf der ein vergoldeter Miniatur-Schwimmer montiert war. Sie las die Gravur: *SM-Bronze im Brustschwimmen 1999, Johan Axberg*. Sie nickte beeindruckt und dachte, dass das seine geschmeidige Haltung erklärte.

Sie kehrte an den Schreibtisch zurück. Als sie sich gerade hingesetzt hatte, klopfte es an der Tür. Erstaunt stellte sie fest, dass es schon halb sechs war.

Johan kam herein und fragte, ob sie bereit sei. Sie winkte ihn herein und zeigte ihm die Verbindung von Hoffman zu Kents Freundin. Eine Minute später standen sie im Aufzug ins Kellergeschoss.

12

»Wir können Runmark noch ungefähr zwei Stunden hierbehalten«, erklärte Johan Axberg, als sie im Kellergeschoss ausstiegen.

»Wann ist der DNA-Abgleich des Haares auf dem Dominostein fertig?«, fragte Nathalie.

»Leider erst am Montag, laut der KTU.«

»Schade. Alles deutet darauf hin, dass wir ...«

Sie hütete jedoch ihre Zunge und schaute Johan an. Er erwiderte ihren Blick, nickte ernst und beendete den Satz: »... Erik vorher finden müssen, ich weiß. Offenbar war die Probe nicht sauber, und deshalb ist ein schneller Abgleich ausgeschlossen.«

»Wir schaffen das«, meinte Nathalie und klopfte ihm auf die Schulter.

Johan öffnete mit seiner Karte und einem vierstelligen Code eine Sicherheitstür. Sie gingen einen fensterlosen kurzen Gang mit Zementwänden entlang. Die Leuchtstoffröhre an der Decke spiegelte sich im Bodenbelag aus Kunststoff, der effektiv das Klappern von Nathalies Absätzen schluckte. Vor einer weiteren Tür war ein Schutzpolizist positioniert, der eine Zeitschrift mit Hochglanzfotos von Sportwagen las.

Johan grüßte, und die Tür zu einem Zimmer mit einer Spiegelwand ging auf, die zum Verhörraum führte. Darin saß ein hochgewachsener Mann auf einem Hocker an einem kleinen quadratischen Tisch. Zwei breitschultrige Polizisten mit Bürstenhaarschnitt standen an der Wand und starrten gelangweilt vor sich hin.

»Hier drinnen sehen und hören wir alles, was passiert«, erklärte Johan und machte eine ausladende Handbewegung zu einer Kontrollwand mit vier Monitoren, vor der ein Kommissar namens Göransson einsatzbereit saß. »Natürlich zeichnen wir das Verhör auf. Kameras und Mikros sind in Wände und Decke eingebaut, nicht zu erkennen, wenn man nicht weiß, wo man hinschauen muss. Und im Verhörraum sieht und hört man natürlich nichts von hier.«

Als habe er dennoch die Äußerung mitbekommen, drehte Kent Runmark den Kopf und schien sie durch das Glas anzustarren. Sein Körper war groß und schwer. Sein Blick traurig und suchend in den runden hellblauen Augen. Das erstaunlich glatte runde Gesicht glich dem eines Jungen, der Körper aber war der eines Bauarbeiters mit Narben und Tätowierungen an Armen und Händen. Er trug ein T-Shirt mit Totenkopf, Trainingshosen und schwarze ausgetretene Stoffschuhe.

Nathalie fiel Johans Beschreibung von Runmark als einer nagenden Ratte ein, und sie vermutete, dass er übertrieben hatte, weil er nicht an psychisch schwer gestörte Menschen gewöhnt war.

»Wollen wir reingehen?«, fragte Johan und begab sich zur Tür.

»Ich würde das Verhör gern selbst führen«, erklärte Nathalie. »Dann kommt der Kontakt leichter zustande, außerdem sollen die beiden Polizisten draußen warten.«

77

Johan schaute sie skeptisch an.

»Das kann ich nicht zulassen, Sie wissen doch, was er getan hat.«

»In so einer Situation ist er noch nie gewalttätig geworden. Und mit ihm allein zu sein ist die einzige Möglichkeit, etwas aus ihm herauszubekommen.«

Sie schaute Johan selbstbewusst an und sah, wie er weich wurde.

»Okay«, stimmte er zögernd zu. »Ich gehe davon aus, dass Sie wissen, was Sie tun.«

Die digitale Uhr an der Wand zeigte 17.44. Johan signalisierte Nathalie mit einem Nicken sein Einverständnis, öffnete die Tür und bat die Kollegen von der Schutzpolizei herauszukommen. Nathalie begrüßte die kräftigen Polizisten kurz und betrat dann allein den kahlen, klaustrophobischen Raum.

Ein freier Hocker stand an dem kleinen Stahltisch Runmark gegenüber. Die Möbel waren am Linoleumboden festgenietet, und es gab keine losen Gegenstände im Raum. In die Decke eingebaute Lampen leuchteten jede Ecke aus, und es dauerte eine Weile, bis Nathalies Augen sich an das grelle Licht gewöhnt hatten. Es roch nach Schweiß, Putzmittel und abgestandenem Zigarettenrauch.

»Hallo, Herr Runmark, ich heiße Nathalie Svensson und komme vom Zentralkriminalamt.«

Bewusst ließ sie unerwähnt, dass sie Psychiaterin oder Expertin für Täterprofile war. Kent Runmark hätte das wahrscheinlich nicht gefallen.

Ein Lächeln umspielte Runmarks Mundwinkel. Er betrachtete sie interessiert aus seinen großen wässrig blauen Augen und strich sich mit der Hand durchs glattgekämmte Haar.

»Sie sind Psychiaterin, oder?«, sagte er mit einer bemerkenswert hellen und sanften Stimme.

Sieht man mir das so deutlich an?

»Ja, das stimmt«, antwortete sie und ließ sich ihr Erstaunen nicht anmerken.

Sie spürte seine Körperwärme in dem kühlen Raum. Kent Runmark streckte ihr die Hand zum Gruß entgegen, doch sie ergriff sie nicht, sondern nickte kurz als Reaktion.

Rechtshänder, stellte sie fest, als er die Hand weiterhin ausgestreckt hielt. Die Person, die Hoffman erschlagen hatte, war wahrscheinlich Rechtshänder, doch man musste nach einem unspezifischeren Anhaltspunkt suchen. Die Hand war grob, aber ohne Behaarung, die Nägel nikotingelb und bis aufs Fleisch abgekaut. Eine Sekunde stellte sie sich vor, wie diese Hand Hoffman den Dominostein in den Rachen schob.

»Sie wissen, warum Sie hier sind, oder?«, fragte sie, als Kent Runmark die Hand enttäuscht sinken ließ.

Er zog die Augenbraue ein paar Millimeter hoch und saß weiterhin still da, als hätte sie die Frage nicht gestellt.

»Weil Sie die Ärzte Thomas Hoffman und Erik Jensen bedroht haben«, fuhr Nathalie fort. »Hoffman ist ermordet worden und Jensen verschwunden. Können Sie von Ihrem Zusammentreffen mit Hoffman in der Notaufnahme erzählen? Sie scheinen keine gute Hilfe erhalten zu haben.«

Mit einer langsamen Bewegung legte Runmark die Hände auf den Stahltisch. Sie bedeckten fast ein Achtel der Fläche, und sein Gesicht verfinsterte sich, als der Lichtreflex von unten verschwand.

»Weil Sie meine Akte gelesen haben, kennen Sie die Antwort schon«, entgegnete er ruhig.

79

»Ja, aber ich will es von Ihnen hören. Warum sind Sie an dem Abend in die Notaufnahme gegangen?«

Statt zu antworten, ließ er den Blick von ihren Händen über ihre Brust bis hinauf zum Haar wandern. Sie spürte ein gewisses Unbehagen, war aber zugleich allzu sehr an solche Situationen gewöhnt, um sich aus der Ruhe bringen zu lassen.

»Sie sind frisch geschieden, oder?«, fragte er mit einer Stimme so sanft wie die Klarinette in einem Mozart-Konzert.

»Jetzt reden wir über Sie«, fertigte sie ihn ab. »Sie wissen sicher, dass ich nicht auf private Fragen antworte.«

»Sie sind auf der Suche nach einem neuen Mann«, sprach Runmark weiter. »Sie sind hübsch geschminkt, haben Puder und Rouge schon mehrere Male erneuert, obwohl Sie wegen der Arbeit hier sind und den halben Tag unterwegs waren. Sie haben heute Morgen schnell und oberflächlich geduscht. Sie sind ein bisschen zu sexy angezogen und duften gut nach ... Lassen Sie mich raten, nach Diors *Hypnotic Poison*?«

Ein Schauer lief ihr über den Rücken. So unauffällig wie es ihr irgend möglich war, lehnte sie sich ein paar Zentimeter zurück, und mit einer mentalen Kraftanstrengung übernahm sie wieder das Kommando: »Sie wurden auf Dr. Hoffman wütend, oder? Weil er Ihnen nicht die Krankenbehandlung zukommen ließ, die Sie so dringend brauchten.«

Runmark schnüffelte durch die Nasenlöcher und lächelte. Nathalie begann Johans Vergleich mit einer nagenden Ratte zu verstehen. Obwohl sie wusste, dass das hier ein Spiel war, um sie aus dem Gleichgewicht zu bringen, fiel es ihr schwer, ihr Unbehagen auszublenden. Sie erkannte, dass dieses Gespräch nicht lange dauern würde, und machte Druck: »Und Sie waren schon vorher wütend auf Dr. Hoffman, Sie hassten ihn geradezu, was verständlich ist, wenn man bedenkt, was er getan hat ...«

Nicht ein Muskel in Runmarks Gesicht zuckte. Sie fuhr fort: »Weil er Ihre Freundin nicht rechtzeitig behandelt hat – falsche Prioritäten setzte, was dazu führte, dass sie sich das Leben nahm. Jennie Larsson, so hieß sie doch, oder?«

Runmarks Blick entwickelte sich zu einer Schweißflamme. Nathalie spürte, wie sein Schmerz geradewegs durch sie hindurch brannte. Sie saß still da und wartete auf die Antwort, die nicht kam. Reglos saß er da, als würde er nicht einmal atmen. Schließlich fuhr sie fort: »Sie beschlossen also, sich zu rächen. Sie warteten auf Hoffman, und als er durch den Gang kam, überwältigten Sie ihn, brachten ihn zu Ihrem Transporter in der Garage und dann ... ja, was haben Sie dann gemacht?«

Kent Runmark schüttelte den Kopf und fuhr sich mit der Hand zweimal durchs Haar.

»Können wir eine Pause machen, ich muss eine rauchen.«

Sie dachte an die Brandmale auf den geschundenen Körpern der Pflegeeltern.

»Sie hielten ihn drei Tage lang gefangen«, sagte Nathalie. »Sie folterten ihn, bevor Sie ihn schließlich erschlugen und auf Alnön ablegten. Ist es nicht besser, gleich alles zuzugeben?«

»Ich könnte jeden Politiker aufschlitzen, der die Einsparungen mitbeschlossen hat«, sagte Runmark mechanisch.

»Und Sie haben Hoffman bestraft?«

»Sind Sie mal in Mexiko Zug gefahren?«

»Was meinen Sie damit?«

»Mögen Sie Katzen?«

»Warum wollen Sie das wissen?«

»Bei mir steht der IKEA-Hocker immer draußen.«

Er klopfte dreimal auf den Tisch.

»Ich sehe Sie mit mehr Augen, als Sie zählen können«, faselte er weiter, als wäre er allein im Raum.

Schweißtropfen traten auf seine Oberlippe, und der massige Körper zitterte. Nathalie überlegte, ob er auf dem Weg in eine Psychose war, oder machte er ihr etwas vor, um in Ruhe gelassen zu werden?

»Wie geht es Ihnen, Herr Runmark? Sollen wir eine Pause machen?«

Er beruhigte sich, wurde wieder zu der steinernen Statue, die er am Anfang gewesen war. Starrte sie an, als habe er gerade eben erst entdeckt, dass sie dort saß.

»Nein, schon gut«, antwortete er tonlos. »Wenn *es gut geht*, dann ist es gut ...«

Nathalie beschloss, das Thema Hoffman fallenzulassen. Den Fokus zu verschieben war eine gute Methode, damit psychotische Patienten sich verplapperten; sie vergaßen, sich an die Wahrheit zu halten, wenn es in ihrer Welt so etwas überhaupt gab.

»Drei Abende später suchten Sie wieder die Notaufnahme auf und bekamen Hilfe gegen Ihre Angstzustände. Da wurden Sie Zeuge, wie ein Arzt namens Erik Jensen versuchte, das Leben einer Frau mit Herzstillstand zu retten ...«

»Ja, das stimmt«, sagte Runmark mit unerwarteter Luzidität, die ihr mehr Angst machte als sein Gefasel.

»Was schrien Sie ihm hinterher, als er an Ihrem Zimmer vorbeikam?«, wollte sie wissen.

»Ich kann mich nicht mehr erinnern.«

»Sie schrien: ›Mörder! Du wirst deine Strafe noch kriegen, du Todesengel!‹«

»Ich kann mich nicht mehr erinnern.«

»Was für eine Strafe sollte Dr. Jensen bekommen?«

»Worte sind der Spiegel der Seele«, antwortete Runmark und lächelte freudlos.

Langsam drehte er sich zur Spiegelwand und zwinkerte, als würde er flirten.

»Was meinen Sie damit? Warum sagen Sie das?«

Nathalie beugte sich so weit über den Tisch, wie sie sich traute.

»Weil es die Wahrheit ist«, sagte Runmark. »Für alle Menschen. Versuchen Sie nicht, mich zu hypnotisieren; obwohl Sie gut duften, funktioniert es nicht.«

»Wissen Sie, wo Herr Jensen ist?«

»Er war ein König, der vor langer Zeit einmal lebte.«

Kent Runmarks rechtes Auge begann spasmodisch zu zucken.

»Ich rede vom Arzt Erik Jensen. Ich wiederhole meine Frage: Wissen Sie, wo er ist?«

»Keine Ahnung. Hat er sich verlaufen?«

In den hellblauen Augen lag nicht das kleinste Fünkchen Ironie, alles schien dort umherzutreiben wie sich ständig verändernde Wolken an einem unzuverlässigen Himmel.

»Sie haben kein Alibi für die beiden Straftaten«, erklärte Nathalie. »Wenn ich Ihnen helfen soll, müssen Sie meine Fragen beantworten.«

»Wollen Sie am Samstagabend mit mir essen gehen?«

»Nein. Spielen Sie Domino?«

»Nur nach meinen eigenen Regeln.«

Er grinste übers ganze Gesicht, fuhr sich mit der Hand durchs Haar mit einer Geste, die sie wiedererkannte. Schaute an die Decke und machte weiter, als sei dort jemand, der ihm zuhörte:»Regeln, rangeln, raus. Und ich höre nur Raggae, haha!«

Die Zuckungen an seinem Auge breiteten sich über die Wange aus und gingen in ein Lachen über, das eine Mischung aus Husten und Freude war. Dann drehte er sich zur Spiegelwand und starrte.

»Bald geht er kaputt, haha! Dann möchte ich nicht die Schönste im Land sein.«

Danach schüttelte er den Kopf, schaute sie an, ehe er die Augen schloss. Sie stellte weitere Fragen, bekam aber keine Antwort. Runmark saß unbeweglich da, als sei er eingeschlafen, nur die Nasenflügel blähten sich bei jedem Atemzug.

Ohne Kent Runmark aus den Augen zu lassen, stand sie auf und ging rückwärts aus dem Raum.

13

»Es ist nicht viel dabei rausgekommen«, stellte Johan fest, als Nathalie die Tür zum Verhörraum hinter sich schloss.

»Sagen Sie das nicht, manchmal verrät das, was nicht gesagt wird, am meisten. Ich habe jedenfalls ein Gefühl für ihn als Person bekommen.«

»Unangenehm, oder?«

Sie sahen Runmark durch die Scheibe an. Nicht einmal als die Polizisten den Raum betraten und die Tür hinter sich abschlossen, verzog er eine Miene.

»Ja«, gab Nathalie zu. »Aber die Frage ist, ob er unser Mörder ist. Ich habe den Eindruck, er balanciert auf der Grenze zu einer

Psychose, ich glaube nicht, dass alle seine absurden Einfälle und Gedankengänge vorgespielt waren. Bei ihm hat man zwar multiple Persönlichkeiten diagnostiziert, aber ...«

Sie schaute Johan in die Augen, die in dem dunklen Raum erstaunlich grün leuchteten. »Mir fällt es schwer, mir vorzustellen, dass er über die exekutive Fähigkeit verfügt, Hoffman und Jensen zu verschleppen, ohne dass es jemand gemerkt hätte. Es gibt einen deutlichen Konflikt in dem Profil. Rein physisch kein Problem, aber wenn es einem so schlechtgeht wie Kent Runmark, macht man Fehler. Und wir haben es mit einer sorgfältig planenden und konsequenten Person zu tun, die ihre Gefühle nur zum Ausdruck bringt, wenn der Täter es will.«

»Kann er einen Helfershelfer gehabt haben?«, schlug Johan vor und schaute abermals zu Runmark.

»Vielleicht.«

»Vor einigen Jahren hatte ich einen Fall, bei dem ein Psychiater einen Patienten dazu überredete, an seiner Stelle einen Mord zu begehen.«

»Ich erinnere mich«, nickte Nathalie. »›Knutsby goes Sundsvall‹, wie eine Abendzeitung schrieb.«

Sie verstummten, als sie beobachteten, wie zwei Polizisten Runmark zu einer kaum sichtbaren Tür in der Rückseite des Verhörraumes abführten. Bevor Runmark außer Sicht war, warf er Nathalie noch einen letzten Blick zu.

»Fragt sich nur, welche seiner Worte wir ernst nehmen sollen«, fand Johan.

»Schwer zu sagen«, meinte Nathalie. »Ich muss mir das Verhör ansehen und darüber nachdenken.«

»Ich habe während des Verhörs die Ergebnisse von der Hausdurchsuchung in Runmarks Wohnung und Transporter bekommen«, erzählte Johan und kratzte sich die Bartstoppeln, wie immer, wenn er enttäuscht war, wie Nathalie aufgefallen war. »Es hat nichts gebracht; keine Spuren zum Aufenthaltsort, keine potentiellen Mordwaffen, anscheinend hat er noch nicht einmal ein Handy. Allerdings stand ein gerahmtes Foto seiner toten Freundin auf dem Küchentisch, und er besitzt jede Menge Spiele, aber kein Domino, und eine Schale mit altem Katzenfutter.«

»Wenn es sich um zwei Täter handelt, wusste der andere vielleicht, dass Runmark verdächtigt werden würde, und sorgte dafür, dass kein Verdacht auf ihn fiel«, spekulierte Nathalie.

»Was machen wir mit ihm? Sollte er medikamentiert werden?«

Nathalie dachte eine Weile nach, dann antwortete sie: »Ja, aber wenn wir ihn überführen wollen, ist es besser, ihn nicht zu medikamentieren.«

»Ich habe mit Staatsanwältin Fridegård gesprochen«, sagte Johan. »Wir können ihn bis morgen hierbehalten, oder wir überstellen ihn in die forensische Psychiatrie, sie können ihn dort ad hoc aufnehmen. Oder dann ...«

Nathalie fielen Runmarks schnuppernde Nasenlöcher und die Bemerkung über ihr Parfüm ein.

»Ich finde, wir sollten ihn mit Beschattung entlassen«, sagte sie. »Das ist unsere einzige Chance, ihn dazu zu bringen, uns zu Erik Jensen zu führen.«

Johan fing ihren Blick ein und lächelte ein schiefes, aber freudloses Lächeln.

»Wir denken gleich, Sie und ich. Ich habe schon mit der verdeckten Ermittlung gesprochen.«

14

Um halb sieben Uhr standen Nathalie und Johan im Aufzug zur Rezeption. Das grelle Licht wurde von den metallverkleideten Fahrstuhlwänden reflektiert, und ausnahmsweise stand sie mit dem Rücken zum Spiegel, um sich nicht sehen zu müssen. Sie waren oben in Johans Büro gewesen und hatten einen Teil der Unterlagen geholt, die er brauchte. In der Zeit hatte sie eine halbe Tasse Kaffee getrunken, Tea und Gabriel eine SMS geschickt, dass sie sie vermisse, und schnell mit ihrer Mutter telefoniert. Alles war unter Kontrolle, sie war mit ihren Freundinnen vom Lions Club unterwegs gewesen und klang zwar abgehetzt, aber gut gelaunt.

Kent Runmark war freigelassen worden und zu Fuß auf dem Weg ins Stadtzentrum. Er hatte es abgelehnt, nach Hause gefahren zu werden, sagte, er brauche Bewegung. Zwei Kollegen von der verdeckten Ermittlung verfolgten ihn auf Schritt und Tritt, außerdem hatten sie Runmarks Jacke mit einem GPS-Chip präpariert. Das ging auf Johans Vorschlag zurück und wurde von Staatsanwältin Fridegård nicht sanktioniert.

»Manchmal muss man eine Ausnahme von der Regel machen«, hatte Johan gesagt, und Nathalie empfand Sympathie für seine Entschlossenheit. Als Psychiaterin machte sie auch Ausnahmen, manchmal war die herrschende Praxis nicht mit dem Wohl der Patienten vereinbar.

Als sie an der Rezeption vorbeigingen, kamen zwei Journalisten auf sie zu, hielten Johan ihre Telefone unter die Nase und stellten Fragen. Johan verwies auf Ståhls Pressekonferenz, doch laut der Schreiberlinge war sie vollkommen nichtssagend verlaufen. Johan teilte ihnen mit, er gebe keine Kommentare ab. Zu Nathalies Erstaunen ließen die fünfundzwanzigjährigen Männer sie in Ruhe, so dass sie hinausgehen konnten.

Draußen war es noch so grau und nebelig wie zu dem Zeitpunkt, als sie in die Stadt gekommen war, und es konnte genauso gut Morgen wie Abend sein.

»Wir machen einen Abstecher ins Krankenhaus, bevor wir zu Estelle Ekman nach Alnön fahren«, erklärte Johan und steuerte auf einen silberfarbenen Volvo zu, der problemlos mit dem Nicht-Wetter verschmolz.

Als er die Tür öffnete, rief eine Stimme von der Storgatan: »Johan! Hallo. Warte!«

Sie drehten sich um. Eine blonde Frau in grünen Chinos und schwarzer Windjacke kam mit einem Kinderwagen über den Parkplatz. Sie lächelte, doch der Blick war eher fordernd als fröhlich. »Entschuldigen Sie mich kurz, es dauert nur ein paar Minuten.«

Johan eilte der Frau entgegen und machte keine Anstalten, sie Nathalie vorzustellen. Stattdessen umarmte er sie, drehte den Kinderwagen um und führte sie vom Parkplatz weg in westliche Richtung die Storgatan entlang.

Carolina, vermutete Nathalie, und lehnte sich mit dem Rücken ans Auto, als die beiden um die Ecke des Polizeigebäudes verschwanden. Schön, sophisticated und sauer. Sie sah nicht so aus, als würde sie zu Johan passen, aber so etwas konnte man natürlich nicht innerhalb von drei Sekunden beurteilen.

Nathalie holte das Handy heraus und kontrollierte die Dating-Site.

*

»Was macht ihr hier?«, fragte Johan, als er den achtzehn Monate alten Alfred mit einem vorsichtigen Streicheln über die fieberwarme Babywange begrüßt hatte.

»Ich wollte ihm etwas frische Luft verschaffen. Er ist unruhig gewesen und den ganzen Tag immer wieder eingeschlafen. Ich glaube, er hat wieder eine Mittelohrentzündung.«

»Kannst du nicht mit ihm zum Hausarzt gehen?«, schlug Johan vor.

»Nein«, antwortete Carolina und schnappte sich den Kinderwagen wieder. »Ich will nicht, dass er wieder unnötig Antibiotika bekommt. Warum bist du nicht rangegangen, als ich dich angerufen habe?«

»Weil ich mitten in einer hektischen Ermittlung stecke, das weißt du doch.«

»Gibt es was Neues von Erik?«

»Nein, und ich habe es eilig. Ich muss mit jemandem vom Zentralkriminalamt ins Krankenhaus. Gibt es was Wichtiges, ich meine abgesehen davon, dass er krank ist?«

Carolina gab keine Antwort, sondern sah ihn nur vorwurfsvoll an. Vor dem Eingang zum Gericht blieb sie abrupt stehen. Der leichte Wind wehte durch ihr blondes Haar, die blauen Augen funkelten ärgerlich über den hohen Wangenknochen.

»Ich habe nachgedacht, Johan«, sagte sie in dem Ton, von dem er wusste, dass er Ärger bedeutete.

»Muss das jetzt sein?«

»Das sagst du immer. Ich war heute beim Makler und habe mir ein superschönes Haus in Haga angesehen. Das würde perfekt zu uns passen: zwei Etagen, in den Vierzigerjahren gebaut, frisch renoviert mit einem großen Garten.«

Johan fixierte Alfred. Als er wimmerte, schaukelte Johan

den Wagen und streichelte seine Wange. Alfred lächelte und beruhigte sich, dann forderte Carolina wieder seine Aufmerksamkeit: »Ich will nicht länger in wilder Ehe leben, ich will heiraten und mit dir zusammenziehen. Alfred soll in einer richtigen Familie aufwachsen!«

»Aber wir wohnen doch schon zusammen!«, widersprach er.

»Vorübergehend in meiner Zweizimmerwohnung mitten in der Stadt, ja! Nennst du das ein gutes Zuhause für ein Kind? Außerdem will ich für Alfred ein Geschwisterchen ...«

Zwei halbmondförmige Grübchen zeigten sich auf ihren Wangen, als sie ihr Lächeln abfeuerte und ihm die Hand auf den Oberarm legte. Gestresst und ungeschminkt war sie schöner denn je. Er wankte innerlich. Alfred war das Beste, was ihm je passiert war – ein Kind, von dem er lange angenommen hatte, dass er es nicht zustande bringen würde. Er hatte sogar heimlich einen Vaterschaftstest machen lassen, weil Carolina bis nach der Geburt damit gewartet hatte, ihm zu sagen, dass er der Vater war. Das Glück über die Antwort war vollkommen gewesen.

Aber die schlaflosen Nächte und die große Nähe zu Carolina machten ihm zu schaffen. Das Gefühl von Ausgrenzung, das er schon seit seinem zwölften Lebensjahr mit sich herumschleppte, nachdem seine Eltern bei einem Autounfall ums Leben gekommen waren, war paradoxerweise genauso gewachsen wie Alfred, vor allem als die väterliche Elternzeit zu Ende war. Es waren Carolina und ihr Sohn. Er als Vater war überflüssig. Obwohl er wusste, dass es ungerecht war, empfand er es so. Das machte ihm genauso viel Angst wie Carolinas Wunsch nach mehr Kindern.

»Ich werde diesen Sommer achtunddreißig«, fuhr sie fort, immer noch mit der Hand auf seinem Bizeps. »Ich habe nicht alle Zeit der Welt.«

»Ich auch nicht. Ich habe keine Zeit, jetzt darüber zu sprechen, Carolina, wir machen das, wenn ich heute Abend nach Hause komme.«

»Aber du musst dich entscheiden. Bald. Wie gesagt, die Zeit läuft ...«

»Ich muss Erik finden«, sagte er und eilte zurück zum Auto.

15

Als Johan zu Beginn der Fahrt ins Zentrum in die Storgatan abbog, sah er im Rückspiegel, wie Carolina und Alfred aus seinem Blickfeld verschwanden. Zum Glück hatte Nathalie Svensson keine Fragen gestellt, obwohl er sie in ihren Augen gesehen hatte. Er zwang sich, den Fokus auf die Straße und den Fall zu verschieben. Pablo Carlén hatte genau in dem Moment angerufen, als er den Wagen startete. Jetzt steckte er sich den Kopfhörer der Freisprechanlage ins Ohr und rief ihn zurück.

»Hallo, wir haben gerade das Verhör mit der Krankenschwester Yasmine Danielsson beendet«, begann Pablo das Gespräch.

»Ja?«, sagte Johan.

»Sie hat weder ein Alibi für den Überfall noch für den Mord. Nach eigener Aussage war sie zu Hause, aber niemand kann das bezeugen. Sie bestätigt, dass sie Hoffman und Jensen in der Besprechung gedroht habe, sagt aber, sie bedaure nur die Art, wie sie sich ausgedrückt habe, nicht den Inhalt. ›Diese Gesellschaft ist schon viel zu lange von Patriarchen regiert worden‹, wie sie sich ausdrückt.«

»Hat sie ein Auto?«

»Ja, einen schwarzen Mitsubishi Outlander mit einem Kofferraum von hundertsiebzig Zentimetern Länge. Sie hat auch ein Motorrad, ein rotes Leichtgewicht der Marke Kawasaki. Nicht vorbestraft, noch nicht mal Knöllchen fürs Falschparken.«

»Was macht sie jetzt?«, wollte Johan wissen.

»Arbeitet weiter, hat bis sieben Spätschicht.«

»Auf welcher Station?«

»Zweiundzwanzig, die Stroke-Station. Erik Jensen hat dort Visite gemacht, wenn er an den Wochenenden Bereitschaft hatte. Sollen wir von ihr eine Speichelprobe nehmen?«

»Ja, aber hol dir Rückendeckung von Frau Fridegård. Was hat Frau Danielsson zu den Dominosteinen gesagt, Warnung oder Folter?«

Pablo räusperte sich, ehe er antwortete: »Dass sie keine Ahnung hat. Ich habe aber das Gefühl, sie verheimlicht uns was. Sie ist verdammt gut durchtrainiert und kennt wie gesagt die Örtlichkeiten.«

»Gut gemacht, Pablo, obwohl ich im Moment eher Runmark für den Täter halte. Macht ihr mit den Verhören von Hoffmans und Jensens Kollegen weiter?«

»Klar.«

»Findet so viel wie möglich über die Opfer raus, über Yasmine Danielsson, Estelle Ekman und natürlich über Kent Runmark. Die Zeit drängt.«

»Ich bin schon unterwegs«, sagte Pablo.

Johan beendete das Gespräch und ordnete sich im Kreisverkehr in die linke Spur ein. Nathalie wartete, dass er sie auf den neuesten Stand brachte, aber er saß still da und wirkte nachdenklich. Sie fühlte sich müde und schaute aus dem Fenster. Wenn es etwas Wichtiges ist, dann wird er es mir erzählen, überlegte sie, obwohl sie der Meinung war, es gehöre zu den normalen Gepflogenheiten, das Gespräch zu kommentieren – auch wenn es sich nur um eine Bagatelle gehandelt hatte. Sie war hier, um ihm zu helfen, nicht umgekehrt. Die Gedanken flogen vorüber wie die Landschaft vor dem Fenster.

Als sie über die Tivoli-Brücke fuhren, fiel ihr auf, dass das Grün der Laubbäume entlang des Flusses Selångersån im Vergleich zu Uppsala eine Woche im Rückstand war. Ihr kam es vor, als habe Granstam sie schon vor einer Woche und nicht erst vor ein paar Stunden abgeholt. Ihr Leben war auf den Kopf gestellt worden. Vor dem Mord am Schauspieler Rickard Ekengård und dem Alptraum mit ihrem Vater und den aufwühlenden Erinnerungen an Adam war sie einigermaßen glücklich gewesen. Frisch geschieden, frei und mit der heimlichen Übernachtungsmöglichkeit auf Östermalm war sie auf ihren hohen Absätzen auf dem besten Weg gewesen, die freie und lebensbejahende Frau zu werden, die sie immer schon sein wollte. Glückliche Frau *und* glückliche Mutter, trotz des laufenden Sorgerechtsstreits mit Håkan. Jetzt schien es, als spiele sich ihr Leben in einer anderen Dimension ab. Vielleicht würde sie nie mehr in ihr altes Leben zurückfinden. Vielleicht wollte sie das auch gar nicht.

Ihre Lippen waren von der Klimaanlage trocken geworden. Sie legte neuen Lipgloss auf. Johan räusperte sich und begann das Telefonat zusammenzufassen, als sei er plötzlich in die Wirklichkeit zurückgekehrt.

»Das ist doch eine simple Sache, Yasmine Danielsson eine Speichelprobe zu entnehmen, oder?«, sagte Nathalie, als er fertig war.

»Da kennen Sie aber Staatsanwältin Gunilla Fridegård schlecht«, seufzte Johan. »Aber klar, Sie haben recht. Und Pablo gelingt es bestimmt, sie zu überreden.«

Neuerliches Schweigen. Sie fuhren an der Norrportens Arena vorbei, und Johan trat aufs Gas auf dem steilen Hügel am Fuß des nördlichen Berges. Nathalie schielte zu ihm hinüber. Sein Blick war konzentriert und verbissen. Sie kontrollierte wieder ihr Handy. Estelle hatte per SMS angefragt, ob sie auf dem Weg waren. Nathalie antwortete, gegen acht Uhr bei ihr zu sein.

Frank hatte auch eine Nachricht geschickt, abermals um Verzeihung gebeten und sich erkundigt, wie es ihr in Sundsvall ging. Sie antwortete, sie verzeihe ihm nicht, sie werde sich melden, sobald sie ihre Meinung geändert habe. Keine neuen Nachrichten von Håkan oder den Kindern. Vielleicht war es das Beste, sie würde nichts von sich hören lassen, bis sie sie morgen Abend abholte. Wie sollte sie das nur zeitlich schaffen? Sie war schon seit fünf Stunden in der Stadt und hatte sich immer noch nicht mit Estelle getroffen.

»Wie weit ist es bis zum Krankenhaus?«, fragte sie.

»Wir sind in fünf Minuten da. Ich habe den Sicherheitschef Pontus Tornman gebeten, uns die Umgebung vom Tatort zu zeigen.«

»Seit wann kennen Sie Erik Jensen?«, fragte sie.

Er warf ihr einen kurzen Blick zu, bevor er antwortete: »Seit dem Gymnasium. Er ist mein einzig richtig enger Freund.«

»Haben Sie von seinem Verhältnis mit Estelle gewusst?«

Johan ließ sich mit der Antwort Zeit, hielt für einen Mann mit Hund an, der über den Zebrastreifen auf dem Lasarett-vägen die Straße überquerte.

»Nein, nicht direkt«, sagte er in dem Moment, als er Gas gab.

»Ich wusste, dass er eine Beziehung zu einer Krankenschwester hatte, aber laut Erik war es nichts Ernstes.«

»Bloß Zerstreuung, Trost und Sex?«, wunderte sich Nathalie, dass sie ihren Gedanken laut ausgesprochen hatte.

Johan lächelte beiläufig.

»So in der Art. Verstehen Sie sich gut mit Ihrer Schwester?«

»Nein«, antwortete Nathalie und schaute aus dem Seitenfenster. »Es geht wohl nicht anders, wenn man so weit entfernt voneinander wohnt. Man ist vollauf mit dem Alltag beschäftigt, und die Jahre vergehen.«

Um das Thema zu wechseln, fragte sie: »War das Ihre Familie, der wir vor dem Polizeigebäude begegnet sind?«

»Hm«, nickte er. »Carolina und Alfred. Er ist anderthalb, ich habe ihn gerade in der Vorschule angemeldet.«

»Dann wissen Sie ja, wie das ist«, sagte Nathalie und betrachtete sein Profil. »Ich meine, das mit dem Vollauf-beschäftigt-Sein.«

»Doch, danke«, lächelte er. »Und Sie?«

»Frisch geschieden – die beste Entscheidung seit Jahren. Ich habe einen Sohn von acht Jahren, Gabriel, und eine Tochter, Tea, sechs Jahre.«

»Klappt das gut? Ich meine, mit dem geteilten Sorgerecht.«

»Einigermaßen.«

»Das Lebenspuzzle ist manchmal schwieriger als unsere Ermittlungen«, meinte Johan und lächelte matt.

Als er das Steuer in ihre Richtung drehte, sah sie die weiße Narbe auf dem Knöchel seines rechten Zeigefingers. Sie fragte sich, ob er sich die zugezogen hatte, als er sich mit dem Exmann seiner früheren Freundin geprügelt hatte. Dass sie unter der Leitung von zwei Polizisten arbeitete, gegen die intern ermittelt worden war, stärkte seltsamerweise ihr Vertrauen in sie. Krise und Entwicklung waren kein Mythos, das kannte sie zur Genüge, sowohl von ihren Patienten und Freunden als auch von sich selbst. Kurz überlegte sie, ob sie ihm von dem Sorgerechtsstreit erzählen sollte, behielt es dann aber für sich.

Das Schweigen, das daraufhin entstand, war nicht unangenehm. Johan fuhr und ließ seinen Gedanken freien Lauf. Als sie auf das Krankenhausgelände einbogen, sagte er plötzlich: »Erik hat etwas belastet, als ich letzten Mittwoch mit ihm in der Kneipe verabredet war.«

»Ach ja?«

»Leider hat er nicht gesagt, worum es ging. Wir müssen Estelle fragen, ob sie es weiß.«

»Und am nächsten Tag tauchte er bei Sara auf und wurde von ihrem neuen Freund bedroht?«

Johan nickte.

»José Rodriguez. Laut Erik ist er ein hitzköpfiger Typ, aber Erik ist ja nun auch nicht gerade unparteiisch ...«

»Haben Sie José mal kennengelernt?«

»Nein. Bin gespannt, was er und Sara zu sagen haben. Sie landen morgen Vormittag um zehn Uhr in Midlanda.«

»Hat Erik was von Yasmine Danielssons Drohung erwähnt?«

»Nein, nicht mehr, als dass auf der Arbeit viel geredet würde, aber das schien eher die Regel als die Ausnahme zu sein. Er hat selten mehr als das erzählt.«

Klingt nicht wie meine und Louises Gespräche, in denen jede Nuance von Freude und Problemen bis ins Kleinste geschildert wird, dachte Nathalie. Ihr fiel wieder das Telefonat auf dem Rastplatz vor Söderhamn ein: Louise wollte, bevor Nathalie zum letzten Mal zu ihrem Vater nach Hause fuhr, mit ihr über ihre Sorge sprechen, dass Nathalie und Frank ein Paar werden könnten. Nathalie hatte sie damit beruhigt, sie und er seien kaum noch richtig befreundet. Warum hatte sie ihr nichts erklärt, sondern nur gesagt, dass das mit dem Mord an Adam zusammenhing? Zu Nathalies Erstaunen hatte sich Louise damit zufriedengegeben. »Auch wenn Frank und ich geschieden sind, will ich nicht, dass ihr ein Paar werdet«, hatte sie ihr Gespräch beendet.

Das Klingeln von Johans Handy riss sie aus ihren Gedanken. Er antwortete über das Headset im Ohr. »Ja, okay, nein, in zwei Minuten, das ist in Ordnung, wie heißt er? Okay, tschüss.«

Er schaltete aus und erklärte: »Das war der Sicherheitchef, er hat einen Magen-Darm-Infekt und kann sich nicht mit uns treffen. Stattdessen wartet beim Haupteingang ein Hausmeister auf uns. Göran Bylund, glaube ich, hat er gesagt, heißt er.«

Das Krankenhaus hatte Ähnlichkeit mit einem auf den Kopf gestellten Schuhkarton aus rotem Backstein, wie es da in seiner einsamen Pracht in einem abgeholzten Rechteck im dichten Nadelwald stand. Der Parkplatz war halbvoll, und Johan parkte den Volvo nah beim Eingang. Die Uhr an der Bushaltestelle zeigte 18:54.

Hinter der Glastür wartete Hausmeister Bylund. Sie begrüßten sich, und er sagte, er werde ihnen den unterirdischen Gang zeigen. Nach hundert Metern erreichten sie den querverlaufenden Hauptkorridor, der das Gebäude wie eine endlose Pulsader durchzog. Sie setzten ihren Weg fort durch eine braune Metalltür rechts neben dem Zeitungskiosk, vor dem weiß gekleidetes Personal und Patienten in einer Schlange warteten.

Die Verkäuferin sieht alle, die kommen und gehen, dachte Johan und schaute auf die Öffnungszeiten.

07:00–22:00.

Außerdem kam und verschwand der Täter vermutlich durch die Garage, verwarf er die Idee wieder.

Wortlos stiegen sie eine Wendeltreppe hinunter und gelangten in einen langen Gang mit künstlichem Leuchtstoffröhrenlicht. Blaugrauer Linoleumboden, weißgekalkte Wände und ein Gewirr aus Rohren unter der Decke. Das Gefühl von Klaustrophobie stellte sich beim ersten Atemzug ein. Hin und wieder gluckerte es in einem der Rohre an der Decke, als fließe irgendetwas dicht über ihren Köpfen.

Nach zweihundert Metern kamen sie an den Behandlungszimmern der somatischen Klinik, der Kleiderkammer, an einem Fahrstuhl und zwei Türen vorbei, die laut Göran Bylunds Angaben hinauf in den Hauptkorridor führten.

»Dieser unterirdische Gang ist wie eine Durchfahrtsstraße, die unter dem ganzen Krankenhaus verläuft. Er ist neunhundertfünfzig Meter lang, und fast alle Aufzüge enden hier unten. Insgesamt sind es wohl so an die zwanzig.«

Mit einem Seufzer blieb Göran Bylund stehen und deutete mit der ganzen Hand auf den Boden gegenüber einer Nische mit einer Tür, auf der »Maschinenraum« stand.

»Hier hat man das Namensschild und diesen Spielstein oder was das war gefunden.«

»Genau.«

»Und zehn Zentimeter vom Dominostein entfernt lag der Erdklumpen mit der Spur von Asche«, ergänzte Johan und sah Nathalie an.

Der Gang bog ab und verzweigte sich hundert Meter weiter in beide Richtungen, in die aber die Sicht gut war. Der Boden glänzte blau und fleckenfrei im Licht der Leuchtstoffröhren.

Nathalie spürte das Kribbeln auf der Haut, wie so oft, wenn etwas Wichtiges kurz bevorstand.

»Die Techniker haben sonst nichts gefunden?«, fragte sie. »Kein Blut, keine Haare oder was anderes?«

»Nein, seltsamerweise nicht«, sagte Johan. »Aber es sind wie gesagt eine Menge Dinge aus der näheren Umgebung zusammengekommen.«

Göran Bylund nickte. »Sie glauben ja gar nicht, was die Leute so alles wegschmeißen.«

»Wo ist die Garage?«, wollte Nathalie wissen.

»Dahinten bei der roten Lampe«, erklärte Johan und zeigte nach links. »Noch mal fünfhundert Meter weiter befindet sich der Eingang zur psychiatrischen Klinik. In der Richtung, aus der wir gekommen sind, liegen die somatische und die chirurgische Notaufnahme.«

»Hoffman ging also hier entlang?«, fragte Nathalie.

»Aller Wahrscheinlichkeit nach ja«, antwortete Johan. »Das ist der schnellste Weg.«

Nathalie starrte auf den Boden, hinüber zu der Garage und den möglichen Ein- und Ausgängen. Sie schloss die Augen und versuchte sich den Tathergang vorzustellen.

16

Die Garage hatte die Ausmaße eines Fußballfeldes und stank nach Abgasen, ausgelaufenem Öl und feuchtem Fels.

In einer Ecke führten die Techniker in den weißen Overalls gerade ihre Untersuchungen durch – eine auf den ersten Blick trostlose Arbeit – aber da Johan überzeugt war, dass die Opfer auf diesem Weg abtransportiert wurden, würden Rut Norén und ihre Kollegen so lange weiterarbeiten, bis jeder Quadratzentimeter genau unter die Lupe genommen worden war.

Göran Bylund führte Johan und Nathalie herum. Nathalies Absätze hallten auf dem Asphalt, Beton und Stein wider und trugen ihren Teil zur Gefängnisatmosphäre bei. Hier dürfte es gut zu hören sein, wenn jemand schreit, dachte sie und zählte drei verschiedene Autos, die sich dort bewegten.

»Gibt es Überwachungskameras?«, erkundigte sie sich.

»Leider nicht«, antwortete Johan. »Und die Garage ist Tag und Nacht zugänglich, wenn man den Code kennt, was auf das gesamte Personal, die Patienten und ihre Angehörigen zutrifft.«

Sie bedankten sich bei Göran Bylund und gingen hinüber zur provisorischen Absperrung, die die Techniker zwischen vier Pfeilern eingerichtet hatten. Als Rut Norén sie kommen sah, stand sie auf, beugte ihren kurzen, kompakten Körper vor und schob sich mit einer energischen Bewegung unter dem blau-weißen Plastikband durch. Johan sah ihrem hochroten Gesicht und ihrem konzentrierten Blick an, dass sie einen wichtigen Fund gemacht hatte.

»Jetzt kommen Sie genau im richtigen Moment«, sagte Norén so mürrisch wie immer.

»Erzählen Sie«, bat Johan.

»Wir haben eine weitere Spur von Erde gefunden.«

»Wo denn?«

»In dieser Parkbucht«, antwortete Norén und zeigte auf den mittleren der drei freien Plätze.

Johan und Nathalie traten ans Absperrband. In dem grellen

Scheinwerferlicht sahen sie ein Häufchen Erde in der oberen linken Ecke des Rechtecks.

»Ich habe eine Probe genommen«, erklärte Norén und deutete auf eine weiße Plastikbox neben dem Häufchen. »Sieht so aus, als könnte es sich um dieselbe Art von Erde handeln, die wir in dem Gang gefunden haben. Da sind kleine schwarze Körner drin, bei denen es sich wahrscheinlich um Asche handelt. Wir haben die Absperrung sofort aufgebaut, nachdem wir den Fund gemacht haben.«

»Gut«, sagte Johan und nahm ein Paar Plastikhandschuhe von einem der Kollegen Noréns entgegen. Alle drei schlüpften unter dem Absperrband durch. Es knirschte unter den Schuhen, als sie am Fundort in die Hocke gingen.

»Falls es dieselbe Art von Erde ist, können wir davon ausgehen, dass der Täter seinen Wagen hier abgestellt hat«, sagte Johan.

»Warum hat er in dem Fall keinen näheren Stellplatz ausgesucht?«, fragte Nathalie und schaute zum Eingang hinüber, der ungefähr hundert Meter entfernt lag. »Ganz gleich, wie die Opfer transportiert wurden, muss das problematisch gewesen sein.«

Nathalie betrachtete das Erdhäufchen. Es war schwarzbraun und erinnerte an gebackenen Eischnee. Sie drehte sich zu Norén um. »Warum haben Sie das erst jetzt gefunden?«

»Weil wir erst jetzt hier angekommen sind«, erklärte Norén. »Und dieser Platz liegt, wie Sie sehen, recht weit vom Eingang entfernt ... Wissen Sie eigentlich, wie viel Müll und anderes Zeug wir schon untersucht haben?«

»Schon gut, Frau Norén«, sagte Johan. »Schicken Sie die Erde per Kurier in die KTU, dann bekommen wir schnell eine

Antwort. Jetzt gehe ich mit Nathalie in die psychiatrische Notaufnahme, tschüss, bis bald.«

Sie kehrten um und liefen in dieselbe Richtung weiter wie
vor dem Abstecher in die Garage.

»Warum hat hier der Überfall auf die Opfer stattgefunden?«
Nathalie guckte Johan fragend an.

Im grellen Licht sah sein Gesicht älter aus, die Bartstoppeln
schienen ein paar Millimeter länger und die Ränder unter den
Augen dunkler geworden zu sein.

»Weil Hoffman wie Erik dort durchgekommen ist, allein,
mitten in der Nacht ...«

Er biss die Zähne zusammen und schüttelte den Kopf.
»Nein, ich weiß, das ist keine gute Antwort.«

»Es gibt etliche Einwände, die auf der Hand liegen«, stimmte
Nathalie ihm zu. »Das Risiko, entdeckt zu werden auf dem Weg
zur Garage, zum Beispiel. Wie auch immer der Täter sie dort
hingeschafft hat.«

»Warum hat er sie nicht in der Nähe ihrer Wohnungen überfallen?«, überlegte Johan. »Es muss viele Gelegenheiten gegeben
haben ...«

»Oder auch nicht. Erik Jensen wohnt doch wohl in einer
recht zentrumsnahen Wohnung, er war vielleicht nie einsamer
als hier unten. Offenbar hat ja niemand gesehen, was passiert
ist. Vielleicht war das bei Hoffman genauso.«

Es zischte über ihren Köpfen, als eine Rohrpost vorbei-
sauste.

»Der Täter muss gewusst haben, dass sie hier entlangge-
hen«, stellte Johan fest und bog zur Tür zur psychiatrischen
Notaufnahme ab.

»Jemand, der hier arbeitet?«, schlug Nathalie vor. »Oder der sie verfolgt hat? Es macht fast den Eindruck, als könnte jeder die Garage nutzen und sich hier unten aufhalten.«

»Ja, mehr oder weniger. Aber wir dürfen nicht die Möglichkeit außer Acht lassen, dass es sich um zwei oder drei Täter gehandelt haben kann.«

»Das macht es schwieriger, die Dominosteine, die Folter und die Risikobereitschaft zu erklären. *Ein* Verrückter ist wahrscheinlicher als zwei, wenn Sie verstehen, was ich meine?«

Johan sagte nichts, marschierte weiter, als könnte er die Antwort an einem unsichtbaren Horizont vor ihnen finden. Nathalie passte sich seinem Tempo an. Sie bewegten sich auf zwei fensterlose Schwingtüren zu. Fünfzig Meter davor blieb Johan stehen und schaute sie ernst an.

»An dieser Stelle hat Estelle Ekman Erik getroffen«, erklärte er.

»Könnten sie sich verabredet haben?«

»Unwahrscheinlich mit Hinblick darauf, dass er wegen eines Herznotrufs hier unten war. Und Estelle, weil sie bei einem Patienten die Fäden ziehen musste.«

Ja, dachte Nathalie. Aber in den Jahren als Assistenzärztin hatte sie von den unwahrscheinlichsten Begegnungen im Gesundheitswesen gehört und sie selbst erlebt.

»Und Eriks Handy ist ja weg, und Estelle Ekmans haben wir überprüft«, fuhr Johan fort.

»Soweit ich meine Schwester kenne, hält sie sich an die Wahrheit«, sagte Nathalie und hörte zugleich, wie hohl ihre Worte klangen.

Sie gingen durch die Schwingtüren und betraten das Wartezimmer der psychiatrischen Notaufnahme. Zu Nathalies Erstaunen war es leer. In ihrer Welt saßen immer Unglückliche in den psychiatrischen Wartezimmern: Menschliche Verzweiflung und Panik würden nie verschwinden, sondern konnten nur gemildert werden.

Im Wartezimmer befanden sich vier Bänke aus hellem Holz, ein gläserner Rezeptionsschalter, ein Eingang mit automatischen Türen, zwei Toiletten und ein Plastik-Ficus.

Johan zeigte dem Mann am Schalter seinen Ausweis, ging einem Impuls folgend zu einer der Toiletten und öffnete die Tür.

»Hier erhängte sich Kent Runmarks Freundin Jennie Larsson an Silvester, nachdem sie fünf Stunden auf Thomas Hoffman gewartet hatte«, erklärte er.

Nathalie erinnerte sich, wie sich Runmarks wässrig hellblaue Augen in zwei Schweißflammen verwandelt hatten.

»Die Nähe zu diesem Gang ist auffällig«, stellte sie fest, und Johan nickte.

Sie gingen auf die Station, schauten in den Korridor, wo Kent Runmark Erik Jensen bedroht hatte, und schlossen ihre Runde mit einem Blick in das Behandlungszimmer ab, wo Thomas Hoffman Runmark weggeschickt hatte.

Nathalie war zufrieden mit dem Rundgang, auch wenn sie keine Schlüsse ziehen konnte. Doch für die kommenden Überlegungen und Theorien würde die Erinnerung an diese Räume von Nutzen sein, das wusste sie. Johan schaute auf seine Armbanduhr.

»Halb acht. Höchste Zeit für einen Besuch bei Ihrer Schwester.«

Rasch gingen sie denselben Weg zurück, den sie gekommen waren. Sie trafen zwei Frauen in Krankenhaus-Outfit, die auf Tretrollern unterwegs waren, machten einen Abstecher in die Garage und erfuhren, dass die Techniker keine weiteren Funde gemacht hatten.

Die Luft war angenehm kühl, als sie aus dem Haupteingang ins Freie traten. Nathalie fiel auf, dass es jetzt heller war. Der Nebel und die Wolkendecke hatten sich aufgelockert, und ein angenehm helles Licht ließ die Wolken aussehen wie mit zu viel Wasser vermischte Aquarellfarbe über einem Nadelwald.

»Ich muss telefonieren«, sagte Johan und zog das Handy aus der Lederjacke.

»Ich auch«, erwiderte Nathalie, und sie bewegten sich auf dem weitläufigen Eingangsareal in unterschiedliche Richtungen.

Nathalie rief Ingemar Granstam an. Er und Tim Walter waren im Krankenhaus gewesen und standen nun auf Alnön, wo Thomas Hoffmans Leiche gefunden worden war. Die Rechtsmedizinerin Angelica Hübinette hatte aus Umeå angerufen und mitgeteilt, dass Hoffman zwischen sechs und acht Uhr morgens gestorben war, also höchstens zwei Stunden bevor er gefunden wurde. Sie waren sich einig in der Theorie, dass der Mörder Hoffman am Ort der Gefangenschaft erschlagen und danach abgelegt hatte. Sonst gab es keine Neuigkeiten, aber sie wollten sich später am Abend zwecks einer Abstimmung melden.

Johan erfuhr, dass Kent Runmark nach einem Abstecher in der Ica Esplanade mit dem Bus nach Hause zu seiner Wohnung gefahren war. Die Rollos waren heruntergezogen, und die verdeckten Ermittler vermuteten, dass er an diesem Abend nicht mehr ausgehen würde.

Sie beendeten ihre Gespräche, tauschten Fakten aus und gingen zum Wagen. Auf halbem Weg über den Parkplatz blieb Johan plötzlich stehen, griff nach Nathalies Arm und nickte zu einer schwarzhaarigen Frau hinüber, die sich auf einem der Plätze hinter dem Auto einen Motorradhelm aufsetzte.

»Das ist Yasmine Danielsson.«

Die Frau sah sie an, als hätte sie seine Worte gehört.

»Hallo, warten Sie«, rief er und begann entschlossen auf die Frau zuzugehen, während er die Hand in die Höhe hob.

Sie warf ihm einen gestressten Blick zu, startete das Motorrad und fuhr davon.

»Kommen Sie, wir fahren hinterher«, sagte Johan und rannte zum Volvo.

17

Sundsvall 2005

In zehn Minuten ist es halb drei, und dann fahre ich los, dachte er und stellte sich auf die Zehenspitzen. Er betrachtete das Dach ihres Hauses und erinnerte sich an ihre Worte: »Aber kommen Sie doch mal auf einen Kaffee vorbei, passt es zum Beispiel morgen Nachmittag?«

Nichts konnte besser passen. Dass er heute keine Arbeit fertigbekam, war egal. Rastlos hatte er den Tag damit verbracht, sich auf das vorzubereiten, was gefühlt der wichtigste Besuch seines Lebens war. Er hatte sich die Nägel geschnitten, drei verschiedene Hemden zu seiner Lieblingsjeans anprobiert, sich gekämmt, den Badezimmerschrank geputzt und die alten Medikamente weggeworfen. Anschließend hatte er zum ersten Mal das Rasierwasser benutzt, das er taxfree gekauft hatte, als er vor zwei Jahren mit seinem Bruder in der Türkei gewesen war.

»Immer mit der Ruhe, und lass es nicht zu wichtig aussehen«, hatte Oskar ihm geraten, als er ihn am Vormittag besucht hatte. Eva-Marie hatte genickt und geheimnisvoll gelächelt, wie sie da in der Küche mit wiegenden Schritten auf und ab ging, die Hände auf den wachsenden Bauch gelegt.

Er hatte sich vorgenommen, zu versuchen entspannt auszusehen, aber das würde schwierig werden. Jedes Mal, wenn er sie vor sich sah oder hörte, bekam er Herzklopfen, und sein Mund wurde trocken. Am meisten fürchtete er, nicht die richtigen Worte über die Lippen zu bringen. Dass er zu still sein oder einen zu derben Witz reißen würde oder beides. Als er Oskar das anvertraut hatte, hatte der Bruder geantwortet: »Hauptsache, du hörst ihr zu. Alle Frauen mögen es, wenn man sich für sie interessiert.«

»Machen das Männer denn nicht?«

»Doch, aber du kapierst, was ich meine, lass sie reden und stell Folgefragen.«

Er hatte genickt und es sich gemerkt. Oskar war es nachweislich geglückt trotz der anfälligen Psyche und der Alkoholprobleme.

Aufgeregt ging er in den Flur und schaute auf die Uhr.

Noch sieben Minuten.

Er stellte sich vor den Spiegel, befeuchtete die Fingerspitzen und ordnete seine Frisur. Lächelte und überprüfte, ob keine Essensreste zwischen den Zähnen hingen. Streckte die Hand dem Spiegel entgegen und tat so, als würde er sie begrüßen. Schüttelte den Kopf über sich und wandte sich ab.

In der Küche trank er ein Glas kaltes Wasser und las die Schlagzeilen der Sonntagszeitung, in der er beim Mittagessen planlos geblättert hatte, ohne ein Wort wahrzunehmen.

Das Wichtigste an der Verabredung war das Versprechen, sie wiederzusehen. Er wollte ihr Hilfe bei einer praktischen handwerklichen Arbeit anbieten, wovon es im alten Haus der Witwe Granheden mehr als genug Bedarf geben musste, und er war in den meisten Dingen geschickt.

Er stellte das Glas auf der Spüle ab, schloss die Augen und träumte. In seiner Einsamkeit hatte er gelernt, die Bilder heraufzubeschwören, die er im richtigen Leben nie sehen durfte. Sah ihr Lächeln, fühlte, wie seine Arme ihren kleinen Körper umschlossen. Ihm war klar, dass er übertrieben romantisch war, aber das spielte für das Gefühl keine Rolle. In seiner Welt entschied er alles allein.

Wenn sie ihn wollte, würden sie in seinem Haus wohnen. Sie dürfte es ganz nach ihrem Geschmack einrichten, auch wenn die Gefahr bestand, dass er sich das alles nur einbildete. Aber es war wichtig, in einer Beziehung Kompromisse einzugehen, das hatte er beim Friseur in einer Zeitschrift gelesen.

Er kehrte ins Wohnzimmer zurück, guckte hinüber zu ihrem Dach, das in der Sonne rot wie Feuer glühte. Trat einen Schritt zurück und sah sich im Zimmer um. Er war stolz auf sein Haus. Jetzt, nachdem er den Balkon gestrichen hatte, war alles in perfektem Zustand.

Seit zwölf Jahren wohnte er allein hier. Er hatte Mikael ausbezahlt, der einen Hof gekauft und siebenhundert Meter weiter nördlich auf der Insel seine Praxis eröffnet hatte. Noch vier Minuten, sein Herz schlug schneller. Um nicht zu schwitzen, ging er hinaus auf die schattige Vortreppe. Heute war es zum Glück nicht so heiß wie gestern – das Thermometer zeigte zweiundzwanzig Grad im Schatten an, und im Auto war eine Klimaanlage, die einen Schweißausbruch verhindern würde.

108

Ein Traktor pflügte vor Mikaels Hof. Er vermutete, der Erntehelfer Per-Erik kümmerte sich um den Hof, wenn Mikael unterwegs war, um Bären für sein Forschungsprojekt in Storlien einen Betäubungsschuss zu verpassen. Natürlich hatte Mikael auch ihn gebeten, ein Auge auf das Haus und die Pferde zu haben, aber er hatte ihm gesagt, dass er nicht mit seiner Hilfe rechnen konnte.

Mikael hatte gelacht und gesagt: »Das ist doch keine Mühe, du wohnst doch in der Nähe. Und du findest es doch schön, bei den Pferden zu helfen, oder?«

Zu einer näheren Diskussion war es nicht gekommen. Mikael war wortgewandter und entschlossener, darum endete es immer damit, dass alles so gemacht wurde, wie er es wollte.

Als er feststellte, dass es eine Minute nach halb vier war, hatte er es eilig. Sprang ins Auto, drehte die Klimaanlage voll auf und machte sich auf den Weg.

Erstaunt stellte er fest, dass ein weißer Transporter auf dem Hof neben ihrem roten Golf stand. Hatte er sich in der Zeit vertan? Nein, das war unmöglich, entschied er, verglich aber zur Sicherheit die Uhr im Armaturenbrett mit der Armbanduhr. Vielleicht ein Handwerker, der unangemeldet gekommen war, redete er sich ein und stieg aus.

Der Kies knirschte unter den blankgeputzten Schuhen, als er mit einer Flasche hausgemachtem Fliederbeersaft in der Hand auf das Haus zuging.

Die Farbe blätterte stellenweise ab, und wahrscheinlich müssten die Isolierung und die Täfelung erneuert werden. Nur das frisch gedeckte Dach hielt seiner ersten Begutachtung stand. Aber wenn sie zu ihm nach Hause ziehen würde ...

Er klopfte an, weil die Klingel nicht funktionierte. Nichts

passierte, aber ihm war, als höre er drinnen Stimmen. Er klopfte wieder, fühlte, wie ihm der Schweiß auf die Stirn trat.

Ihre Stimme rief etwas, und schnelle Schritte näherten sich. Die Tür flog auf, und der Luftzug kühlte sein Gesicht. Sie schien erstaunt zu sein, ihn zu sehen. In einem Reflex versteckte er die Flasche hinter dem Rücken.

Eine Männerstimme rief aus der Küche: »Sie müssen kommen und hier festhalten!«

»Hallo, jetzt kommen Sie?«, sagte sie gestresst. »Hier ist es etwas unaufgeräumt, ich habe eine undichte Stelle im Abfluss.«

Die Männerstimme wieder, lauter und wütender: »Kommen Sie?«

Sie drehte sich zur Küche um und sah ihn wieder an.

»Wir holen das an einem anderen Tag nach, ich habe vergessen, dass ...«

»Kommen Sie jetzt!«

»Entschuldigung«, sagte sie und lief in die Küche.

Er blieb stehen und sah sie im Flur nach links verschwinden. Kam sich vor wie der größte Depp auf der Welt.

Mit zitternden Knien ging er zum Auto und fuhr nach Hause. Er konnte keinen Gedanken fassen, nur eine unerträgliche Stummheit hatte von ihm Besitz ergriffen. Er ließ sich aufs Sofa im Wohnzimmer fallen. Die Hoffnung war erloschen, bevor sie richtig groß werden konnte, wie immer in seinem Leben.

Er holte sich eine Dose Bier und legte eine Patience, um nicht denken zu müssen.

Als er zum siebten Mal *den Idioten* anfing, klingelte es an der Tür.

Er pfefferte die Karten auf den Tisch und schlug die Hände vors Gesicht und merkte, dass seine Wangen feucht waren.

Sollte er öffnen? Jetzt wollte er niemanden sehen. Und warum hatte er kein Auto gehört?

Konnte sie es sein?

Die Fragen trieben ihn an die Tür, während er sich die Tränen abwischte.

18

Yasmine Danielssons silberfarbener Helm fing hin und wieder die Abendsonne ein und funkelte auf der Fahrt über die Lasarettgatan wie ein Diamant. Johan hielt so viel Abstand, wie er wagen konnte, ohne Gefahr zu laufen, sie aus den Augen zu verlieren.

»Was denken Sie sich eigentlich dabei?«, fragte Nathalie, die sich über seine Sprunghaftigkeit in der Entscheidung, Yasmine Danielsson zu verfolgen, ärgerte.

Sie wollte die Kontrolle haben, aber vor allem wollte sie das Treffen mit Estelle nicht verschieben.

»Nennen Sie es Intuition«, antwortete Johan. »Warum ist sie abgehauen, als ich sie gerufen habe? Warum sah sie so verängstigt aus?«

»Weiß sie, wer Sie sind?«

»Wahrscheinlich. Mein Gesicht ist hier in der Stadt einigermaßen bekannt.«

Sie ging davon aus, dass es den Tatsachen entsprach, obwohl seine Worte sich nach Klischee und Narzissmus anhörten. Ohne einen Kommentar abzuwarten, schob Johan das Handy in die Halterung, rief zur Information die Einsatzzentrale und dann Pablo Carlén an.

»Ist was Besonderes im Verhör mit Frau Danielsson passiert?«, fragte Johan.

»Nein, nicht mehr als das, was ich erzählt habe«, erklärte Pablo. »Sie wollte um sieben Uhr ihre Schicht beenden, dann ist sie wohl jetzt auf dem Weg nach Hause.«

»Vielleicht«, sagte Johan und beendete das Gespräch mit einem Blick auf die digitalen Ziffern auf dem Funkgerät.

19:37.

Im Kreisverkehr vor dem Supermarkt in Haga bog Yasmine nach links ab und fuhr den Hagavägen nordwärts weiter. Sie machte nicht den Eindruck, als habe sie ihren Verfolger entdeckt.

»Warum biegt sie hier ab?«, fragte Johan, ohne eine Antwort zu erwarten. »Wenn sie auf dem Heimweg wäre, dann wäre sie Richtung Zentrum weitergefahren. Sie wohnt in der Köpmansgatan mitten in Stenstad.«

»Ich rufe Estelle an und sage Bescheid, dass es später wird«, verkündete Nathalie und griff nach dem Handy.

Estelle nahm das Gespräch nicht an. Als der Anrufbeantworter ansprang, hinterließ sie eine Nachricht, die genauso mechanisch klang, als würde sie beim Zahnarzt auf Band sprechen. Zwei Fragen wirbelten ihr durch den Kopf: Warum war es Estelle so wichtig, sich mit ihr zu treffen, und warum hatte sie den Kontakt zur Familie abgebrochen?

Die Fahrt ging weiter über den Norravägen und nach Osten durch Ljustadalen. Mietshäuser, Spielplätze und Gewerbegebiete. Yasmines Fahrstil war zwar aggressiv, sie überschritt aber nie das Tempolimit.

Sie fuhren weiter über die Alnöbrücke. Johan zog die Augenbrauen hoch mit einer Miene, die Nathalie als »Hab ich's mir doch gedacht« interpretierte, gab Gas, so dass sich der Abstand um zehn Meter verringerte. Die Brücke war über einen Kilometer lang, aber als sie das andere Ende hinter sich gelassen hatten, musste Johan sich anstrengen, um den Anschluss nicht zu verlieren.

Nathalie schielte hinunter auf das schimmernde Wasser des Alnösundes und spürte ganz tief in der Magengrube einen Sog. Das Eiland war so groß, dass man nicht sehen konnte, dass es sich um eine Insel handelte. Nadelwald mit Einsprengseln von sattem Grün, bestellte Äcker, eine Marina rechts und Häuser, die sich zur Peripherie ausdünnten.

»Ich frage mich, wo sie hin will«, sagte Johan und rief noch mal Pablo an.

»Nein«, sagte Pablo. »Sie hat nichts von Alnön erwähnt, und wir haben auch keine Verbindung dorthin gefunden. Leider sagt Fridegård, dass wir nicht genug gegen sie in der Hand haben, um bei ihr eine Speichelprobe zu nehmen.«

»Das wird sich bald ändern«, meinte Johan und bog nach Süden auf den Råholmsvägen ab.

Er schaute kurz zu Nathalie hinüber. »Jetzt ist sie in Richtung von Hoffmans Fundort unterwegs.«

»Und wo wohnen Estelle und Robert?«, fragte Nathalie.

»Auch in der Richtung. In Stenvik. Wir kommen gleich dran vorbei.«

Sie fuhren eine Weile schweigend weiter. Als sie einen spärlichen Ortskern hinter sich gelassen hatten, beschleunigte Yasmine auf siebzig, und sie hielten hundert Meter Abstand zu ihr. Nathalie sah, wie die Abendsonne durch den Dunst vom Sägewerk und Wärmekraftwerk auf der anderen Seite des Sundes schien und sich ständig verändernde Formationen aus Bewegung und Licht ergaben.

Die Geschwindigkeit nahm ab, als sie eine schmale Asphaltstraße mit nur einem Gehweg erreichten. Sie kamen an kleinen, aber neugebauten Häusern mit großzügigen Gärten vorbei. Auf der rechten Seite erahnte man das Wasser unterhalb von kleinwüchsigen Kiefern und Birken.

»Da unten liegt Estelle und Robert Ekmans Hof«, erklärte Johan und zeigte in Richtung Meer. »Man kann das von hier aus nicht sehen, sie wohnen am Wasser südlich vom Bootshafen in Vindhem.«

Als sie auf die südliche Spitze zufuhren, blinkte Yasmine links und bog auf eine Schotterpiste ab, die direkt in einen immer dichter werdenden Nadelwald führte. Nathalie erinnerte diese Gegend an Kungshamn südlich von Uppsala, wohin sie nach der Scheidung gezogen war. Der gleiche schnelle Wechsel von bestellten Äckern, vereinzelten Häusern, Wald und Meer.

Die Bäume dämpften das Licht, und der Kies knirschte unter den Reifen. Johan ging vom Gas und verlor Yasmine in den Kurven vorübergehend aus dem Blick.

»Scheint so, als wären wir bald an unserem Ziel«, vermutete er. »Hoffmans Leiche wurde fünfhundert Meter von hier auf der Landzunge gefunden.«

Er schaltete das GPS-Gerät ein und zeigte ihr die Stelle. Nathalie sah ihren Wagen als roten Punkt unterwegs in einem Wald ohne Straßen. Nach drei Minuten kamen sie in offenes Gelände mit bewirtschaftetem Boden, vier Wohnhäusern, drei falunroten Scheunen und einem Tischlerschuppen. Ein grauer Elchhund stand in einem Zwinger neben dem einen Haus, und ein paar Hühner liefen auf dem Hof herum.

Johan blieb kurz hinter dem Waldrand stehen. Yasmine kam vor einer der Scheunen zum Halten. Sie zog sich den Helm vom

Kopf, warf ihr rabenschwarzes Haar zurück und ging in die Scheune.

»Sieht so aus, als sei sie öfter hier«, vermutete Johan. »Der Hund hat nicht gebellt.«

»Und es gibt reichlich Platz, um jemanden festzuhalten«, stellte Nathalie fest.

Johan parkte kurz vor der Abzweigung zum Hof, rief im Polizeigebäude an und erkundigte sich, wer der Grundeigentümer war.

Ein Nils-Göran Svedin, lautete die Antwort. Ein Automechaniker, der im Nebenberuf auch Landwirt war. Nicht vorbestraft und bei der ersten Abfrage ohne direkte Verbindung zu Yasmine.

Als sie aus dem Auto stiegen, verfiel der Elchhund in hektisches Bellen. Obwohl der umliegende Wald das Gebell absorbierte, gab es keinen Zweifel, dass alle in der Nähe die Warnung hörten.

Johan murmelte Nathalie etwas zu, das sie als Fluch deutete. Schnell gingen sie auf die Scheune zu. Das Gebäude sah mit seinem glänzenden Blechdach und der dicken Schicht roter Farbe auf den breiten Planken frisch renoviert aus. Nathalie fiel es schwer, das Gleichgewicht zu halten, als sie auf ihren hohen Absätzen versuchte, in dem grobkörnigen Kies mit Johans Tempo Schritt zu halten, und dachte an ihre Sportschuhe im Koffer im Hotel.

Ohne anzuklopfen, riss Johan die Tür auf.

19

Nathalie holte Johan ein und lugte in die Scheune. Sie lag größtenteils im Dunkeln, und es dauerte eine Weile, bis sich ihre Augen an die Lichtverhältnisse gewöhnt hatten. Eine Hälfte wurde als Garage genutzt. Ein alter Chevi und ein Traktor teilten sich den Platz mit einer großen Hobelbank, an der Wand hing Werkzeug. Die andere Hälfte war mit einem Laufband, Scheiben- und Kurzhanteln und einem großen schwarzen Sandsack, der an einer Kette vom Dach hing, als Fitnessraum eingerichtet. Drei Elchgeweihe prangten in einer Reihe über einem antiken Gewehr und einem Foto, was dem Anschein nach eine Jagdgesellschaft zeigte.

In der Mitte stand Yasmine Danielsson mit dem Rücken zu ihnen und bearbeitete in Kopfhöhe den Sandsack mit so kräftigen Fußtritten, dass er seitlich hin- und herpendelte. Die Wucht der Tritte hätte den stärksten Menschen umgehauen, und das Geräusch dabei war so laut, dass es fast das Hundegebell übertönte.

Geschmeidig wie eine Katze schnellte sie vor und umklammerte den Sack, bis er zum Stillstand kam. Dann machte sie zwei Rückwärtsschritte und begann rasend schnell mit den Händen auf den Sandsack einzuschlagen. Mit gleicher Kraft rechts wie links, wie Nathalie feststellte.

»Yasmine Danielsson«, sagte Johan mit lauter Stimme und machte drei Schritte auf sie zu.

Blitzschnell drehte sie sich um. Die erhobenen Fäuste und ihr Gesichtsausdruck verrieten, dass sie bereit war, einen Angriff zu parieren.

Johan hielt seinen Ausweis hoch. »Kommissar Johan Axberg von der Polizei Sundsvall. Das ist meine Kollegin Nathalie Svensson vom Zentralkriminalamt. Wir möchten uns gern mit Ihnen unterhalten.«

Yasmine Danielsson wischte sich mit dem Handrücken die Stirn ab, obwohl dort kein Tropfen Schweiß war.

»Kreuzen Sie bei Leuten immer einfach so auf? Worum geht's?«

Ihre Stimme war rau und ausdruckslos. Der Hund stellte das Bellen ein, und die Stille war mit den Händen zu greifen.

»Wir haben noch ein paar ergänzende Fragen«, antwortete Johan, trat näher und stellte fest, dass Yasmine in Wirklichkeit durchtrainierter aussah als auf den Fotos im Internet. In ihrem Blick erkannte er auch eine latente Aggression, die nicht auf den Bildern zu erkennen gewesen war. Womöglich lag es am Adrenalin, das im Blut pulsierte, vielleicht war es etwas anderes.

»Zunächst einmal, warum sind Sie weggefahren, als ich Sie gerufen habe?«, fragte Johan.

»Ich habe Sie für einen Patienten gehalten«, antwortete Yasmine schnell.

»Haben Sie sich diese Antwort unterwegs ausgedacht?«, wollte Johan wissen.

Ihre Reaktion bestand aus zwei hochgezogenen Augenbrauen und einem kaum wahrnehmbaren schmallippigen Lächeln.

»Wieso?«

»Geben Sie's zu, Sie wussten, dass ich Polizist bin«, fuhr Johan fort.

Nathalie wunderte sich über seine Beharrlichkeit. Die Frau

vor ihnen würde so etwas nie zugeben. Es war vollkommen offensichtlich, dass sie viel zu gerissen war, um jemandem mit einem so unverhohlenen Trick gleich auf den Leim zu gehen.

»Was haben Sie für Fragen? Ich würde gern mit dem Training weitermachen.«

»Schöner Raum«, sagte Johan. »Wem gehört er?«

»Nils-Göran Svedin. Seine Frau ist Mitglied in der FD, und ich habe mich mit ein paar Mitgliedern aus dem Taekwondo-Verein hier eingemietet. Wieso?«

»Fahren Sie immer Motorrad?«

»Nein, ich habe auch ein Auto. Worauf wollen Sie hinaus?«

»Wie Sie wissen, ermitteln wir im Mord an Thomas Hoffman, der fünfhundert Meter von hier gefunden wurde. Was haben Sie für ein Auto?«

»Einen Mitsubishi Outlander.«

»Wo ist der jetzt?«

»Vor meiner Wohnung in der Köpmansgatan.«

»Können Sie uns noch mal sagen, warum Sie Thomas Hoffman und Erik Jensen bedroht haben?«, fuhr Johan fort.

»Das habe ich doch schon erzählt.«

»Sie haben ein Motiv und kein Alibi, darum will ich, dass Sie noch einmal darauf antworten«, beharrte Johan.

Yasmine Danielsson starrte ihn stumm an. Nathalie versuchte, das Gespräch in andere Bahnen zu lenken.

»Dr. Hoffman und Dr. Jensen waren Mitglieder in einem Herrenclub, der Skvaderorden heißt. Kennen Sie den?«

Die Muskeln in dem glatten Gesicht zogen sich zusammen, und das rechte Jochbein trat noch deutlicher hervor.

»Nur zu gut«, antwortete sie kurz. »Eine Gruppe von Männern, die Bestätigung durch andere Männer sucht.«

»Nichts, was Sie in der FD schätzen, oder?«, vermutete Nathalie und machte ein Gesicht, als teile sie die Ansicht.

»Die Sorte von Männerverein, dem Anschein nach unschuldig, baut die Machtstrukturen weiter aus, die die patriarchale Gesellschaft zementieren, in der wir leben«, erklärte Yasmine Danielsson.

»Um Sie von der Liste der Verdächtigen streichen zu können, wäre es gut, wenn wir bei Ihnen eine Speichelprobe für einen DNA-Abgleich nehmen dürften«, sagte Johan.

»Nein danke. Ich kenne meine Rechte und will, dass Sie gehen.«

Mit diesen Worten kehrte sie ihnen den Rücken zu und begann mit explosionsartigem Vorschnellen des Unterschenkels mit dem rechten Fuß auf den Sack einzukicken.

Johan schaute Nathalie resigniert an. Sie verließen die Scheune ohne ein weiteres Wort.

Als sie im Freien waren, stellten sie fest, dass der Hundezwinger leer war. Zwei Elstern flogen krächzend über den Acker.

Johan starrte auf die Erde und fragte sich, ob es sich dabei um dieselbe handeln könnte wie die, die im Krankenhaus gefunden wurde. Er hoffte, dass der Agronom schnell seinen Bericht darüber abliefern würde, in welchen Gegenden sie vorkam.

Als sie im Wagen saßen, rief er Gunilla Fridegård an. Er berichtete von der Begegnung mit Yasmine und bekam zur Antwort, dass solche spontanen Aktionen nicht erwünscht seien und dass nach wie vor nicht ausreichend Anlass bestehe, von Yasmine Danielsson eine Speichelprobe zu nehmen. Johan schaltete das Telefon mit wütendem Gesicht aus und warf einen Blick auf die Uhr. Fünf Minuten vor acht.

»Jetzt fahren wir zu Ihrer Schwester.«

Als sie in den Nadelwald kamen, rief er Pablo an und erstattete Bericht.

»Ich habe gerade etwas erfahren«, begann Pablo. »Gunilla Fridegård ist Mitglied in der Feministischen Definition, ich habe ein Foto hier, auf dem sie auf einem Parteitreffen neben Yasmine Danielsson steht. Ich habe es auf ihrer Homepage gefunden, das Bild ist vor einem halben Jahr aufgenommen worden.«

Obwohl solche Verbindungen in der Stadt an der Tagesordnung waren, fühlte Johan sich erschöpft. Aber Fridegård war so professionell wie stur, und ihm war klar, dass er mehr über Yasmine herausfinden musste, um in der Sache voranzukommen.

Sieben Minuten später fuhren sie in Stenvik auf den Hof von Estelle und Robert Ekman. Auf der Vortreppe zu dem großen neugebauten Haus stand eine blonde Frau mit vier Kindern, die ihre Ankunft verfolgten.

20

Johan parkte auf der runden Hoffläche neben einem weißen Minibus, einem tarnfarbenen Range Rover, zwei Pferdeanhängern und einem Sulky, dem ein Rad fehlte.

Nathalie ließ ihre Schwester und die Kinder nicht aus den Augen, als sie die Wagentür öffnete und ausstieg. Estelle sah mager und älter aus, als sie sie in Erinnerung hatte, und Angst lag in ihren blauen, etwas schräg gestellten Augen, die ihrem nordischen Aussehen eine asiatische Note verliehen. Der blonde

Pagenkopf umrahmte schlaff und leblos das niedliche, symmetrische Gesicht mit den hohen Wangenknochen. Nathalie hatte die Kurven und die dunklen Locken der Mutter geerbt und Estelle den schlanken Körper und die helle Haut des Vaters. Estelle verbrannte Kalorien proportional zur Nahrungsaufnahme; Nathalie hatte sich, seit sie erwachsen war, ständig mit Diäten herumgequält.

Die vier Kinder erkannte Nathalie kaum wieder, aber sie entdeckte Estelles Züge bei allen vieren, besonders bei den achtjährigen Zwillingsmädchen, die den gleichen Haarschnitt wie die Mutter hatten.

Zögernd und in die Abendsonne blinzelnd, ging Nathalie auf sie zu. Das Quintett auf der Vortreppe schlenderte hintereinander hinunter auf den Kies.

»Hallo, Estelle, lang ist's her«, begann Nathalie und umarmte ihre Schwester.

»Danke, dass du gekommen bist«, flüsterte ihr Estelle ins Ohr.

Ihr Duft und Atem fühlten sich wie immer an. Estelle drehte sich zu den Kindern um und sagte mit zurückgewonnener Schnelligkeit: »Da ist sie endlich, meine große Schwester Nathalie, von der ich euch immer erzähle. Ihr habt euch vor drei Jahren zu Hause bei Oma in Uppsala kennengelernt, erinnert ihr euch?«

»Ja«, sagten die Zwillinge im Chor, während die Jungen kaum merklich nickten.

Estelle lächelte Nathalie an und deutete mit der Hand auf die Kinder.

»Und hier hast du meine Schätzchen: Manne ist vier, Mikael sechs, und die Mädchen sind acht.«

»Ich weiß«, lächelte Nathalie und schaute ihnen in die Augen. »Ich hätte euch natürlich etwas mitbringen müssen, aber die Reise hierher war so stressig. Ich verspreche euch, dass ich morgen Geschenke besorge. Was hättet ihr denn gern?«

Bevor sie antworten konnten, stellte sich Johan zu ihr. Er nahm die Sonnenbrille ab, begrüßte alle und erklärte, er müsse ein paar Telefonate erledigen, so dass sie eine Zeitlang in Ruhe reden konnten.

»Das ist gut«, sagte Nathalie zu Johan, obwohl sie sich schon über den Ablauf geeinigt hatten.

»Wir gehen in den Stall und helfen Olle bei den Pferden«, sagten die Mädchen.

»Und wir spielen weiter, oder?«, meinte Mikael und versetzte Manne einen Knuff auf die Schulter. Der stimmte sofort zu.

Kurz darauf standen Nathalie und Estelle allein da. Nathalie ließ den Blick über die beiden großen Stallungen, eine Weide mit fünf Pferden, drei Nebengebäude, die frisch renovierte Holzvilla im klassischen Großhändlerstil und die weitläufige Rasenfläche bis hinunter zum Meer schweifen, wo sie vorher einen Bootssteg und ein Boot schemenhaft erkannt hatte. Es duftete nach Pferd, Gülle, Erde und noch etwas, was sie nicht näher benennen konnte.

»Habt ihr es schön hier!«, rief sie aus.

»Ja, wir fühlen uns wohl«, sagte Estelle.

»Wie lange wohnt ihr hier schon?«

»An Mittsommer ein Jahr.«

Nathalie schaute Estelle in die blauen Augen und umarmte sie noch einmal.

»Stell dir mal vor, wir haben uns seit drei Jahren nicht gesehen, das ist doch nicht zu fassen!«

122

»Ja«, stimmte Estelle ihr zu und lächelte angestrengt. »Aber wie du siehst, habe ich alle Hände voll zu tun ... die Kinder und der Hof und die Arbeit, die Zeit reicht nicht.«

»Bei mir auch nicht«, sagte Nathalie. »Aber jetzt hat sich alles etwas beruhigt, ich meine, wenn ich Gabriel und Tea jede zweite Woche habe.«

»Ich verstehe. Wie geht es Håkan?«

»Nicht so gut, wie gesagt hat er sich in den Kopf gesetzt, das Sorgerecht für die Kinder allein zu bekommen, aber ich wehre mich natürlich dagegen. Am Mittwoch haben wir das abschließende Gespräch mit der Sozialarbeiterin, danach wird das Gericht entscheiden.«

»Warum macht er das?«

Obwohl Nathalie wusste, dass es als Strafe für sie gedacht war, zuckte sie mit den Schultern.

Sie standen schweigend da und sahen sich an. Trotz der vergangenen Jahre war zwischen ihnen das Zusammengehörigkeitsgefühl deutlich spürbar. Nathalie dachte, selbst wenn sie Estelle erst im Altersheim wiedergesehen hätte, hätte sie vermutlich genauso empfunden.

Ein Wind frischte vom Feld im Osten auf. Da spürte Nathalie, was es war, was sie nicht einordnen konnte.

»Es riecht nach Rauch, oder bilde ich mir das nur ein?«, fragte sie und drehte sich zur Ebene zwischen Stall und Wohnhaus um, wo der Geruch am deutlichsten wahrzunehmen war.

»Ja, eine unserer Scheunen ist letzten Montag abgebrannt ... Sie wurde total zerstört«, seufzte Estelle. »Wir wissen nicht, wie das Feuer ausgebrochen ist, aber dann ging es schnell, denn es waren nur Heu und Futter drin.«

Estelle zeigte über das Feld. Nathalie erahnte ein schwarzes Rechteck in hundert Metern Entfernung, und einen weiteren halben Kilometer weiter weg lagen zwei Bauernhöfe. Sonst gab es keine Nachbarn in Sichtweite.

»Wir waren nicht zu Hause, ein Nachbar hat es entdeckt. Er hat versucht, es mit einem Feuerlöscher zu löschen, aber es gelang ihm trotz des Nieselregens nicht. Als Robert endlich kam, waren nur noch Kohle und Asche übrig.«

»Ihr habt doch eine Versicherung, oder?«, fragte Nathalie und dachte an die mit Asche vermischte Erde, die man im Krankenhaus gefunden hatte.

»Ich glaube schon, Robert kümmert sich um so was. Anscheinend gibt es Ärger mit der Versicherung.«

»Das klärt sich bestimmt auf. Ist Robert zu Hause?«

»Nein, er ist bei einem Trabrennen in Solvalla und kommt morgen um die Mittagszeit zurück.«

Estelle blickte zu Johan hin. Er war noch immer mit einem Telefonat beschäftigt, schaute aber zu ihnen herüber.

»Wollen wir reingehen?«, fragte Estelle und ging auf das Haus zu, ohne eine Antwort abzuwarten. »Ich habe Zimtschnecken gebacken.«

»Gern, wie lieb von dir. Du erinnerst dich also noch, dass ich eine Schwäche für Zimtschnecken habe?«

»Manche Dinge vergisst man nie«, lächelte Estelle halbherzig und ging zuerst ins Haus.

Nathalie merkte, dass ihr Magen knurrte, und erinnerte sich, dass sie seit dem Salat bei McDonald's in Söderhamn nichts mehr gegessen hatte. Jetzt ließ sie die Diät Diät sein und freute sich auf die Zimtschnecken. Johan hatte ihr eine halbe Stunde Zeit gegeben, und Kaffeetrinken war oft der kürzeste

Weg zu vertraulichen Gesprächen, nicht zuletzt mit der jüngeren Schwester, die man drei Jahre lang nicht gesehen hatte.

Die Küche war geräumig und modern mit Küchenblock, einer Espressomaschine, die in der Abendsonne glänzte, marmornen Arbeitsflächen, eingelassenen Spots und einem großartigen Ausblick aufs Meer.

»Cappuccino, Espresso, Latte oder normalen Kaffee?«

»Einen Cappuccino bitte«, antwortete Nathalie. »Was für ein Luxus, so eine Maschine!«

»Robert hat sie gekauft, als eins unserer Pferde in Täby gewonnen hat.«

Nathalie setzte sich an einen ovalen Tisch und nahm sich eine Zimtschnecke. An der Wand hing ein Foto von Estelle und Robert vor einem erlegten Elch.

»Jagst du auch?«, fragte Nathalie erstaunt.

»Ja, ich habe letzten Herbst den Jagdschein gemacht«, lächelte Estelle und servierte den dampfenden Cappuccino.

»Das war am Anfang unangenehm, aber nun finde ich das spannend. Hast du was Neues von Mama gehört?«

Nathalie schüttelte den Kopf.

»Ich wollte sie heute Abend anrufen«, erklärte Estelle und setzte sich Nathalie gegenüber. »Und am Freitag fahre ich mit den Kindern hin und besuche sie.«

»Da wird sie sich freuen«, meinte Nathalie.

Estelle schaute aus dem Fenster und nickte verkrampft. Es entstand eine Pause, als beide den Schaum probierten. Das Lachen der Jungen und Schritte auf den breiten Bodendielen drangen von der oberen Etage zu ihnen. Estelle stellte die Tasse ab und schaute ihre Schwester ernst an.

»Ich kann es nicht fassen, dass Papa ...«

»Ja, das ist unbegreiflich«, sagte Nathalie, und der Geschmack von Zimt und frisch gebackenem Teig verflüchtigte sich.

»... tot ist«, beendete Estelle den Satz, als hätte sie Nathalies Bemerkung nicht gehört. »Und du hast also gesehen, wie er ... das muss entsetzlich gewesen sein. Ich verstehe nicht, woher du die Kraft zum Arbeiten nimmst.«

Sie verstummte, warf ein Auge auf den Hof, den eins der Zwillingsmädchen mit einem Sattel über dem Arm überquerte.

»Wusstest du, womit Papa sich beschäftigt hat?«, wollte Nathalie wissen und fing Estelles schweifenden Blick ein.

»Ja«, antwortete sie und seufzte. »Ich habe zufällig ein Gespräch zwischen ihm und dem Polizeichef Erlander gehört, als sie eine Nacht auf der Veranda gesessen haben. Und dann habe ich verschiedene Sachen in seinem Wandschrank gefunden ...«

»Bist du aus dem Grund umgezogen?«

»Ja. Ich konnte nicht bleiben. Ich brauchte eine Woche, um das mit der Wohnung und der Arbeit hier zu regeln, ja, wie du dich wohl noch erinnerst, war es ein eiliger Abschied.«

Nathalie nahm all ihren Mut zusammen und stellte die Frage, die sie eigentlich nicht stellen wollte: »Aber du bist nicht bedroht worden von ...?«

»Nein, überhaupt nicht. *Du* denn?«

»Nein«, antwortete Nathalie genauso entschlossen.

Im Moment hatte sie weder die Zeit noch die Kraft, von der Jagdhütte oder Adam zu erzählen. Um ihre Panik in den Griff zu bekommen, biss Nathalie von der zweiten Zimtschnecke ab.

»Warum hast du nichts gesagt?«, fragte sie.

»Ich habe etwas gesagt«, entgegnete Estelle. »Zu Mama. Aber sie hat mir nicht geglaubt. Und ich hatte ja keine Beweise.«

»Mama wusste, dass Papa zu den Männern von Les Marquis Devines gehört hat«, sagte Nathalie und sah, wie sich Estelles blaue Iris verfinsterte. »Sie hat es mir nach seinem Tod erzählt.«

»Wie bitte?«, rief Estelle aus. »Was sagst du da? Wie konnte sie ... ich meine, sie wusste es die ganze Zeit?«

»Ja. Natürlich keine Details, aber trotzdem.«

Die Fragen standen Estelle ins Gesicht geschrieben.

»Wie konnte sie dann noch mit ihm verheiratet bleiben? So tun, als sei nichts? Warum hat sie nichts gesagt?«

»Sie sah sich wohl dazu gezwungen«, unterbrach Nathalie ihre Schwester. »Sie sagt, sie sei von seinem Geld abhängig gewesen. Und mit Blick auf ihren Lebensstil stimmt das sicher auch. Außerdem hat sie ihre Sorgen in Alkohol ertränkt.«

Estelle biss sich auf die Lippe und schluckte.

»Und nun ist Papa tot ... und Mama auch fast, meine Güte, was für ein Alptraum.«

Sie schüttelte den Kopf, dass das blonde Haar auf den Schultern raschelte. Dann fixierte sie Nathalie und sagte plötzlich unvermittelt: »Ich habe beschlossen, Mama eine zweite Chance zu geben. Du weißt nicht, wie ich darunter gelitten habe, dass ich die Verbindung gekappt habe ... und die Kinder, sie wissen ja kaum, wie meine Eltern ... ich meine, wie Mama aussieht.«

»Und was ist mit Papas Beerdigung?«

»Ich habe nicht vor, hinzugehen. Und was ist mit dir?«

»Weiß nicht, kommt drauf an, was Mama meint. Er ist ja tot, da geht es doch jetzt mehr um uns.«

»Ja«, sagte Estelle, schüttelte aber gleichzeitig den Kopf. »Und die Art, wie sie dich immer unter Druck gesetzt hat, nie war sie zufrieden, ganz egal, wie gut deine Noten auch waren. Ich hatte es leichter.«

Nathalie zuckte die Schultern, schluckte den letzten Bissen der Zimtschnecke hinunter und schaute auf die Uhr. In zehn Minuten würde Johan zu ihnen stoßen.

»Jetzt musst du erzählen, warum du wolltest, dass ich komme, mein Kollege kommt gleich rein«, erklärte Nathalie mit vielsagendem Blick zum Auto.

Estelle sah sie intensiv an. Nathalie dachte, dass sie mit ihren großen himmelblauen Augen, dem blonden Haar und dem deutlichen Amorbogen auf den natürlich roten Lippen Ähnlichkeit mit einem Engel hatte. Doch es lag ein Hauch von Sorge über den spröden und verträumten Zügen. Estelle stand auf und schloss beide Küchentüren. Wieder am Tisch, holte sie tief Luft, beugte sich über den Tisch und sagte mit tiefer Stimme: »Versprichst du, dass es unter uns bleibt?«

21

Nathalie versuchte zu erraten, was Estelle erzählen würde, doch sie hatte keine Ahnung. Ihr war klar, dass sie sich ihre Worte gut überlegen musste.

»Ich bin als Vertreterin der Polizei hier, aber vor allem bin ich deine Schwester. Du kannst dich auf mich verlassen.«

Estelle nickte, als gebe sie sich mit der Erklärung zufrieden. Sie befeuchtete die Lippen mit der Zungenspitze. »Robert und ich sind ja von deinem Kollegen da draußen und einem anderen Polizisten verhört worden. Das war unangenehm, wir kamen uns wie Schwerverbrecher vor.«

»Warum denn? Es gehört zur Routine in einem Mordfall,

dass man alle Personen mit denkbaren Verbindungen zum Opfer verhört.«

»Aber wir ... Erik ist doch verdammt noch mal nicht tot, oder? Und außerdem ...«

Sie brach den Satz ab, drehte die Kaffeetasse und betrachtete die Schaumreste.

Nathalie beugte sich vor und legte ihre Hand auf die von Estelle. Die war kleiner und kälter als ihre eigene.

»Hattest du mit Erik ein Verhältnis?«

»Ja. Das fing ganz harmlos an, ein Flirt auf der Station, Blicke in der Personalkantine, ja, du weißt schon.«

Nathalie nickte. *Blicke*. Sie hatte selbst von gewissen Kollegen welche geerntet, nachdem die Scheidung offiziell geworden war, hatte sich aber aufs Internet-Dating in Stockholm beschränkt.

»Also, nach der alljährlichen Weihnachtsfeier bin ich mit zu ihm nach Hause in seine Wohnung gegangen. Er ist ja frisch geschieden, und ich ...«

»Ja?«

»Bei mir und Robert ist es in den letzten Jahren nicht so gut gelaufen. Er ist oft weg auf Trabrennen, und ich reibe mich vollkommen auf zwischen all den Aufgaben, die hier zu Hause zu erledigen sind.«

Auf der Treppe polterte es dreimal.

»Und den Kindern«, ergänzte Nathalie.

»Genau. Es ist, als sehe Robert mich nicht mehr, er arbeitet ständig.«

»Ich verstehe«, sagte Nathalie.

Und das tat sie wirklich: Man musste die Pferde nur durch die Anwaltskanzlei ersetzen, in der Håkan arbeitete.

»Wie oft hast du dich mit Erik getroffen?«, fragte sie.

»Ungefähr zwei, drei Mal im Monat. Es war nichts Ernstes, und wir haben uns versprochen, uns nur zu sehen, wenn wir beide es wollten, ganz einfach, ohne Ansprüche. Das klingt fast wie im Kitschroman, ich weiß, aber so war es.«

»Wo habt ihr euch getroffen?«

»Im Krankenhaus und ein paar Mal in einem Hotel.«

»Warum hast du das der Polizei nicht erzählt?«

Estelle warf einen Blick hinaus zum Auto und schaute dann wieder Nathalie an. Als die Antwort ausblieb, fragte Nathalie weiter: »Hast du mich aus dem Grund gebeten zu kommen? Weil du über deine Beziehung zu Erik gelogen hast?«

Langsam drehte Estelle den Kopf und sah sie verbissen an.

»Nein ... nicht nur.«

»Erzähl endlich!«, forderte Nathalie sie auf.

»Ich habe gelogen, als ich gesagt habe, was Robert in der Nacht getan hat, in der Erik verschwunden ist.«

Ehe Nathalie etwas sagen konnte, sprach Estelle weiter: »Ich habe ihm sogar auch ein Alibi für die Nacht gegeben, in der Thomas Hoffman verschwunden ist. Darum wollte ich, dass du kommst. Ich weiß nicht, wie ich damit umgehen soll ...«

Estelle sackte am Tisch zusammen wie eine Marionette, der man die Fäden abgeschnitten hatte. Nathalie wusste sofort, dass sie diese Information den Ermittlern nicht vorenthalten konnte. Sie strich ihrer jüngeren Schwester übers Haar. Es war viel dünner als ihres. Das Schluchzen füllte die kahle Küche, und Nathalie dachte, dass die schöne Fassade das Unglück nicht mehr verbergen konnte.

»Weiß Robert von der Beziehung zu Erik?«

Estelle setzte sich wieder aufrecht hin. Ihre Augen waren gerötet und geschwollen.

»Er hat ein paar Nachrichten auf Facebook gesehen, offensichtlich kannte er mein Passwort. Er wurde wütend und hat mich gezwungen, ihm alles zu erzählen.«

»Gezwungen?«, fragte Nathalie und erinnerte sich an Johans Worte, dass Robert wegen Körperverletzung verurteilt worden war.

»Nicht physisch ... Du kennst Robert nicht, aber wenn er wütend wird, tut man, was er sagt.«

»Was ist passiert?«

»Robert ist losgefahren, um Erik aufzusuchen. Zum Glück hat er ihn nicht angetroffen.«

»Wann war das?«

»Letzten Donnerstag. Am Nachmittag, es war wohl vier Uhr.«

»Und in der Nacht, als Erik verschwunden ist?«, fragte Nathalie und sah Johan auf dem Hof mit dem Handy ans Ohr gepresst im Kreis gehen.

Und am Morgen hat man Hoffman tot aufgefunden, dachte sie.

»Sprich weiter«, forderte sie sie auf.

»Robert ist um halb fünf nach Hause gekommen und hat gesagt, er habe Erik nicht angetroffen. Wir haben zu Abend gegessen – da hast du dann angerufen und das von Papa erzählt –, und danach bin ich ins Krankenhaus gefahren und habe bis zum nächsten Morgen gearbeitet.«

Eine Pause entstand. Nathalie erinnerte sich an die Zeugenaussage der Nachbarin Christina Bäckström, dass Erik um vier Uhr bei Sara und José aufgetaucht war. Deshalb hatte Robert ihn nicht angetroffen, schlussfolgerte sie.

»Du weißt also nicht, was Robert in dem Zeitraum gemacht hat?«

»Nein.«

»Und die Kinder?«

»Die Mädchen haben bei einer Freundin übernachtet und die Jungs bei Roberts Eltern.«

»Hat einer von ihnen etwas gesagt?«, fragte Nathalie.

»Sie wissen nichts, und so soll es auch bleiben«, antwortete Estelle entschlossen. »Das Merkwürdige war, als ich an dem Morgen nach Hause kam, da hatte Robert seine Kleider gewaschen. Das macht er sonst nie. Und jetzt finde ich die Kleider nicht in seinem Schrank ...«

Nathalie hörte die Angst in Estelles Stimme, zwang sich aber, zu fragen:

»Hast du den Verdacht, dass er was mit Eriks Verschwinden zu tun hat?«

»Nein«, antwortete Estelle kaum hörbar. »Robert ist im Grunde seines Herzens ein lieber Mensch und hat sein schlechtes Verhalten abgelegt. Aber ich verstehe ja, dass die Polizei glauben wird, er sei es gewesen, wenn ich erzähle ...«

Ein Atemzug brachte die dünnen Nasenflügel zum Vibrieren.

»Man hat ja schon von Unschuldigen gelesen, die im Gefängnis landen. Das darf nicht passieren. Ich komme ohne Robert nicht klar ... mein Gehalt als Krankenschwester und vier Kinder, du verstehst?«

»Ja«, antwortete Nathalie und dachte an ihre Mutter Sonja. »Wann ist er nach Hause gekommen?«

»Um zehn Uhr am Vormittag.«

»Wie war er da?«

»Immer noch wütend. Hat im Stall gearbeitet und mich total ignoriert.«

Nathalie wechselte das Thema: »Und das Treffen mit Erik vor der psychiatrischen Notaufnahme?«

»So wie ich gesagt habe, wir sind uns zufällig über den Weg gelaufen. Wir hatten den ganzen Tag nichts voneinander gehört. Er hatte kaum Zeit, um Hallo zu sagen.«

Nathalie sah, wie Johan sein Handy einsteckte und auf die Vortreppe zuging. Die Gedanken wirbelten ihr im Kopf herum. »Kennst du Thomas Hoffman?«

»Nein, aber ich weiß, wer er ist.«

»Und Robert?«

Tonlos sagte Estelle: »Ich habe seinetwegen gelogen. Er war nicht bei mir. Die Nacht, in der Hoffman verschwand, hat Robert in der Jagdhütte in Stöde geschlafen. Er musste etwas am Dach reparieren. Er ist erst um die Mittagszeit nach Hause gekommen.«

»Und was hast du gemacht?«

»Ich war zu Hause mit den Kindern. Dann habe ich sie in die Schule gefahren und mich um die Pferde gekümmert.«

»Warum hast du gelogen?«

Estelle zögerte ein paar Sekunden.

»Weil Robert mich darum gebeten hat. Er sagte, die Polizei würde ihn bestimmt verdächtigen, weil er vorbestraft ist, und das sicher mit Erik herausfinden und es mit Hoffman in Verbindung bringen. Wir haben doch in den Nachrichten gehört, dass die Fälle vielleicht zusammengehören, ich fand das schon ein bisschen seltsam, aber als die Frage gestellt wurde, habe ich getan, worum er mich gebeten hat.«

»Estelle, das musst du Johan erzählen. Es wird nur schlimmer, wenn du die Wahrheit verschweigst.«

Estelle nickte, und eine Träne löste sich aus dem Augenwinkel und kullerte über ihre Wange.

»Hilfst du mir? Ich bin so verzweifelt, dass ich nicht weiß, was ich sagen soll.«

»Ich bin für dich da, Estelle, du kannst dich auf mich verlassen. Versprichst du mir, es zu erzählen?«

Es klopfte an der Tür. Estelle schluckte, stützte die Hände auf die Tischkante und stand auf.

22

Als Johan die Küche betrat, sah Nathalie ihm an, dass er gestresst war. Es schien nicht nur an der Zeit zu liegen, die ihnen davonlief. Wahrscheinlich hatte er etwas Wichtiges erfahren, aber es handelte sich wohl kaum um positive Neuigkeiten über Erik Jensen, weil jede Spur von Erleichterung in seinem Gesicht fehlte.

Estelle lächelte Johan vorsichtig an.

»Wollen Sie Kaffee? Ich kann Cappu...«

»Nein, danke«, fiel Johan ihr ins Wort, ohne unhöflich zu klingen. »Wir haben es eilig.«

»Estelle hat etwas Wichtiges zu erzählen«, sagte Nathalie und zog den Stuhl neben sich vor.

Er zögerte eine Sekunde, setzte sich aber schließlich hin. Seine grünen Augen glänzten in dem Bündel Sonnenstrahlen, die durchs Fenster schienen.

»Wenn Sie etwas zu erzählen haben, will ich es aufnehmen«, kündigte Johan an und holte sein Handy heraus.

Nathalie wandte sich Estelle zu, die zögernd ihnen gegenüber Platz genommen hatte. Ihr Blick schweifte umher, sie räusperte sich und begann zu erzählen, während ihr die Tränen über die Wangen liefen. Nathalie hatte Mitleid mit ihrer Schwester und war zugleich stolz, dass sie ihre Lüge zugab. Sie hatte Estelle nicht mehr weinen sehen, seit sie sich als Zehnjährige den Arm gebrochen hatte, nachdem sie von einem Paar Stelzen gefallen war. Normalerweise war Estelle die Fröhliche und Unbeschwerte, die sich eher zurückzog, als sich von der traurigen Seite zu zeigen. Nathalie hatte erst nach ein paar abhärtenden Jahren im Medizinstudium aufgehört, in der Öffentlichkeit zu weinen.

Hin und wieder schielte Nathalie zu Johan hinüber. Er hörte in einer Mischung aus Frustration und Ermunterung aufmerksam zu. Zu Nathalies Erstaunen schien er Estelle ihre Erklärung abzukaufen, warum sie Robert ein falsches Alibi gegeben hatte.

»Jetzt erzählen Sie also die Wahrheit?«, fragte er, als Estelle erschöpft auf dem Stuhl in sich zusammensank und ihre Tränen abwischte.

Schniefend nickte sie.

»Da zeigen Sie Stärke«, fand er. »Viele halten bis zuletzt an ihren Lügen fest. Wann kommt Robert aus Solvalla nach Hause?«

»Morgen um zwölf Uhr.«

Johan stand auf und schaute nachdenklich aus dem Fenster.

»Wir müssen ihn sofort abholen«, sagte er und griff nach seinem Mobiltelefon.

Als Estelle ihm einen ängstlichen Blick zuwarf, beruhigte er sie: »Je eher wir ihn uns vorknöpfen können, umso besser.«

Estelle nickte. Johan schaltete die Aufnahme aus und rief Staatsanwältin Fridegård an. Sie einigten sich darauf, Robert Ekman umgehend zum Verhör nach Sundsvall zu überstellen. Estelle sah Nathalie unzufrieden an.

»Er wird das verstehen«, meinte Nathalie, während Johan hinzufügte: »Schieben Sie die Schuld auf mich.«

»Welches Auto hat er an dem Abend genommen?«

»Weiß ich nicht«, antwortete Estelle überraschend reserviert, was Nathalie erstaunte. War ihr nicht klar, dass die Polizei auf das, was sie erzählt hatte, so reagieren würde?

Johan stand still da und wartete auf eine Fortsetzung. Schließlich sagte Estelle: »Ich habe doch in der Nacht gearbeitet ...«

»Sind das Ihre Autos, die da auf dem Hof stehen?«

»Ja«, antwortete Estelle und machte sich daran, die Kaffeetassen abzuräumen.

»Haben Sie mehrere?«

»Ja, Robert hat einen schwarzen Volvo V70. Mit dem und mit einem Pferdeanhänger ist er nach Solvalla gefahren.«

»Was waren das für Kleider, die er am Morgen nach Eriks Verschwinden gewaschen hat?«

»Eine blaue Latzhose, die er all die Jahre gehabt hat, ein rot kariertes Flanellhemd und ein schwarzes T-Shirt. Ich weiß, dass er die Wäsche auf sechzig Grad gewaschen und zum Trocknen in den Trockenschrank gehängt hat. Seitdem habe ich sie nicht mehr gesehen.«

»Und er kümmert sich also nicht selbst um seine Kleider?«, fragte Nathalie und versuchte, sich nicht allzu vorwurfsvoll anzuhören.

»Nee.« Estelle schüttelte den Kopf.

»Und dann?«, wollte Johan wissen.

»Robert hat gesagt, er hätte sie weggeworfen, weil sie kaputt waren, aber das trifft nur auf die Latzhose zu, und die hat er immer geliebt.«

»Dieses Dach von der Hütte, das er repariert hat, als Hoffman verschwand, hat er vorher schon mal was davon erwähnt?«

Estelle zuckte resigniert die Schultern.

»Kann schon sein. Robert hat immer tausend Projekte laufen, ich kenne nicht mal die Hälfte.«

»Wann waren Sie das letzte Mal in der Hütte?«

»Das war wohl letzten Herbst auf der Elchjagd.«

»Kannst du dir vorstellen, dass es eine Verbindung zwischen deinem Mann und Thomas Hoffman gibt?«, fuhr Nathalie fort.

»Wie schon gesagt, ich glaube nicht einmal, dass Robert weiß, wer das war. Und ich kenne ihn wie gesagt nur als Arzt, ich habe nie mit ihm gesprochen.«

»Ist Ihr Mann vor kurzem im Krankenhaus gewesen?«, fragte Johan.

»Ja, vor einem Monat, da hat er sich einen Schlüssel abgeholt, den ich aus Versehen mitgenommen hatte.«

»Ist er mit dem Auto gekommen?«

»Ja.«

»Wo hat er geparkt?«

»Das weiß ich nicht. Auf dem Parkplatz, nehme ich an.«

»Wir müssten uns auf dem Hof, in allen Nebengebäuden, dem Stall und auch in diesem Haus umsehen«, verkündete Johan. »Und die Autos müssen untersucht werden.«

Er sah Estelle mit einem Blick an, der keine Nachfragen duldete. Nathalie fand, er hätte behutsamer vorgehen können.

»Ich weiß nicht«, sagte Estelle. »Ist das notwendig?«

»Wenn wir Erik rechtzeitig finden wollen, ist das absolut notwendig«, erklärte Johan und machte einen Schritt auf Estelle zu.

Zögernd drehte Estelle sich zu Nathalie um: »Müsst ihr dafür nicht eine Genehmigung haben?«

»Das regele ich jetzt«, entgegnete Johan und ging mit dem Handy am Ohr auf den Hof zurück.

Drei Sekunden später kamen Manne und Mikael in die Küche getobt. Nathalie fragte sich, ob sie hinter der Tür gestanden und gelauscht hatten; selbst wenn das der Fall gewesen sein sollte, hätten sie kaum begriffen, worüber die Erwachsenen gesprochen hatten. Die Jungen stürmten auf Estelle zu und sagten, sie hätten Hunger und wollten zu *Gladiators* Abendbrot essen. Estelle versprach ihnen, es zuzubereiten. Sie öffnete den Kühlschrank und begann Milch, Butter und Käse herauszustellen.

»Ich gehe kurz mal nach draußen«, verkündete Nathalie und steuerte auf die Tür zu.

In der Diele entdeckte sie im Schuhregal ein Paar grüne Tretorn-Stiefel. Nach einem Blick in die Küche hob sie einen der Stiefel an. Grobgeriffelte Gummisohle, Größe 44. Die Sohlen waren sauber, als seien sie kürzlich erst abgespült worden. Sie stellte den Stiefel zurück an seinen Platz und ging hinaus.

Die frische Luft tat ihr gut. Abermals nahm sie Rauchgeruch wahr, als der Wind drehte. Die Sonne spiegelte sich in den Fenstern, und die zuvor undurchdringliche Wolkendecke war jetzt nur noch ein Kranz aus transparenten Wolken an der Peripherie. Als sie sich umsah, hatte sie deutlich das Gefühl, auf dem Meer zu sein. Die beiden Höfe in der Ferne waren Schiffe, und der sie umgebende Nadelwald begrenzte den Horizont.

Sie schüttelte die Bilder ab und ging zu Johan, der gerade das Gespräch auf dem Hofplatz beendete.

»Fridegård gibt ihr Okay für die Hausdurchsuchung. Die Techniker sind schon unterwegs. Darüber hinaus suchen wir nach Verbindungen zu Hoffman.«

»Ich habe da meine Zweifel«, offenbarte Nathalie. »Es soll sich hier also um ein Eifersuchtsdrama handeln?«

»Ihre Schwester hat vielleicht auch ein Verhältnis mit Hoffman gehabt. Robert hat es rausgekriegt und wollte sich rächen.«

»Das erklärt nicht die Dominosteine oder warum er festgehalten wurde«, entgegnete Nathalie.

»Vielleicht sollen die uns nur in die Irre führen, das haben Sie doch selbst gesagt.«

Nathalie wollte das Thema wechseln und fragte: »Haben Sie was Neues erfahren?«

»Sicher«, antwortete Johan und knöpfte sich die Lederjacke zu, als der Wind wieder auffrischte. »Kent Runmark hat sich nicht aus seiner Wohnung bewegt, aber die Beschattung läuft weiter. Yasmine Danielsson hat offensichtlich Thomas Hoffman und Erik Jensen vor deren Verschwinden angerufen. Die Gespräche waren kurz, zwischen drei bis fünf Minuten. Sie behauptet, sie wollte den Konflikt um ihre Kündigung als Chefin aus der Welt schaffen. Irgendwie ist es mir gelungen, Fridegård zu überreden, einen Durchsuchungsbeschluss für ihre Wohnung, ihr Auto und ihren Trainingsraum zu erwirken und ihr eine Speichelprobe entnehmen zu lassen.«

»Gut«, sagte Nathalie. »Hat Fridegård etwas zur FD gesagt?«

»Ich habe nach dem Foto gefragt, und sie hat es ohne Umschweife zugegeben. Wir dürfen sogar Bodenproben bei ihrem Trainingsraum nehmen.«

139

»Àpropos Boden, da drüben ist letzten Montag eine Scheune abgebrannt ...«

Nathalie ging voraus und zeigte ihm das schwarze Rechteck. Johan steckte eine Bodenprobe in eine Plastiktüte, verschloss sie und verstaute sie in der Jackentasche. Nathalie warf einen Blick zum Wohnhaus hinüber. Estelle stand mit Manne im Arm am Küchenfenster und beobachtete sie.

»Scheint so, als würden sich jetzt und hier alle Einzelteile zu einem Gesamtbild ordnen«, meinte Johan und blieb neben Nathalie stehen.

»Vielleicht etwas zu einfach«, wandte sie ein.

»Die Scheune ist also einen Tag vor Hoffmans Verschwinden abgebrannt ...«

»Aber die Erde wurde doch nach Eriks Verschwinden gefunden.«

»Ja«, sagte Johan, und sie sah Zweifel in seinem Gesicht. »Aber beim Brand ist etwas unklar. Ich glaube, ein Verbrechen konnte nicht nachgewiesen werden, aber die Versicherungsgesellschaft verfolgt die Sache weiter.«

»Estelle hat so was erwähnt, wusste aber nicht viel mehr.«

Johan nahm die durchsichtige Tüte wieder heraus und drückte darauf herum.

»Rut Norén sagt, die Erdzusammensetzung im Gang ist dieselbe wie in der Garage.«

»Was die Theorie untermauert, dass sie auf dem Weg weggebracht wurden«, sagte Nathalie und knöpfte sich ihren viel zu dünnen Frühlingsmantel zu.

»Das ist ein wichtiges Puzzleteil«, stimmte Johan ihr zu. »Finden wir den Wagen, dann finden wir den Täter. Und hoffentlich auch Erik.«

Er verstaute die Tüte wieder in seiner Jacke.

»Außerdem behauptet der Agronom, dass die Erdzusammensetzung typisch für Alnön sei. Den Aschefund miteinbezogen, dürfte die Anzahl der Orte recht begrenzt sein.«

Nathalie drehte sich zur abgebrannten Scheune um und sah vor sich, wie Robert in den verkohlten Resten herumgetrampelt war.

»Jetzt zeige ich Ihnen die Stelle, an der man Hoffmans Leiche gefunden hat, danach fahren wir zurück in die Stadt«, erklärte Johan.

»Ich will mich nur vorher von Estelle verabschieden.«

Schweren Schrittes kehrte Nathalie ins Haus zurück. Estelle stand in der Diele und erwartete sie.

»Was passiert jetzt?«, fragte sie besorgt.

Nathalie erklärte es ihr. Estelle sackte mit jedem Wort weiter in sich zusammen.

»T-tue ich das Richtige?«, stammelte sie. »Wird Robert mir das je verzeihen?«

»Ja«, antwortete Nathalie und streichelte ihren Arm. »Er ist klug und wird einsehen, dass es das Beste ist. Und wir haben mindestens zwei andere Personen, die verdächtiger sind als Robert ... ich meine, es gibt bestimmt natürliche Erklärungen für sein Verhalten.«

Sie erinnerte sich an Johans Verdacht über Hoffman als weiteren Liebhaber, aber als sie ihre Schwester zittern sah, tat sie die Äußerung als böswillige Phantasie ab.

»Wir bleiben in Kontakt, pass gut auf dich auf«, beendete sie das Gespräch und verließ das Haus.

»Mir kommt es so vor, als breite sich diese Ermittlung aus wie Kreise im Wasser«, meinte Johan, nachdem sie den Hof hinter sich gelassen hatten.

»Wenn uns das nur nicht vom Zentrum wegführt«, sagte Nathalie.

»Wenn wir nur Erik rechtzeitig finden«, entgegnete Johan und sah auf die Uhr.

Viertel vor neun. Die Sonne streifte den Horizont und brachte die Felder im Westen wie Glut zum Leuchten.

23

»Hier hat man Thomas Hoffman gefunden«, sagte Johan und zeigte auf den ein Meter hohen, mit Moos bewachsenen Stein neben einer großen Kiefer. »Er saß halb, halb lag er mit hängendem Kopf und dem Rücken am Stein, als sei er in einer Ruhepause eingeschlafen.«

Nathalie schaute sich um. Sie befanden sich auf der Südspitze von Alnön und hatten einen Steinwurf vom Fundort entfernt auf dem Waldweg geparkt. Auf einem Hügel in der Nähe sahen sie ein rotes Holzkreuz, das den Wanderpfad markierte, den die Frau, die Hoffman gefunden hatte, mit ihrem Schäferhund entlanggegangen war.

Alle Absperrungen waren entfernt worden. Nichts erinnerte mehr an den Vorfall. Nathalie untersuchte die Stelle, an der Thomas Hoffman gesessen hatte. Kein Blut, keine Abdrücke im Boden oder im Gras. Es sah aus, als hätte Mutter Erde sich Mühe gegeben, alle Beweise für die schreckliche Tat so schnell wie möglich zu absorbieren.

Nathalie atmete die kühle Luft ein. Die duftende Erde, das Grün, den Harz und die Nadeln. Die Schatten krochen zwischen dem Gebüsch hoch, und es schien, als schlössen sich die mächtigen Kiefernstämme mit jeder Sekunde immer enger um sie. Ein Specht klopfte im Wald, und die Birken rauschten, obwohl es fast windstill war. Johan trat ungeduldig mit einem Schuh in die Blaubeersträucher und blickte schnell zwischen dem Stein, dem Wanderpfad und dem Waldweg hin und her. Hoffmans Leiche war aus beiden Richtungen gut zu sehen gewesen.

»Offenbar wollte der Mörder, dass er gefunden wurde«, stellte Nathalie fest, als hätte sie seine Gedanken gelesen.

Johan nickte. »Gleichzeitig hat der Mörder einen Ort ausgesucht, an dem er die Leiche loswerden konnte, ohne ein allzu großes Risiko, entdeckt zu werden – vor allem, weil es in den frühen Morgenstunden geschah.«

Mit langsamen, festen Schritten ging Nathalie mit Blick auf den Boden zum Waldweg und wieder zurück. »Der Täter muss das Auto an der Schranke geparkt und Hoffman dann hierhergeschleppt haben. Haben die Techniker wirklich keine Spuren gefunden?«

Johan schüttelte den Kopf.

»Letzten Freitagmorgen hat es geregnet, einen kurzen, aber kräftigen Schauer. Leider genug, um alle Spuren zu vernichten.«

»Auch wenn Hoffman tot war, musste es eine Menge Kraft gekostet haben, ihn hierhinzuschleppen.«

»Hm«, sagte Johan und schaute sie an, als warte er auf mehr.

Sie erwiderte seinen Blick. Sie wollte etwas Wichtiges sagen, das zeigte, dass seine Entscheidung, sie mitzunehmen, richtig gewesen war.

»Der Ort ist mit Bedacht ausgesucht worden«, stellte sie fest. »Der Täter ist vorher schon mal hier gewesen und kennt beide Wege, die Schranke und den Wanderpfad. Er fuhr hierher, vergewisserte sich, dass niemand in der Nähe war, und legte Hoffman ab. Würde mich nicht wundern, wenn er den Ort schon von Anfang an im Kopf gehabt hat.«

Johan machte einen Schritt zur Seite, ein Ast knackte unter seinem Schuh.

»Ich glaube, er wurde aus praktischen Gründen ausgesucht – ein strategisches Kalkül einerseits, um selbst nicht sofort entdeckt zu werden, aber andererseits, damit Hoffman mit hoher Wahrscheinlichkeit relativ schnell gefunden würde«, fuhr Nathalie fort. »Ich glaube nicht, dass der Ort eine symbolische Bedeutung hat: Der Dominostein und die Stichwunden drücken aus, was er uns mitteilen will.«

»Was das wohl ist?«, überlegte Johan und steckte die Hände in die Taschen der Lederjacke.

»Wer von unseren Verdächtigen hat eine Verbindung hierher?«

»Kent Runmark ist in der Nähe aufgewachsen und hat seine Pflegeeltern auf der Insel erschlagen«, antwortete Nathalie. »Yasmine Danielsson bearbeitet ein paar hundert Meter von hier entfernt wahrscheinlich immer noch den Sandsack mit ihren Fäusten ...«

Mit Sara und José geht die Gleichung nicht auf, dachte Johan. Da fiel ihm wieder ein, dass Saras Eltern im Osten der Insel Alnön wohnten. Mit Blick auf den Stein sagte er: »Ihre Schwester und ihr Mann wohnen auch in der Nähe. Haben Sie Estelle zu diesem Ort befragt?«

»Nein«, antwortete Nathalie und sah ihre Schwester vor sich, als Johan erzählte, dass sie Robert abholen und eine Hausdurchsuchung machen würden.

War es Erleichterung, Erstaunen, Angst oder Panik gewesen, die sie in ihren Augen gesehen hatte?

Nathalie wechselte das Thema: »Stellt sich die Frage, ob Hoffman in der Nähe festgehalten wurde? Haben Sie die leerstehenden Gebäude in der Umgebung überprüft?«

»Nein«, antwortete Johan und runzelte die Stirn, »aber ich glaube nicht, dass es hier so viele gibt.«

Er machte einen Schritt weiter auf sie zu. Sie spürte die Anspannung in seinem Körper, nahm den Duft von Snus wahr und entdeckte die kaum merklich verzogene Oberlippe.

»Glauben Sie, dass er in der Nähe sein kann?«, fragte er.

Sie zuckte mit den Schultern.

»Der Mörder hat ja ein Auto, so dass Erik Jensen genauso gut irgendwo anders sein kann, aber es wäre ärgerlich, wenn er in der Nähe versteckt wird und wir suchen noch nicht mal hier. Wir haben es mit einem Täter zu tun, der bereit ist, Risiken in Kauf zu nehmen, aber nur wenn sie seiner Absicht dienen.«

Johan machte ein paar Schritte auf die Schranke zu, rief Jens Åkerman an und bat ihn, dem Vorschlag nachzugehen. Als er aufgelegt hatte, sah er Nathalie besorgt an.

»Glauben Sie, der Mörder kommt hierher zurück?«

»Sie meinen, um Erik am selben Ort abzulegen?«

Ohne einen Muskel zu bewegen, starrte er vor sich hin, als sehe er das Unvorstellbare geschehen. Als sehe er die Dominosteine. Sechs Punkte mal zwei, ein Punkt mal zwei.

»Nein«, antwortete Nathalie. »Wie schon gesagt, ist der Täter in der Hinsicht nicht dummdreist. Und wir werden Erik finden, bevor ...«

Sie sprach das Ende des Satzes nicht aus. Alle Alternativen waren Sackgassen, und etwas auszusprechen bedeutete ein sachtes Hinübergleiten vom Gedanken zum Wort bis hin zur Wirklichkeit.

»Fragt sich nur, was er gerade mit Erik anstellt«, sagte Johan. »Ihn ausziehen? Ihm den Stechbeitel in den Rücken rammen?« Johan machte sich auf zum Auto.

»Es ist nicht sicher, dass der Täter die Prozedur wiederholt«, sagte sie, obwohl sie eigentlich nicht daran glaubte.

Ein unerwarteter Windstoß fegte aus dem Wald hinüber, als wolle er ihnen helfen, von dort wegzukommen. Auf halber Strecke zum Wagen knackte es hinter ihnen, gefolgt von einem sehr kurzen Rascheln. Nathalie blieb wie angewurzelt stehen und drehte sich um. Alles war ruhig und still.

Die Dunkelheit hatte sich gesenkt. Wenn da drinnen jemand zwischen den Bäumen stand, sehe ich ihn nicht, dachte sie und drehte sich zu Johan um. Er war ohne eine Reaktion weitergegangen. Sein Handy klingelte, und er nahm das Gespräch an.

Nach einem letzten Blick zum Stein folgte sie ihm. Als sie sich dem Auto näherte, zog sich Johan zurück. Sie kontrollierte ihr eigenes Mobiltelefon. Frank hatte eine SMS geschickt, aber sie löschte sie, ohne zu lesen, was er geschrieben hatte. Johan ging im Kreis, und sie hörte Bruchstücke des Gesprächs, wie seine Stimme zwischen eindringlicher Bitte und Verärgerung wechselte. Dann beendete er das Gespräch mit den Worten: »Okay, ich komme kurz vorbei, aber dann muss ich wieder weg, das weißt du.«

Als sie den Waldweg hinabrollten, erklärte er: »Das war Carolina. Sie macht sich um Alfred Sorgen, er hat Fieber und kommt nicht zur Ruhe. Wenn Sie wollen, kann ich Sie am Hotel absetzen, ich wohne gleich nebenan. Dann machen wir eine Besprechung um ...« Er warf ein Auge auf das Display. »... zehn Uhr. Dann dürften neue Fakten eingetrudelt sein.«

Die Hände umfassten das Steuer fester, und er korrigierte

sich: »Dann *müssen* neue Fakten eingetroffen sein. Danach habe ich vor zu arbeiten, bis wir Erik finden.«

Nathalie blickte geradeaus und nickte.

24

Johan ließ Nathalie vor dem Eingang zum Hotel Knaust aussteigen. Sie checkte ein und bekam ihren Koffer. Statt des Aufzuges beschloss sie, die imposante Marmortreppe zu nehmen, die ein roter Teppich schmückte, der das Klappern ihrer Absätze schluckte. Sie musste in den dritten Stock, aber nachdem sie den größten Teil des Tages still gesessen hatte, tat Bewegung gut.

Auf dem Zimmer ging sie wie gewohnt vor, wenn sie im Hotel war: Sie überprüfte, ob die Tür richtig abgeschlossen war, stellte den Koffer auf die ausklappbare Gepäckablage, testete die Federung des Bettes, öffnete das Fenster und ließ ein bisschen kühle Abendluft herein, während sie den Ausblick prüfte – Hausdächer, Zinnen und Türme in Stenstaden, der Steinstadt, im Talkessel zwischen den beiden Stadtbergen gelegen, von denen sie ganz oben auf dem südlichen Berg das Gipfelhotel als einsamen Außenposten aus Licht sah.

Zehn Meter waren es bis hinunter auf die Straße, die gleiche Höhe, aus der ihr Vater gefallen war. Plötzlich überkam sie ein Schwindelgefühl wie eine sekundenschnelle Ohnmacht. Sie trat vom Fenster zurück und ging ins Badezimmer, wusch die Hände und betrachtete sich im Spiegel. Sie sah so müde und verschwitzt aus, wie sie sich fühlte. Sie zog die Pumps aus und ließ die Fußsohlen auf den kühlen Steinfußboden gleiten. Zog sich aus, ohne die Gardinen zuzuziehen, und duschte ausgiebig.

Nachdem sie sich mit dem großzügigen Frotteehandtuch sorgfältig abgetrocknet hatte, stellte sie sich auf die Waage. Ein halbes Kilo über dem Normalgewicht. Ihr kam der Gedanke, dass es ein halbes Kilo Kummerspeck sein musste, was dann Frust auslöste. Sie zog die Unterwäsche an und machte zwanzig Liegestütze, gefolgt von genauso vielen Sit-ups.

Anschließend streckte sie sich rücklings auf dem Bett aus und dachte über das Treffen mit Estelle nach. Hatte ihre Schwester die Wahrheit gesagt? War es wirklich so einfach, dass sie Robert ein falsches Alibi gegeben und sich dann nicht getraut hatte, es jemand anderem als ihr zu sagen? Was erwartete sie? Wie ernst ist das Verhältnis mit Erik?

Sie stand auf, suchte ein himbeerrotes Top und eine schwarze Acne-Jeans aus und zog sich an. Dann stellte sie sich wieder ans Fenster und rief Estelle an. Als sie gerade nach dem sechsten Mal »Three, that's the magic number« die Taste zum Auflegen drücken wollte, meldete sich Estelle leise.

»Hast du schon geschlafen?«, fragte Nathalie und merkte, dass auch sie die Stimme gesenkt hatte.

»Nein, ich habe gerade die Kinder zu Bett gebracht. Robert hat eben angerufen …«

»Was hat er gesagt?«

»Er war wütend, hat gefragt, was ich zum Henker gesagt hätte. Die Polizei hat ihn mitgenommen, er ist jetzt auf dem Rückweg. Oh, Nathalie, was habe ich nur getan?«

»Ich verstehe, dass das eine Belastung ist, aber du hast das einzig Richtige getan. Robert ist bestimmt unschuldig, und je schneller die Polizei ihn von der Liste streichen kann, umso besser.«

»Er hat gesagt, das würde er mir nie verzeihen.«

»Und was hast du dazu gesagt?«

»Dass du und dieser Polizist mich gezwungen habt, es zu erzählen.«

»Gut.«

»Aber das hat nichts genützt, dann durfte er nicht mehr sprechen, er saß offenbar in einem Polizeiauto. Er soll verhört werden, sobald er in Sundsvall ankommt. Glaubst du, dass er heute Nacht nach Hause kommt?«

»Ich weiß es nicht, Estelle, es kommt drauf an, wie das Verhör verläuft. Ich würde gern bei dir wohnen, aber wie du sicher verstehst, geht das nicht. Aber ich lasse mein Handy eingeschaltet, du kannst mich jederzeit anrufen.«

»Danke. Ich habe übrigens Mama angerufen, aber ihre Nachbarin Ilse Wern-irgendwas ist rangegangen.«

»Werner«, sagte Nathalie.

»Genau«, bestätigte Estelle. »Sonja ist eingeschlafen, aber alles war in Ordnung, und Ilse bleibt über Nacht dort.«

»Schön«, sagte Nathalie. »Ich muss jetzt Schluss machen, wir treffen uns gleich im Polizeigebäude und arbeiten weiter.«

»Was, wenn du Robert begegnest?«

»Ich werde bei dem Verhör nicht dabei sein. Was machst du jetzt noch?«

»Versuchen zu schlafen.«

»Gut. Ruf mich an, wann du willst, vergiss das nicht.«

»Du bist lieb. Das warst du schon immer.«

Nathalie blieb mit dem Mobiltelefon in der Hand stehen, sah, wie in immer mehr Fenstern unter ihr das Licht eingeschaltet wurde. Ruhelos zappte sie sich durch die Fernsehsender. Inlandsnachrichten mit Bildern vom Polizeigebäude und der Pressekonferenz. Sie hörte eine Weile zu, aber als nichts Neues berichtet wurde, schaltete sie aus. Sie erinnerte sich an das Versprechen, Geschenke für Estelles Kinder zu kaufen. Woher sollte sie die Zeit dafür nehmen? Gleichzeitig wollte sie aber nicht mit leeren Händen auf den Hof zurückkehren. Sie rief unten in der Rezeption an und erfuhr, dass es einen Hotelshop gab, zog die Joggingschuhe an und lief die imposante Treppe hinunter. Sie kaufte vier Tüten Süßigkeiten und sechs Kühlschrank-Magnete mit Motiven von Bengt Lindström – Tea und Gabriel liebten Magneten, und wenn der Sorgerechtsstreit entschieden war, wollte sie ihnen erzählen, dass sie in Sundsvall gewesen war.

Außer Atem kehrte sie wieder ins Zimmer zurück. Die Bewegung hatte ihr gutgetan. Sie sah auf Adams Armbanduhr. Fünf nach halb zehn. Sie rief Granstam an, der schon im Polizeigebäude war. In knappen Worten gingen sie die Ereignisse durch, beschlossen aber, ihre Schlussfolgerungen der gesamten Gruppe vorzustellen. Als sie das Gespräch beenden wollte, räusperte sich Granstam: »Ja, Nathalie, da ist noch eine Sache, die ich Sie fragen muss.«

»Ja?«, sagte sie und wunderte sich, worum es ging, weil die Stimme ihres Chefs offenbar niedergeschlagen klang.

»Ich hatte ja eine Zeitlang Probleme, das wissen Sie sicher.«

»Ja«, bestätigte sie und drehte eine Runde durch das Zimmer.

»Weil ich Panikattacken und Schlafstörungen hatte, habe ich eine Zeitlang Beruhigungstabletten genommen ... am Anfang hat mein Hausarzt in Uppsala sie mir verschrieben, aber jetzt habe ich ...«

Granstam holte Luft. Nathalie fielen seine zitternden Hände vor dem Tabakladen ein.

»Ich will ehrlich zu Ihnen sein, Nathalie, und ich weiß, dass Sie es für sich behalten.«

»Sie können sich auf mich verlassen, Ingemar«, sagte sie und stellte sich ans Fenster; zwei Männer gingen ins Tudor Arms im Parterre.

»Ich habe keine Tabletten mehr. Könnten Sie mir eine kleine Packung verschreiben, so dass ich klarkomme, bis ich wieder zu Hause bin?«

Zögernd stand sie still da und dachte über die Alternative nach. Normalerweise sagte sie immer, mit Ausnahme bei ihrer Mutter Sonja, nein zu privaten Anfragen nach Beruhigungsmitteln. Aber jetzt ging es um ihren Chef. Sie verließ sich auf Granstam, und außerdem tat er ihr leid.

»Ich kann sonst nicht schlafen, Nathalie«, flehte er. »Dieser Fall wühlt mich mehr auf, als ich sagen kann.«

»Natürlich helfe ich Ihnen«, entschied sie. »Um welche Stärke und Menge geht es?«

Granstam atmete erleichtert aus und nannte ihr die Angaben. Sie telefonierte nach einem Rezept und fühlte, dass sie die richtige Entscheidung getroffen hatte. Manchmal musste man eben eher auf sein Herz hören als auf alte Prinzipienreiter.

Zufrieden klappte sie den Laptop auf und loggte sich ins Netz des Hotels ein. Auf der Dating-Site hatten ihr mehrere Männer geschrieben, was ihr schmeichelte und sie gleichzeitig kraftlos machte. Statt darauf zu reagieren, loggte sie sich in ihren Arbeitsmailaccount ein und beantwortete ihren Doktoranden alle Fragen von Drittmittelanträgen über Sekundärliteratur in wissenschaftlichen Artikeln bis hin zu Vorschlägen für neue Forschungsprojekte. Ihr Klinikchef Torsten Ulriksson hatte geschrieben und sich nach ihr erkundigt und erzählte, er freue sich auf die Einführung der neuen Schar von Medizin-Studierenden am Montag. Sie teilte ihm mit, dass es ihr gutgehe und sie hoffe, wie vorgesehen nächste Woche zurück zu sein. Das war ihr Plan. Sie musste zeigen, dass sie die Auszeichnung verdiente, die ihr als beste Studierenden-Betreuerin verliehen worden war.

Die letzte Mail stammte von Jossan, die sich erkundigte, ob sie ihre Stimme für Hugo Alvéns »Glädjens blomster« einstudiert hatte. Offenbar wusste die Gruppe im Ekeby-Chor nichts von den Vorkommnissen, und wenn das weiterhin so blieb, könnte sie am Dienstag zur Probe gehen. *Als wäre nichts passiert.* An den kurzen alltäglichen Augenblicken festzuhalten war einer der Eckpfeiler einer jeden Rehabilitation.

Es klopfte an der Tür. Sie klappte den Rechner zu und stand auf.

25

Johan rollte das Polizeiauto über das Parkett im Wohnzimmer. Alfred spuckte den Schnuller aus und patschte danach. Auf dem Sofa fuhr sich Carolina mit den Händen durchs blonde Haar und lächelte erschöpft.

»Typisch, dass er wieder gesund ist, wenn du nach Hause kommst.«

Johan sah die Freude in den glänzenden Augen seines Sohnes, als er das Auto zu fassen bekam und es triumphierend in die Höhe hielt und ausrief: »Olisei! Mein Oliseiauto!«

»Ja, das ist dein Polizeiauto«, sagte Johan und nahm ihn auf den Arm.

Er war warm wie ein Kaninchen, nur die Windeln, die Johan gerade gewechselt hatte, hatten eine normale Temperatur.

»Wann hat er zuletzt Alvedon bekommen?«, fragte er, während er den Schnuller aufsammelte und ihn Carolina gab.

»Vor einer Stunde«, antwortete sie, ging ins Badezimmer und spülte den Schnuller ab. »Und wie du fühlen kannst, geht das Fieber nicht runter.«

»Wolltest du nicht mit ihm zum Hausarzt fahren?«

Carolina steckte Alfred den Schnuller in den Mund, strich ihm über das flaumige Haar. »Nein, ich glaube, das ist nur eine Virusinfektion. Er isst und trinkt gut und scheint keine Schmerzen zu haben. Für die Nacht will ich ihm noch eine Ipren geben, den Rat habe ich von der telefonischen Gesundheitsauskunft bekommen.«

Alfred ließ das Auto auf Johans Fuß fallen, spuckte den Schnuller aus und begann verzweifelt zu weinen. Johan bückte sich wieder, gab Alfred das Auto und setzte sich mit ihm aufs Sofa. Carolina blieb stehen, die Hände in die Hüften gestemmt.

»Ist ja gut, ist ja gut«, wiegte Johan seinen Sohn.

Alfred beruhigte sich und begann müde mit den dicken Fingerchen, die erstaunlich präzise funktionierten, an einem Reifen des Autos zu pulen.

»Okay«, entschied Johan. »Wir warten bis morgen ab, geht es ihm bis dahin nicht besser, fahre ich mit ihm zum Arzt. Wann kommen deine Eltern?«

»Um zehn, mein Flieger startet um zwölf, und um drei sitze ich in der Live-Sendung.«

Carolina hob eine von Alfreds Schmusedecken auf, die beim Bücherregal auf dem Boden lag, und schaute dann Johan vorwurfsvoll an.

»Du musst versprechen, ihm kein Penicillin zu geben, sondern das erst mit mir abzusprechen. Du weißt doch noch, was das letztes Mal für eine Quälerei war.«

»Ja, aber das war damals«, brummelte er.

Als Alfred zuletzt krank war, hatte Erik ihn zu Hause untersucht. Johan hatte mit Alfred auf dem Schoß auf dem Sofa gesessen und ihn mit dem Polizeiauto abgelenkt. Erik hatte eine beidseitige Mittelohrentzündung diagnostiziert und Penicillin verschrieben. Alfred hatte sich geweigert, es zu schlucken, und dann (nach Festhalten und Spritze) die Medizin erbrochen.

Carolina warf die Decke in den Wäschekorb im Badezimmer und ging in die Küche. Johan hörte, wie sie mit demonstrativem Gepolter den Geschirrspüler ausräumte. Er schloss die Augen und spürte, wie Alfred das Hin-und-her-Wiegen entspannte.

Wieder einer unserer sinnlosen Streitereien, dachte er und gab Alfred ein Küsschen auf die Stirn. Jetzt fetzten sie sich häufiger, als sie miteinander schliefen. Das lag natürlich am Schlafmangel und dem totalen Fokus auf Alfred, aber war das der einzige Grund? Alles sollte besser werden, wenn Alfred erst einmal in der Krippe war, doch der Stress hatte zugenommen, seit sie beide arbeiteten. Das würde sich bestimmt regeln. Nach dem zu urteilen, was Erik erzählt hatte, war dies die schwierigste Zeit in einer Beziehung. Danach, als alles wieder in gewohnten Bahnen verlief, hatte Saras Mitteilung über die Scheidung wie ein Blitz aus heiterem Himmel eingeschlagen. Für diesen Weg werden wir uns nicht entscheiden, überlegte Johan und sah, wie Alfred die Augen zumachte, ohne aufzuhören an dem Auto zu pulen.

Natürlich war Johan immer noch enttäuscht, weil Carolina nicht sofort gesagt hatte, dass er der Vater war, natürlich hatte er ihre Nörgelei und säuerlichen Kommentare satt, natürlich waren die Konflikte, wessen Arbeit am wichtigsten war, aufreibend. Aber sie würden zusammenhalten. Er wusste nur zu gut, was es hieß, ohne Eltern aufzuwachsen. Obwohl der Vergleich hinkte, zog er daraus den Schluss, zum ersten Mal in seinem Leben die Beziehung nicht abzubrechen, sobald es anstrengend wurde.

Der Schnuller fiel Alfred aus dem Mund.

»Auto, Auto, Olisei!«, rief er aus, und Johan kam wieder Carolinas Forderung in den Sinn, er solle in die Multikulti-Vorschule in Skönsberg gehen, um seine sprachliche Entwicklung zu fördern. Vielleicht würde das auf längere Sicht Wirkung zeigen.

Die Uhr im DVD-Gerät zeigte 21:42. Bald musste er wieder gehen.

Carolinas nackte Füße schlichen übers Parkett, ihre geschmeidigen Bewegungen und ihr entspanntes Gesicht zeigten, dass sich ihre Laune gebessert hatte. Ungeschminkt, in Jogginghose und Unterhemd war sie so alltäglich schön, wie nur sie es sein konnte. Er dachte an Nathalie. Sie war auch hübsch, verwendete aber zu viel Schminke.

»Willst du einen Kaffee?«, fragte Carolina.

»Nein, danke«, antwortete Johan. »Ich muss gleich zurück ins Polizeigebäude und trinke da einen.«

»Wird es spät bei dir? Ich möchte, dass du zu Hause schläfst ...«

Sie lächelte schelmisch, so dass die halbmondförmigen Lachgrübchen auf ihren Wangen deutlich zu sehen waren. Eine ihrer Eigenschaften, bei der er schwach geworden war – und noch immer wurde –, war ihr abrupter Umschwung von Widerborstigkeit zu Humor. Doch jetzt ahnte er, dass es um ihren Wunsch ging, von dem sie vorher erzählt hatte. Sie wollte mehr Kinder haben.

»Ich weiß nicht«, antwortete er. »Ich arbeite so lange, wie es nötig ist.«

»Glaubst du, dass ihr Erik bald findet?«, fragte sie, obwohl seine ersten Worte, als er durch die Tür kam, gewesen waren, dass sie keine direkten Spuren hatten.

»Müssen wir«, antwortete Johan. Alfred ließ das Auto auf seine Nase fallen und begann zu weinen.

»Du siehst, wie quengelig er ist.« Carolina nahm ihn auf den Arm und summte ein Schlaflied.

Einen Augenblick später war er eingeschlafen, und Carolina schlich sich ins Schlafzimmer.

Johan griff nach dem Mobiltelefon, und in dem Moment vibrierte es in seiner Hand. Das Display zeigte eine 063-Nummer, also die Vorwahl von Östersund, die von einer Zentrale zu kommen schien. Oma Rosine, dachte er und nahm den Anruf entgegen.

Es meldete sich eine Krankenschwester aus dem Krankenhaus in Östersund. Sie sagte, Oma Rosine sei im Lauf des Abends mit Lungenentzündung eingeliefert worden. Wegen der Überbelegung liege sie auf dem Gang, werde aber wahrscheinlich am nächsten Morgen ein Zimmer bekommen. Sie hinge am Tropf, bekomme intravenös Antibiotika, und ihr Zustand sei stabil.

»Sie wird bald neunzig, da muss sie doch nicht auf dem Flur liegen«, entgegnete Johan.

»Tut mir leid«, meinte die Schwester. »Wie gesagt, das ganze Krankenhaus ist überbelegt, und sie liegt ganz hinten, und wir haben einen Paravent zur Abschirmung aufgestellt. Vermutlich sieht es morgen besser aus.«

Johan merkte, dass er das Handy so kräftig umklammerte, dass es weh tat, er dachte an Kent Runmark und seine Freundin.

»Wie lange musste sie in der Notaufnahme warten?«, fragte er.

»Das weiß ich nicht«, antwortete die Schwester, »Ich arbeite auf Station. Aber ich glaube, sie ist recht schnell drangekommen.«

»Rufen Sie mich an, sobald sie aufwacht«, beendete Johan das Gespräch und spürte Carolinas Hand auf der Schulter.

»Ist was mit Rosine?«

Er seufzte schwer und erzählte. Carolina schlang ihre Arme um seinen Hals, und er spürte die Kühle ihrer Lippen an seinem Ohr.

»Tut mir leid, dass ich so sauer war«, flüsterte sie. »Aber du weißt ja, wie das ist, wenn er krank ist.«

Er nickte in ihrer Umarmung. Ihre Hände streichelten seine Arme und weiter hinunter die Hüften. Sie küsste ihn. Ihre Zunge in seinem Mund war eifrig und salzig. Er wollte sie abhalten, aber die Wärme im Blut machte ihn weich und gefügig. Zielstrebig knöpfte sie ihm die Hose auf und kniete sich hin. Er stöhnte, als sie ihn in den Mund nahm, und mit den Händen auf ihrem Haar folgte er den rhythmischen Bewegungen.

Als er so hart war, wie er sein sollte, stand sie langsam auf, zog ihm das T-Shirt aus, sah ihn mit ihren blauen Augen an, die auf dem Fernsehbildschirm genauso hell wie in Wirklichkeit strahlten.

»Komm, wir legen uns aufs Sofa«, flüsterte sie.

»Was, wenn er aufwacht?«

»Er liegt im Gitterbettchen und kann nicht raus.«

Sie nahm seine Hand und führte ihn aufs Sofa, schob den Tisch beiseite und schubste ihn auf den Rücken. Das Leder fühlte sich kühl und klebrig an seinem Rücken an. Als sie sich auf ihn setzte und er in sie eindrang, umfasste er ihre Brüste.

Sie schmiegten sich näher aneinander, und er ließ sie arbeiten. Am Ende konnte er sich nicht mehr dagegen wehren. Für ein paar gesegnete Sekunden waren alle Gedanken ausgelöscht.

Nachdem er schnell geduscht und sich angezogen hatte, um zu gehen, kam sie in den Flur und küsste ihn zum Abschied. In der Hand hielt sie eine Broschüre.

»Hab ich noch Zeit, dir was zu zeigen, bevor du gehst?«

»Ja, aber schnell.«

Sie zeigte ihm die Mappe, die sich als ein Prospekt vom Haus in Haga entpuppte.

»Hier ist das Haus, von dem ich gesprochen habe. Stell dir mal vor, wo wir überall miteinander schlafen können.«

Da war dieses verführerische Lächeln wieder, doch er erwiderte es nicht.

»Nicht jetzt, Carolina«, sagte er und schlüpfte in die Lederjacke.

»Das würde perfekt zu uns passen«, meinte sie. »Wenn wir unsere Wohnungen verkaufen, brauchen wir kaum Kredit aufzunehmen.«

»Wir reden morgen weiter«, entgegnete er und gab ihr einen

Kuss auf die Wange. Als er das Treppenhaus ein Stück hinabgegangen war, rief Pablo Carlén an und wollte wissen, wo er war.

»Unterwegs, bin in zehn Minuten da.«

»Gut, alle sind versammelt«, sagte Carlén, aber das war eher eine Feststellung als ein Vorwurf. »Wollte nur Bescheid sagen, dass Kent Runmark angefangen hat, sich zu bewegen. Kürzlich hat er drei Runden um das Haus, in dem er wohnt, gedreht. Aber jetzt ist er wieder drinnen. Laut den verdeckten Ermittlern hat er sie entdeckt, aber versucht, so zu tun, als sei das nicht der Fall. Er hat eine andere Jacke angezogen und die mit dem GPS-Chip zu Hause gelassen. Und ich habe etwas Interessantes gefunden ...«

»Was denn?«

»Das Haus, in dem Runmarks Eltern wohnten, ist seit dem Mord an ihnen unbewohnt, steht aber noch und ist ziemlich verfallen, soweit ich das verstanden habe. Vielleicht hat er Erik dort versteckt?«

Wie auch immer das sein kann, dachte Johan, aber weil sie so wenige Anhaltspunkte hatten, war jeder Vorschlag recht. »Überprüf das. Noch was?«

»Robert Ekman ist auf dem Weg hierher, er kommt gegen Mitternacht an.«

Johan schob das Tor auf und trat ins Freie. Die Bankgatan war menschenleer und dunkel. Das Einzige, was er hörte, war das Schnaufen eines Busses auf dem Marktplatz und das Klappern von Schritten, die zwischen den Backsteinhäusern hallten. Er blickte zur Fußgängerzone und entdeckte eine bekannte Person. Es war Nathalie Svensson, die schnellen Schrittes auf das Polizeigebäude zumarschierte.

»Das ist gut, Pablo«, beendete er das Gespräch. »Bis gleich.«

26

Sundsvall 2005

Er wischte sich die Tränen ab und schaute sich im Flurspiegel prüfend an. Als es abermals klopfte, stresste ihn das so, dass er eilig öffnete, obwohl zu sehen war, dass er geweint hatte. Und da stand sie. Der Gedanke war ihm schon gekommen, dennoch traute er seinen Augen kaum.

»Hallo«, lächelte sie und strich sich eine Haarsträhne hinters Ohr. »Entschuldigen Sie, dass ich einfach so hier auftauche, aber ich hatte Ihre Nummer nicht.«

»Da... das ... macht nichts!«, stammelte er.

»Es tut mir wegen des Chaos vorhin leid, aber ich hatte unter dem Spülbecken eine undichte Stelle. Als Sie kamen, war gerade der Handwerker dabei, das zu reparieren.«

Er schluckte und nickte, spürte, wie er verkrampft die Türklinke festhielt, und sein Herz schlug wie ein Hammer. Die Worte gerieten ins Stocken, und die Zunge fühlte sich an wie ein toter Hering.

»Ich verstehe«, brachte er schließlich heraus. »Hat es geklappt?«

»Ja, nun ist sie dicht. Aber wenn man am Haus eine Stelle repariert, geht woanders ein neues Loch auf. Tut mir leid, dass ich so abweisend war, als Sie gekommen sind, aber wenn ich gestresst bin, dann drücke ich mich manchmal ungeschickt aus.«

Ich auch, dachte er und fühlte, wie ein Band zwischen ihnen geknüpft wurde. Natürlich hätte er das sagen sollen, aber er war so überwältigt, dass er genug damit zu tun hatte, zu atmen und aufrecht zu stehen.

Es kam zu einer Pause. Er suchte nach Worten, sah, wie ihr Blick ihn überflog, und war froh, dass er nicht die Zeit gehabt hatte, sich seine Arbeitskleidung anzuziehen.

»Ich habe einen Hefezopf mitgebracht, zu dem ich Sie einladen wollte«, nahm sie den Gesprächsfaden wieder auf und hielt einen Korb hoch, der fast so gut duftete wie sie.

Er warf einen Blick auf das sorgfältig gewickelte blau-weiße Küchentuch.

»Kommen Sie rein«, hörte er sich sagen und wunderte sich, woher er so viel Mut nahm.

»Gerne, wenn ich nicht störe«, lächelte sie.

»Das tun Sie nicht.«

Er ließ sie in den Flur und erinnerte sich an Oskars Worte: »Mach dir nicht zu viele Gedanken, lass es einfach passieren.«

Als er am Wohnzimmer vorbeikam, sah er, dass die Bierdose noch neben dem Kartenspiel auf dem Tisch stand. Er lächelte entschuldigend.

»Es ist ja so warm, und ich musste mich nach dem Mittagessen etwas abkühlen.«

»Klug.«

»Wie läuft's mit dem Haus?«, fragte er, als er auf dem Weg zur Küche, die Bierdose diskret an der Seite versteckt, an ihr vorbeiging.

Sie reichte ihm bis zur Schulter, war so klein und zierlich, dass er sie mit einem Arm hätte hochheben können. Der Puls hämmerte in seinem Kopf und zerschlug alle Planungs- und Überlegungsversuche. Er hörte, dass sie etwas antwortete, war aber vollauf damit beschäftigt, darüber nachzudenken, was er

161

ihr anbieten könnte. Der Fliederbeersaft lag noch im Auto, und es war seine letzte Flasche.

»Wollen Sie Kaffee oder Tee?«, fragte er.

»Gerne Kaffee«, antwortete sie und stellte den Korb auf das Spülbecken und nahm den Hefezopf heraus. »Haben Sie ein Schneidebrett und ein Messer? Dann kann ich das in Scheiben schneiden.«

»Klar.«

»Wie kommt das, dass Sie hierhergezogen sind?«, fragte er und reichte ihr das Schneidebrett.

»Ich hatte die Nase voll von Uppsala, wo ich herkomme. Und ich habe das Haus billig gekriegt.«

»Glück gehabt. Setzen Sie sich, der Kaffee ist gleich fertig.«

Er befüllte die Kaffeemaschine und überlegte, was er sonst noch fragen konnte. Oskar hatte gesagt, er solle sie reden lassen, aber jetzt saß sie stumm da, und mit jeder Sekunde fühlte er sich mehr unter Druck. Er drehte sich zu ihr um und unterdrückte einen Bierrülpser.

»Seit wann wohnen Sie hier?«, fragte sie.

»Mein ganzes Leben«, antwortete er. »Ich bin hier geboren.«

»Sie haben es schön. Ich liebe diese Insel, aber wird es im Winter nicht sehr dunkel?«

»Man gewöhnt sich dran.«

Was war das denn für eine Antwort?, dachte er und ermahnte sich, nicht so finster zu klingen.

»Was machen Sie beruflich?«, versuchte er es.

»Ich habe eine Stelle im Krankenhaus und fange Ende August an.«

»Dann bleiben Sie also hier.«

»Ich glaube schon.«

162

»Wenn die Dunkelheit Sie nicht fertigmacht.«

»Genau.«

Sie erstrahlte in diesem Lächeln, von dem er weiche Knie bekam. Zum Glück kochte das Wasser, und er konnte sich eine Weile mit dem Kaffee beschäftigen. Als er fertig war, setzte er sich ihr gegenüber und servierte den Kaffee. Lobte den leckeren Hefezopf und konzentrierte sich, manierlich zu kauen und zu trinken. Das Gespräch entwickelte sich vorsichtig, doch seine Maulfaulheit regte sie an. Sie formulierte um, füllte die Lücken und machte Vorschläge für Antworten, die er ohne Wenn und Aber abnickte.

Nach einer halben Stunde bedankte sie sich. Er begleitete sie zur Tür und gab ihr einen handgeschriebenen Zettel mit seiner Telefonnummer. Als sie auf der Vortreppe standen, bekam er es endlich heraus: »Wenn Sie bei irgendetwas Hilfe brauchen, dann sagen Sie Bescheid. Sie haben ja jetzt meine Nummer.«

»Klar, danke für die schöne Zeit. Nächstes Mal bin ich dran mit Einladen.«

Er schloss die Tür und lief ins Wohnzimmer. Sah, wie sie ihren gelenkigen Körper ins Auto schob und losfuhr. Staub flog um die rote Karosserie auf, und bald war sie fort.

Hinterher würde er sich daran als den schönsten Augenblick in seinem Leben erinnern.

27

»Ist das Hotel gut?«

Nathalie drehte sich um, lächelte, als das Licht einer Straßenlaterne auf Johans Gesicht fiel und sie ihn erkannte.

»Hallo, ach, Sie sind das«, sagte sie. »Ja, klar, es ist schön. Heftige Marmortreppe.«

»Und ich wohne da oben«, erklärte er und zeigte hoch zur Fassade schräg hinter sich.

Gemeinsam gingen sie in Richtung Stora torget. Es waren leidlich viele Menschen auf der Straße – vermutlich unterwegs zu oder von den diversen Kneipen. Ihr Reden und Lachen wurde vom Plätschern des Springbrunnens im Park Vängåvan und dem Rauschen der Taxis begleitet, die auf der Esplanade hin und her fuhren.

Nathalie spürte, dass die Entscheidung, zu Fuß zu gehen, richtig war, obwohl Tim Walter ihr angeboten hatte, sie im Auto abzuholen. Gehirn wie Körper ging es am besten, wenn sie sich bewegte.

»Etwas Neues von Erik?«, erkundigte sie sich.

»Nein, leider nicht«, antwortete Johan, ohne den Blick von der Fußgängerzone abzuwenden.

Sie überquerten den Marktplatz. Eine Gruppe Jugendlicher stand mit klirrenden Tüten vom Alkoholgeschäft am Denkmal für Gustav II. Adolf und krakeelte so laut, dass es zwischen den Häuserwänden widerhallte. Johan erzählte, was er über das verlassene Haus von Kent Runmarks Pflegeeltern erfahren hatte. Nathalie war mit ihm einer Meinung, dass sie es überprüfen sollten, und ihr fiel wieder ein, dass sie sich so schnell wie möglich die Vernehmungsprotokolle ansehen musste.

Es war ein ganz natürliches Gefühl, neben Johan zu gehen. So empfand sie das mit neuen Bekannten sonst nie – vor allem nicht bei Männern. Sie nahm an, es lag daran, dass sein Interesse an ihr rein kollegial war, obwohl sie sich alle Mühe gab, gut auszusehen.

Gegenüber von McDonald's kamen sie an einem Backsteinhaus vorbei, das in der Mitte von einem horizontal verlaufenden Ornamentstreifen mit Drachenköpfen an den Enden unterteilt wurde. Zwei Fenster leuchteten symmetrisch in jeder Etage, und vor ihrem inneren Auge tauchte das Bild von den Dominosteinen auf. Was wollte der Täter damit sagen?

Johan sah dieselben Fenster und fragte sich, wo Erik war. Die Stadt machte sich bereit für die Nacht, aber irgendwo war der Mörder, und er legte sich wohl kaum zur Ruhe. Was wollte der Täter von Erik? Reden? Versuchen, etwas zu kommunizieren, was die Polizei erst sehr viel später, vielleicht nie verstehen würde? Die schlimmsten Fälle, mit denen Johan es zu tun hatte, waren die, bei denen das Motiv nie ermittelt werden konnte. Einige der Fälle schmerzten noch immer wie ein Stachel im Fleisch und brachten ihn nachts um den Schlaf. Obwohl er wusste, dass das Leben weder erklärt noch zusammengefasst wurde, sah er es als seine Aufgabe an, die Verbrechen zu verstehen. Und diesmal ging es um seinen besten Freund.

Als sie das Polizeigebäude erreicht hatten, ging Johan zu seiner Gruppe, und Nathalie traf sich mit Ingemar Granstam und Tim Walter in einem benachbarten Raum. Zwanzig Minuten lang brachten sie sich auf den neuesten Stand und fertigten eine Übersichtsskizze vom Täterprofil an, die Tim Walter synchron mitschrieb.

Kurz vor halb elf waren alle im großen Konferenzraum versammelt. Zu beiden Seiten des Tisches dieselbe Mannschaftsaufstellung, dasselbe Whiteboard, dieselbe Thermoskanne und dasselbe Maß an Konzentration. Die Dunkelheit lag undurchdringlich vor den Fenstern, und die Stimmung war gedrückt.

165

Acht Stunden waren vergangen, und entscheidende Fortschritte hatten sie nicht gemacht.

»Dann legen wir los«, gab Johan das Startzeichen und begann vor der Tafel auf und ab zu laufen. »Ich weiß, dass alle müde sind, aber jetzt fängt die Arbeit an. Wir arbeiten, bis wir Erik Jensen finden. Wie wir wissen, deutet die Vorgehensweise des Mörders darauf hin, dass wir ihn vor Montagmorgen finden müssen.«

Johan blieb stehen und drehte sich zu Sofia Waltin um.

»Erzählst du das Neuste über die Suche?«

Sofia nickte.

»Missing People suchen weiter ums Krankenhaus herum und auf Alnön. Das Haus von Runmarks Eltern ist leer, und seit Jahren scheint kein Mensch mehr einen Fuß hineingesetzt zu haben. Der Hof, auf dem Yasmine Danielsson trainiert, ist ohne Ergebnis durchsucht worden, ebenso ihre Wohnung und ihr Auto. Es gibt auch keine Spur vom Aufenthaltsort der Opfer auf Robert und Estelle Ekmans Grund und Boden.«

Nathalie holte tief Luft und spürte, wie sich ihre Schultern ein paar Zentimeter senkten.

»Wir setzen die Suche fort«, ordnete Johan an. »Die Feuerwehr, das Technische Hilfswerk und jeder verfügbare Kollege sind aktiviert. Erweitert den Radius, durchsucht die Wochenendhäuser der Verdächtigen, die Häuser ihrer Verwandten und die Tischlerschuppen ihrer Freunde. Wir müssen jeden Stein umdrehen!«

»Selbstverständlich«, nickte Sofia.

»Haben wir Tipps bekommen?«, fuhr Johan fort und richtete sich an Hamrin, der an die Wand gelehnt dastand.

»Nichts von Wert«, brummelte Hamrin und verschränkte

die Arme vor der Brust. »Bloß den üblichen Quatsch: die Nobelpreisträger, die immer anrufen, paranoide Greise, die ihren Nachbarn für den Mörder halten, Leute, die den Verdacht auf jemanden lenken wollen, der die Freundin oder den Freund niedergestochen hat, Scherzbolde und die einsamen Teufel, die jemanden zum Reden brauchen.« Er seufzte, faltete die Hände, drehte die Innenflächen nach unten und ließ seine Finger knacken. »Wie ihr hört, war mein Nachmittag ziemlich bescheuert.«

»Ich habe mit einigen Mitgliedern des Skvaderordens gesprochen«, meldete sich Sofia erneut zu Wort. »Leider haben sie nichts zu erzählen, Hoffman und Erik waren ja relativ neue Mitglieder. Offensichtlich ist der Orden nach einem hierarchischen System aufgebaut, das sich an den Schachfiguren mit Ausnahme der Königin orientiert. Hoffman und Erik waren beide Bauern ...«

»Reife Leistung«, sagte Tim Walter, ohne von seinem Bildschirm aufzuschauen.

»Hört sich so an, als fällt die einzige private Verbindung zwischen den Opfern weg«, fasste Granstam zusammen und begann eine Portion groben Snus in Form zu drücken.

»Eifersucht ist wohl das persönlichste Motiv, das wir haben«, sagte Pablo Carlén. »Ich denke da an Robert Ekman und José Rodriguez.«

»Beiden fehlt die Verbindung zu Hoffman«, wandte Nathalie ein.

»Bisher, ja«, konterte Pablo. »Ich habe das Gefühl, dass wir bald was finden.«

Das Heulen eines Martinshorns unterbrach die Diskussion. Zwei Sekunden später sahen sie, wie das Blaulicht eines Krankenwagens an der Fensterreihe vorüberblitzte.

Als die Sirene verklungen war, ergriff Johan wieder das Wort: »Wir gehen unsere Verdächtigen durch, dann erstellen die Fallanalytiker dementsprechend ihr Profil, ist das okay?«

Granstam nickte und schob sich die Portion so in den Mund, dass sein Schnurrbart noch beeindruckender aussah.

»Robert Ekman ist auf dem Weg hierher«, verkündete Johan. »Ich, Sofia und Ingemar übernehmen das Verhör. Ekman hat Pelle Sjöström, einen der bekannteren Anwälte der Stadt, engagiert, der auch an dem Versicherungsfall mit der abgebrannten Scheune arbeitet. Robert hat gedroht, uns auf entgangenes Arbeitseinkommen zu verklagen, aber das Rennen in Solvalla war schon beendet, das sind also nur leere Worte.«

»Hat man von Robert eine Speichelprobe genommen?«, fragte Nathalie.

»Ja, die Probe ist unterwegs nach Linköping«, antwortete Johan.

»Wie geht es mit der Analyse der Erde voran?«, wollte Jens Åkerman wissen, der bisher ebenfalls über sein Laptop gebeugt dagesessen hatte.

»Die Zusammensetzung ist für Alnön üblich und kommt auf Ekmans Hof, bei Yasmine Danielssons Trainingsraum und vor dem Haus von Runmarks Pflegeeltern vor. Aber die KTU ist nicht fertig mit der Analyse der Asche, deshalb wissen wir also noch nicht, ob es sich dabei um dieselbe handelt wie bei der Scheune der Ekmans.«

»Natürlich ist es dieselbe«, rief Hamrin aus und stellte den Plastikbecher mit einem Knall auf den Tisch. »Die Scheune ist einen Tag vor Hoffmans Verschwinden abgebrannt, eindeutiger geht's nicht!«

Er klang genauso selbstsicher wie bei seiner Behauptung,

der »Verrückte«, Runmark, sei schuldig, dachte Nathalie, behielt es aber für sich.

»Immer noch nichts Neues über den DNA-Abgleich vom Haar in Hoffmans Rachen?«, fragte Tim Walter. »Wenn wir arbeiten, geht es normalerweise immer schneller als jetzt ...«

Vier wütende Augenpaare vom örtlichen Polizisten-Team sahen ihn an, doch Granstam entgegnete schnell: »Da irren Sie sich, Tim. Dass es so lange dauert, liegt daran, dass die Qualität des Haares so schlecht ist. Ich habe vor der Besprechung mit der KTU gesprochen. Leider wird es erst Montag was.«

»Robert Ekman, Yasmine Danielsson oder Kent Runmark«, sagte Walter und grinste schief. »Wenn ihr wollt, nenne ich euch die Quoten.«

Niemand fand diesen Scherz lustig, wenn es denn einer war. Ingemar faltete die Hände über dem Bierbauch und drehte sich zu Johan.

»Was hat die Hausdurchsuchung bei den Ekmans ergeben?«

»Die Kleidungsstücke, die Frau Ekman erwähnt hat, sind verschwunden, wir müssen Herrn Ekman danach fragen, wenn er hier ist. Das Ferienhaus in Stöde hat ein neues Dach, wir wissen aber nicht, seit wann und wer es gemacht hat. Die Techniker haben in keinem der Autos Spuren gefunden, auch nicht in dem, mit dem Ekman nach Solvalla gefahren ist.«

Johan holte tief Luft und ließ sie langsam entweichen, bevor er weitersprach: »Auf dem Hof steht eine voll ausgerüstete Werkbank mit mehreren Hämmern und Stechbeiteln, aber das beweist nichts und schließt auch nichts aus, weil alles normal aussah.«

Nathalie dachte über den Stiefel nach, den sie sich in der Diele angesehen hatte. Nach kurzer Überlegung entschied sie

169

sich, kein Wort darüber zu verlieren. Die Techniker hatten das Haus durchkämmt, und wäre er von Bedeutung gewesen, hätten sie ihn untersucht.

»Interessant ist«, meldete sich Johan zu Wort, »dass die Kinder ein Dominospiel haben. Allerdings scheinen alle Steine vorhanden zu sein, aber trotzdem ...«

»Robert gehört wohl kaum zu den Typen, die Dominosteine hinterlassen«, sagte Nathalie und sah die nächste Frage schon in Johans Augen, ehe er sie aussprach.

»Kann Estelle Ekman es getan haben?«

»Kaum«, antwortete Nathalie.

»Vielleicht haben sie die Spielsteine platziert, um uns in die Irre zu führen«, schlug Pablo vor.

Ingemar Granstam räusperte sich. »Dass der Täter die Spielsteine als Botschaft an uns hinterlassen hat, ist ganz offensichtlich, nicht um die Aufmerksamkeit von sich abzulenken, sondern genau umgekehrt. Wir haben es hier wahrscheinlich mit einer zwanghaften Person zu tun, der es schwerfällt, sich auszudrücken, darum hat der Täter sich für diese merkwürdige, aber konkretere Art mit den Spielsteinen entschieden. Das Problem ist nur, dass wir keine Ahnung haben, *was* er uns mitteilen will.«

Granstam kratzte sich die Glatze und nickte zu Nathalie hinüber, die übernahm. »Unser Profil geht davon aus, dass es sich um *einen* Täter handelt. Es kann sich auch um zwei oder möglicherweise mehrere handeln, allerdings passt die Analyse nicht auf mehrere Personen. Sie sollten im Hinterkopf behalten, dass bei Kent Runmark eine multiple Persönlichkeitsstörung diagnostiziert wurde, was es nicht gerade leichter macht.«

Johan Axberg nickte besorgt, und Nathalie sprach weiter: »Der Täter ist zwischen 20 und 50 Jahren alt und wohnt in Sundsvall. Er lebt allein, hat eine kurze Ausbildung und eine feste, routinemäßige Arbeit, der er wahrscheinlich schon lange nachgeht. Er ist äußerst ordentlich, leidet vielleicht unter Zwangssyndromen, aber es ist nicht sicher, ob es jemand anders bemerkt. Er hat einen Führerschein und ein nicht allzu neues Auto einer größeren Bauart, vielleicht einen Kombi mit getönten Scheiben hinten. Er hat eine Verbindung zu Alnön und kennt das Krankenhaus in- und auswendig. Er war schlecht in der Schule, was aber mehr an seiner introvertierten Persönlichkeit und seinen Kommunikationsschwierigkeiten liegt als an mangelnder Intelligenz. In Mathematik und in Faktenfächern ist er wahrscheinlich besser als die meisten von uns.«

Ihr Hals war trocken, und sie trank einen Schluck von dem Mineralwasser, das Johan ihr vor der Besprechung angeboten hatte.

»Der Täter kann brutal und sadistisch werden, kann sich aber oft beherrschen. Es handelt sich um eine Person, die nur in kontrollierter Form ihren Wahnsinn und Hass auslebt. Die Stichverletzungen mit ihrer Symmetrie ebenso wie die Kombination aus Risikobereitschaft beim Überfall und die strategische Wahl des Ablageortes sind Beispiele dafür. Verrückt, aber kontrolliert, psychopatisch, aber nicht psychotisch.«

»Kent Runmark?«, fragte Sofia.

»Kann nicht ausgeschlossen werden, aber ich glaube nicht, dass er es ist«, antwortete Nathalie.

»Nee, der Kerl ist doch sein Leben lang nie auch nur in die Nähe von Maloche gekommen«, meinte Hamrin und lächelte sein Wolfsgrinsen.

171

»Man darf das Profil nicht als absolute Wahrheit verstehen«, erklärte Nathalie. »Es gibt eher die Richtung vor, in die wir denken sollten.«

Sie legte eine Pause ein und schaute Granstam an. Er nickte zustimmend, und sie fuhr fort: »Der Mörder kann eine Person sein, die normal auftritt. Der Täter will etwas kommunizieren; es würde mich nicht wundern, wenn wir den Schuldigen schon verhört haben, eventuell beteiligt er sich sogar an der Suche nach Erik.«

Granstam räusperte sich und hakte die Daumen in die Taschen seiner Lederweste: »Darum habe ich Missing People gebeten, die Augen offen zu halten. Wir hatten vor einem Jahr mal einen Fall, da war der Täter einer der Aktivsten, die die Gegend nach seiner toten Freundin abgesucht haben.«

Johan ging ans Kopfende des Tisches und beugte sich auf seine Hände gestützt vor. Das Licht von der Deckenbeleuchtung offenbarte neue Falten in seinem verbissenen Gesicht, und er sah bedrohlicher aus, als Nathalie gedacht hätte.

»Gibt die Analyse einen Hinweis, wo wir suchen sollen?«, fragte er.

»Nicht mehr als das, was Sie vorgeschlagen haben«, antwortete Nathalie. »Gehen Sie von den Verdächtigen aus und erweitern Sie den Radius. Erik wird wahrscheinlich am selben Ort festgehalten wie Hoffman. Anhand der Zeit zwischen dem Mord und dem Auffinden von Hoffman können wir davon ausgehen, dass man mit dem Auto höchstens eine Stunde von der Stadt aus braucht.«

Johan machte drei Schritte zurück und breitete erschöpft die Arme aus.

»Aber ich glaube, das Gelände ums Krankenhaus und Alnön

hat Vorrang«, fügte Nathalie hinzu. »Je eher wir ein Ergebnis der Analyse von der Erde bekommen, umso besser.«

Sven Hamrin machte einen Schritt in den Raum und ließ seinen Hals knacken: »Das sind verdammt viele Worte und wenig Handfestes. Haben Sie mal was Konkretes im Angebot? *Warum* zum Beispiel. Steht nichts von einem Motiv in Ihren Unterlagen?«

»Doch«, sagte Granstam, der eher ruhiger wurde, wenn jemand versuchte, ihn zu provozieren. »Aber in diesem Fall ist es schwierig. Es handelt sich hier um einen Hass, der größer ist, als er mir je zuvor begegnet ist. Jemanden drei Tage lang ohne Essen und vielleicht ohne Wasser gefangen zu halten, um ihm dann in den Rücken zu stechen und ihn am Ende zu erschlagen, erfordert eine massive und lang anhaltende Wut. Es geht nicht um Genuss oder Psychose oder Sadismus, es ist lupenreiner Hass, ausgeführt von einer zwanghaften, schwer gestörten, aber ausreichend exekutiven Person.«

»Und *woher* kommt der Hass?«, beharrte Hamrin.

»Das wissen wir nicht, nur, dass er sich gleichermaßen gegen Thomas Hoffman wie gegen Erik Jensen richtet«, erklärte Granstam und knöpfte sich einen Knopf seines karierten Flanellhemdes wieder zu, der über dem Bauchnabel aufgegangen war.

Sven Hamrin lehnte an der Wand und gähnte mit der Faust vor dem Mund.

»Und was haben *Sie* Konkretes im Angebot?«, fragte Granstam.

»Ich habe zwei interessante Neuigkeiten«, schob Pablo Carlén ein und streckte sich in seinem frisch gebügelten Hemd, so dass er ein paar Zentimeter größer wurde als Sofia Waltin.

173

»Das Erste kannst du doch erzählen, Jens«, fuhr er fort und drehte sich zu Åkerman um.

Åkerman schaute vom Bildschirm auf. »Allem Anschein nach ist Yasmine ein Netztroll ...«

»Ein was?«, fragte Granstam.

»Eine Person, die anonym Beiträge in Netzforen schreibt«, erklärte Åkerman.

»Eine Netzhasserin«, erklärte Pablo.

»Genau«, stimmte Åkerman zu. »Sie nennt sich *Lysistrate 2014* und hat viele, politisch nicht korrekte Beiträge geschrieben, gegen Männer in Führungspositionen, alles von Politikern bis zu Geschäftsmännern und Sportlern. Alle laufen im Prinzip darauf hinaus, dass Männer Idioten sind.«

Johan Axberg zeichnete einen Pfeil mit einem Kreis in der Mindmap auf dem Whiteboard ein. »Etwas über Erik und Hoffman?«

»Nein, aber sie prangert im Landtag die problematischen Zustände im Gesundheitswesen an, wo vor allem Ärzte und Chefs die Sündenböcke sind. Leider keine Namen, abgesehen von dem des ehemaligen Krankenhausdirektors und eines halben Dutzend Einsparungsberatern.«

»Yasmine Danielssons Hass ist offensichtlich groß«, sagte Johan. »Vielleicht hat irgendetwas das Fass zum Überlaufen gebracht und sie hat beschlossen, ihren Worten Taten folgen zu lassen.«

»Vielleicht«, stimmte Granstam zu. »Wie dem auch sei, ist es ein Skandal, dass eine Person in der Landtagsverwaltung sich mit Netzhass beschäftigt.«

Schwerfällig drehte er sich zu Åkerman um.

»Wie sicher sind Sie, dass sie es ist?«

»Genauso sicher, wie ich weiß, dass ich hier sitze und auf diesem Rechner schreibe«, antwortete Åkerman.

»Wir halten den Ball in dem Punkt flach, bis wir sie wieder verhört haben«, entschied Johan. »Nicht einmal Fridegård darf vorher etwas erfahren, das kann brenzlig sein mit Hinblick auf ihre Mitgliedschaft in der FD. Unser Fokus ist es, den Mörder zu finden, das Urteil über den Netzhass überlassen wir der Presse und später den Landtagsjuristen.«

Er sah zu Pablo, der, wenn überhaupt möglich, sich noch mehr streckte.

»Und was ist die zweite Sache, die du rausgefunden hast?«

»Dass Yasmine die Cousine von Runmarks früherer Freundin Jennie Larsson ist.«

Das Schweigen im Raum verdichtete sich und wurde undurchdringlich wie die Dunkelheit vor den Fenstern.

»Ich habe das entdeckt, als ich vor der Besprechung ihren Stammbaum durchgegangen bin«, erklärte Pablo. »Yasmines Tante Birigt Danielsson ist ... *war* die Mutter von Jennie Larsson. Ich habe nicht mit ihr gesprochen, aber das steht schwarz auf weiß im Einwohnermelderegister.«

»Da haben wir vielleicht noch ein Motiv«, sagte Tim Walter und hob die Cap auf, die auf den Boden gefallen war, als er ungeschickt mit der Schulter gegen die Rückenlehne gestoßen war.

»Wir wissen nicht, ob Yasmine Kenntnis davon hatte, dass Hoffman derjenige war, auf den Jennie gewartet hatte«, gab Johan zu bedenken.

»Hat Yasmine Kontakt zu Runmark?«, fragte Hamrin.

»Wir müssen sie sofort auftreiben«, beschloss Johan und sah auf die Uhr.

Sieben Minuten vor elf. Ihnen blieb eine Stunde, bis Robert Ekman eintraf. Pablo räusperte sich und meldete sich mit wichtiger Stimme abermals zu Wort: »Außerdem hat Yasmine die kommende Woche freigenommen ... da fragt man sich doch, warum.«

Verdammt, dachte Johan und fühlte Unebenheiten auf den Weisheitszähnen, als er die Zähne zusammenbiss. Sie hätten natürlich die verdeckten Ermittler auf sie ansetzen müssen. Gleichzeitig war es ein Ding der Unmöglichkeit, alle Verdächtigen in einer Ermittlung beschatten zu lassen.

»Pablo«, sagte er, »du sorgst sofort dafür, dass die verdeckten Ermittler eingeschaltet werden und rausfinden, wo sie steckt. Ich will beim Verhör dabei sein. Die anderen machen nach Plan weiter.«

Die Bewegung um den Tisch war voller Eifer. Der Einzige, der sitzen blieb, war Tim Walter. Als Nathalie ihm einen Klaps auf den Rücken gab, sagte er: »Ich habe mir übrigens das Verhör mit Kent Runmark angesehen.«

Die Bewegung kam zum Stillstand. Alle schauten Walter an.

»Er hat Sie, Nathalie, ja gefragt, ob Sie in Mexiko schon mal mit dem Zug gefahren sind.«

»Ja?«, sagte sie verärgert, denn sie merkte, dass Walter einen Trumpf im Ärmel hatte. Sie verfluchte sich, weil sie es nicht geschafft hatte, es selbst anzuschauen. Jetzt bestand das Risiko, dass sie als schlampig und inkompetent dastand.

»*Mexican train* ist eine Variante des Domino«, fuhr Walter fort.

Granstams Gesicht lief an, und die Glatze glänzte rot im Schein der Leuchtstoffröhren. »Warum sagen Sie das erst jetzt?«, fragte er.

»Das war also nicht bloß leeres Geschwätz?«, wollte Johan wissen.

»Können die Polizisten oder jemand anders, der ihn bewacht hat, die Dominosteine erwähnt haben?«, erkundigte sich Nathalie. »Personen wie Runmark sind Experten darin, Fragmente von Informationen aufzusaugen und zu spüren, was wichtig ist. Ich muss mir das Verhör noch mal ansehen, um das hier einordnen zu können«, beendete sie das Gespräch mit einem sauren Blick auf Tim Walter, der zufrieden aussah.

»Wir müssen alle überprüfen, die in Runmarks Nähe gewesen sind«, schlug Johan vor. »Aber wahrscheinlich werden sie leugnen, ganz gleich, wie es war. Nathalie, Granstam und Hamrin, Sie können ihn doch noch mal verhören, oder?«

»Na klar«, sagte Granstam und nahm seinen schaukelnden Gang zur Tür wieder auf.

Ehe jemand mehr sagen konnte, wurde die Tür aufgerissen, und Staatsanwältin Fridegård starrte sie mit aufgeregter Miene an, die nur teilweise von ihrer knallharten Professionalität kaschiert wurde.

»Ich hatte gerade ein katastrophales Gespräch«, sagte sie tonlos. »Kent Runmark ist geflüchtet. Ein Auto auf dem Parkplatz gegenüber seiner Wohnung war in Brand geraten, und eine Frau erlitt Brandverletzungen. Die Kollegen von der Fahndung rannten hin, um ihr zu helfen. Als sie zehn Minuten später zurückkamen, war Runmark weg. Und der GPS-Chip liegt in seiner Wohnung.«

In der Tür entstand Gedränge, weil alle gleichzeitig das Zimmer verlassen wollten. Als sie durch die Eingangstür kamen, stürmten fünf Journalisten auf sie zu wie Pfeilspäne auf einen Magneten. Johan verwies wieder auf Polizeipräsident

Ståhl, und sie sprangen in die Autos, ohne die Fragen anzuhören, die auf sie einprasselten.

28

Dünne Rauchsäulen zeichneten sich am blauschwarzen Nachthimmel ab, als Johan, Nathalie und Granstam auf das zugingen, was einmal ein brauner Ford auf dem Parkplatz gegenüber des Mietshauses gewesen war, in dem Kent Runmark in Granloholm wohnte. Das Autowrack knisterte und roch nach verbranntem Plastik, Blech und Kohle. Rut Norén und die Techniker hatten die Umgebung um das Auto herum abgesperrt, das neben einigen anderen Fahrzeugen in der Mitte des Parkplatzes stand. Die Feuerwehr war vor Ort, hatte zwar die letzte Schaumlöschung beendet, aber hielt ein paar Meter entfernt die Stellung. Der Krankenwagen mit der durch den Brand verletzten Frau war schon auf dem Weg ins Krankenhaus. Dank des schnellen Eingreifens der Kommissare Vanja Fischer und Hans Edström von der verdeckten Ermittlung hatte sie nur leichte Brandverletzungen im Gesicht und an den Händen erlitten.

»Wir saßen im Auto und hatten Runmarks Wohnung voll im Blick, als es knallte«, erklärte Vanja Fischer.

»Und dann sahen wir den Rauch und die Flammen und liefen hin«, fügte Hans Edström hinzu. »Uns gelang es, die Frau aus dem Auto zu holen, sie saß da wie gelähmt, offensichtlich hatte es unter der Haube geknallt, als sie den Motor anlassen wollte, und danach fing es an zu brennen.«

»Dann, als die Lage wieder unter Kontrolle war, rannten wir zurück zur Wohnung«, fuhr Fischer fort. »Und da war Runmark schon getürmt. Die Tür stand offen, darum habe ich die Wohnung durchsucht und Alarm gegeben.«

»Was haben Sie dann getan?«, fragte Johan und machte ein paar Schritte rückwärts, weil der Rauch in den Bronchien stach und er sich nur allzu gut erinnerte, wie er vor ein paar Jahren nur Sekunden davon entfernt gewesen war, in einem Ferienhaus zu verbrennen.

»Ich rannte die Straße entlang«, sagte Fischer. »Da sah ich, wie der Krankenwagen kam, und wartete auf meine Kollegen. Dann trafen ja die Kollegen von der Schutzpolizei ein und übernahmen die Beschattung der Wohnung.«

»Gibt es noch andere Ausgänge, die man von hier aus nicht sieht?«, erkundigte sich Granstam.

»Nein«, antwortete Edström. »Er muss in dem kurzen Augenblick rausgelaufen sein, als wir ihn nicht überwacht haben.«

»Haben Sie gehört, wie ein Wagen angelassen wurde?«, fragte Nathalie.

»Nein, wir haben nur den Brand gehört«, sagte Fischer.

»Hinter dem Haus liegt ein Waldstück«, erklärte Johan. »Wir haben Polizeihunde eingesetzt, um Runmark aufzuspüren. Wahrscheinlich ist er zu Fuß geflüchtet. Geht man geradeaus durch den Wald, erreicht man das Krankenhaus ... die psychiatrische Klinik kommt zuerst.«

Er wandte sich an Nathalie.

»Glauben Sie, er ist unterwegs dorthin?«

»Nein, er weiß, dass er dann festgenommen wird.«

Granstam spähte zu Runmarks Fenster im Erdgeschoss des

dreistöckigen Wohnhauses. Die Rollos waren heruntergezogen, aber ein Seitenfenster stand offen.

»Steht das Fenster schon lange offen?«, fragte Granstam.

»Ja, die ganze Zeit, die wir das Objekt beschattet haben«, antwortete Vanja Fischer. »Aber es ist so klein, dass niemand nach draußen geklettert sein kann.«

Der Spalt war höchstens zehn Zentimeter breit. Vielleicht hat Runmark zum Rauchen immer dort gestanden, dachte Nathalie.

»Wissen wir, wer die Frau ist?«, fragte sie.

»Ja«, antwortete Vanja Fischer. »Sie hat ihren Namen mit Pernilla Rapp angegeben, und das stimmt mit dem Autozulassungsregister überein.«

»Wir haben sie überprüft«, sagte Hans Edström. »Geboren '74, etwas schwierige Verhältnisse mit Ladendiebstahl, Verdacht auf Haschischbesitz und Autodiebstahl, aber keine Verurteilungen.«

Johan nickte und drehte sich zu Rut Norén um, die immer wieder das Wrack umrundete. »Kann es Brandstiftung gewesen sein?«, fragte er.

»Ist noch zu früh, um das sagen zu können«, antwortete Norén. »Sie müssen sich wenigstens noch gedulden, bis sich der Rauch verzogen hat. Bei dem heftigen Ablauf ist es nicht auszuschließen, aber das Auto war alt – ein Ford 77, der dieses Jahr nicht mehr durch den TÜV gekommen ist, weil die Ölpumpe ein Leck hat.«

»Wann kann ich mit einer Antwort rechnen?«, beharrte Johan.

Er hustete und ging noch einen Schritt weiter zurück.

»In einer Stunde«, antwortete Norén und machte sich daran, eine ihrer schwarzen Taschen auszupacken.

»Was glauben Sie?«, fragte Johan und blickte abwechselnd Nathalie und Granstam an. »Kann es Zufall sein, dass er gerade jetzt flüchtet?«

»Eine Person wie Kent Runmark versucht immer zu flüchten«, erklärte Nathalie.

»Ist er auf dem Weg zu Erik?«, fragte Johan weiter. »Kann er – wenn er denn die zwanghafte Person ist, für den wir ihn halten – seinen Zeitplan ändern und ihn früher als vorgesehen töten?«

Unter extremem Druck kann auch der rigideste Mensch vom Muster abweichen, dachte Nathalie, sagte aber: »Wahrscheinlich nicht, aber die Möglichkeit ändert doch wohl nichts an unserer Arbeit, oder?«

»Wenn es Brandstiftung war, dann hat er Hilfe von außen gehabt«, stellte Johan fest, der langsam erschöpft aussah.

Granstam befeuchtete seinen Schnurrbart mit der Zunge. »Ja, wir haben ja die Möglichkeit diskutiert, dass es *zwei* Täter gibt.«

»Wir überprüfen die Wohnung«, entschied Johan. »Wir haben alle denkbaren Kanäle alarmiert, er kann nicht besonders weit gekommen sein.«

Er machte drei Schritte, blieb stehen und drehte sich zu Vanja Fischer.

»Haben Sie die ganze Wohnung überprüft?«

Ein hastiges Zögern in ihrem Blick: »Ich glaube, wir haben den Wandschrank vergessen.«

»Kommen Sie, dann machen wir das.«

29

»K. Runmark« stand an der Tür, die ein einfaches Schloss und keinen Spion hatte. Ohne zu klingeln, ging Johan in die Hocke und linste durch den Briefkastenschlitz. Es stank nach Rauch, Schweiß, biergetränktem Holz und süßlichem Qualm, den er nicht einordnen konnte. Nathalie, Granstam und Fischer standen hinter Johan und Edström; und zwei eben eingetroffene Kollegen von der Schutzpolizei hielten vor dem Tor Wache. In dem Moment, als Johan die Klappe des Briefkastens schloss, war ein Knacken in der Wohnung zu hören. Ein deutliches Knacken, das die Trommelfelle zum Vibrieren brachte. Johan starrte Nathalie an. Sie nickte. Sie hatte es auch gehört. Jemand war da drinnen.

Lautlos erhob sich Johan. Nahm seine SIG Sauer aus dem Holster, spürte, wie ihre Kühle seine Hand erfrischte. Granstam gab durch ein Zeichen zu verstehen, dass er keine Waffe dabeihatte, aber Vanja Fischer holte ihre Dienstpistole hervor, während sie den Kopf schüttelte mit einer Miene, als wolle sie sagen: »Das darf doch wohl nicht wahr sein.«

Johans Nicken gab das Startzeichen, er öffnete die Tür zum Flur mit der Pistolenmündung gleich einem dritten Auge. Der Flur war leer, auch die Küche. Es war genauso unordentlich, schmutzig und heruntergekommen, wie es die Fotos von der Hausdurchsuchung gezeigt hatten. Von der Küche gab es einen Durchgang ins Wohnzimmer. Johan nahm diesen, während Vanja geradeaus durch den Flur ging. Als sie sich quer durchs Wohnzimmer ansahen, entspannten beide ihre Schultern und atmeten aus. Lauschten. Alles war still. Hatten sie es sich nur eingebildet?

Johan ging zum halbgeöffneten Seitenfenster, hob das Rollo an und schaute hinaus. Der Rauch hing immer noch über dem Parkplatz, dem Standort der Feuerwehr; und der weiße Bus der Techniker sah noch genauso aus, wie er ihn verlassen hatte.

Als er durch den Spalt hinunterguckte, entdeckte er einen schwarzen Küchenhocker in den Rabatten unter dem Fenster. Er fragte sich, warum er dort war, und schloss zu Fischer auf. Aus dem Augenwinkel sah er, dass Nathalie und Granstam draußen warteten. Er schob die Tür zur Toilette auf. Sie war leer. Das Wohnzimmer ebenfalls. In den drei Garderoben-schränken im Flur herrschte ein einziges Chaos aus Kleidern und Gerümpel.

Blieb nur das Schlafzimmer übrig. Die Tür stand ein paar Zentimeter offen. Vanja Fischer zögerte. Hatte sie sie so zurück-gelassen, als sie ging?

Ein leichter Plumps im Zimmer. Johan spürte die Kühle wie einen Luftzug über den Kopf streichen, fühlte sie in seinen Hän-den, als er die Waffe umschloss. Sah Vanjas erschrockenes Ge-sicht und fragte sich, ob es ein Fehler war, dass sie hineingegan-gen waren. Aber sie würden Erik finden und hatten keine Zeit, um auf Verstärkung zu warten. Außerdem hatte Runmark nie eine Waffe mit mehr Reichweite als die einer Axt verwendet.

Mit dem Fuß schubste er die Tür auf, folgte der Kante mit der Pistolenmündung und stutzte, als sich auf dem Boden ein schwarzes Etwas bewegte und nach links unters Bett huschte.

»Polizei«, rief er und machte einen Schritt vorwärts, sicherte den Raum links.

Das schwarze Etwas flog aufs Bett, und er starrte in ein Paar gelb-schwarze Augen. Er lächelte nicht, als er erkannte, dass es eine Katze war. Ihm fielen der Fressnapf auf dem Küchenfußboden und das geöffnete Fenster wieder ein. Wahrscheinlich war die Katze über den Hocker gekommen und gegangen. Sicher hatte er im Verhör etwas gesagt in der Art wie: »Der IKEA-Hocker steht immer draußen«.

Sie schauten in den Wandschränken und unter dem Bett nach. Die Wohnung war definitiv leer. Johan ging zuerst nach draußen und berichtete Nathalie und Granstam. Fünf Minuten später saßen sie im Auto auf dem Weg zurück ins Polizeigebäude.

Als sie vor der G2-Kirche rechts in den Kreisverkehr abbogen, rief Pablo Carlén an. Johan nahm das Gespräch entgegen und schaltete die Freisprechanlage ein. Der Kollege war eifrig, als er erzählte: »Yasmine Danielsson ist nicht zu Hause und auch nicht im Trainingsraum, und sie geht nicht ans Telefon.«

»Schreib sie zur internen Fahndung aus«, sagte Johan und gab die Informationen über Runmark weiter.

»Wir haben alle verhört, die Kontakt zu Runmark gehabt haben, seitdem wir ihn hier haben«, fuhr Pablo fort. »Alle leugnen, sie hätten etwas von den Dominosteinen erwähnt.«

»War zu erwarten«, meinte Nathalie.

»Was ist mit der Cousine?«, fragte Granstam auf der Rückbank. »Bitten Sie Walter, Jennie Larsson zu überprüfen. Sie kann die Verbindung zwischen Runmark und Yasmine sein.«

Johan nickte und holte Jens Åkerman für die Aufgabe mit ins Boot. Als er auflegte, wusste er, dass jedes gespeicherte Detail, das über Jennie Larsson zu finden war, innerhalb einer Stunde auf seinem Schreibtisch liegen würde.

30

Vor dem Polizeigebäude hielten sie bei Jabars Kiosk. Johan kaufte zwei Energie-Drinks und eine Wurst mit Brot. Nathalie wollte zwar gesund leben, hatte aber Heißhunger auf etwas Süßes und entschied sich an der Kasse, zu dem Mineralwasser und den Reiswaffeln noch eine Rumkugel mitzunehmen. Granstam wollte sich den Bauch mit allen Extras ordentlich vollschlagen und legte noch zwei Dosen Snus dazu. Während er bezahlte, klingelte sein Handy. Er schien genervt, als er aufs Display guckte, und meinte zu Nathalie und Johan, sie sollten schon vorgehen. Schweigend begaben sie sich hinauf in den fünften Stock.

In einem der Büros neben dem Konferenzraum saßen sich Tim Walter und Jens Åkerman gegenüber und tippten auf ihre Tastaturen ein. Nur durch ein kurzes Aufblicken gaben sie zu verstehen, dass sie zwar bisher nichts Erwähnenswertes über Jennie Larsson gefunden hätten, aber noch einige Überprüfungen offen waren.

Nathalie und Johan gingen in den Konferenzraum, und drei Minuten später schloss sich ihnen Granstam an. Er erwähnte das Telefongespräch mit keiner Silbe, doch Nathalie vermutete, dass eins seiner Kinder angerufen und indirekt die Erinnerung an den Unfallsturz seiner Frau aufgerissen hatte. Nicht zum ersten Mal beobachtete sie diese Reaktion bei ihrem Chef, wenn sein Privatleben an die Tür klopfte.

Das Trio ließ beim Essen die Blicke übers Whiteboard schweifen, aber niemand kam auf neue Ideen.

Nathalie hatte das Gefühl, an dem Erdhaufen in der Garage

sei irgendetwas merkwürdig, doch der Gedanke war genauso diffus und schwer fassbar wie die Reiswaffeln.

Nachdem sie den Verpackungsmüll im Personalraum getrennt entsorgt hatte, stellte sie sich ans Fenster, das zum Innenhof hinausging. Ein Streifenwagen fuhr gefolgt von einem schwarzen Volvo V70 vor.

Robert stieg aus und rollte mit den Schultern unter der braunen Lederjacke, auf deren Rücken ein Emblem prangte, das sie nicht erkennen konnte. Er war dicker als in ihrer Erinnerung, und von einem jungen Gérard Depardieu wie damals bei Estelles und Roberts Hochzeit hatte er auch nichts mehr.

Als Robert ins Gebäude abgeführt wurde, sah sie im Lichtschein vom Haus, wie verhärmt er unter dem zerzausten Haar aussah.

Sie fragte sich, ob es richtig von ihr gewesen war, dass sie Estelle so unter Druck gesetzt hatte, Johan vom falschen Alibi für Robert zu erzählen: Das meiste deutete trotzdem auf Runmark als Schuldigen. Auf alle Fälle musste sie mit Estelle sprechen. Nathalie holte ihr Handy heraus und rief sie an. Noch immer nahm sie nicht ab.

Beim Verlassen des Personalzimmers liefen ihr im Flur Johan und Granstam über den Weg.

»Robert Ekman ist hier, und wir verhören ihn sofort«, teilte Johan ihr mit.

»Okay«, sagte Nathalie. »Ich sehe mir das Verhör mit Runmark noch einmal an, und schaue, ob ich Anhaltspunkte finde, wohin er verschwunden sein kann.«

»Sie können sich in mein Zimmer setzen. Åkerman kann Ihnen helfen, das Band zu starten.«

»Und was ist mit Yasmine Danielsson?«

Johan schüttelte den Kopf und bewegte sich mit Granstam im Schlepptau auf den Fahrstuhl zu.

*

Die Aufzeichnung des Verhörs war unangenehmer, als sie es in der Wirklichkeit empfunden hatte. Runmarks wässerige Augen, die vibrierenden Nasenflügel, als er fragte, welches Parfüm sie verwende, das Gefasel, das vielleicht dennoch kein Gefasel war. Die Bemerkungen über den *mexican train*, die Katze und den IKEA-Hocker waren erwiesenermaßen konkret. Sie konnte beinahe seinen Geruch und seine Körperwärme wahrnehmen, als er sich zu ihr vorgebeugt hatte.

Ihr fiel nichts auf, was ihn als Schuldigen entlarven oder einen Hinweis auf seinen Aufenthaltsort geben konnte. Mit Sicherheit wusste sie nur eins, nämlich dass die nichtssagenden Antworten zu einer bewussten Strategie gehörten. Begabt und psychopathisch, so weit stimmte das Profil. Aber sie hatte vergessen, nach der Erde im Gang zu fragen. Verärgert biss sie sich auf die Lippe, weil ihr klar war, dass sie dafür keine zweite Chance mehr bekommen würde, bevor es zu spät war.

Sie ging ins Büro von Tim Walter und Jens Åkerman. Åkerman winkte sie zu sich und zeigte ihr einen Ausdruck mit SMS, vollständig mit Telefonnummern und Text.

»Ich habe mir Estelle Ekmans Handydaten angesehen«, erklärte er.

»Ja?«, sagte Nathalie.

Solltest du nicht Jennie Larsson überprüfen?, dachte sie, sah aber ein, dass die Frage zwecklos und unwichtig war.

»Sie und Erik Jensen hatten ziemlich engen Kontakt«, fuhr Åkerman fort, »aber was mich verblüfft hat, ist das hier.«

Er zeigte auf einen SMS-Kontakt. Freitag, den 2. Mai, 23.04 Uhr. Knapp eine Stunde bevor Estelle Erik vor der psychiatrischen Notaufnahme getroffen hatte.

Können wir uns sehen? Wir müssen uns darüber aussprechen/Estelle

Viel zu tun. Habe keine Zeit.

Wir müssen reden! Am einfachsten sehen wir uns hier im Haus. Dauert nicht lange. Soll ich in die Notaufnahme kommen?

Nein, auf keinen Fall. Melde mich wieder/Erik

Das war die letzte Nachricht. Nathalie las die Nachrichten noch einmal. Warum hatte Estelle das mit keinem Wort erwähnt? Worüber wollte sie mit Erik reden? Warum behauptete sie, sie habe an dem Abend keinen Kontakt mit Erik gehabt? Das Zusammentreffen vor der psychiatrischen Notaufnahme war bestimmt Zufall gewesen – Erik war schließlich wegen eines Herzstillstands dort –, aber das machte Estelles Lüge nicht weniger schwerwiegend. Nathalie bedankte sich bei Åkerman, bekam eine Kopie des Ausdrucks und kehrte ins Personalzimmer zurück.

Der Innenhof war menschenleer. Roberts schwarzer Volvo glänzte im Schein der Parkplatzbeleuchtung. Nathalie rief Estelle an. Immer noch nur der Anrufbeantworter. Es war Vier-

tel nach elf. Vielleicht schlief sie, aber das war unwahrscheinlich. Ihr Instinkt riet ihr, Estelle aufzusuchen und der Sache
nachzugehen. Johan und Granstam würden bestimmt noch
eine Weile mit Robert beschäftigt sein. Sie holte den Autoschlüssel von Tim Walter und sagte, sie führe ein bisschen in
der Gegend herum, um besser nachdenken zu können.

Drei Minuten später ließ sie den Motor an und machte sich
auf den Weg nach Alnön.

31

»Jetzt erklären Sie mir endlich, warum Sie mich hergebracht
haben«, forderte Robert Ekman und sah Johan und Granstam
herausfordernd an. »Und warum haben Sie bei mir eine DNA-
Probe genommen? Das hier wird die Polizei eine Stange Geld
kosten, wenn Sie keine vernünftige Erklärung haben! Ich hätte
morgen in Malmö mit meinem Pferd an einem Rennen teilneh-
men sollen, die Gewinnsumme betrug 250 000!«

Sofia Waltin saß auf einem Hocker zwischen Johan und
Granstam und ärgerte sich unglaublich, dass Robert ihrem
Blick auswich, aber wenn er das Schwein war, für das sie ihn
hielt, dann würde sie ihre Wut mit Freundlichkeit tarnen
und ihn dazu bringen, sich zu verraten. Körperverletzung,
Wilderei und Pferdedoping. Hatte seine Frau gezwungen,
ihm ein falsches Alibi zu geben – sie traute ihm so gut wie
alles zu.

Robert Ekman saß auf demselben Stuhl wie Kent Runmark
ein paar Stunden zuvor. Der schwere Körper stand unter voller

Anspannung, und die Energie war im ganzen Raum zu spüren. Robert trug ein schwarz-weißes T-Shirt, blaue Jeans und grobe, erdverkrustete Stiefel. Über der Stuhllehne hing seine braune Lederjacke mit dem Enblem *Ekmans trav & galopp* auf dem Rücken. Links von Robert saß Anwalt Pelle Sjöström in einem maßgeschneiderten Anzug und machte ein Gesicht, als warte er nur auf eine Gelegenheit, die Vorwürfe der Polizei auseinanderpflücken zu dürfen, damit sein Klient auf freien Fuß gesetzt wurde. Staatsanwältin Fridegård hatte ihnen fünf Stunden gegeben, mehr nicht. Sie und Pablo Carlén verfolgten das Verhör hinter der Spiegelwand.

Johan trug den Hintergrund vor, obwohl Robert Ekman schon wusste, dass er aus Informationsgründen zum Mord an Thomas Hoffman und zum Verschwinden von Erik Jensen befragt werden sollte. Als Johan Eriks Namen erwähnte, sah er, wie sich Roberts schiefergraue Augen verfinsterten.

»Seit unserem letzten Gespräch haben sich neue Erkenntnisse ergeben«, fuhr Johan fort. »Ich frage mich, ob Sie Ihre Aussage dahingehend ändern wollen, was Sie während der aktuellen Fälle gemacht haben.«

Robert fuhr sich mit der Hand durchs zerzauste Haar, sah Anwalt Sjöström an und schien verschiedene Antworten in Erwägung zu ziehen. Schließlich sagte er: »Was wollen Sie damit sagen?«

»Die Frage war doch deutlich«, schob Granstam mit sicherer Freundlichkeit ein, als spreche er mit einem Kind. »Was haben Sie in der Nacht zu Dienstag, dem 28. April, gemacht? Da ist Thomas Hoffman aus dem Krankenhaus verschwunden.«

»Da war ich im Ferienhaus in Stöde, aber das habe ich Ihnen doch schon gesagt, Johan.«

Die Antwort kam schnell und ungezwungen. Anwalt Sjöström verbarg ein Gähnen hinter der Hand.

»Wie ist Ihr Verhältnis zu Erik Jensen?«, fragte Sofia. Vor dem Raum hatte Granstam vorgeschlagen, dass sie diese Frage einschieben solle, weil Johan nicht persönlich werden wollte und weil sie eine Frau war.

Zuerst hatte sie protestiert, ihm aber dann die Erklärung abgenommen, dass es Männern oft leichter fiel, Frauen von ehelicher Untreue zu erzählen.

»Ich weiß, dass er Arzt im Krankenhaus ist, mehr aber auch nicht.« Zum ersten Mal während des Verhörs hielt Robert ihrem Blick stand.

»Na, kommen Sie schon, Robert«, bat Sofia. »Wir wissen, dass Ihre Frau Estelle eine Affäre mit Erik Jensen hatte und dass Sie das rausgefunden haben. Ich verstehe, dass das hart ist, aber ...«

Roberts Gesicht wurde blass.

»Was sagen Sie da?« Robert ließ die Hände geräuschvoll auf den glänzenden Stahltisch fallen.

Die Haut war dick und lederartig, und unter einigen Fingernägeln klebte Schmutz.

»Ja«, übernahm Granstam das Gespräch und lehnte sich nach hinten, so dass der Bauch nicht mehr die Tischkante streifte. »Ihre Frau hat es uns erzählt, da können Sie genauso gut gleich die Karten auf den Tisch legen.«

»Ich weiß nicht, wovon Sie reden«, entgegnete Robert.

»Das wissen Sie sehr gut«, redete Sofia ihm gut zu. »Sie haben das Gespräch der beiden auf Facebook gesehen und Ihre Frau damit konfrontiert, die zugegeben hat, dass sie ein Verhältnis mit Erik hatte.«

»Und um vier Uhr letzten Donnerstag sind Sie losgefahren, um Erik aufzusuchen«, fuhr Johan fort. »Haben Sie ihn angetroffen?«

Robert starrte Johan stumm an. Anwalt Sjöström strich mit der Hand über den Schlips, beugte sich zu Robert und flüsterte ihm etwas ins Ohr. Robert nickte, und Sjöström bat um eine Pause.

»Jetzt nicht«, sagte Johan, ohne Robert aus den Augen zu lassen. »Ich werde Ihnen eins verraten, Robert. Erik Jensen ist mein Freund. Er ist irgendwo da draußen und läuft Gefahr, dasselbe Schicksal zu erleiden wie Hoffman, wenn wir ihn nicht bald finden. Wollen Sie das? Hören Sie jetzt auf, Schwierigkeiten zu machen, und sagen Sie die Wahrheit, ich glaube, Ihre Frau würde das zu schätzen wissen!«

Ingemar Granstam hob die Pranke und gebot Johan Einhalt, während Anwalt Sjöström etwas von Verhörregeln und gesetzlichem Recht auf Pausen erwähnte. Roberts Augen verengten sich, und sein Adamsapfel hüpfte auf und ab, als schlucke er etwas angestrengt hinunter.

»Okay«, seufzte er dann. »Ich werde es erzählen, aber nur wenn Sie rausgehen.« Er starrte Johan an.

Mit einem Nicken erhob sich Johan und schloss sich Fridegård und Pablo auf der anderen Seite der Spiegelwand an. Die Taktik war aufgegangen. Schritt drei von neun der Verhörstufen; auf den Gefühlsknopf drücken, um zu sehen, was für eine Reaktion kommt. Das war sogar eine Variante des uralten Spiels *good cop, bad cop*.

»Ich bin ihr auf die Schliche gekommen, genauso wie Sie es gesagt haben«, fuhr Robert mit einem Blick zu Sofia und einer hörbaren Erschöpfung in der Stimme fort. »Ich habe rausgekriegt, wo Erik Jensen wohnt, und bin auf gut Glück hingefahren. Ich stand unter Schock – hätte nie gedacht, dass Estelle ...«

Er holte durch die Nase Luft und schaute zur Decke, als sei dort die Erklärung zu finden.

»Ich habe ihr alles gegeben, verstehen Sie?«, fragte er und schaute Sofia und Granstam abermals an, die beide nickten.

Der Korken war aus der Flasche, jetzt würde alles heraussprudeln. Die Frage war nur, ob es die Wahrheit war. Robert fuhr empört weiter fort: »Wir haben vier Kinder, wir haben einen Hof und Pferde zusammen ...«

»Sie muss Sie enttäuscht und wütend gemacht haben«, meinte Sofia.

»Ja, was verdammt glauben Sie denn?«, brach es aus Robert heraus, und er zuckte zusammen, als habe er einen Stromstoß bekommen.

»Aber bei Erik Jensen war niemand, und ich bin direkt nach Hause gefahren«, erzählte er weiter.

»Wann waren Sie zu Hause?«

»Das war wohl so gegen fünf Uhr, vielleicht kurz davor.«

»Was haben Sie dann gemacht?«

»Ich bin in den Stall gegangen und habe mich um die Pferde gekümmert. Die Arbeit wird ja nicht weniger, nur weil die eigene Frau ...«

Er verstummte und biss die Zähne zusammen. Die Version stimmte mit Estelles Aussage überein, und Granstam entschied, mit der nächsten Frage weiterzumachen: »Und was ist mit der Nacht zu Freitag, den 2. Mai?«

»Da war ich zu Hause.«

»Allein?«

»Ja, die Kinder haben bei Freunden geschlafen, und Estelle hatte Nachtschicht.«

»Sie haben also kein Alibi für die Zeit, in der Erik Jensen verschwunden ist?«, fragte Granstam.

Anwalt Sjöström räusperte sich und warf ein: »Steht mein Klient formell unter Verdacht?«

»Nein, aber es wäre gut, wenn er die Frage beantworten würde«, insistierte Granstam.

»Nein«, sagte Robert tonlos und knackte mit den Daumennägeln.

»Am Freitagmorgen wurde Thomas Hoffman ermordet und an diesem Ort auf Alnön abgelegt«, fuhr Sofia fort und legte vor Robert eine Karte mit einem Kreuz am Fundort.

Er schaute sie sich ein paar Sekunden gründlich an und blickte dann auf. »Estelle kam um zehn Uhr nach Hause, und ich habe die Kinder um zwölf abgeholt. Wenn Sie wissen wollen, was ich in der Zwischenzeit gemacht habe, da habe ich mit den Pferden weitergearbeitet.«

»Ja, ich weiß, dass Pferde viel Arbeit machen«, nickte Granstam und faltete die Hände über dem Bierbauch. »Wir wundern uns nur, warum Sie Ihre Frau gebeten haben, Ihnen für die beiden Straftaten ein falsches Alibi zu verschaffen.«

Roberts Augen wurden schwarz. Pelle Sjöström stellte das Glas Mineralwasser ab und sah Granstam scharf an, aber das war genauso wirkungslos, wie einen Tannenwald scharf anzusehen, wie die Kollegen immer witzelten.

»Welche Beweise haben Sie dafür?«, fragte Sjöström.

»Estelles Aussage«, antwortete Granstam.

»Die habe ich nicht zu lesen bekommen«, entgegnete Sjöström. »Und laut Paragraph …«

»Schon gut«, unterbrach ihn Robert Ekman, und seine Wut nahm noch ein bisschen weiter ab. »Ja, ich habe sie drum gebeten, weil mir klar war, dass ich früher oder später in diese Situation geraten würde. Meine früheren Verurteilungen stehen mir wie Narben ins Gesicht geschrieben, sobald ich was mit einer Behörde zu tun habe, wird das gegen mich verwendet. Und als ich in der Zeitung gelesen habe, dass die Polizei eine Verbindung zwischen dem Mord an Hoffman und dem Verschwinden von Jensen hergestellt hat, da habe ich begriffen, dass ich übel dran bin. Ich war nicht gerade unsichtbar, als ich bei dem Arsch von Arzt zu Hause war und angeklopft habe.«

Abermals der schnelle Wechsel zwischen vernünftigem Gedankengang und Wut, stellte Granstam fest, dem es schwerfiel, zu beurteilen, ob Robert Ekman die Wahrheit sagte.

»Wissen Sie, wer Kent Runmark ist?«, fragte Sofia.

Eine senkrechte Falte trat zwischen den buschigen Augenbrauen hervor, gefolgt von einem Kopfschütteln.

»Nie gehört, wer ist das?«

»Sie haben nichts von der Fahndung mitgekriegt?«

»Ach so, ist das der Psycho-Patient, hinter dem Sie her sind?«

Sofia nickte.

»Doch, ich habe davon im Auto auf der Fahrt hierher gehört, aber ich weiß nicht, wer das ist.«

»Spielen Sie mit den Kindern Domino?«, fragte Granstam.

»Hä? Was ist das für eine Frage?«

Sein Erstaunen wirkte echt. Als Sofia und Granstam kein Wort sagten, zuckte Robert die Schultern. »Spiele sind nicht so mein Ding, aber das ist wohl schon mal vorgekommen ... Ich glaube, Manne hat ein Domino-Spiel, mit dem er immer Türme baut und dann umwirft, wissen Sie?«

Es herrschte Schweigen. Johan verfolgte zwischen Fridegård und Pablo das Verhör. Er war es nicht gewohnt, auf dieser Seite der Glasscheibe zu stehen. Er hatte viele Fragen, musste sich aber damit abfinden, Sofia und Granstam das Verhör führen zu lassen. Es gab zwei Probleme: Robert hatte glaubwürdig dasselbe Szenario beschrieben wie Estelle, und ihm fehlte eine Verbindung zu Thomas Hoffman.

Es klopfte an der Tür. Tim Walter trat mit einem breiten Grinsen ein. »Guckt mal, was ich hier gefunden habe, es geht um die Scheune und diesen Versicherungsfall. Ratet mal, welcher Arzt für die Versicherung das Gutachten über Robert Ekman geschrieben hat?«

Sie beugten sich zum Lesen vor, als sie Granstam hörten, wie er nach der abgebrannten Scheune fragte.

Als er bis zum Ende gelesen hatte, merkte Johan, wie es ihm kalt den Rücken hinunterlief. Robert Ekman war nach der Verurteilung wegen Körperverletzung bei Hoffman wegen der Aggressionsausbrüche in Therapie gewesen; es war die Bedingung, um nur zu einer Geldstrafe verurteilt zu werden. Hoffman war Sachverständiger der Versicherung und hatte Robert in seinem Gutachten als launisch und potentiell destruktiv beschrieben – in dem Kontext eine Andeutung, dass Brandstiftung vorliegen könnte. In den Augen der Versicherung bedeutete das, dass kein Schadensersatz geleistet werden konnte.

Tim Walter kratzte sich im Nacken. »Ich habe gerade mit einem Heini von der Versicherung gesprochen. Er hat erzählt, Robert Ekman wurde informiert, dass eine Beurteilung eingegangen ist und dass er sie von seinem Anwalt Pelle Sjöström zugefaxt bekam.«

»Wann?«, fragte Johan.

»Am Tag vor Hoffmans Verschwinden«, antwortete Walter.

»Dann hat auch er zwei Motive«, stellte Johan fest und betrachtete Robert, der gerade erklärte, er sei nicht zu Hause gewesen, als der Brand ausbrach, und dass ein Nachbar versucht habe, das Feuer zu löschen.

»Wir müssen diesen Nachbarn haben«, sagte Pablo Carlén.

»Immer mit der Ruhe«, meinte Gunilla Fridegård und verschränkte die Arme vor der Brust. »Dass Robert Ekman wegen dieses Gutachtens Hoffman ermordet haben soll, ist wenig wahrscheinlich. Die Scheune war nicht mehr als 50 000 Kronen wert.«

Johan betrat den Verhörraum. Robert drehte sich sofort zu Sjöström um, der den Anspruch auf eine Pause wiederholte. Johan dachte an Erik und spürte die Frustration. Er zeigte das Gutachten und fragte, ob Robert es kenne. Robert starrte Pelle Sjöström stumm an, der aufstand und sagte: »Wir ersuchen wie gesagt um eine Pause. Mein Klient braucht darauf nicht zu antworten, bevor wir mehr unterstützende Informationen darüber bekommen, um was für ein Papier es sich handelt.«

»Okay, Sie bekommen eine Viertelstunde und eine Kopie des Papiers«, entschied Granstam und nickte dem Kollegen von der Schutzpolizei zu, der ihnen die Tür öffnete.

Ohne Johan eines Blickes zu würdigen, folgte Robert Ekman Pelle Sjöström hinaus.

Im Zuschauerraum hatte sich Jens Åkerman dazugesellt. Als Sofia die Tür hinter sich geschlossen hatte, sagte er mit roten Flecken am Hals: »Eben ist ein Anruf gekommen. Yasmine Danielsson ist auf dem Krankenhausparkplatz. Zwei Kollegen von der Fahndung halten sie fest. Soll ich sie bitten, sie herzubringen?«

»Nein«, entschied Gunilla Fridegård. »Wir haben doch nichts Neues, was das rechtfertigt, oder? Der Beitrag im Netz reicht nicht. Auch nicht, dass sie die Cousine von Kent Runmarks früherer Freundin ist.«

»Habt ihr etwas über Jennie Larsson rausgefunden?«, fragte Johan.

»Nichts Weltbewegendes«, antwortete Åkerman außer Atem. »Geboren 1976, also drei Jahre jünger als Runmark. Sie ist auf Alnön aufgewachsen und ging auf dieselbe Schule wie Runmark und Yasmine Danielsson, aber nicht in dieselbe Klasse. Schlechte Zeugnisse, zwei Jahre Gymnasium und seitdem Gelegenheitsjobs; sie wohnte in einer Ein-Zimmer-Wohnung in Timrå; wurde drei Mal wegen Diebstahls und einmal wegen Cannabis-Konsums in einer Kneipe festgenommen, all das war in den Neunzigern. Ihre letzten drei Jahre hat sie als Reinigungskraft im Busbahnhof gearbeitet, und da hat sie Runmark kennengelernt. Drei Monate bevor sie sich das Leben genommen hat, waren sie zusammengezogen.«

Johan dachte nach.

»Ich und Pablo fahren zum Krankenhaus und sprechen mit Yasmine«, beschloss er. »Granstam und Sofia verhören Robert Ekman weiter.«

Mit diesen Worten verließ er den Raum.

32

Als Nathalie auf dem Tivolivägen nach Norden durch Haga fuhr, versuchte sie wieder, Estelle telefonisch zu erreichen. Eine quälende Unruhe überkam sie auf den menschenleeren Straßen. Warum ging ihre Schwester nicht ran? Warum hatte sie Robert auffliegen lassen, die Wahrheit über sich aber unterschlagen? Die SMS, die Åkerman aufgespürt hatte, ließen keinen Zweifel zu. Estelle hatte mit Erik kurz vor seinem Verschwinden Kontakt gehabt.

Im Kreisverkehr vor dem Supermarkt, wo man nach links zum Krankenhaus fuhr und geradeaus weiter nach Alnön kam, sah sie ein Auto, das sie kannte: den tarnfarbenen Range Rover. Als sie die Person am Steuer sah, wurde ihr kalt. War sie es wirklich?

Doch, es gab keinen Zweifel. Der blonde Pagenkopf, das niedliche, sympathische Puppengesicht. Es war Estelle.

Intuitiv ging Nathalie vom Gas und sah, wie Estelle im Kreisverkehr abbog und weiter ins Zentrum von Haga fuhr.

Sie hat mich nicht gesehen, dachte Nathalie und verfolgte sie. Sah die Rücklichter des Range Rovers nach rechts auf den Bredgränd und dann nach links abbiegen. Als sie den Namen der Straße las, schwante ihr langsam, wo Estelle hin wollte. Aber was hatte sie dort verloren?

Odengatan. Dort hatten Sara und Erik vor der Scheidung gewohnt. Dort hatte die Nachbarin beobachtet, wie Sara und José Erik vertrieben hatten.

Estelle fuhr langsam an dem unbeleuchteten Haus vorbei. Am Briefkasten hielt sie an und lehnte sich hinaus, als lausche sie. Nathalie blieb hundert Meter dahinter stehen und ließ das Fenster hinunter, hörte aber nichts als das Geräusch der Motoren im Leerlauf. Nathalie fragte sich, ob sie vorfahren und fragen sollte, was das zu bedeuten hatte. Doch schließlich tat sie nichts.

Nach ein paar Sekunden kurbelte Estelle das Fenster hoch und fuhr weiter, als hätte sie es plötzlich eilig.

Nathalie warf einen Blick in den Rückspiegel und fuhr ihr hinterher.

33

Es war beinahe Mitternacht, als Johan und Pablo auf dem Parkplatz bei Yasmine und den Kollegen von der Fahndung eintrafen. Nur ihre Schritte und ein leises Rauschen vom umliegenden Nadelwald waren zu hören. Yasmine lehnte gegen die Motorhaube ihres Mitsubishi Outlanders, der genauso schwarz war wie ihr Haar und ihre Augen. Der gut durchtrainierte Körper kochte vor Wut. »Was gibt Ihnen das Recht, mich derart zu belästigen?«

»Wir haben da noch ein paar Fragen«, antwortete Johan. »Ich fand das so einfacher, als Sie zu bitten, ins Polizeigebäude zu kommen.«

Er wusste, dass er sich nicht an die Spielregeln hielt, würde aber gern noch eine Suspendierung in Kauf nehmen, wenn er nur Erik fand. Zu seiner Überraschung nickte Yasmine. »Okay, aber machen Sie es kurz. Ich bin müde und will nach Hause fahren.«

»Darf man fragen, was Sie hier mitten in der Nacht machen?«, wollte Pablo wissen.

»Ich habe ein Handy geholt, das ich vergessen habe.«

»Haben Sie mehr als eins?«

Yasmine Danielsson nickte, dass die Haare wippten.

»Zwei, ein privates und eins für die Arbeit.«

Und wir haben nur das Arbeitstelefon überprüft, fiel Johan ein.

»Haben Sie für das private einen Vertrag?«

»Nein, eine Prepaidkarte. Aber jetzt müssen Sie mir mal erklären, warum das so wichtig ist. Sie haben nicht das Recht, mich hier festzuhalten, ich habe eine Zeitlang Jura studiert und kenne meine Rechte.«

»Ist die Prepaidkarte registriert?«, fragte Pablo.

»Nein.«

»Können wir das Handy sehen?«, fragte Pablo herrisch.

»Nein, nicht ohne richterliche Verfügung.«

Johan kam zu dem Schluss, dass es sich nicht lohnte, Fridegård damit zu belästigen. Nicht registrierte Prepaidkarten glichen schwarzen Löchern. Er beschloss, einer anderen Spur nachzugehen: »Wir haben rausgefunden, dass Sie hinter der Signatur *Lysistrate2014* stecken.«

»Aha, das ist nicht so gut, aber müssen Sie mich darum in dieser Form aufsuchen?«

Die offene Antwort erstaunte Johan und Pablo. Merkte Yasmine schon, dass sie aufgeflogen war?

»Sie haben nicht gerade Nettigkeiten über Ihre politischen Gegner geschrieben«, stellte Johan fest. »Meinen Sie nicht, dass die sich wundern, wenn sie erfahren, dass Sie die Absenderin sind?«

Zwei dünne Augenbrauen wurden zur glatten Stirn hochgezogen.

»Ich sage nichts mehr, bis ich mit meiner Anwältin gesprochen habe.«

»Was hatten Sie für eine Beziehung zu Jennie Larsson?«, fragte Johan.

Die Schatten unter Yasmines Wangenknochen wurden dunkler, als sich die Wangen anspannten.

»Was hat sie damit zu tun?«

»Sie war Ihre Cousine, oder?«, sagte Johan.

»Ja, das ist wohl kaum ein Geheimnis.«

»Und sie hatte eine Beziehung zu Kent Runmark?«

Yasmine Danielsson nickte steif.

»Wissen Sie, dass nach ihm gefahndet wird?«

»Habe ich kürzlich im Radio gehört.«

»Wann haben Sie Kent Runmark zuletzt gesehen?«

Yasmine dachte nach mit dem Blick zum Krankenhaus, wo erhellte Fenster die Dunkelheit auflockerten.

»Vor einem Monat in der Stadt, aber er hat mich wohl nicht wiedererkannt. Ich bin ihm nur einmal begegnet, und zwar als er und Jennie gerade zusammengezogen waren. Da war er gut drauf, aber nach ihrem Tod schien es mit ihm bergab zu gehen ...«

Bevor Johan und Pablo die nächste Frage stellen konnten, sprach sie weiter: »Ich habe es vor ein paar Wochen bei einer Familienfeier von Jennies Eltern gehört.«

»Wissen Sie, wie sie gestorben ist?«

Ein weiteres steifes Nicken.

»Sie hat sich in der Silvesternacht in der psychiatrischen Notaufnahme das Leben genommen ... So was darf im Gesundheitswesen nicht passieren. Jetzt verstehen Sie vielleicht mein Engagement besser.«

»Wissen Sie, welcher Arzt sie warten ließ?«, fragte Johan mit besonderer Betonung auf »ließ«, im Versuch, sie zu provozieren.

»Nein«, war die tonlose Antwort.

Er konnte nicht beurteilen, ob sie log.

»Thomas Hoffman.«

Einen Augenblick lang war ihr Gesicht so regungslos wie auf einem Foto.

»Nein, das wusste ich nicht. Kann ich jetzt gehen?«

Als Yasmine auf den Lasarettvägen zufuhr, forderte Johan die Kollegen von der Fahndung auf, sie zu verfolgen. Auch dafür hatte er nicht vor, sich bei Fridegård Rückendeckung zu holen.

34

Was hatte Estelle bei Sara Jensens Haus gemacht? Spioniert, nahm Nathalie an, aber warum? Was wollte sie herausfinden? Wusste sie nicht, dass Sara und José in Berlin waren und erst übermorgen zurückkamen? Dass Erik dort war, passte nicht ins Bild, blieb also nur noch die Frage: Warum?

Nathalie hielt hundert Meter Abstand und zügelte ihren Impuls, Estelle anzurufen. Was, wenn sie nicht auf dem Heimweg war? Was wusste sie eigentlich über ihre Schwester? Drei Jahre lang hatten sie sich nicht gesehen, und Nathalie war – obwohl sie psychiatrische Oberärztin war – nachweislich in der Lage, Nahestehende, mit denen sie fast tagtäglich zu tun hatte, falsch einzuschätzen.

Estelle bog nach rechts ab und setzte ihre Fahrt nach Süden fort. Als sie auf der Nebenstrecke nach Stenvik fuhr, spürte Nathalie, wie sich eine befreiende Erleichterung im Körper ausbreitete. Estelle parkte den Range Rover auf dem Hof und ging in dem Moment, als sie ausstieg, auf Nathalie zu.

»Hallo, Nathalie, was machst du denn hier?«

Estelles Erstaunen war in ihrem Gesicht genauso deutlich zu erkennen wie an ihrer Stimme.

»Mich entschuldigen, dass ich einfach so auftauche«, antwortete Nathalie. »Aber ich habe mehrmals versucht, dich über Handy zu erreichen, und habe mir Sorgen gemacht, weil du nicht rangegangen bist.«

»Was?«, sagte Estelle verwirrt und zog ihr Mobiltelefon aus der Jackentasche. »Ja, ich sehe, dass du angerufen hast ... Mist, ich hatte es auf lautlos, typisch für mich.«

Sie zog den Daumen über das Display, so dass ein melodisches Gitarrenriff an Lautstärke zunahm.

»Was wolltest du?«, fragte Estelle, und ihre Augen leuchteten blau im Kontrast zur Dunkelheit.

»Zuerst wollte ich dir sagen, dass ich gesehen habe, wie Robert ins Polizeigebäude gebracht wurde. Sie verhören ihn gerade, und er kommt bestimmt bald nach Hause.«

Estelle fuhr sich mit der Hand durchs Haar und nickte.

»Ich weiß, er hat eben in der Pause vom Verhör eine SMS geschickt. Er ist total wütend. Ich bereue, dass ich was gesagt habe.«

»Du hast alles richtig gemacht. Wenn du willst, kann ich heute Nacht hierbleiben. Niemand weiß, dass ich hier bin, und die überprüfen wohl kaum, ob ich im Hotel übernachte.«

Estelle schaute sie fragend an, und dünne Falten bildeten sich auf ihrer sonnengebräunten Stirn. Dann schüttelte sie entschlossen den Kopf. »Nein, das ist nicht nötig, aber danke trotzdem. Ich glaube, es ist am besten, wenn ich allein bin, wenn Robert kommt.«

Nathalie kam es vor, als bewege sich ein Schatten an einem der dunklen Fenster im ersten Stock. Als sie den Blick fokussierte, sah sie nichts. Gleichzeitig hörte sie, dass ein Vogel über ihre Köpfe hinwegflog. Vielleicht hatte der einen Schatten geworfen, überlegte sie und fragte: »Wo sind die Kinder?«

»Sie schlafen, ich sollte reingehen und nach ihnen sehen.«

»Darf ich zuerst noch etwas fragen?«, sagte Nathalie, trat einen Schritt auf ihre Schwester zu und legte ihr die Hand auf den Arm.

»Klar«, antwortete Estelle.

»Warum hast du nicht gesagt, dass du am Abend, bevor Erik verschwunden ist, Kontakt mit ihm gehabt hattest?«

»Was meinst du?«

»Ich habe die SMS gesehen, die ihr euch geschickt habt.«

Um Estelle nicht mehr als nötig zu beschämen, gab Nathalie den Inhalt wieder. Estelle sank mit jedem Wort weiter in sich zusammen und blickte in die Dunkelheit hinein, wo die Scheune gestanden hatte.

»Ich habe es wohl für nicht so wichtig gehalten«, erklärte Estelle mit einer Beiläufigkeit, die Nathalie verwunderte.

»Dir ist doch wohl klar, dass es wichtig ist«, wandte Nathalie ein. »Du machst es für dich nur schlimmer, wenn du Informationen unterschlägst. Du hast mich doch gebeten zu kommen, und wenn du willst, dass ich dir helfe, dann musst du alles erzählen, das begreifst du doch wohl?«

»Okay«, sagte sie mit einem langen Seufzer und erwiderte Nathalies Blick.

205

»Worüber wolltet ihr euch ›aussprechen‹?«

Estelle verschränkte die Arme vor der Brust. »Ich habe nicht die Wahrheit gesagt, als ich behauptet habe, die Affäre mit Erik sei nur ein bedeutungsloser Flirt gewesen, zumindest nicht für mich. Ich glaube, ich ... nein, ich bin in ihn verliebt, Nathalie. Am Anfang hat er mich ermutigt, er war ja geschieden, und ich ...«

Estelle verstummte und warf einen Blick zum Haus. Wieder Nathalie zugewandt, flüsterte sie: »Ich wollte mit Erik ein neues Leben anfangen. Ich war bereit, Robert zu verlassen. Aber dann plötzlich, vor einer Woche, sagte Erik, er wolle sich nicht mehr mit mir treffen, er meinte, das sei alles zu kompliziert, ein Verhältnis mit jemandem aus dem Krankenhaus zu haben ... eine schlechte Entschuldigung, wie ich fand. Solche Verhältnisse sind doch an der Tagesordnung, weißt du?«

Nathalie nickte.

»Dann habe ich diese SMS geschickt, weil ich ihn sehen wollte, um zu fragen, wie er das gemeint hat.«

»Und?«

»Er wollte nicht, und das Treffen vor der psychiatrischen Notaufnahme war wirklich so kurz, wie ich es ausgesagt habe.«

»Du hattest also vor, all das hier zu verlassen?«, fragte Nathalie und machte eine ausladende Armbewegung.

»Ja«, antwortete Estelle und atmete gleichzeitig ein, eine Angewohnheit, die sie sich nach dem Umzug in den Norden zugelegt hatte.

»Und dann wollte Erik mit einem Mal den Kontakt abbrechen?«

Ein kaum merkliches Nicken.

»Du musst sehr enttäuscht von ihm gewesen sein«, fuhr Nathalie fort.

»Ja, aber das ist jetzt egal, das einzig Wichtige ist, dass ihr ihn findet.«

»Und Robert?«, fragte Nathalie.

»Zu ihm habe ich gesagt, dass Erik ein bedeutungsloser Ausrutscher war, der nicht wieder vorkommen würde. Aber jetzt weiß ich nicht mehr weiter ...«

Ihre Augen wurden feucht, und sie biss die Zähne zusammen.

»... weil ich mit Robert nicht glücklich bin.«

»Wussten Sara und José von dir und Erik?«

Mit dem Handrücken wischte sich Estelle die Tränen ab und schaute ihre große Schwester verständnislos an.

»Das weiß ich nicht, warum willst du das wissen?«

Nathalie zuckte die Schultern. Die Frage war ein Versuch, alle Beteiligten einzukreisen. »Unsere Kinder gehen in dieselbe Schule. Marielle und Minna gehen in dieselbe Klasse wie Eriks und Saras jüngste Tochter, Sanna. Ich begrüße Erik und Sara immer auf dem Schulhof.«

»Und Sara hat sich nicht anders verhalten als sonst?«

»Nein, nur dass sie in letzter Zeit gestresst gewirkt hat.«

Estelle schaute besorgt zum Haus.

»Jetzt muss ich aber reingehen und nach den Kindern sehen und versuchen, mich auszuruhen, bevor Robert kommt.«

»Eine letzte Frage.«

»Ja?«

»Was wolltest du vor Sara Jensens Haus?«

Estelle machte große Augen, und in der blauen Iris blitzte Misstrauen auf.

»Hast du mich verfolgt?«

»Ja, ich habe dich zufällig im Kreisverkehr gesehen und bin

207

dir hinterhergefahren. Ich wollte dich anrufen, aber mein Handy lag in der Handtasche auf dem Rücksitz.«

Estelle kreuzte die Arme vor der Brust und ließ ihren Blick über die Ebene schweifen. »Ich mache mir natürlich sehr große Sorgen um Erik. Ich hatte den Impuls, nachzusehen, ob er ... äh, ich weiß auch nicht.«

»Ob er bei Sara war?«

Estelle zuckte die Schultern und sah Nathalie erschöpft an.

»Ich weiß nicht, was ich mir dabei gedacht habe, ich mache mir einfach Sorgen.«

Nathalie glaubte ihr.

»Bist du sicher, dass ich nicht bleiben soll?«

»Ja, aber trotzdem danke. Kannst du mir versprechen, deinen Kollegen nicht zu verraten, dass ich an Eriks Haus vorbeigefahren bin? Wenn Robert das erfährt, weiß ich nicht, was er macht ...«

»Klar. Ich sage noch nicht mal, dass ich hier gewesen bin.«

Estelle lächelte dankbar. Nathalie umarmte sie lange und fuhr zurück in die Stadt.

35

Sundsvall 2005

Er bog das letzte Rinneisen über den Rand der Dachrinne und rüttelte vorsichtig daran. Fest und stabil, wie immer, wenn er etwas machte. Jetzt konnte es bedeutend mehr Wind und Regen geben als sonst, ohne dass das Wasser am Küchenfenster herunterlief.

Zufrieden mit seiner Arbeit, nahm er seine Cap ab und schaute sich um. Das Haus hatte eine Rundumrenovierung verpasst bekommen, der Boden war bestellt, und bald war es Zeit, Kartoffeln, schwarze Johannisbeeren und Himbeeren zu ernten.

Er fühlte sich voller Energie. Der Wind, der vom Meer den Duft von Salz und Abenteuer herüberwehte, machte ihn ausgelassen.

Jetzt war es so weit. Jetzt sollte er von der Leiter steigen und es ihr sagen. Die Worte, die er mit sich herumtrug, seit er ihr auf dem Parkplatz mit dem Einkauf geholfen hatte. Dreiunddreißig Tage und dreiunddreißig Nächte war das nun her.

Ich liebe dich. Oder wenigstens: *Ich mag dich.*

Er war mindestens schon ein Dutzend Mal hier gewesen und hatte ihr geholfen, von Malerarbeiten über das Anbringen von Lampen, das Reparieren von Gartenstühlen und von Dunstabzugshauben bis zum Reinigen von Abflussrohren. Jedes Mal hatte er sich vorgenommen zu sagen, was er fühlte. Kein Wort hatte er über die Lippen gebracht, keinen vielsagenden Blick gewagt, keine Berührung.

Gelegenheiten hatte es genug gegeben. Mitunter brachte sie ihn immer wieder dazu, daran zu zweifeln, dass sie an ihm interessiert war. Manchmal lächelte sie, lobte ihn und klopfte ihm auf die Schulter. Da war er glücklich und spürte ein Kribbeln im Bauch, wie er es seit der Vorschule nicht mehr gehabt hatte. Aber dann, beim nächsten Besuch, war sie wiederum wortkarg, und es schien ihr egal zu sein, ob er da war oder nicht. Und der Klempner, der ihr in der Küche half, war jedes Mal länger geblieben. Das Schlimmste war, dass ihr seine unverschämte Art und seine frechen Witze zu gefallen schienen. War sie vielleicht in ihn verliebt? War es vielleicht schon zu spät?

Er fühlte den Regen und den Wind im Gesicht, aber das war schön, als ob ihn die Nässe und die Kühle seine Zweifel und seine Sehnsucht leichter ertragen ließen.

Ein weiterer Hinderungsgrund bestand darin, dass es ein seltsames Gefühl sein würde zu sagen, was er nach so vielen Treffen empfand. Sein Bruder und auch Oskar hatten ihn gewarnt, nicht in die Wir-sind-nur-Freunde-Falle zu tappen. Ihr gutgemeinter Rat hatte nicht dazu geführt, dass er sich zusammenriss. Jetzt saß er hier, genauso gefangen wie dieser Wolf in der Grube, von dem ihm sein Vater abends immer erzählt hatte, damit er einschlief.

Vorsichtig stieg er die feuchtglatte Leiter hinab. Dachte an die bevorstehende herbstliche Dunkelheit und wie er sich wie immer abschotten würde. Das meiste auf ihrem Hof war fertig, und er würde nicht mehr so viele Gründe haben, hierherzukommen. Morgen war sein Urlaub zu Ende, und auch sie würde wieder zu arbeiten anfangen. Es war nun einmal so: Die Zukunft sah genauso finster aus wie der Himmel, und daran war er selbst schuld.

Als er die Schubkarre mit den Resten der Dachrinne anpackte, kam sie auf die Vortreppe hinaus.

»Hallo, wie läuft es im Regen, werden Sie nicht sehr nass?«

»Kein Problem. Ich bin jetzt fertig, nun sitzt die Rinne, wo sie hingehört.«

Ihr Lächeln war wie ein Leuchtturm in der Dunkelheit.

»Sie sind so tüchtig«, lobte sie ihn. »Darf ich mal sehen?«

Sie stieg in ihre Gummistiefel und stellte sich neben ihn.

»Sieht perfekt aus«, fand sie und schaute zur Dachrinne hoch. »Sie können wirklich alles.«

Ihre Blicke trafen sich, und er stellte die Schubkarre ab, spürte, wie ihm der Schweiß unter den Armen ausbrach.

»Ich würde …«

Er zögerte eine Sekunde, und sie unterbrach ihn: »Ich muss rauf und nachsehen.«

Noch ehe er etwas sagen konnte, war sie an der Leiter und machte sich daran, hochzusteigen.

Er schluckte das, was sich wie ein Stein im Hals anfühlte. Ihre eifrigen Hände glitten die Metallschienen hinauf, die Muskeln in ihrem Rücken arbeiteten geschmeidig wie bei einer Turnerin.

Er wusste, dass das seine letzte Chance war. Warum hörte sie nicht zu? Spürte sie, was er sagen würde, und wollte ihm die Antwort ersparen?

Er und sie. Wie hatte er sich das nur einbilden können? Die Einsicht, dass das ein Ding der Unmöglichkeit war, schnitt ihm ins Herz wie ein Messer. Der Regen wurde eiskalt, und er fror. Er beschloss, seine Sehnsucht wegzupacken und nie mehr den Deckel zu heben.

»Sieht großartig aus«, hörte er sie sagen und sah, wie sie mit der Hand über die Rinne strich, als sei sie ein Kunstwerk.

Als sie sich zu ihm nach unten umdrehte und das Gewicht von rechts nach links verlagerte, rutschte ein Fuß nach hinten ab. Sie schwankte. Als sie gegenzusteuern versuchte, glitt die Leiter zehn Zentimeter nach links. Sie verlor den Halt und fiel rückwärts in einem merkwürdigen Winkel mit durchgedrücktem Rücken und mit einem kurzen Aufschrei wie ein aufgescheuchter Vogel.

Wie im Zeitraffer sah er vor sich, wie sie auf der Schubkarre landen würde, die er viel zu dicht an die Leiter gestellt hatte. Intuitiv machte er drei Schritte vor. Sie fiel ihm direkt in die Arme und schlug mit dem Kopf an seine Stirn. Dann wurde es schwarz.

Die Dunkelheit war warm und nass und schmeckte nach Metall. Er nahm eine Bewegung an der Stirn und einen Duft von Maiglöckchen wahr. Ihre Stimme sagte immer wieder seinen Namen im Rhythmus seines Herzschlages.

Er schlug die Augen auf und schaute in ihre. Sein Kopf lag auf ihrem Schoß, unter ihm war es nass, und seine Hände fühlten, wie der Rasen kitzelte. Mit einem Mal erinnerte er sich, was passiert war, und fragte: »Wie ist es gelaufen?«

»Für mich gut, aber wie fühlen Sie sich? Sie sind in Ohnmacht gefallen.«

»Alles in Ordnung mit mir«, sagte er.

Er bewegte sich, um das zu überprüfen, vorsichtig, aus Angst festzustellen, er könne einen Arm oder ein Bein nicht mehr bewegen, aber vor allem weil er so gut lag, wo er lag.

»Sie haben mich gerettet«, lächelte sie und streichelte ihm mit ihrer warmen Hand über die Stirn.

»Ich liebe dich«, sagte er.

Sie riss die Augen auf, und die frohe Dankbarkeit ging in Erstaunen über.

Jetzt habe ich mich wieder blamiert, konnte er noch denken, ehe die Übelkeit in ihm hochschoss wie aus einem Vulkan. Er warf sich aus ihrem Arm und erbrach sich auf den Rasen.

36

Er hatte die ganze Nacht lang gesucht. Er war schläfrig, und sein Körper schmerzte vor Müdigkeit. Die Adrenalinrezeptoren waren übersättigt, und er reagierte verzögert, sogar wenn etwas Unerwartetes passierte. In regelmäßigen Abständen musste er die Daumennägel in die Hand bohren, um nicht einzuschlafen.

Gerade als er beschloss, nach Hause zu gehen, sah er hundert Meter weiter vor sich eine Bewegung an derselben Stelle, an der Erik und Hoffman verschwunden waren.

War das etwa ...?

Der Mann drehte sich schnell um, als habe er Johans Schritte gehört, und lief im Dunkeln erstaunlich elastisch fort. Johan sah ihn deutlich genug, um sicher zu sein.

Es war Kent Runmark.

Johan öffnete den Mund, aber es kam kein Ton heraus. Auch seine Beine wollten ihm nicht gehorchen. Er begann zu laufen, ungelenk und steif. Je mehr er sich anstrengte, desto schwerfälliger ging es voran. Kent Runmark verschwand hinter der nächsten Ecke. Oma Rosine kam ihm über den Rollator gebeugt entgegen und sah ihn scharf an.

»Wie gut, dass du endlich eine eigene Familie gegründet hast. Jetzt kann ich sterben, ohne mir Sorgen zu machen.«

Seine Beine wurden taub, und er wuchs am Boden fest. Carolina holte Rosine ein. Sie war als Lucia angezogen, trug brennende Kerzen auf dem Kopf, und ihre nackten Füße klebten auf dem blauen Linoleumboden. Genauso schön wie bei ihrer ersten Begegnung, nur mit dem Unterschied, dass sie Alfred auf dem Arm hatte. Eine Ratte lief zwischen Carolinas Beinen, und Alfred schrie und hielt sich die Ohren zu. Zwei Babys in ihren Kinderwagen begannen schnell auf ihn zuzurollen. Er bekam Panik, konnte aber keinen Muskel rühren. Da steckte jemand Erik einen Dominostein in den Rachen, ein Hammer zertrümmerte ihm die Schläfe, und das

213

Blut färbte seine blonden Locken, als hätte jemand einen Eimer Farbe über ihm ausgegossen. Alles wurde still und schwarz.

Er warf sich nach vorn, und die Hände berührten etwas Weiches. Die bekannte Wand vor ihm, das Rollo mit dem Streifen Licht links. Er setzte sich im Bett auf, und sein Herz schlug in der Brust wie ein Kolben. Das T-Shirt und die Jeans waren steif und verklebt.

Wie lange hatte er geschlafen? Hatten sie Erik gefunden?

Er griff nach dem Handy auf dem Nachtschrank. 08.54. Erstaunt rechnete er aus, dass er fast sieben Stunden geschlafen hatte. Niemand hatte angerufen, und er hatte keine Nachrichten erhalten. Das waren schlechte Neuigkeiten. Das lähmende Gefühl aus dem Traum nahm zu, und um es loszuwerden, schob er die Beine über die Bettkante und stand so schnell auf, dass sich das Zimmer vor seinen Augen drehte. Dann fixierte er Carolina und Alfred mit seinem Blick. Sie schliefen friedlich auf der anderen Seite des Doppelbettes. Alfreds Wangen waren rosig, und das goldblonde Haar, das er von Carolina hatte, war um die Ohren schweißverklebt.

Johan schlich zu ihm, legte Alfred die Hand auf die Stirn und fühlte, dass er Fieber hatte. Leise verließ er das Zimmer und schloss die Tür hinter sich; er erinnerte sich an Großmutters Worte: »Schlaf ist die beste Medizin.«

Er schaltete den Wasserkocher ein und sah aus dem Fenster. Dunkle Wolken wälzten sich von Westen über die Hausdächer heran, und die Fußgängerzone war so leer wie immer am Sonntagmorgen. Er wählte Gunilla Fridegårds Nummer, und seine Befürchtungen wurden bestätigt.

»Leider keine Spur, obwohl die Suche die ganze Nacht gedauert hat«, erklärte Fridegård. »Das Problem ist, dass wir blindlings suchen, weil wir nichts Konkretes haben, dem wir nachgehen könnten.«

Erinnere mich nicht daran, dachte Johan.

»Wenn der Mörder sich an den gleichen Zeitplan hält, dann haben wir noch einen Tag«, stellte er fest und schüttete sich Instantkaffee in einen Becher. »Und was ist mit Kent Runmark?«

»Wir haben einen Notruf von einem Mann bekommen, der meinte, ihn um drei Uhr am Busbahnhof gesehen zu haben«, sagte Fridegård. »Ein Mann, der Rumark gewesen sein kann, ist in der Wartehalle um Viertel nach drei an den Überwachungskameras vorbeigegangen, aber als wir um halb vier dort ankamen, war von ihm keine Spur mehr zu sehen.«

»Was hat er gemacht? Was hatte er an?«

»Ist nur vorbeigegangen, hat dieselben Kleider getragen wie zu dem Zeitpunkt, als er das Polizeigebäude verlassen hat. Leider kann man daraus keine Schlüsse ziehen.«

Nicht mehr, als dass er noch in der Stadt ist, dachte Johan und goss das kochende Wasser über das Pulver. Und dass er – bewusst oder unbewusst – das Risiko eingeht, sich mitten in der Stadt blicken zu lassen.

»Wir haben den Busbahnhof weiter unter Beschattung, und jetzt am Morgen bekommen wir Hilfe beim Öffnen der Schließfächer«, sagte Fridegård. »Vielleicht kommt er ja zurück.«

»Und was ist mit der Wohnung?«

»Wird von den verdeckten Ermittlern überwacht.«

Fridegård räusperte sich. »Ich habe von Norén einen Anruf bekommen. Sie hat erzählt, dass es sich beim Autobrand nicht um Brandstiftung handelt, sondern er ausgelöst wurde, weil sich der Öltank von selbst entzündet hatte. Die Theorie von einem Helfershelfer wackelt also beträchtlich.«

»Was ist mit Yasmine Danielsson?«, fragte Johan und trank einen Schluck Kaffee.

»Ist nach dem Verhör auf dem Parkplatz nach Hause in ihre Wohnung gefahren. Ich habe beschlossen, ihre Beschattung abzuziehen, teils, weil ich nicht glaube, dass sie etwas damit zu tun hat, teils, weil wir keine Ressourcen haben. Und wir haben in ihren Beiträgen im Internet nichts über Erik Jensen oder Thomas Hoffman gefunden.«

Das Handy zwischen Ohr und Schulter geklemmt, schmierte sich Johan eine Fladenbrotrolle mit Streichkäse. »Was Neues von der KTU?«

»Nein, die DNA-Abgleiche sind erst morgen fertig.«

Der Frust und das Koffein vertrieben die Müdigkeit aus seinem Körper. Was jetzt noch als unlösbare Aufgabe übrigblieb, würde die einfachste Sache der Welt werden, wenn sie eine Übereinstimmung mit einem der Verdächtigen und dem Haar in Hoffmans Rachen erhalten würden.

»Was hat Robert Ekman nach dem Verhör gemacht?«, fragte Johan.

Sie waren um Viertel nach eins fertig gewesen. Nach einem stundenlangen Wechselspiel aus Sofia Waltins Druck und Ingemar Granstams Freundlichkeit hatte Robert zugegeben, dass er Hoffmans Gutachten über seine psychische Instabilität kannte. Robert hatte folglich zwei Motive und seine Frau gebeten, ihm ein falsches Alibi zu geben. Auch wenn die Analyse der Erde bei der Scheune noch nicht fertig war, stand er – mit Kent Runmark – ganz oben auf der Liste der Verdächtigen. Die Kleider, die er gewaschen hatte, so behauptete er, habe er mit einigen anderen Kleidungsstücken, die abgetragen, aber andere noch gebrauchen konnten, in einen Altkleider-Container beim IKEA-Parkplatz geworfen.

Trotz der Verdachtsmomente war die Entscheidung, Robert Ekman laufen zu lassen, leichtgefallen. Es bestand die Chance, wenn auch nur eine minimale, dass er sie zu Erik führen konnte.

»Er ist nach Hause gefahren und hat den Hof nicht verlassen«, erklärte Fridegård. »Wir haben zwei Kollegen von der Fahndung die ganze Nacht dort gehabt. Im Moment ist Robert gerade im Stall und arbeitet.«

»Und Estelle und die Kinder?«, fragte Johan und trank den Kaffee aus.

»Haben sich seit Beginn der Beschattung nicht blicken lassen, aber vermutlich sind alle zu Hause. Führen Sie mit Nathalie das Verhör mit Sara Jensen und José Rodriguez durch?«

»Ja«, antwortete Johan. »Sie wurden von Midlanda eskortiert, wir machen es bei den beiden zu Hause.«

Neuer Blick auf die Uhr.

»Wir sehen uns im Polizeigebäude um elf Uhr«, beendete er das Gespräch.

Als er die Fladenbrotrolle verdrückt, geduscht und sich frische Jeans und ein schwarzes T-Shirt angezogen hatte, linste er vorsichtig durch die Schlafzimmertür. Carolina und Alfred schliefen immer noch genauso tief und fest. Auf Carolinas Nachttisch lag der Prospekt von dem Haus in Haga.

Johan verließ die Wohnung und trat hinaus auf die Bankgatan. Nachdem er in der kühlen Vormittagsluft tief durchgeatmet hatte, rief er im Krankenhaus in Östersund an. Landete, nachdem er drei Mal durchgestellt worden war, auf der Station, wo seine Großmutter lag, und fragte die neue Schwester: »Wie geht es Rosine Axberg?«

»Sie frühstückt und macht einen muntereren Eindruck«, antwortete die Schwester, deren Stimme jung und unerfahren klang. »Ich habe sie erst heute Morgen kennengelernt, aber im Bericht steht, dass das Fieber gesunken und alles unter Kontrolle ist. Wir wissen nach der Visite mehr. Können Sie dann wieder anrufen, ich bin gerade beschäftigt mit ...«

»Hat sie ein eigenes Zimmer bekommen?«, unterbrach er sie.

»Nein, leider noch nicht. Aber sie liegt an einem guten Platz im Korridor und hat sich nicht beschwert.«

Vielleicht hat man mit achtundachtzig Jahren und mit einer Lungenentzündung nicht die Kraft dazu.

»Sorgen Sie dafür, dass das so schnell wie möglich geregelt wird«, sagte er im gleichen Ton, in dem er seinen Kollegen eine Anweisung gab. »Kann ich mit ihr sprechen?«

»Ja, ja, klar, warten Sie kurz.«

Schritte über dem Boden, Stimmen und Pieptöne, die kamen und gingen. »Ja, hallo, mein Lieber«, hörte er die Stimme seiner Großmutter.

Sie klang schwach und gebrechlich. Die Wut über den Platz im Korridor nahm im gleichen Maß zu wie sein Mitleid. Sie unterhielten sich eine Weile. Er munterte sie so gut er konnte auf, als er über den Stora torget eilte, wo ein Mann gerade leere Pfanddosen aus den Mülleimern klaubte. Seine Großmutter beruhigte ihn damit, dass sie zäh und strapazierfähig wie eine Fjällbirke sei und darauf bestehen werde, am Abend entlassen zu werden.

»Hier werde ich verrückt, wenn ich hier zu lange liege«, meinte sie, und er hatte keine Einwände.

Als er das Gespräch mit dem Versprechen, bald etwas von sich hören zu lassen, beendet hatte, rief er Nathalie an.

37

Um zehn Uhr nahmen Johan und Nathalie auf dem geschwungenen Ledersofa in Sara Jensens Haus in der Odengatan in Haga Platz. Sara und José saßen auf Küchenstühlen ihnen gegenüber, so dass sie einen Kopf höher positioniert waren als das Vernehmer-Duo. Normalerweise hätte sich Johan an der psychologisch schwächeren Position gestört, aber dies war kein übliches Verhör. Er hatte vorher schon sehr oft auf diesem Sofa gesessen und sich mit Erik unterhalten – immer auf demselben Eckplatz mit Aussicht auf die Straße und den Garten. Und Sara war so etwas wie ein weiblicher Freund. Jetzt sah sie blass und aufgewühlt aus, wie sie da auf der äußersten Stuhlkante saß und mit ihren dünnen Händen nervös an einem Stift herumzupfte. Ihr Gesicht war blasser als sonst und betonte die Sommersprossen auf der Nase und den Wangen, die den Kupferton ihres lockigen Haares unterstrichen.

José Rodriguez war ein muskulöser Mann mit schwarzem nach hinten gegeltem Haar und dunklen Augen in einem derben Gesicht. Zwischen den obersten Knöpfen an dem blendend weißen Hemd baumelte ein Goldkettchen über der behaarten Brust. Die Ärmel waren nonchalant hochgekrempelt und gaben den Blick auf goldbraune Haut und deutlich definierte Muskeln frei. Nathalie vermutete in ihm einen knallharten Geschäftsmann, der geschickt zwischen Freundlichkeit und Aggression

219

hin- und herpendeln konnte, um seine sorgfältig gesetzten Ziele zu erreichen. Etwas lässig Distanziertes lag in seinem Blick, den sie manchmal an Patienten beobachten konnte, die süchtig nach Beruhigungsmitteln waren, aber ansonsten war sein Äußeres perfekt.

Sara und José waren von Hamrin und Pablo auf direktem Weg von Midlanda nach Hause eskortiert worden. TV 4, das örtliche Radio, und die Sundsvalls Tidning waren vor Ort gewesen, um mit Sara zu sprechen, doch Hamrin hatte das mit seiner Donnerstimme unterbunden. Eriks und Saras Töchter waren bei Saras Eltern auf Alnön und sollten nach dem Verhör abgeholt werden.

Johan und Nathalie trafen zehn Minuten nach Sara und José ein. Auf der Fahrt waren sie an dem Haus vorbeigekommen, in das Carolina einziehen wollte. Johan hatte das Maklerschild gesehen und das Gefühl gehabt, dass das das Letzte war, woran er jetzt denken wollte.

»Ihr habt also nach wie vor keine Ahnung, wo er stecken könnte?«, fragte Sara flehend und zugleich frustriert.

»Leider nicht«, antwortete Johan und schüttelte den Kopf. »Aber wir suchen mit vollem Einsatz weiter, mit jedem verfügbaren Polizisten, dem THW und Missing People. Das Problem ist, dass wir nicht wissen, wo wir suchen sollen.«

»Wenn er Erik mit dem Auto weggebracht hat, dann kann er doch überall sein«, meinte Sara.

Johan nickte widerwillig, blickte aus dem Fenster, wie immer, wenn er und Erik auf ein allzu brenzliges Thema zu sprechen kamen. Vor dem Haus stand Josés schwarzer Jeep der Marke Ford Explorer neben Saras rotem Saab.

»Das ist so schrecklich«, meldete sich Sara wieder zu Wort

und barg ihr Gesicht in den Händen. »Erika und Sanna sind furchtbar beunruhigt. Ich weiß gar nicht, was ich ihnen sagen soll, wenn sie nach ihrem Vater fragen.«

»Das verstehe ich«, sagte Johan. »Ich wünschte, ich könnte dir eine Antwort geben.«

Er drehte sich zu Nathalie. Sie erwiderte Saras Blick und riet: »Das Beste ist, ehrlich zu sein, ohne ins Detail zu gehen. Ich würde nur sagen, dass er verschwunden ist, und nichts von einer Verbindung zum Mord erwähnen.«

Ich höre mich wie eine ausgezeichnete Psychologin an, dachte Nathalie, aber die Antwort entsprach der Wahrheit und war anscheinend das, was Sara hören musste.

Sara nickte, wischte sich eine Träne aus dem Augenwinkel und fuhr sich mit der Hand durchs Haar.

»Ihr habt also überhaupt keine Ahnung, wo wir suchen sollen?«, fragte Johan.

Sara und José wechselten Blicke und schüttelten die Köpfe.

»Er scheint einem total Irren in die Hände gefallen zu sein«, seufzte sie. »Ich meine, diese Dominosteine und das Schreckliche, was mit diesem Psychiater passiert ist, das ist doch nicht ...«

Ihre Stimme versagte. José legte den Arm um sie. Sara räusperte sich und erkundigte sich, wie die Ermittlung voranging, ob sie Verdächtige hatten und wenn ja, um wen es sich dabei handelte. Was war das Motiv, und glaubten sie, Erik könnte das gleiche Schicksal erleiden wie Hoffman?

Johan gab die Antworten, die ihm zur Verfügung standen. Nathalie saß still da und betrachtete das Paar ihr gegenüber. Sara war angespannt und kompensierte ihre Sorge mit Reden, José antwortete einsilbig und wechselte zwischen misstrauischem Anglotzen der Polizisten und Unterstützung Saras durch Berührung und Blicke. Sie wussten nicht, wer Kent Runmark oder Yasmine Danielsson waren, hatten vor dem Mord nie von Thomas Hoffman gehört und keine Vorstellung von möglichen Motiven.

»Kennt ihr Estelle und Robert Ekman?«, fragte Johan.

Sara rümpfte die Nase und rutschte auf dem Stuhl zurück, so dass Josés Arm von ihren Schultern glitt.

»Ja, das sind die Eltern der Zwillingsmädchen, die mit Sanna in eine Klasse gehen«, antwortete Sara sachlich. »Ich vergesse immer ihre Namen ... Marielle und ...«

»Minna«, ergänzte Nathalie, ehe sie darüber nachdenken konnte, ob es eine kluge Entscheidung war zu zeigen, wie gut sie Bescheid wusste.

»Genau«, sagte Sara und schaute sie erstaunt an. »Warum wollt ihr das wissen?«

»Weil Robert und Estelle Ekman ein Teil der Ermittlung sind«, erklärte Johan.

»Gehören sie zu den Verdächtigen?«, wollte José wissen.

»Wie euch klar sein dürfte, kann ich mich zu Details nicht äußern. Habt ihr etwas über Robert und Estelle Ekman zu sagen?«

Neuer Blickwechsel zwischen Sara und José, gefolgt von einer kurzen Abstimmung, ehe beide den Kopf schüttelten.

Nathalie hatte wieder das Gefühl, die beiden verheimlichten ihnen etwas. Wusste Sara von Eriks Affäre mit Estelle? Aber warum sollte sie das interessieren?

»Ist euch an Erik etwas Besonderes aufgefallen, bevor er verschwunden ist?«, fragte Johan.

»Nein, er war wie immer«, antwortete Sara schnell.

Johan sah José an, der eine vage Geste mit den Händen andeutete. »Nichts Besonderes, aber wir sehen uns nicht so oft.«

»Keine Konflikte?«, tastete sich Nathalie vorsichtig voran und fragte sich, ob sie aus freien Stücken von dem Streit erzählen würden, den die Nachbarin beobachtet hatte.

»Nichts weiter außer dem Üblichen«, sagte Sara und verschränkte die Arme vor der Brust. »Wir sind uns nicht einig über die Regeln, die für die Mädchen gelten sollen, aber das ist auch alles.«

In ihrem Gesicht zog ein Anflug von Verärgerung vorbei.

»Aber das hat ja nichts mit Eriks Verschwinden zu tun«, erklärte sie.

»Mir ist klar, dass das hier anstrengend für dich ... für euch ist«, fügte Johan mit einem flüchtigen Blick auf José hinzu, »aber ich muss euch fragen, was letzten Donnerstagnachmittag passiert ist, als Erik hier aufgetaucht ist.«

Sara wie José erstarrten. Als niemand eine Antwort gab, fuhr Johan fort: »Erik ist in seinem Auto gekommen, hat es auf der Straße geparkt. Ihr habt mit den Mädchen im Garten gesessen und Kaffee getrunken. Dann kam es zu so etwas wie einer Diskussion?«

Sara holte Luft, so dass sich ihr zarter Brustkorb hob. José faltete die Hände vor sich, sein goldenes Armband rasselte.

»Ja, das stimmt«, gab Sara schließlich zu. »Er ist hier einfach unangemeldet aufgekreuzt, obwohl wir uns geeinigt hatten, dass so was nicht geht. Er war aufgebracht, weil ...«

»Weil ich die Mädchen im Auto auf der Heimfahrt von der Arbeit mitgenommen habe, ohne dass sie angeschnallt waren«, ergänzte José tonlos. »Das sind nur fünfhundert Meter, und es war eine einmalige Angelegenheit, aber Erik nutzt jede Chance, die er kriegen kann, um Sara und mir Vorwürfe zu machen. Etwas übertrieben, oder?«

Ein schiefes Lächeln entblößte eine perfekt weiße Zahnreihe.

»Was ist dann passiert?«, fragte Johan.

»Ich habe versucht, Erik zu sagen, dass er sich da nicht einmischen soll, aber er hat immer wieder davon angefangen«, erklärte Sara.

»Am Ende hatte ich die Nase voll und habe ihm gesagt, er soll sich verziehen«, schob José ein und fuhr sich mit den Händen durch das gelglänzende Haar, das sich keinen Millimeter bewegte.

»Ich habe die Mädchen reingebracht«, sagte Sara. »Sie sollten unseren Streit nicht mit anhören müssen. Aber warum ist das so wichtig?«

»Alles, was Erik an den Tagen vor seinem Verschwinden erlebt hat, kann wichtig sein«, antwortete Nathalie. »Laut unseren Informationen haben Sie, Herr Rodriguez, Erik Jensen am Arm gepackt und ihn gegen den Zaum geschubst.«

»Was? Wer sagt das? Das stimmt nicht.«

»José hat ihm gesagt, dass er gehen soll, das war alles. Und danach haben wir von Erik nichts mehr gesehen und gehört, bis er verschwunden ist.«

»Am nächsten Abend ...«, schob Nathalie ein.

»Genau. Und letzten Freitagnachmittag sind wir nach Berlin geflogen. Das war anstrengend, aber wir waren hier keine Hilfe, und das Treffen mit den Buchhändlern war schon lange vereinbart.«

»Was haben Sie beide in der Nacht von Donnerstag auf Freitag gemacht?«, wollte Nathalie wissen.

224

»Wir waren zu Hause«, sagte Sara.

»Mit den Mädchen?«

»Ja.«

»Hat er mal den Skvaderorden erwähnt?«, fragte Nathalie.

»Nein, aber ich habe von einer Freundin gehört, dass er da Mitglied ist.«

»Thomas Hoffman war das auch«, sagte Johan und veränderte auf dem Sofa seine Position, so dass das Leder knarrte.

Sara machte große Augen. »Glaubt ihr, da besteht ein Zusammenhang?«

»Nein«, antwortete Johan. »Aber da wir das Motiv nicht kennen, haben wir die Suche breit angelegt.«

Sara machte ein verzweifeltes Gesicht. »Ich wünschte, ich könnte euch helfen. Ihr müsst ihn finden ...«

Johan bedachte sie mit einem mitleidigen Blick, bedankte sich für die Zeit, die sie ihnen geopfert hatten, und beendete das Gespräch.

Auf dem Weg nach draußen fragte Nathalie, ob sie eine Hausdurchsuchung machen und Sara und José eine Speichelprobe entnehmen sollten.

»Das ist nicht nötig, weil beiden eine Verbindung zu Hoffman fehlt«, entschied Johan. »Außerdem geben sie sich gegenseitig ein Alibi.«

Es war Viertel vor elf, als sie mit dem Gefühl, sich im Kreis zu drehen, zum Polizeigebäude fuhren.

38

Als Nathalie und Johan den Korridor zum Konferenzraum entlanggingen, öffnete Ingemar Granstam die Tür zu dem Zimmer, in dem die Fallanalytiker ihre Basis eingerichtet hatten.

Erstaunt stellte Nathalie fest, dass Tim Walter dort und am Rechner arbeitete. Offensichtlich hatte er den Wettstreit gegen Kommissar Åkerman aufgegeben, wer sich am schnellsten durch den elektronischen Datendschungel kämpfen konnte.

»Wie war's?«, fragte Granstam mit müden Augen unter den üppigen Brauen.

Nathalie kannte den glasig matten Blick. Sollte sie ihn fragen, wie es ihm ging?

»Weder Sara noch José haben eine Ahnung, was Erik zugestoßen sein könnte«, seufzte Johan. »Haben Sie was Neues?«

»Leider nicht«, antwortete Granstam. »Runmark ist weiterhin verschwunden, und die KTU hat nichts von Belang gefunden. Und was Yasmine Danielsson angeht, da haben wir wohl das Ende der Fahnenstange erreicht, oder?«

Ehe Johan antworten konnte, kam Pablo Carlén aus dem Konferenzraum. »Ich habe eine Neuigkeit! Ich habe gerade eine von Estelles Kolleginnen erwischt. Mit etwas Nachbohren meinerseits hat sie gesagt, sie könne etwas über Estelle berichten, das vielleicht wichtig ist.«

»Was da wäre?«, fragte Johan und schielte zu Nathalie hinüber.

»Das hat sie nicht gesagt, sondern nur, dass es etwas mit Thomas Hoffman und Erik Jensen zu tun hat.«

Johan zog die Augenbrauen hoch.

»Und warum meldet sie sich erst jetzt?«

Pablo lächelte, als habe er die Frage vorhergesehen und sich eine Erklärung überlegt.

»Weil sie sich nicht sicher war, ob sie sich traut, es zu erzählen; ich habe das Gefühl, das ist was Heikles. Und sie scheint eine von Estelles besten Freundinnen zu sein, sie arbeiten seit sieben Jahren auf derselben Station zusammen. Sie kommt in einer Stunde her.«

»Wie heißt sie?«, fragte Nathalie.

»Charlotte Holm«, antwortete Pablo.

Noch nie gehört, dachte Nathalie und begriff in der nächsten Sekunde, dass sie überhaupt keine Namen von den Kollegen ihrer Schwester kannte.

»Gut, Pablo«, meinte Johan. »Sag mir Bescheid, dann bin ich mit einem der Fallanalytiker beim Verhör dabei.«

Pablo Carlén grüßte zum Spaß militärisch und strahlte übers ganze Gesicht, ehe er in den Konferenzraum zurückkehrte.

»Können wir Fallanalytiker uns mal zusammensetzen?«, fragte Granstam. »Wir müssen die Lage besprechen.«

»Klar«, antwortete Nathalie und schaute Johan an, der nickte.

»Machen Sie das«, pflichtete er bei. »Ich gehe in mein Büro und sage Ihnen Bescheid, wenn es Zeit fürs Verhör ist.«

»Ich muss mir erst noch die Nase pudern«, sagte Nathalie und stöckelte zur Toilette.

»Beeilen Sie sich ... und sagen Sie, wenn Sie Hilfe brauchen!«, hörte sie Tim Walter hinter sich und konnte ein Lächeln über seinen teenagermäßig unbeholfenen Versuch, witzig zu sein, nicht unterdrücken.

Als sie sich in der Toilette eingeschlossen hatte, nahm sie ihr Handy und rief Estelle an. Wenn sie ihr helfen wollte, musste sie wissen, ob sie noch mehr Geheimnisse hatte. Oder war die Kollegin eine unzuverlässige Freundin, die Aufmerksamkeit liebte?

Estelle nahm das Gespräch nicht an, und Nathalie hinterließ keine Nachricht. Als sie auf den Korridor hinaustrat, klingelte ihr Mobiltelefon. Zuerst glaubte sie, es sei Estelle, die das Gespräch verpasst hatte, stellte aber erstaunt fest, dass es Gabriel war. Sie schaute auf die Uhr, um nichts in der Welt wollte sie das Verhör mit Estelles Kollegin versäumen, aber aus Sorge, dass zu Hause etwas passiert sein könnte, ging sie dran.

»Hallo, Mama, ich bin's!«

Seine Stimme war so munter und flatterig wie immer. Sie spürte, wie sich ihre Schultern entspannten. »Hallo, mein Schatz, wie geht's dir?«

»Supergut, ich muss nur eine voll krasse Sache erzählen.«

»Ich habe jetzt etwas wenig Zeit, Gabriel, ich muss zu einer wichtigen Besprechung ... Kann ich dich in einer Stunde oder so zurückrufen?«

»Du kennst doch das Mathe-Spiel, das wir in der Schule machen, oder?«, redete Gabriel weiter, als habe er ihre Worte überhört.

»Ja?«, antwortete sie und ging ins Personalzimmer.

»Ich habe drei Goldmedaillen gekriegt und bin auf Platz eins im Ranking für die 2. Klasse!«

»Großartig! Glückwunsch!«

»Und ich stehe auf Platz fünf in der ganzen Grundschule. Kapierst du, wie geil das ist?«

»Ja«, antwortete sie. »Das müssen wir feiern, wenn ... wir uns sehen.«

Nicht »wenn ich heute Abend nach Hause komme«. So wie die Dinge jetzt standen, konnte sie Estelle nicht im Stich lassen. Gabriel blieb hartnäckig: »Ich habe zwei Stunden nach dem Frühstück geübt und bin vom dreizehnten auf den ersten Platz aufgestiegen, ich habe alles richtig beantwortet, und das in Rekordzeit!«

»Du bist unglaublich«, lächelte sie und sah Gabriel vor sich, wie er im Haus herumstiefelte, das sie und Håkan vor zehn Jahren nach der Hochzeit gekauft hatten.

»Jetzt spiele ich weiter, hier kommt Tea«, sagte Gabriel und verschwand.

Nathalie drehte sich zum Korridor um. Weder Johan noch Granstam oder jemand anders ließen sich blicken. Sie ging weiter zum Personalzimmer. Als sie Teas warme, heisere Stimme hörte, wurde sie von großer Sehnsucht erfüllt: Sie sah die sechsjährige Tea vor sich, die mit ihren großen Augen hinter runden Brillengläsern so altklug wirkte.

»Hallo, Mama!«

»Hallo, ist alles gut bei dir, meine Kleine? Was machst du?«

»Lesen.«

»Aha, was für ein Buch?«

»*Die Hungerspiele.*«

»Oha, ist das nicht etwas zu brutal?«, fragte Nathalie.

Und für ihr Alter weit voraus, fügte sie in Gedanken hinzu. Doch Tea hatte sich im Alter von vier Jahren das Lesen selbst beigebracht, und bei dem Tempo, mit dem sie immer schwierigere Bücher verschlang, würde sie vermutlich Dostojewskis *Schuld und Sühne* lesen, bevor sie zehn Jahre alt war. Nathalie kam die Stimme von Ferdinand, dem Stier, einem ihrer Lieblingskinderbücher, in den Sinn: »Hör mal, Tea, warum spielst du nicht mit den anderen Kindern und hast auch deinen Spaß?«

Tea unterbrach diese Assoziationen: »Finde ich nicht spannend.«

»Wir können zusammen lesen, wenn ich komme«, schlug Nathalie vor und ging in das leere Personalzimmer.

»Heute Abend?«

»Ist Papa da?«, fragte sie. »Ich muss mit ihm absprechen, wann ich euch abhole. Ich stecke bis über die Ohren in Arbeit ... ich erzähle mehr, wenn wir uns sehen.«

»Okay, er kommt. Küsschen, ich hab dich lieb, Mama.«

»Ich dich auch, Liebes.«

»Ja, hier ist Håkan?«

»Hallo, Håkan, ich bin's.«

»Ja?«

»Gabriel hat angerufen und von dem Mathe-Spiel erzählt.«

»Ja, er ist tüchtig. Willst du sonst noch was?«

Sie schaute auf den Parkplatz. Die ersten Regentropfen des Tages wuschen die Autos, den Asphalt und die umstehenden Birken sauber.

»Ja, eins muss ich noch erzählen.«

Undurchdringliche Stille.

»Ich bin wegen einer Mordermittlung mit dem Zentralkriminalamt in Sundsvall. Estelle und Robert sind darin verwickelt, ich kann nicht sagen, wie, aber Estelle braucht meine Hilfe. Ist es in Ordnung, wenn ich erst morgen Abend die Kinder abhole?«

Schritte über den Boden und eine Tür, die geschlossen wurde. Sie sah Håkans gründlich geputzte italienische Halbschuhe vor sich, wie sie über den Parkettboden im Wohnzimmer und ins Arbeitszimmer gingen.

»Warum hast du nichts gesagt?«

»Weil es so geplant war, dass ich heute Abend nach Hause fahre, aber jetzt muss ich hierbleiben.«

»Hm.«

»Und Estelle braucht meine Unterstützung. Ich würde dich nicht bitten, wenn es nicht wichtig wäre, das weißt du.«

Eine neue Pause entstand. Als Nathalie wieder einen Blick in den Korridor warf, sah sie Johan und seine Freundin vor dem Konferenzraum stehen. Carolina sagte etwas, das sie nicht hörte, und reichte Johan ein Kind, gab dem Kleinen ein Küsschen auf die Stirn und eilte zum Aufzug. Johan legte den kleinen Burschen über die Schulter und ging in sein Büro.

Nathalie hörte, wie Håkan sich räusperte, und war gefasst auf einen Wortschwall darüber, dass ihr Verhalten verantwortungslos und nur eine weitere Bestätigung dafür sei, dass er das alleinige Sorgerecht für die Kinder haben müsse.

»Okay«, sagte Håkan. »Komm morgen um sieben. Und ruf an, wenn es weitere Veränderungen gibt.«

»Danke!«

Vielleicht war Håkans Wohlwollen nur eine neue Taktik, etwas, das er beim Termin auf dem Sozialamt am Mittwoch als Argument gegen sie verwenden konnte. Aber ihr blieb keine andere Wahl. Sie musste Estelle helfen.

»Ja«, sagte Granstam ungeduldig, als sie den Konferenzraum betrat. »Tim und ich haben uns unterhalten, als Sie weg waren. Wir kommen anscheinend nicht weiter. Ich überlege, ob wir nach Hause fahren sollten.«

Nathalie traute ihren Ohren kaum. Obwohl die Arbeit stillstand, konnte es jeden Moment zum Durchbruch kommen. Estelles Kollegin stand gleich vor der Tür, und Nathalie spürte,

231

dass sie etwas Wichtiges zu sagen hatte. Granstam nickte gelassen.

»Wir haben unser Profil erstellt, und im Augenblick hat die Ermittlung keinen dringenden Bedarf an uns, oder was meinen Sie, Tim?«

Tim Walter nickte und drehte seine Cap zur Seite.

»Sehe ich auch so«, sagte er. »Alle Checks von Datenbanken sind abgeschlossen, und dieser Åkerman ist in der neuesten Technik nicht upgedated. Das gibt eine Menge doppelte Arbeit, und ich habe Besseres zu tun, als ihm die neuste Software beizubringen.«

Nathalie verschränkte die Arme vor der Brust und fühlte sich wie die Mutter, die sie manchmal war.

»Jetzt reißen Sie sich aber zusammen«, sagte sie. »Nach allem zu urteilen, müssen wir Erik vor morgen früh finden, und eine neue Zeugin ist im Anmarsch. Ich erkenne Sie nicht wieder! Ich habe gerade mit meinem Exmann gesprochen und ihm gesagt, dass ich die Kinder erst morgen Abend abhole. Warum haben Sie es so eilig, nach Stockholm zurückzukommen?«

Granstam und Walter sahen sich in einer Mischung aus Trotz und Scham prüfend an.

»Sie haben wohl recht«, meinte Granstam und holte die Dose mit dem groben Snus aus der Lederweste. »Übrigens ist Frau Hübinette bald hier. Sie ist in Umeå fertig und will sich die Tatorte anschauen. Die Frage ist, was *wir* in der Wartezeit bis zum Verhör machen.«

»Nachdenken«, schlug Nathalie vor und stand auf. »Ich habe nach wie vor das Gefühl, dass wir etwas Wesentliches übersehen haben. Dabei geht es vielleicht nicht darum, noch mehr Fakten herauszufinden«, nickte sie zu Walters Laptop hin,

»sondern darum, sie richtig zu sortieren, sie in Zusammenhang zu bringen.«

Walter grinste und lehnte sich zurück, die Hände im schmächtigen Nacken verschränkt.

»Das ist doch Ihr Job, Frau Seelenklempnerin«, befand er.

Nathalie erwiderte das Lächeln und akzeptierte den Scherz als Ventil.

»Ich bin im Fitness-Raum«, sagte sie und stand auf. »Wie Sie vielleicht wissen, denken wir am besten, wenn die großen Muskelgruppen arbeiten. Ein Millionen Jahre altes Überbleibsel aus der Zeit, als wir noch über die ostafrikanische Savanne gewandert sind.«

Mit diesen Worten schnappte sie sich ihre Tasche mit den Sportsachen, die sie vom Hotel mitgebracht hatte. Als sie halb die Treppe zum Kellergeschoss hinuntergegangen war, hörte sie Granstams Stimme hinter sich: »Nathalie, warten Sie kurz.«

Granstam schloss die Tür und kam ihr hinterher, nachdem er sich vergewissert hatte, dass niemand in der Nähe war. »Danke für gestern. Sie haben mich wirklich gerettet.«

»Kein Problem«, sagte sie. »Wir können später darüber sprechen, wenn Sie wollen.«

Sorgenfalten breiteten sich auf Granstams Gesicht aus. »Ja, danke. Mal sehen. Ich regele das wohl anders, aber wenn es kritisch wird, dann melde ich mich.«

Er kehrte zu Walter zurück, und Nathalie ging die Treppe weiter hinunter. Was hatte er gemeint? Stellte er sich vor, sie würde ihm mehr Sobril verschreiben?

Nach fünf Minuten auf dem Stepper stieg ihr Puls auf hundert, und sie lenkte die Gedanken auf den Fall. Wo versteckte der Mörder seine Opfer? Das war die primäre Frage. Sie be-

233

schloss, sich noch einmal damit zu beschäftigen, obwohl sie am Vortag kaum über etwas anderes nachgedacht hatte. Immer schnellere Atemzüge füllten ihre Lungen mit Luft, das Herz pumpte Sauerstoff ins Gehirn und aktivierte die Synapsen, die im Dämmerschlaf lagen, trotz der großen Mengen an Koffein und Ermahnungen vom Frontallappen, tätig zu werden.

Sie trampelte schneller und schloss die Augen. Sah den baiserförmigen Erdhaufen im Parkabschnitt vor sich. Dasselbe Asche-Erde-Gemisch wie vom Sohlenabdruck im Gang. Was stimmte da nicht?

Sie trampelte und schob die Arme in Nordic-Walking-Technik vor und zurück. Schaute auf das Display, sah die Ziffern, die die Geschwindigkeit, die verbrannten Kalorien und den Puls anzeigten. Messwerte, die nach dem Beschluss irgendeiner Person jeder sehen sollte, der das Gerät verwendet, überlegte sie. Die Dominosteine, die Stichverletzungen und der Ort, an dem Hoffman gefunden wurde, waren das, was wir dem *Willen* des Mörders nach sehen sollten. Die Erde und Eriks Namensschild waren wahrscheinlich das Einzige, was der Täter aus Versehen zurückgelassen hatte.

Der Schweiß lief ihr ins linke Auge. Als sie sich mit dem Handrücken über die Stirn wischte, kam sie darauf. Der Erdhaufen in der Garage war platziert worden. Die gleichmäßig spitz zulaufende Form deutete doch darauf hin, dass jemand die Erde aus einer Tüte oder dergleichen dort hingeschüttet hatte. Warum war ihnen das nicht aufgefallen? Und vor allem, warum machte der Mörder das?

Die Antwort war so einfach wie unheimlich: weil der Täter uns in dem Glauben wiegen wollte, die Opfer wären mit dem Auto abtransportiert worden. Das Einfachste war natürlich,

234

Hoffman und Jensen im Krankenhaus zu behalten. Und wenn der Mörder über so gute Ortskenntnisse verfügte, dass er wusste, wann genau die Opfer den Gang durchqueren würden, war es nicht besonders unwahrscheinlich, dass er auch einen geheimen Raum kannte, der als Gefängnis fungieren könnte. Ein isolierter Ort, in dem Hoffmans Schreie nicht zu hören waren, wenn der Mörder ihm in den Rücken stach.

Wer von den Verdächtigen verfügte über solches Wissen?

Yasmine Danielsson, vielleicht Kent Runmark. Und Estelle.

Nathalie stieg vom Stepper, ging zur Bankpresse und hängte siebzig Kilo daran. Oder schieße ich jetzt übers Ziel hinaus?, dachte sie. Das Krankenhaus war doch im Anschluss an die Stelle, wo sie verschwunden waren, durchsucht worden. Das hatte Johan gesagt, und niemand hatte das in Frage gestellt. Ihr fiel wieder ein, dass der Sicherheitschef angerufen und die Führung wegen einer Magen-Darm-Grippe abgesagt hatte.

Sie stemmte das Gewicht und spürte die Milchsäure in den Armen, gab ein befreiendes Stöhnen von sich, bevor sie zum siebten Mal die Hantel in den Ständer hängte.

Sie verließ den Raum, während zwei mit Testosteron vollgepumpte Polizisten vom mobilen Einsatzkommando eintraten und sie überrascht und wertschätzend musterten.

Nach einer kurzen Dusche nahm sie den Aufzug in den fünften Stock und ging mit Granstam und Walter in Johans Büro. Johan saß auf dem Boden neben seinem Sohn und schaute zu, wie er mit einem Locher spielte.

»Kommen Sie rein«, sagte Johan. »Das ist Alfred.«

Nathalie wurde mit einem so strahlenden Wiedererkennungslächeln wie schon seit langem nicht mehr bedacht, als sie in die Hocke ging, um Alfred zu begrüßen.

Johan ließ seinen Blick etwas länger als sonst auf Nathalie ruhen. Ungeschminkt und mit rosigen Wangen war sie bedeutend hübscher.

»Bitte entschuldigen Sie«, sagte er und schaute Granstam an. »Meine Freundin darf ihren Flug nicht verpassen, und meine Schwiegereltern, die als Babysitter eingeplant sind, sitzen auf der Fahrt von Gävle irgendwo fest.«

»Schwedische Eisenbahn?«, grinste Walter und setzte sich auf einen Stuhl.

»Ja«, antwortete Johan. »Jetzt rollt der Zug offenbar wieder, und sie müssten in einer Stunde hier sein. Lassen Sie sich nicht von ihm stören. Gibt's was Neues?«

Nathalie nahm zwischen Granstam und Walter Platz und trug ihre Theorie über die Erdspuren vor.

»Klingt unwahrscheinlich, dass Erik im Krankenhaus versteckt wird, aber wir überprüfen das«, entschied Johan und gab Alfred das Spielzeug-Polizeiauto vom Schreibtisch. »Ich kontaktiere sofort den Sicherheitschef.«

Noch immer im Schneidersitz, griff Johan zum Handy, wählte die Nummer der Zentrale und wurde verbunden. Keine Antwort. Er sprach eine Nachricht auf den AB und bat Pontus Tornman, sich zu melden.

»Haben wir immer noch keine Beschattung für Yasmine Danielsson?«, wollte Granstam wissen.

»Nein, wir haben dafür keine Leute«, antwortete Johan. »Aber ihr ist Reiseverbot erteilt worden, und sie darf die Stadt nicht verlassen. Obwohl Nathalies Theorie interessant ist, dreht Fridegård durch, wenn wir Yasmine wieder terrorisieren, ohne mehr in der Hand zu haben.«

Eine Weile blieb es still. Tim Walter tippte auf dem Computer herum. »Ich habe übrigens eine Sache über diesen José Rodriguez gefunden. Ich habe mir mal sein Medikamentenverzeichnis angeguckt, und er scheint massenhaft Schlaftabletten einzuwerfen.«

»Wie sind Sie ins Medikamentenverzeichnis gekommen?«, rief Nathalie aus und trat an Walter heran. »Das unterliegt doch der Schweigepflicht.«

Erstaunt stellte sie fest, dass Walter die Seite aufgerufen hatte, anhand der sie immer ihre Patienten überprüfte.

»Fragen Sie lieber nicht«, lächelte Granstam.

Nathalie sah die Ausdrucke durch und nickte.

»Recht hoher Verbrauch und mehrere Arztbesuche«, stellte sie fest und erinnerte sich an ihren Verdacht während des Verhörs. »Aber weder Hoffman noch Jensen sind dabei.«

»Dann können wir es wohl vergessen«, meinte Granstam. »Es ist normaler, als man denkt, dass Leute Schlaftabletten nehmen.«

Nathalie warf ihm einen raschen Blick zu und drehte sich wieder zu Tim um. »Sie können die Ausdrucke mal etwas gründlicher durchsehen«, bat sie, und Walter nickte.

Es klopfte an der Tür. Pablo Carlén linste herein und schaute Johan und Alfred eine Sekunde verwundert an. »Charlotte Holm ist jetzt hier. Soll ich sie in den Verhörraum bringen?«

»Mach das«, entschied Johan. »Wir kommen in fünf Minuten.«

Pablo nickte und entfernte sich schnellen Schrittes. Johan wischte Alfred Spucke vom Kinn und sah besorgt zu Granstam hoch.

»Können Pablo und Sie das Verhör durchführen? Ich würde zwar gern dabei sein, aber leider geht das nicht.«

»Ich kann auf ihn aufpassen«, bot Nathalie an und stand auf. »Ich darf doch nicht dabei sein, weil sie Estelles Kollegin ist.«

»Sicher?«, fragte Johan und zog erstaunt die Augenbrauen hoch.

»Wenn es für Sie okay ist?«, lächelte Nathalie, hockte sich neben Alfred und rollte das Polizeiauto zu ihm.

»Klar«, antwortete Johan. »Aber das wird wohl nicht einfach. Alfred ist quengelig bei anderen Menschen ... das liegt wohl am Alter.«

»Quatsch«, widersprach Nathalie und erntete ein weiteres Lächeln von Alfred, als sie ihm in den Bauch pikste. »Kickse-kickse-hu.«

Johan legte ihr die Hand auf die Schulter. »Danke, das ist wirklich nett. Wenn es Probleme gibt, dann melden Sie sich über die Lautsprecheranlage bei mir.«

39

Charlotte Holm war eine magere Brünette in den Dreißigern mit Eichhörnchen-Augen und einem ovalen, symmetrischen Gesicht, das man hätte hübsch finden können, wenn sie nicht so dünn gewesen wäre, dachte Nathalie, als sie Alfred auf dem Schoß hatte und mit Granstam, Walter und Staatsanwältin Fridegård hinter der Spiegelwand saß. Johan und Pablo hatten der sichtlich nervösen Frau gegenüber Platz genommen, deren unsteter Blick zwischen den beiden Polizisten hin und her flog. Unsicher spielte sie an ihrem Schrittzähler herum oder sah auf die glänzende Tischplatte hinunter, wo ihre Hände jedes Mal, wenn sie sie woanders hinlegte, einen schweißnassen Abdruck hinterließen.

Johan übernahm die einleitenden Worte, und nach dem üblichen Warm-up zum Wohlfühlen und den Hintergrundinformationen bat er Charlotte Holm zu erzählen, was sie über Estelle, Thomas Hoffman und Erik Jensen wusste.

Charlotte räusperte sich.

»Estelle und ich haben immer Vertrauliches miteinander besprochen, besonders wenn wir Nachtschicht hatten. Wir arbeiten jetzt seit sieben Jahren zusammen und haben uns recht gut kennengelernt ...«

»Ja?«, forderte Pablo sie zum Weitersprechen auf, während Johan bestätigend nickte.

»Und ich wusste ja, dass Estelle seit ein paar Monaten eine Affäre mit Erik hat.«

»Hat sie Ihnen das erzählt?«, fragte Johan.

Charlotte Holm nickte eifrig.

»Das hat sie an einem Abend erzählt, als wir uns bei einer After-Work-Party eine Flasche Wein geteilt haben, aber das war natürlich supergeheim wegen ihres Mannes und ihrer Kinder.«

»Wann war das?«

Feine Falten zeichneten sich auf der glatten Stirn ab, und Charlotte Holm blickte an die Decke und dachte nach: »Ich weiß es nicht mehr genau, glaube aber, es war Ende Januar.«

»*Was* genau hat sie gesagt?«, fragte Johan. »Denken Sie jetzt nach, das kann wichtig sein.«

Die braunen Augen fixierten die Hände, die sich wie zwei unruhige Tierchen auf ihrem Schoß bewegten.

»Dass sie und Erik sich immer einmal im Monat trafen, dass

239

es zwischen ihr und ihrem Mann nicht gut lief, sie sich aber nicht traute, ihn zu verlassen. Dass sie hoffte, zwischen Erik, der ja frisch geschieden war, und ihr würde sich etwas Festes entwickeln, so dass sie ein richtiges Paar würden.«

Charlotte Holm sah Johan fragend an. Nathalie schaukelte Alfred vergnügt auf den Knien und hielt ihn an seinen klebrigen Händchen fest. Charlotte nahm innerlich Anlauf und sprach weiter: »Dann haben wir in der Nacht zusammengearbeitet, als Erik verschwunden ist ...«

Nathalie erstarrte.

»Ja?«, hörte sie Johans Stimme durch den Lautsprecher.

»Da war Estelle wie verwandelt. Wir haben wie immer gearbeitet, aber es war, als sei sie mit den Gedanken woanders, nicht richtig bei der Sache gewesen, wenn Sie verstehen, was ich meine.«

Zweimaliges Nicken auf der anderen Tischseite.

»Dann war sie in der psychiatrischen Notaufnahme, um einem Patienten die Fäden zu ziehen. Als sie wieder zurück war, hat sie erzählt, dass Erik mit ihr Schluss gemacht hat, dass er sie nicht mehr sehen wollte. Sie war verdammt wütend und hat gesagt ...«

Sie machte zwei Anführungszeichen in die Luft und beendete den Satz: »... damit kommt er mir bestimmt nicht davon.«

»Hat sie das genau so gesagt?«, hakte Pablo nach und beugte sich auf dem Tisch vor.

»Ja«, antwortete Charlotte Holm.

»Hat sie noch mehr gesagt?«, fragte Johan. »Hat sie vor der psychiatrischen Notaufnahme mit Erik Jensen gesprochen?«

»Davon hat sie nichts erwähnt.«

»Hat Estelle Ekman erzählt, wann Erik Jensen mit ihr Schluss gemacht hat?«

»Nein«, antwortete Charlotte Holm und drehte den Schrittzähler am Handgelenk ein paar Millimeter im Uhrzeigersinn. »Wir hatten danach in der Nacht ziemlich viel zu tun, so dass wir nicht mehr dazu kamen, mehr zu reden als über die Patienten, und seitdem haben wir uns nicht mehr gesehen.«

»Kann Estelle Ekman, rein hypothetisch, sich einmal zwischen ein und drei Uhr von der Station entfernt haben?«

Neue Falten auf Charlotte Holms Stirn.

»Jaaa ...«, kam die zögerliche Antwort. »Wir arbeiten viel allein, sie hat die rote und ich die grüne Seite gehabt, manchmal sieht man sich eine Weile nicht. Außerdem glaube ich, dass sie sich gegen zwei Uhr kurz mal hingelegt hat.«

»Wo hat sie sich hingelegt?«, erkundigte sich Pablo.

»Wahrscheinlich in unserem Ruheraum auf Station, aber wir haben auch einen in dem unterirdischen Gang, wo die diensthabenden Ärzte ihre Räume haben.«

»Also ein paar hundert Meter von der Stelle entfernt, wo Jensen und Hoffman verschwunden sind?«, fragte Johan.

»Ja, aber ich glaube wie gesagt, dass sie auf Station war, wir gehen immer nur da runter, wenn unserer besetzt oder nicht geputzt ist.«

»Aber Sie sind nicht ganz sicher?«

»Nein.«

»Sie haben auch etwas von Estelle Ekman und Thomas Hoffman erwähnt«, fuhr Johan fort.

»Ja«, nickte Charlotte Holm und rutschte auf dem Stuhl hin und her.

»Erzählen Sie«, bat Johan. »Wie Sie wissen, ist alles, was Sie zu sagen haben, wichtig, damit wir Erik Jensen finden können.«

Bevor es zu spät ist, dachte er, verkniff es sich aber und spürte, wie sich Unruhe in seinem Körper ausbreitete und es ihm dadurch schwerfiel, still zu sitzen.

»Da ist vor ungefähr einem halben Jahr was vorgefallen«, ergriff Charlotte Holm wieder das Wort. »Estelle hat erzählt, Thomas Hoffman sei auf Station gewesen und habe einen Patienten begutachtet. Als er gehen wollte, kam er am Personalraum vorbei, und da saß Estelle ...«

Sie suchte mit Johan Augenkontakt. Er signalisierte ihr durch ein Nicken weiterzusprechen.

»Hoffman setzte sich aufs Sofa und begann Dampf abzulassen, zuerst ganz allgemein wegen der Patienten und der Arbeit – wir kannten ja die Gerüchte über Hoffman, die im Haus im Umlauf waren, dass er immer mit den Frauen flirtet, Estelle war also gewarnt. Da sagte Hoffman, sie sehe gut durchtrainiert aus, rückte näher zu ihr und fragte, in welches Fitnessstudio sie gehe ...«

»Weiter«, sagte Pablo so übereifrig, dass Johan Angst bekam, er könne den Bericht blockieren.

Doch Charlotte Holm redete weiter, die Stimme voller Empörung: »Estelle lachte das weg, aber das stachelte Hoffman noch mehr an, und er fragte, ob sie Lust auf ein Abenteuer habe und sich mit ihm auf ein Glas Wein treffen würde. Als Estelle ablehnte und aufstand, packte Hoffman sie an den Hüften und zog sie mit einem Lachen und dem Kommentar ›Ich liebe Frauen mit Temperament‹ wieder zu sich aufs Sofa.«

Charlotte Holms Wangen röteten sich, und sie atmete zweimal schnell durch.

»Was ist dann passiert?«, fragte Johan.

»Zum Glück kam eine der Hilfsschwestern rein, und Estelle konnte entkommen. Zuerst hat sie mir nichts erzählt, ich glaube, sie hat sich geschämt. Aus dem Grund hat sie auch keine Anzeige erstattet, und ich habe versprochen, nichts zu verraten. Man weiß ja, wie das läuft, wenn man so eine Sache öffentlich macht – eine Krankenschwester auf der Psychiatrischen wurde krankgeschrieben und hat gekündigt, nachdem sie Hoffman für einen ähnlichen Vorfall angezeigt hatte. Ohne Beweise steht man dumm da, wenn Sie verstehen, was ich meine?«

»Ja, leider«, pflichtete Johan ihr bei und schaltete das Aufnahmegerät ab. »Danke, dass Sie gekommen sind und es uns erzählt haben.«

Nathalie stand wie gelähmt an der Spiegelwand, Alfred saß ihr vergnügt zu Füßen und spielte mit dem Polizeiauto und einem ihrer Haargummis. Die Gedanken fuhren Karussell. Wieder einmal hatte ihr Estelle die Wahrheit verheimlicht. Warum hatte sie nicht gesagt, dass sie so wütend auf Erik war? Was meinte sie mit ›Damit kommt er mir bestimmt nicht davon‹? Wenn sie so wütend auf ihn war – was hatte sie dann vor seinem ehemaligen Haus zu suchen? Die Erklärung, sie mache sich Sorgen, war schwer in Einklang zu bringen mit der Wut, die sie Charlotte Holm gegenüber erwähnt hatte. Und warum hatte sie kein Wort über Thomas Hoffman gesagt?

»Kennst du Thomas Hoffman?«

»Nein, aber ich weiß, wer er ist.«

Johan verließ den Verhörraum. Nathalie sah seinen entschlossenen Blick, und ihr war klar, dass Estelle wieder verhört werden würde. Das Schlimmste war, dass sie mit ihm einer Meinung war.

40

»Alles gutgegangen, sehe ich«, stellte Johan fest, als er aus dem Verhörraum kam. Er lächelte Nathalie an und nahm Alfred auf den Arm.

»Keine Probleme auf dieser Seite der Scheibe«, entgegnete sie resigniert und sah, wie Charlotte Holm durch den Hinterausgang aus dem Verhörraum geführt wurde.

Das Handy von Staatsanwältin Fridegård klingelte. Sie drehte sich um und nahm das Gespräch an. Nach den einleitenden Floskeln klang ihre Stimme interessierter. Nathalie, Granstam, Johan und Pablo warteten ungeduldig.

»Das war Norén von der Technik«, sagte sie, als sie das Gespräch beendet hatte. »Das Labor in Linköping hat angerufen und mitgeteilt, dass die Analyse der Erde abgeschlossen ist.«

»Und?«, fragte Johan und trat einen Schritt näher an Fridegård heran.

»Es handelt sich um dieselbe Zusammensetzung von Erde und Asche im Krankenhaus wie beim Stall auf Robert und Estelle Ekmans Hof«, erklärte Fridegård.

»Dann ist er der Schuldige, trotz allem«, stellte Pablo fest.

»Oder *beide*«, sagte Granstam, ohne Nathalie dabei anzusehen. »Estelle Ekman hat ja, wie sich herausgestellt hat, zwei Motive.«

Nathalie wollte etwas sagen, doch ihre Zunge war wie gelähmt.

»Jetzt ist es wichtig, taktisch vorzugehen«, erklärte Johan. »Robert wird beschattet und ist zu Hause auf dem Hof. Wir fahren hin und setzen ihn unter Druck.«

»Warum ihn nicht herholen?«, fragte Fridegård.

»Dann hat er Zeit, sich vorzubereiten. Außerdem ist man selbstsicherer in der häuslichen Umgebung, was dazu führt, dass man sich leichter verplappert. Vielleicht hat er Erik in der Nähe versteckt.«

»Wir müssen ihn und Estelle getrennt verhören«, fand Nathalie.

»Wenn sie denn da ist«, dachte Johan laut. »Wir haben das nicht überprüft.«

Als er seine Worte hörte, wurde ihm klar, dass er einen Fehler begangen hatte. Natürlich war nur Robert verdächtig und lieferte einen Anlass für Beschattung, aber es wäre ein Leichtes gewesen zu kontrollieren, ob Estelle zu Hause war, als Robert vom Verhör zurückgekehrt war. Johan sah Nathalie an, und ihm wurde klar, dass er sich von ihrer Anwesenheit hatte negativ beeinflussen lassen.

»Wissen Sie, ob Estelle zu Hause ist?«

»Nein, ich habe seit gestern Abend nicht mehr mit ihr gesprochen«, antwortete Nathalie. »Da war sie mit den Kindern zu Hause, und ich vermute, sie ist immer noch dort.«

»Kommen Sie, wir fahren hin!«, sagte Johan und ging zur Tür. »Am besten, Sie bleiben hier, Nathalie.«

»Ich komme mit«, widersprach sie mit einer Entschlossenheit, über die sie sich selbst wunderte.

Johan blieb stehen und musterte sie skeptisch. Unter normalen Umständen hätte sie sich gefügt, doch jetzt sagte sie: »Ich war beim Verhör von Estelle dabei und habe das Verhör mit Robert gesehen und kann wichtige Informationen ergänzen. Ich verhalte mich professionell«, fuhr sie mit Blick zu Granstam fort. »Und in dieser Situation ist es dumm, unsere Arbeit von Vorschriften bestimmen zu lassen.«

Johan sah Granstam an, der sich über die Glatze strich und nickte.

»Okay, aber halten Sie sich im Hintergrund«, entschied Johan und verließ den Raum mit Alfred über der Schulter.

41

Sara versuchte zu schreiben, fand aber keine Worte. Wie sollte sie sich eine Geschichte ausdenken, wenn die Wirklichkeit so brutal die Fiktion übertraf? Mit einem Seufzer klappte sie den Deckel ihres Computers zu und stand auf. Der Regen ergoss sich über den Garten, der genauso kalt und leblos aussah, wie sie sich fühlte, obwohl die Birken Knospen trieben und die Leberblümchen drüben am Abhang beim Spielhaus leuchteten, das Erik vor drei Jahren für die Mädchen gebaut hatte. Drei Jahre kamen ihr wie ein Leben vor, in guten wie in schlechten Tagen. Die Scheidung war notwendig und der Schriftstellerinnen-Traum in Erfüllung gegangen. Jetzt stand sie auf eigenen Beinen und war nicht mehr abhängig von Erik. Sie musste sich nicht mehr um Haus und Grundstück kümmern wie damals, als er ständig Überstunden machte. Außerdem war sie mit José zusammen, und halb Europa lag ihr, der neuen Königin der Beziehungsdramen, zu Füßen. Aber genau wie in ihren Romanen hatte das Glück auch Schattenseiten. Erik war jetzt seit zweieinhalb Tagen verschwunden.

Sie schaute auf die Uhr. Viertel nach zwölf. Es war höchste

Zeit, dass sie Sanna und Erika abholte, aber sie hatte noch nicht die Kraft, zu ihren Eltern ganz bis nach Alnön zu fahren. José rumorte im Obergeschoss herum. Er war nach dem Verhör reizbar gewesen. Sara hatte gesehen, dass er einen leeren Streifen Imovane in den Abfalleimer geworfen hatte, wie immer eingewickelt in feuchtes Haushaltspapier, und fragte sich, wie viele Tabletten er am Vorabend genommen hatte. Selbstverständlich hatte sie kein Wort darüber verloren. Wenn José etwas die Laune verhageln konnte, dann Fragen nach seinen Schlaftabletten.

Ihr Magen knurrte. Sie fühlte den Hunger wie eine Unruhe im Bauch. Weil niemand nach Mittagessen gefragt hatte, genehmigte sie sich eine Banane und ein Glas Apfelsaft. Zurück im Arbeitszimmer, blätterte sie den Stapel Post durch, die letzten Freitag gekommen war. Sie hatte sich nicht in der Lage gefühlt, den Brief von Erik zu öffnen. Aus Erfahrung und wegen der knisternden Dicke nahm sie an, dass er Rechnungen und anderes enthielt, worum sie sich seiner Meinung nach kümmern sollte.

Vor der Scheidung hatte er sowohl den Papierkram als auch das Bezahlen übernommen, aber jetzt war er genauso halsstarrig, wie es die Mädchen morgens sein konnten, bevor sie gefrühstückt hatten. Halsstarrig und geizig. Angepasst an ihre Erfolge, fand Erik, solle sie mehr bezahlen, jede Krone und Ausgabe wurden notiert und erstattet.

Sie riss den Umschlag auf, und ihre Vermutungen bestätigten sich. Wut überkam sie bei jeder Rechnung mit angefügtem Kommentar darüber, warum sie den Tanzkurs der Mädchen, ihre Versicherung und den letzten Kinobesuch bezahlen solle. Der Zorn triggerte die Erinnerung daran, wie Sanna und Erika erzählt hatten, wie diese lächerliche Krankenschwester Estelle vorige Woche aufgekreuzt war und mit Erik gestritten hatte. Offensichtlich hatte sie an der Tür seiner neuen Wohnung geklingelt und ein Gespräch gefordert. Obwohl er gesagt hatte, dass es ihm nicht passe, hatte sie darauf bestanden.

»Die haben echt krass lange gequatscht, dann hat Papa die Tür zugemacht«, hatte Erika erzählt.

Wenn er sich schon eine neue Frau zulegen muss, dann kann er sich wenigstens eine aussuchen, die mit Kindern umgehen kann, dachte Sara und pfefferte wütend die Rechnungen auf den Tisch. Obendrein war er noch dabei, ihre Beziehung zu José zu zerstören, indem er ständig mit den Mädchen stritt. Der finstere Gedanke tauchte wieder in ihrem Kopf auf, und diesmal ließ sie ihn eine Weile zu, während sie in den Regen schaute.

Es ist ruhiger, wenn er weg ist.

Als sie Schritte auf der Treppe hörte, ging sie in den Flur. José kam mit seiner schwarzen Reisetasche über der Schulter hinunter.

»Ich muss nach Stockholm«, erklärte er kurz und ging zum Schuhregal, ohne sie mehr als nur schnell anzuschauen.

»Wie bitte? Was soll das heißen?«

»Dass ich sofort losfahren muss«, antwortete er und zog seine schwarzen Schuhe an. »Ein wichtiger Termin mit einem Filmproduzenten ist für heute Abend angesetzt worden. Die Produktion von *Yvettes Träume* geht gerade den Bach runter, und ich muss da hin. Komme morgen wieder zurück. Das ist doch wohl okay, oder?«

Jetzt sah er sie an und lächelte dieses Lächeln, dem sie nicht widerstehen konnte, so wütend sie auf ihn auch sein mochte.

»Außerdem verkrafte ich keine Verhöre mehr«, erklärte er abermals ernst. »Wenn die Polizei das mit Hoffman rausfindet, dann suchen die mich bestimmt wieder auf. Und ich habe wie gesagt, Wichtigeres zu tun.«

»Wie sollten sie das denn rausfinden?«, wandte sie ein und trat einen Schritt auf ihn zu. Spürte die Feuchtigkeit in seinem schwarzen Haar unter ihrer Hand, roch den Duft seines Rasierwassers. Warum hatte er noch einmal geduscht?

»Heutzutage gibt es für alles Datenbanken«, antwortete er und küsste sie auf die Wange.

Sie stellte sich ans Küchenfenster. Sah, wie er in seinen schwarzen Jeep stieg und losfuhr. Normalerweise liebte sie seine Kompromisslosigkeit, doch jetzt wusste sie nicht, was sie davon halten sollte.

42

An der Rezeption entschuldigte sich Nathalie mit der Erklärung, sie müsse zur Toilette.

»Okay, beeilen Sie sich«, sagte Johan. »Wir warten auf dem Parkplatz, meine Schwiegereltern sind endlich hier, um Alfred abzuholen.«

»Tschüss, war nett, dich kennenzulernen«, lächelte sie, tätschelte dem Jungen die runde Wange und erntete ein weiteres vorbehaltloses Lächeln.

»Noch mal danke für die Hilfe«, sagte er und ging auf die Glastür zu, dicht gefolgt von Granstam und Pablo.

Nathalie musste Estelles Erklärung hören, bevor sich die

Kollegen auf sie stürzten. Dass ihre jüngere Schwester in den Mord und das Verschwinden verwickelt war, konnte sie sich nicht vorstellen, wahrscheinlich hatte sie sich nur in ein Knäuel aus Notlügen verstrickt. Aber das Wissen, wozu ihr Vater Victor fähig gewesen war, bereitete ihr Tag und Nacht anhaltende Schmerzen. Sie hatte ihn vollkommen falsch eingeschätzt. Vielleicht ging ihr das mit Estelle auch so? Sie rief sich Norman McLeans Worte ins Gedächtnis: »Es sind jene, mit denen wir leben und die wir lieben und kennen sollen, die wir übersehen.« Ihre Hand zitterte, als sie die Toilettentür abschloss und das Handy aus der Handtasche holte.

Die Signale vibrierten an ihrer Schläfe, hallten von den Kacheln wider und kamen wieder zu ihr zurück wie Hohn. Estelle nahm das Gespräch nicht an.

Frustriert verstaute Nathalie das Mobiltelefon und warf einen Blick in den Spiegel. Sie sah so angespannt aus wie schon lange nicht mehr.

43

Der Regen prasselte auf die Outdoor-Jacke, und die Preiselbeersträucher streiften ihre Unterschenkel. Das Blut hatte Wärme in die Muskeln gepumpt, und die Schritte fielen ihr jetzt leichter als noch vor einer Viertelstunde zu Beginn ihres Orientierungslaufs; es kam ihr vor, als habe sich ihr Körper gegen das schlechte Wetter mobilisiert und kenne keine Einschränkungen. Sobald sie zu Hause war, würde sie den Schrittzähler und die Zeit kontrollieren und auf Facebook das Ergebnis veröffentlichen. Die anderen in der Gruppe hatten gesagt, die Strecke auf Alnön sei die schwierigste, doch sie hatte bisher keine Probleme damit gehabt.

Laut Karte und Kompass müsste der nächste Kontrollpunkt hinter dem Hügelrücken liegen, der sich wie eine Welle auf dem Meer vor ihr erhob. Der Unterschied war bloß, dass dieses Meer aus lauter Nadelbäumen, Findlingen, Unterholz und stellenweise aus Sturmholz bestand. Ein Meer, in dem sie liebend gern navigierte.

Rechts von ihr lag die Abzweigung vom Skärgårdsvägen, den sie zum Ausgangspunkt gefahren war, links verlief der Wanderweg, den sie voriges Jahr mit der Schulklasse genommen hatte. Sie hatte die Situation unter Kontrolle, wie immer.

Als sie über eine kleine Senke sprang, sah sie ein bisschen weiter vorne neben einer umgestürzten Birke auf dem Boden etwas Oranges aufflattern. Sie wunderte sich. Der Kontrollpunkt dürfte nicht dort liegen, wenn sie die Karte richtig gedeutet hatte. Vielleicht hatte die Person, die die Kontrollpunkte eingerichtet hatte, geschlampt, aber dann hätte derjenige, der vor ihr die Strecke Probe gelaufen war, darauf reagiert.

Sie behielt die Birke im Auge und lenkte die Schritte auf den Baum zu. Da war es wieder, etwas Oranges, das aufschimmerte, wenn die Grashalme, die die Sicht versperrten, sich im Wind wiegten und für eine Sekunde den Blick freigaben. Das sah nicht aus wie ein Kontrollpunkt. Um den orangefarbenen Stoff zeichneten sich Konturen ab, die eher grauschwarz als weiß waren.

Ihr Herz schlug schneller, und ihre Schritte fühlten sich nicht mehr so federnd an. Was sie da sah, war so surreal, dass sie nicht – was sie, im Nachhinein gedacht, hätte tun sollen – vorsichtig näher kam.

Ein Meter vorher blieb sie stehen. Ein orangefarbener Schal – das war es, was sie für einen Kontrollpunkt gehalten hatte. Sie rang nach Luft, stand lange wie angewurzelt da und starrte. Alles um sie her verstummte. Es war, als hätte der Regen nachgelassen, als hätte sie ihren Herzschlag nicht mehr gehört.

Auf der Erde lag ein toter Mensch. Auf dem Bauch, die Arme ausgestreckt am Körper entlang. Das Gesicht zur Seite gedreht und so angeschwollen, dass Gesichtszüge nicht zu erkennen waren. Der Mund stand offen wie zu einem letzten Schrei. In der rechten Schläfe klaffte ein Krater aus getrocknetem Blut, an dem die blonden Locken festklebten. In der Lendengegend gab es zu beiden Seiten des Rückgrates eine blutige Wunde. Zwischen den Wunden lag ein kleiner schwarzer Spielstein.

Der Blick verengte sich zu einem Tunnel, und als für eine Sekunde die Sehkraft von verschwommen zu scharf wechselte, erkannte sie, dass es ein Dominostein war. War sie gerade auf bestem Weg, verrückt zu werden?

Der Verwesungsgeruch erreichte sie mit einem Windstoß. Ihr drehte sich der Magen um, und sie erbrach sich direkt in die Preiselbeersträucher, so dass es auf ihre Schuhe spritzte. Sie wischte sich den Mund mit dem Handrücken ab und taumelte rückwärts, stolperte über einen Stein, gewann aber das Gleichgewicht zurück.

Ohne auf den Kompass zu schauen, rannte sie zu der Stelle, wo sie das Auto vermutete.

44

Johan fuhr, und Nathalie saß neben ihm. Granstam und Pablo hatten sich ganz gentlemanlike erboten, auf dem Rücksitz Platz zu nehmen. Der Regen hatte zugenommen, und es war nicht auszumachen, wo das Meer unter der Alnöbrücke begann und wo es endete. Johans Handy klingelte.

»Hoffentlich ist das der Sicherheitschef«, sagte er und schaltete die Freisprechanlage ein.

»Hallo, hier ist Sofia. Ein Parkplatzwächter meinte, Kent Runmark in einem Bus gesehen zu haben, der vor fünf Minuten den Cityterminal verlassen hat. Wahrscheinlich ein Bus der Linie vier.«

»Gut, schick eine Streife hin und hol ihn her«, entschied Johan und bog von der Brücke nach Süden ab.

»Schon erledigt, Streife Karlsson und Bäcklund verfolgen den Bus und überprüfen alle, die aussteigen«, verkündete Sofia.

»Der Vierer, der fährt doch zum Krankenhaus, oder?«, fragte Johan.

»Ja«, bestätigte Sofia.

Johan umklammerte das Steuer und nickte nachdenklich.

»Wenn er da aussteigt, sollen sie ihn nicht festnehmen, sondern ihm nur folgen. Wenn wir Glück haben, führt er uns zu Erik.«

Er warf schnell einen Seitenblick auf Nathalie, die nickte. Dieses Szenario war ohne Zweifel die beste Lösung, obwohl er sich schwer vorstellen konnte, dass Erik im Krankenhaus versteckt wurde.

»Versuch den Sicherheitschef Pontus Tornman zu erreichen,

wir müssen auf alle Fälle die Suche im Krankenhaus ausdehnen.«

»Klar, melde mich bald wieder«, sagte Sofia und legte auf.

Sie fuhren dieselbe Strecke weiter nach Süden, die Nathalie schon zwei Mal zurückgelegt hatte. Die Scheibenwischer strichen rhythmisch über die Windschutzscheibe hin und her, und sie schwiegen.

Als sie sich dem Hof näherten, sahen sie, wie zwei Pferde in den Stall geführt wurden und dass in den Fenstern der Villa im klassischen Großhändlerstil Licht brannte. Hinter dem Haus wurde der Regen eins mit dem Meer. Nathalie starrte ins Nichts und spürte einen Anflug von Zuversicht. Wie auch immer es ausgehen mochte, war alles Lebendige auf dem Weg dorthin, zu einem Ort, wo alles eins und nichts war, wo es keine Bosheit, keine Sünden gab.

Johans Handy unterbrach ihre Gedanken.

»Wohl wieder Sofia«, meinte er und drückte auf das Lautsprechersymbol. »Jetzt haben sie vielleicht Runmark festgenommen.«

Zuerst hörten sie nichts, da das Rauschen aus dem Lautsprecher mit dem des Regens und des Ventilators verschmolz. Dann war eine entfernte, schwache Stimme zu hören: »Johan, bist du's?«

»Ja«, antwortete Johan und hielt auf dem Hof an.

Kein Lebewesen war zu sehen, aber eine der Türen zum Stall stand offen. Die entfernte Stimme meldete sich in dem Moment wieder, als der Motor verstummte. Nathalie schaute Johan an, der erstarrte und durch die Windschutzscheibe stierte, die zu einem Vorhang aus Wasser geworden war.

»Ich bin's ... Erik ...«

254

Johan öffnete und schloss den Mund zweimal wie ein Fisch auf dem Trockenen.

»Hallo?«, meldete sich Erik erneut. »Hörst du mich?«

»Ja, ich höre dich«, antwortete Johan, der mit der rechten Hand das Steuer nicht losließ. »Wo bist du?«

Ein ersticktes Stöhnen. Als Erik antwortete, war die Stimme gepresst, als habe ihn jemand mit der Hand am Hals gepackt.

»Das kann ich nicht sagen ...«

»Warum denn nicht?«

Schweigen. Pablo stieg aus dem Auto und rief die Einsatzzentrale an, um festzustellen, ob sie den Anruf orten konnten. Johan suchte nach Worten, lehnte sich weiter zum Hörer hinunter und hörte Erik atmen. Ihm sträubte sich jedes Haar am Körper.

»Wir denken die ganze Zeit an dich«, sagte er. »Wir werden dich finden. Und wenn Sie, der Sie Erik gefangen halten, mithören, bitte ich Sie, mit mir zu sprechen ...«

Es knackte im Hörer.

»Hallo?«, sagte Johan. »Ist da jemand? Hallo?«

»Hier bin nur ich«, antwortete Erik.

»Bist du allein?«

Natürlich war Erik nicht allein, doch Johan wusste nicht, was er sagen sollte. Das Wichtigste war jetzt, das Gespräch am Laufen zu halten.

»Nein«, antwortete Erik.

»Hast du Schmerzen?«

»Ich muss jetzt aufhören, muss nach Hause gehen.«

»Wie bitte?«

»Tschüss, Johan, wir ...«

Das Gespräch wurde unterbrochen. Alle im Wagen atmeten

nach anderthalb Minuten jetzt zum ersten Mal tief durch. Johan kurbelte das Fenster herunter und ließ frische Luft ins Auto.

»Hast du was?«, fragte er Pablo.

»Nein, es war wohl eine unbekannte Nummer.«

Frustriert schlug Johan mit den Fäusten aufs Steuer.

»Jetzt wissen wir wenigstens, dass er lebt, die Frage ist nur, warum der Täter ihn anrufen ließ.«

»Weil er Kontakt haben will«, erklärte Granstam und lehnte sich zwischen den Rückenlehnen vor.

»Das bestätigt unser Profil, dass der Täter das Bedürfnis nach Kommunikation hat«, stimmte Nathalie ihm zu.

»Was machen wir jetzt?«, wollte Pablo wissen.

Johan schloss die Augen und sammelte die Eindrücke. Erik hatte etwas Wichtiges gesagt. Er versuchte sich die Worte ins Gedächtnis zu rufen, kam aber nicht darauf, wonach er suchte.

»Wir arbeiten weiter wie immer«, beschloss er und schob die Tür auf. »Jetzt werden wir hören, was Robert und Estelle Ekman zu sagen haben. Und wenn sie zu Hause sind, dann sind es wohl kaum die beiden, die Erik gekidnappt haben.«

»Sollten wir nicht überprüfen, wo Yasmine Danielsson ist?«, schlug Nathalie vor, ehe sie ausstieg. »Sie hat doch heute frei, oder?«

Johan guckte sie an und nickte. Rief Sofia an und bat sie, die Angelegenheit zu überprüfen.

Als alle unter dem schützenden Dach der Vortreppe standen, klingelte Nathalie an der Tür.

Nach kurzem Warten hörten sie Schritte auf der Treppe.

45

Sundsvall 2008

Er platzte fast vor Glück. Der Pfarrer stand vor ihnen in der alten Kirche von Alnön und sprach die Worte, die so vertraut klangen, die ihm aber nichts sagten. Er war vollkommen konzentriert auf ihre Atmung, ihre Hand, die hin und wieder seine streifte, und auf die Geräusche der Gäste hinter ihnen, die zwischen den weißgekalkten Feldsteinwänden und dem gotischen Sterngewölbe an der Decke widerhallten.

Es war auf den Tag genau drei Jahre her, dass sie von der Leiter gefallen war. Drei Jahre, die sich wie eine Sekunde und ein ganzes Leben anfühlten. Am Anfang hatte sie auf seine Liebe mit Zurückhaltung reagiert, erst nachdem er endlich die drei magischen Worte ausgesprochen hatte, hatte er weiterhin seine Liebe mit jedem Verhalten, mit jedem Blick und mit jedem Wort gezeigt.

Nach ein paar Wochen hatte sie ihn empfangen. Seitdem war ihre Verbindung mit jedem Tag enger geworden. Und jetzt standen sie hier vor dem Pfarrer und Gott und wurden Mann und Frau. Es war wie im Traum. Er, der nie eine Frau gehabt hatte, hatte die beste von allen bekommen.

Der Pfarrer richtete sich an sie mit den Worten: »Vor Gott und dieser Gemeinde frage ich dich …«

Als sie ihn selbstsicher vor Freude zitternd ansah und laut und vernehmlich »ja« sagte, hatte er das Gefühl, angekommen zu sein. Als die Reihe an ihn kam, war sein Mund trocken, und sein »Ja« geriet zu einem heiseren, aber lauten Krächzen, das bei den Gästen für Heiterkeit sorgte.

Sein Bruder, der als Trauzeuge einsprang, weil Oskar merklich betrunken war, als er an der Kirche angekommen war, überreichte dem Pfarrer die Ringe. Mitten im Glücksrausch tat ihm Oskar leid. Die Ehe mit Eva-Marie war in die Brüche gegangen, und gestern hatte Oskar den Sorgerechtsstreit um Alice verloren. Danach würde er seine dreijährige Tochter nur jedes zweite Wochenende für drei Stunden sehen dürfen.

Sobald er die Nachricht erhalten hatte, hatte er wieder angefangen zu trinken. Wie konnte man das einem Menschen nur antun? Natürlich war Oskar nicht der fürsorglichste Vater, den man sich vorstellen konnte, aber das Sozialamt war schon von Anfang an auf Eva-Maries Seite gewesen. Dass man sich auf die Gesellschaft nicht verlassen konnte, hatte er schon lange gewusst, aber das hier war bisher der schlimmste Betrug.

Er wurde aus seinen finsteren Grübeleien gerissen, als die Brautjungfer den Strauß bekam. Der Pfarrer beendete sein Gebet und überreichte die Ringe. Er schaute sie an und schämte sich, dass er sich erlaubt hatte, das Glück mit schlechten Gedanken zu trüben. Lächelte und dachte, Hauptsache, dass Oskar da war. Sein bester und einziger Freund. Auch für ihn würde es sich alles regeln.

Sie hielten die Ringe sicher fest und sprachen ihre Gelübde den Worten des Pfarrers nach. Er hätte alles Mögliche gesagt, denn ihre Liebe konnte man nicht in Worte fassen.

Die Zeremonie ging weiter. Als er den Pfarrer sagen hörte: »Ihr seid jetzt Mann und Frau«, umfasste er ihre schmale Hand so fest, dass sie das Gesicht verzog. Es war, als ob sich das Glück in ihm einen Weg nach außen bahnte, weil es in ihm keinen Platz mehr hatte.

In seinem Inneren hörte er, wie sie am Vorabend eines der

Gedichte vorgelesen hatte, das ihre ältere Schwester bald für sie vortragen würde.

Gewiss tut es weh, wenn Knospen springen.

Zum ersten Mal verstand er, was damit gemeint war.

46

Die Tür flog auf, und Robert starrte sie verwundert an. Der füllige Körper stand sofort unter äußerster Anspannung. Er trug eine schwarze Latzhose und dieselben schmutzigen Schuhe wie am Vorabend, seine Augen waren rot unterlaufen, und die ledrige Haut war genauso blass wie im Verhörraum.

»Was wollen Sie?«, rief er aus.

»Ein paar Fragen stellen, dürfen wir reinkommen?«, erwiderte Johan und trat einen Schritt vor.

»Alle vier?«, grinste Robert und ließ den Blick über das Quartett wandern.

Das Lächeln erlosch, als Johan nickte. »Ja, bitte, es ist wichtig.«

Robert sah Nathalie unverwandt an. Streckte die Hand aus, die kräftig war und deren Fingernägel Trauerränder hatten: »Ist das nicht der vornehme Gast aus Uppsala?«

»Hallo, Robert«, sagte sie so neutral sie konnte und nahm seine Hand.

»Hast du Estelle in diese blöde Situation gelockt?«, wollte er wissen und ließ ihre Hand nach einem unnötig festen Druck wieder los.

»Ich weiß nicht, was du meinst«, entgegnete sie.

Zu ihrer Erleichterung schaltete sich Granstam mit seiner verräterischen Ruhe ein: »Ja, es ist nämlich so, dass wir es etwas eilig haben, wenn Sie uns dann bitte reinlassen würden.«

»Okay, wenn's denn unbedingt sein muss«, sagte Robert. »Ich habe viel bei den Pferden zu tun, und dann habe ich einen Handwerker im Keller, weil der Heizkessel seinen Geist aufgegeben hat. Brauche ich eigentlich einen Anwalt?«

»Nein«, antwortete Johan, »wir wollen nur ein paar ergänzende Fragen stellen. Ist Ihre Frau zu Hause?«

Roberts Augenbrauen zogen sich zu einem spitzen Winkel zusammen, die schiefergrauen Augen wurden hart.

»Nein, sie ist nicht mehr zu Hause, seit ich zurückgekommen bin. Ich kann ihren Anblick nicht mehr ertragen, nach dem, was sie getan hat, und das habe ich ihr auch gesagt.«

»Wo ist sie?«, fragte Nathalie.

Ein Achselzucken, ein Blick in den Regen zum Stall und der offenen Tür.

»Keine Ahnung, sie hat die Kinder eingepackt und ist zu einer Freundin gefahren. Sie war schon weg, als ich heute Nacht angekommen bin.«

Verdammt, dachte Johan.

»Wann haben Sie zuletzt mit ihr gesprochen?«, fragte er.

»Am Telefon im Auto auf dem Heimweg vom Verhör.«

»Habt ihr euch gestritten?«, wollte Nathalie wissen.

»Ja, was glaubst du denn?«

Der Wind frischte auf. Granstam und Pablo regnete es ins Gesicht. Robert seufzte und bedeutete ihnen in die Küche zu gehen. Sie setzten sich um den ovalen Esstisch, Johan und Nathalie als Nächste neben Robert an das eine Kopfende. Über Roberts Stuhl hing die Lederjacke mit dem Emblem *Ekmans trav & galopp*. Auf der marmornen Arbeitsfläche des Küchenblocks stand eine leere Espressotasse. Ansonsten sah alles so aus wie bei ihrem letzten Besuch.

Robert Ekman fixierte Johan. »Haben Sie das Ergebnis meiner DNA-Probe gekriegt?«

»Leider nicht, wahrscheinlich erst morgen.«

Er lehnte sich zurück und seufzte tief.

»Also werde ich erst dann diese bescheuerte Überwachung los? Wie Sie wissen, fahre ich viel in der Gegend herum, sowohl in Sundsvall als auch in anderen Landesteilen, um die besten Voraussetzungen für meine Traber zu schaffen, darum freue ich mich schon drauf, wenn ich mich wieder frei bewegen kann.«

Von unten war ein Klirren zu hören, das vermutlich aus dem Keller stammte. Robert warf ein Auge auf die Kellertreppe. »Sie ahnen ja nicht, was dieser Heizkessel in diesem Jahr für Ärger gemacht hat, obwohl er erst zwei Jahre alt ist.«

»Neue Hinweise haben sich ergeben, die unsere Verdachtsmomente gegen Sie und Ihre Frau erhärten«, erklärte Johan.

Robert zuckte zusammen und durchbohrte ihn mit steinhartem Blick.

»Ach ja? Welche denn?«

»Hat Ihre Frau je erwähnt, dass sie von Thomas Hoffman belästigt wurde?«

Verwunderung machte sich in Roberts Gesicht breit.

»Nein, was ist denn das jetzt wieder für ein Scheiß, mit dem Sie hier ankommen?«

Johan berichtete sachlich wie ein Wirtschaftsexperte über die Steuersituation. Roberts Miene verhärtete sich.

»Man kann also sagen, dass Sie und Ihre Frau ein Motiv hatten, Hoffman zu schaden«, beendete Johan seine Erklärung.

»Ja«, gab Robert freimütig zu. »Aber wir haben es nicht getan. Brauche ich meinen Anwalt, oder was?«

»Das hier ist kein formelles Verhör«, sagte Granstam.

»Und Estelle schien eine große Wut auf Erik gehabt zu haben«, meldete Nathalie sich zu Wort. »Wir haben mit einer ihrer Kolleginnen gesprochen, die behauptet, sie habe gesagt ›Damit kommt er mir bestimmt nicht davon‹. Hat sie das dir gegenüber erwähnt?«

Robert biss die Zähne zusammen. »Ich will darüber nicht reden.«

Schritte waren auf der Treppe zu hören. Alle Blicke richteten sich auf die Tür, als ein großgewachsener Mann in einer ähnlichen Latzhose wie Roberts in die Küche kam. In der Hand hielt er einen Schraubenschlüssel, und seine Stirn zierte ein schwarzer Fleck aus Schweiß und Öl. Johan und Nathalie meinten den Mann zu kennen, wussten aber nicht, woher. Als der Mann die Versammlung erblickte, zog er erstaunt die Augenbrauen hoch und sah Robert an: »Das Problem lässt sich lösen, aber jetzt rauche ich erst mal eine.«

»Klar«, sagte Robert und winkte ihn hinaus.

»Wer war das?«, fragte Nathalie.

»Unser Nachbar«, antwortete Robert. »Ich stelle ihn für etliche Arbeiten auf dem Hof ein, er ist ein Allround-Handwerker.«

Johan beugte sich über den Tisch vor mit den Worten: »Wir müssen dringend mit Ihrer Frau sprechen. Wenn Sie uns nicht helfen können, dann sind wir gezwungen, sie zur Fahndung auszuschreiben, und das wird für sie wie für die Kinder sehr unangenehm. Können Sie uns einen Namen nennen?«

»Ich habe keine Ahnung, habe ich gesagt! Aber versuchen Sie es bei Rebecca Holmér oder Pamela Lundström.«

Pablo notierte die Namen, und Johan fuhr fort: »Dann ist da noch der wichtigste und belastendste Fund.«

»Ja?«

»Die Erde, die man da im Krankenhaus gefunden hat, wo Hoffman und Jensen verschwunden sind, stammt von hier.«

Ohne Robert aus den Augen zu lassen, erhob sich Johan und zeigte aus dem Fenster. »Von Ihrer abgebrannten Scheune.«

»Ach ja?«, sagte Robert schnell, auf Krawall gebürstet. »Sind Sie sicher?«

»Ja«, schob Granstam ein. »Jemand ist da draußen in der Erde rumgelatscht und dann im Krankenhaus gewesen, wahrscheinlich am gleichen Tag.«

»Ich habe keine scheiß Ahnung«, sagte Robert und breitete die Arme aus.

»Und Sie haben in Thomas Hoffmans und in Erik Jensens Fall ein Motiv«, erklärte Johan. »Wollen Sie nicht lieber gleich gestehen?«

Robert Ekman drehte Däumchen mit einem kratzenden Geräusch, das an eine zischende Schlange erinnerte. Johan spürte, wie ihm die Verzweiflung zu schaffen machte, und obwohl er wusste, dass es falsch war, kamen ihm die Worte über die Lippen: »Wenn Sie uns erzählen, wo Erik ist, können Sie mit Strafmilderung rechnen, das versprechen die Polizisten nicht nur im Film. Ich gebe Ihnen mein Wort!«

Mit einem Ruck stand Robert Ekman auf.

»Ich habe nicht vor, noch ein Wort ohne die Anwesenheit meines Anwalts Pelle Sjöström zu sagen«, fertigte er sie ab.

Johan sah ein, dass er zu weit gegangen war, und lehnte sich zum Zeichen seines Rückzugs zurück. Die Müdigkeit und Angst in Eriks Stimme quälten ihn.

Was hatte Erik noch gesagt, das wichtig war? Etwas, das einen Anhaltspunkt dafür geben könnte, wo er sich aufhielt? Oder bilde ich mir das nur ein?

Johan wurde aus seinen Gedanken gerissen, als Nathalie Roberts Blick einfing. »Hast du eine Erklärung, wie Erde von eurem Grundstück in den Gang und in die Garage gelangt sein könnte?«

Statt einer Antwort fuhr Robert mit Daumen und Zeigefinger über die Lippen, um zu signalisieren, dass er ab nun schwieg, und ehe noch jemand eine Frage stellen konnte, ging er zum Spülbecken und wusch die Espressotasse ab.

Johan schaute Nathalie und Granstam erschöpft an und stand auf. »Wir melden uns wieder. Wenn Ihre Frau von sich hören lässt oder Sie erfahren, wo sie ist, dann haben Sie meine Nummer.«

Auf dem Hof rauchte der Nachbar, und dreißig Meter weiter lehnten die Kollegen von der Fahndung entspannt an dem dunkelblauen Audi. Johan bat sie, so zu tun, als führen sie mit ihnen zum Polizeigebäude, Robert aber weiterhin zu beschatten.

Als sie auf die Schotterpiste abbogen, holten Johan und Granstam ihre Handys hervor. Nathalie hörte, wie Johan Estelle zur Fahndung ausschreiben ließ und Hamrin bat, er möge mit ihren Freundinnen sprechen. Nach weiteren Gesprächsminuten, deren Inhalt sie nicht ganz nachvollziehen konnte, beendete Johan das Telefonat und stellte fest: »Das war nicht Runmark, der da im Bus saß, sondern ein Mann, der ihm ähnlich sah.«

»Typisch. Ist Estelle zur Fahndung ausgeschrieben?«

»Ja, obwohl ich nicht glaube, dass sie mit der Sache etwas zu tun hat, muss sie uns einiges erklären. Vielleicht sagt sie etwas über Robert, das ihn überführt.«

»Warum holen wir ihn uns nicht einfach, wenn Sie ihn für den Täter halten?«

»Aus dem gleichen Grund wie beim letzten Mal. Wenn wir Glück haben, steht er jetzt so unter Druck, dass er zu Erik geht.«

»Dann muss Erik in der Nähe sein, ich meine, er hat doch vorhin angerufen.«

»Robert ist vielleicht kein Einzeltäter.«

»Was Neues von Yasmine Danielsson?«

»Nein, sie geht nicht ans Telefon, ist auch nicht zu Hause oder im Trainingsraum.«

Granstam beendete das Gespräch und räusperte sich auf dem Rücksitz.

»Tim Walter hat weiter in José Rodriguez' Krankengeschichte gewühlt. Er war drei Tage vor Hoffmans Verschwinden in der psychiatrischen Notaufnahme. José wollte Zopli irgendwas haben.«

»Zopiklon, ein süchtig machendes Schlafmittel«, ergänzte Nathalie.

»Genau«, stimmte Granstam ihr zu. »Als Hoffman das ablehnte, soll José Hoffman gedroht haben, so dass er zwei Pfleger holen musste. Es ist zwar nichts Konkretes passiert, aber das hat José im Verhör nicht erwähnt.«

»Nein«, pflichtete Johan ihm bei. »Und man kann sagen, dass er dadurch ein Motiv hat, auch wenn es weit hergeholt ist.«

Er wich einem Schlagloch in der Schotterpiste aus. »Wir müssen auch ihn holen. Solange wir nicht wissen, wo Erik ist, müssen wir die Suche breit anlegen. Ich rufe Sofia an und bitte sie, das zu regeln.«

»Scheiße, dass die KTU in Linköping erst morgen mit der Untersuchung der DNA fertig ist«, fauchte Pablo, so dass Johan Spucke im Nacken spürte.

Das Telefon klingelte, und er nahm das Gespräch mit eingeschalteter Freisprechanlage an.

»Hier ist Hamrin. Wir haben einen Notruf gekriegt über eine tote Frau im Osten von Alnön. Wo seid ihr?«

»Auf dem Weg von Ekmans Hof«, antwortete Johan.

»Die Frau hat wohl eine Zeitlang dort im Freien gelegen, aber der Beschreibung nach zu urteilen, war es anscheinend derselbe Täter. Ihr wurde in den Rücken gestochen, und sie hat einen Dominostein auf dem Körper.«

Nathalie sah, wie die Venen an Johans Hals anschwollen, als er fragte: »Wo?«

47

Johan erhielt die Koordinaten und gab so viel Gas, wie er auf der schmalen Schotterpiste verantworten konnte.

»Wir haben eine Streife vor Ort, und Norén und die Gerichtsmedizinerin der Zentralkriminalpolizei sind auf dem Weg«, informierte sie Hamrin.

»Gut«, sagte Johan. »Noch mehr?«

»Sofia war bei Sara Jensen zu Hause.«

»Ja, und?«

»José Rodriguez ist vor gut einer Stunde in seinem Ford Explorer nach Stockholm abgefahren. Er wollte zu einer Besprechung. Sara wusste nicht, worum es ging, das hatte sich offenbar sehr kurzfristig ergeben. Wir haben versucht, ihn über Handy zu erreichen, aber er geht nicht ran.«

»Klingt verdächtig«, fand Johan. »Er hat uns ja einiges über den Besuch bei Dr. Hoffman zu erklären.«

Sie erreichten die Straßenkreuzung, Johan warf einen prüfenden Blick aufs GPS und bog rechts ab. »Schreibt ihn zur Fahndung aus, wir haben sein Autokennzeichen, oder?«

»Klar«, antwortete Hamrin.

»Er ist seit einer Stunde unterwegs, versuch auszurechnen, wie weit er gekommen sein kann, und schick das Einsatzkommando hin.«

»Schon im Kronobergs län.«

»Was ist mit Estelle Ekman?«

»Nicht geortet, aber wir suchen sie mit Volldampf bei ihren Freundinnen.«

Das Gespräch wurde beendet. Nathalie wandte den Blick von Johan ab und starrte aus dem Beifahrerfenster. Die Lösung dieses Falles war genauso unvorhersehbar wie der Lauf der Tropfen auf der beschlagenen Scheibe.

Der Regen ließ nach, als sie sich dem Ziel näherten. Johan bog vom Skärgårdsvägen ab und fuhr weiter auf der Nebenstrecke zum Mittelpunkt der Insel. Die zersiedelte Bebauung löste sich gänzlich auf, und nun waren sie nur von Wald umgeben. Nathalie versuchte sich auf das Bevorstehende vorzubereiten. Zum ersten Mal würde sie mit eigenen Augen ein Mordopfer sehen, wenn sie Rickard Ekengård nicht mitzählte. Doch damals war alles so schnell gegangen, dass sie erst hinterher begriffen hatte, was passiert war.

Vor einer Ausweichstelle standen drei Autos, und Johan parkte dahinter. Sie stiegen aus und wurden von einer blassen

Polizeianwärterin der Schutzpolizei empfangen, die nicht mehr zu erklären imstande war, als dass sie den Wanderweg hundert Meter bergauf gehen und dann nach rechts abbiegen sollten.

In einem Einsatzbus saß ein weiterer Schutzpolizist und sprach mit einer Frau in Regenumhang, mit nassem Haar und Schweißband, die abwechselnd weinte und ihre Antworten hervorschniefte. Auf ihrem Schoß lag eine Plastikhülle mit einer zerknitterten Karte, die sie unablässig befühlte.

Johan trat hinzu, grüßte und erfuhr, dass dies die Frau war, die das Opfer gefunden hatte. Er versprach, in Kürze wiederzukommen.

Sie gingen schweigend nebeneinander her. Niemand kümmerte es, dass sie nass wurden. Stimmen drangen durch das Regenprasseln zu ihnen, und ein weißes Zelt kam in Sicht. Johan bog ins freie Gelände ab. Granstam, Nathalie und Pablo folgten ihm. Das Zelt stand mitten in einem Quadrat von zwanzig mal zwanzig Metern, eingerahmt von blau-weißem Absperrband. Ein weiterer Polizeianwärter hatte davor Stellung bezogen und verteilte Schuhschoner aus einer schwarzen Schultertasche, mit der Rut Norén ihn ausgestattet hatte, wie Johan vermutete.

Sie schlüpften unter der Absperrung durch und achteten genau darauf, wohin sie ihre Füße setzten. Rut Norén und ihr Kollege standen vor dem Zelt und begrüßten sie in ihren Weltraumanzügen. Die Rechtsmedizinerin Angelica Hübinette, auch sie im weißen Overall der KTU, fing Granstams Blick ein. »Ich war gerade ins Polizeigebäude gekommen und musste gleich auf dem Absatz kehrtmachen, als der Notruf kam.«

»Gut, dass Sie hier sind«, sagte Granstam und schielte zur Zeltöffnung. »Was haben wir?«

»Eine tote Frau, wahrscheinlich auf dieselbe Art wie Hoffman erschlagen. Und der Dominostein und die Stichwunden sprechen ihre eigene deutliche Sprache, da braucht man nur einmal hinzugucken«, beendete sie ihre Einführung und ging ihnen voraus ins Zelt.

Johan und Nathalie sahen sich an. Nathalie holte tief Luft und versuchte, sich auf null herunterzufahren. Sie wusste, dass der erste Eindruck vom Tatort entscheidend war. Hier und jetzt gab es Anhaltspunkte, die weder eingesammelt noch gemessen oder untersucht werden konnten. Hier ging es jetzt auch um Spuren von Angst, Hass, Liebe und Rache – um Gefühle, deren Wahrnehmung ihre Aufgabe war. Mit jedem verwirrenden Hinweis und Zusammenhang, die während der Ermittlung ans Licht kamen, war Nathalie mehr überzeugt, dass Intuition sie zum Mörder führen würde.

Im Zelt hatte man zwei Stative mit starken Scheinwerfern aufgebaut, die jeden Quadratzentimeter ausleuchteten. In der Luft lag der Geruch von warmem Plastik, feuchten Preiselbeersträuchern und Erbrochenem, gemischt mit dem unbeschreiblichen Gestank, der Nathalie schon bei den Obduktionen im Medizinstudium gequält hatte.

Eine Sekunde lang wäre sie vor der Situation am liebsten weggelaufen, doch da erinnerte sich Nathalie, wie sie und Estelle an einem verregneten Frühlingsabend zum ersten Mal vorm Haus in Sunnersta zelteten. Das Bild verschwand genauso schnell, wie es gekommen war, und die Wirklichkeit bohrte sich mit unerbittlicher Kraft in ihre Sinne.

Auf der Erde lag eine schlanke Frau auf dem Bauch, den Kopf nach rechts gedreht. Das Gesicht war angeschwollen, und das Auge, das zu sehen war, glich einem zerkochten Ei. Blut war von der rechten Schläfe über die Wange hinab in den halbgeöffne-

ten Mund gelaufen, der etwas ins umgebende Preiselbeerge-
büsch zu schreien schien. Um den Hals trug sie ein orangefar-
benes Halstuch über einer zerrissenen weißen Bluse und eine
Hose, die wahrscheinlich Bügelfalten gehabt hatte, als sie noch
neu war. Die Bluse war bis zu den Achseln hochgeschoben, und
die beiden Wunden in der Lendengegend leuchteten rot auf der
blassen Haut.

Nathalie machte einen Rückwärtsschritt, spürte, wie ihr
Magen immer wieder Erbrochenes in die Speiseröhre hoch-
drückte, zwang sich aber, weiter hinzuschauen.

»Die Todesursache war wahrscheinlich der Schlag auf die
Schläfe«, stellte Angelica Hübinette fest. »Die Stichwunden in
der Lendengegend haben die gleiche rechteckige Form wie im
Fall Hoffman; wahrscheinlich sind sie mit dem gleichen Typ
von Stechbeitel ausgeführt worden.«

»Auch als sie noch am Leben war?«, fragte Granstam.

»Es ist noch zu früh, um das zu sagen«, antwortete
Hübinette. »Der Regen erleichtert meine Arbeit nicht gerade ...
aber der Dominostein spricht wohl dafür, dass es sich um den
gleichen Tathergang handelt.«

Johan beugte sich vor. Nathalie hielt die Luft an und stellte
sich neben ihn mit Pablo auf der anderen Seite. Granstam blieb
in der Zeltöffnung stehen und trommelte mit den Fingern auf
seiner Snusdose in der Westentasche.

Zwischen den Verletzungen lag ein Dominostein und
glänzte in dem grellen Scheinwerferlicht wie reingewaschen
und neu. Der Spielstein hatte zwei Punkte in jedem Feld.

»Noch ein Stein mit einem Punkte-Paar«, stellte Johan fest.

»Sechs, eins und zwei«, sagte Nathalie laut. »Was hat das zu
bedeuten?«

Sie bekam keine Antwort. Johan drehte sich zu Angelica Hübinette um. »Wie lange hat sie hier schon gelegen?«

»Schwer, das genau einzugrenzen, aber ich vermute fünf, sechs Tage.«

»Wenn der Mörder sich an denselben Zeitplan hält, wurde sie also drei Tage vor Hoffman getötet«, schätzte Johan und drehte sich zu ihr und Granstam um. »Wissen Sie, wer sie ist?«

»Ja«, antwortete Norén in ihrer üblichen unerschütterlichen Verbitterung. »Sie hatte ihren Führerschein dabei. Sie heißt Camilla Söder, geboren 1956, wohnhaft im Sallyhillsvägen in Nacksta, von Beruf Sozialarbeiterin im Stadtzentrum, hat keine nahen Angehörigen und steht in keiner unserer Datenbanken. Mehr weiß ich nicht, aber Åkerman arbeitet dran.«

»Also keine Ärztin«, brummte Granstam.

»Die Frage ist, *wo* sie entführt wurde«, sagte Pablo und sah Norén an, die als Antwort die Schultern zuckte und den Spielstein mit einer Pinzette einsammelte. »Kann sie auch in dem Gang unter dem Krankenhaus gewesen sein?«

Johan ging rückwärts aus dem Zelt und sah zum Wanderweg hinüber.

»Etwas mehr versteckt als Hoffman, aber es macht trotzdem den Eindruck, als ob der Mörder wollte, dass wir sie finden. Warum? Was verstehen wir nicht?«

Ehe jemand antworten konnte, klingelte Johans Handy. Als er es nach einer halben Minute ausdrückte, sah er Nathalie an.

»Sie haben Estelle Ekman gefunden. Sie war mit den Kindern bei einer Freundin, wie Robert vermutet hat. Jetzt ist sie auf dem Weg ins Polizeigebäude. Wie Sie gehört haben, habe ich die Fahndung gebeten, Robert wieder zu holen. Jetzt haben wir ja mehr Fragen«, schloss er mit einem Nicken hinüber zur toten Frau.

Nathalie schluckte.

»Fahren wir ins Polizeigebäude?«

»Ja«, antwortete Johan. »Ich muss nur mit der Frau reden, die das Opfer gefunden hat. Kommen Sie, wir haben keine Zeit zu verlieren.«

48

Johan stieg in den Polizeibus und setzte sich neben die Lehrerin Lena Forss und Bäcklund von der Schutzpolizei, der ihr Gesellschaft leistete. Die laminierte Karte wellte sich in ihren dünnen Händen, und sie hatte das Stirnband abgenommen. Vereinzelte Tropfen glänzten auf dem Regencape, und ihre Wangen waren wohl eher von Tränen als von Regen feucht.

»Sie haben sie also gefunden?«, begann Johan die Befragung, nachdem er sich vorgestellt hatte.

Lena Forss nickte und warf ihm einen schüchternen Blick zu. Ihre Augen standen eng zusammen über einer langen schmalen Nase und erinnerten Johan an einen afghanischen Windhund.

»Laufen Sie immer hier?«, fragte er.

»Nein. Ich habe die neue Strecke getestet, die der Club angelegt hat, aber ich bin vom Kurs abgekommen, weil ich was Oranges gesehen habe, das ich für einen Kontrollpunkt hielt.«

Einem Kopfschütteln folgte ein Schluchzen. »Das war das Entsetzlichste, was ich je gesehen habe.«

»Seit wann gibt es diese Strecke hier?«

»Seit letzten Montagvormittag.«

»Wir glauben, dass dann das Opfer abgelegt wurde«, erklärte Johan.

Lena Forss fuhr fort: »Ich bin immer eine der Ersten, die die neuen Strecken testet, aber jetzt hatte ich so viel zu tun, dass ich ...«

Sie unterbrach sich und schaute ihn forschend an.

»Hier sitze ich und rede; es ist besser, wenn Sie fragen, was Sie wissen wollen.«

»Wie viele sind vor Ihnen hier gelaufen?«

»Laut der Facebook-Seite des Clubs sechs oder sieben. Alle stehen mit Namen auf der Seite. Da steht auch, wann sie gelaufen sind, aber Sie glauben doch nicht etwa ...?«

»Wer hat die Strecke angelegt?«

»Nicklas Roos, unser Vorsitzender.«

»Ist Ihnen irgendetwas Besonderes aufgefallen, bevor Sie sie gefunden haben?«

Lena Forss starrte vor sich hin, holte dreimal schnell Luft und schüttelte dann den Kopf.

»Danke für Ihre Antworten«, sagte Johan. »Wenn Sie möchten, kann Kommissar Bäcklund Sie nach Hause fahren.«

Sie nickte.

Johan schob die Tür auf und eilte zum Volvo, wo Nathalie, Granstam und Pablo warteten.

49

Auf der Rückfahrt zum Polizeigebäude entwarfen Johan und Granstam einen Plan für das weitere Vorgehen: Zuerst sollte Estelle verhört werden und anschließend Robert. Beide waren sich einig, dass es nicht von Vorteil war, wenn Nathalie daran teilnahm (wogegen sie keinen vernünftigen Einwand finden konnte), und dass es sinnvoll war, wenn ein und dieselben Personen die beiden Verhöre leiteten, damit ihnen eventuell vorkommende Widersprüche auffielen.

Als die anderen durch die Glastüren liefen, blieb Nathalie unter dem Eingangsdach stehen. Ihr war noch immer übel, und sie wollte frische Luft schnappen, obwohl es lange dauern würde, bis der Gestank vom Tatort aus ihrem Geruchszentrum verschwunden war. Sie kontrollierte ihr Handy und stellte fest, dass ihre Mutter und die Kinder in der Zeit angerufen hatten, als sie es aus Respekt vor der Toten auf lautlos gestellt hatte. Sie überlegte, ob sie sie zurückrufen solle, war aber von den Ereignissen wie gelähmt und konnte sich nicht dazu durchringen.

Ein schwarzer Volvo bog von der Storgatan ab und hielt vor dem Eingang. Zuerst dachte sie, ein paar Journalisten säßen im Wagen, die sie mit Fragen belästigen würden, sobald sie sich außerhalb des Hauses zeigten, doch als sie die versteinerten Mienen der beiden Männer im Anzug sah, die ausstiegen, war ihr klar, dass sie sich geirrt hatte. Es war so offensichtlich, dass diese beiden Männer zur Polizei gehörten, wie ein Verkehrspolizist in voller Montur. Der Größere von ihnen spannte einen Schirm auf und öffnete die hintere Wagentür.

Estelle stieg aus und entdeckte sofort Nathalie.

Ihre Blicke trafen sich, und Nathalies Übelkeit wich einem Stechen auf der Haut.

Der Fahrer sagte etwas zu Estelle und zeigte zur Tür. Abgeführt von den beiden Herren, näherte sie sich, die ganze Zeit ihre blauen Augen fest auf Nathalie geheftet. Sie wirkte mager und zerbrechlich. Das blonde Haar war zerzaust, elektrisch aufgeladen und leuchtete wie ein Heiligenschein im grauen Schmuddelwetter. Sie sah aus, als habe sie geschlafen und keine Zeit gehabt, sich zu kämmen, bevor sie abgeholt worden war.

»Hallo, Estelle«, begrüßte Nathalie sie.

»Hallo«, sagte Estelle tonlos.

»Wie geht's?«, suchte Nathalie nach Worten und hörte selbst, wie dumm die Frage klang.

»Was glaubst du wohl?«, antwortete Estelle. »Ich soll zum Verhör, weißt du, worum es geht?«

»Ich kann nicht ...«

Nathalie verstummte, als sie Estelles eindringliches Flehen unter der harten Oberfläche wahrnahm. Sie wandte sich an die beiden Polizisten, wies sich aus und sagte so entschlossen wie möglich: »Das ist meine Schwester. Ich möchte gern unter vier Augen ein paar Worte mit ihr wechseln. Unsere Mutter ist krank, und es ist rein privat.«

Die Polizisten sahen einander an, zögerten.

»Wir haben Order, sie direkt in den Verhörraum zu bringen«, keifte der Muskulöse, der rechts stand und auf seinen Sportschuhen wippte.

»Selbstverständlich«, entgegnete Nathalie. »Aber ich arbeite an dem Fall und komme vom Zentralkriminalamt, also keine Sorge. Es dauert nur ein paar Minuten.«

Zu ihrem Erstaunen folgte ein Achselzucken. »Okay, wir warten an der Rezeption.«

Als die Türen aufglitten und die Männer im Haus verschwanden, legte Nathalie Estelle eine Hand auf die Schulter. »Wo sind die Kinder?«

»Bei meiner Freundin. Ich hoffe, das hier geht schnell. Ist Robert auch hier?«

»Er ist unterwegs, aber ihr werdet nicht gleichzeitig verhört.«

»Was ist passiert? Warum soll ich verhört werden?«

Estelle breitete die Arme in einer Geste aus, die Nathalie von sich auch kannte.

Nathalie zögerte eine Sekunde. So gern sie es auch wollte, sie konnte nichts von der Erde erwähnen.

»Warum hast du nicht die ganze Wahrheit über Erik erzählt?«, fragte sie.

Estelle blinzelte zweimal, strich sich mit der Hand übers Haar, jedoch ohne dadurch nennenswert etwas zu verändern.

»Was meinst du?«

»Das, was du deiner Kollegin Charlotte Holm erzählt hast«, antwortete Nathalie und blickte zu den Glastüren, hinter denen einer der Polizisten auf und ab wanderte. »Dass du wütend auf Erik warst, weil er dir den Laufpass gegeben hat, und du gesagt hast ›Damit kommt er mir bestimmt nicht davon‹.«

Abrupt machte Estelle einen Schritt zurück, kam aber genauso schnell wieder unters Dach, als sie den Regen im Nacken spürte.

»Stimmt das?«, drängte Nathalie.

Estelle schaute den Hügel hinunter.

»So habe ich das nicht gesagt, aber ich war wütend auf ihn. Das habe ich dir ja erzählt.«

»Nicht so deutlich«, gab Nathalie zurück. »Du hast gesagt, dass du enttäuscht warst und dich mit ihm treffen wolltest, um dich auszusprechen, das ist ein großer Unterschied zu einer Drohung.«

»Eine Drohung war das wohl kaum!«

»Und was hast du dann da vor seinem ehemaligen Haus gemacht?«, unterbrach Nathalie sie, als sie abermals den Schatten des Polizisten hinter der Tür vorbeigleiten sah wie einen Fisch, der im Aquarium seine Kreise zog. »Deine Wut passt nicht richtig zu der Sorge, mit der du deinen Besuch begründet hast.«

»Doch!«, protestierte Estelle und trat einen Schritt näher. »Bist du hier, um mir zu helfen, oder was sonst?«

»Ja«, antwortete Nathalie.

»Man kann sehr wohl wütend und gleichzeitig besorgt sein, das solltest du doch wissen.«

Estelles blasse Wangen röteten sich, und ihre Wut brachte Nathalie auf den Gedanken, dass sie womöglich die Lüge ihrer Schwester überbewertet hatte. »Aber warum hast du kein Wort über die Sache mit Thomas Hoffman gesagt?«

Estelle starrte sie an. Der Ausdruck in ihren Augen wechselte von Empörung über Verwunderung zu Einsicht.

»Du meinst, dass er mich sexuell belästigt hat?«

Nathalie nickte.

»Weil ich mich geschämt habe.«

Die Glastüren glitten auf, und dann war eine wutschnaubende Stimme zu hören: »Was machen Sie da?«

»Ich kann das erklären«, sagte Nathalie, drehte sich um und begegnete Johans verärgertem Gesichtsausdruck.

»Nicht nötig«, meinte Johan und forderte Estelle auf, ins Haus zu gehen.

277

Die Polizisten standen einen Schritt hinter Johan und versuchten ihre Beschämung durch Grobheit zu kaschieren. Sie packten Estelle am Arm und führten sie durch die Türen.

Johan blieb vor Nathalie mit einer Miene stehen, die nach einer Erklärung verlangte.

»Das war rein privat«, sagte sie. »Wir haben über unsere kranke Mutter gesprochen.«

»Okay, kommen Sie, wir gehen rein, bevor Robert ankommt. Sie können das Verhör vom Zuschauerraum aus verfolgen.«

50

Die Digitaluhr über der Kontrollwand zeigte 14.27 Uhr an, als Johan und Granstam sich gegenüber von Estelle niederließen und das Verhör einleiteten. Nathalie saß dicht an der verspiegelten Scheibe und verfolgte das Gespräch. Hin und wieder schaute Estelle zum Spiegel, als wüsste sie, dass Nathalie sich dahinter befand. Johan und Granstam setzten sie mal unter Druck, mal redeten sie ihr gut zu, aber Estelle hielt an derselben Version über Erik fest, die sie auch Nathalie geschildert hatte.

Johan wirkte immer frustrierter, am Ende stieß er sogar die verdeckte Drohung aus, dass Lügen in einer Mordermittlung strafbar sei. Estelle brach in Tränen aus, klammerte sich dennoch an ihre Aussage, als hinge sie über einem Abgrund. Im Gegensatz zu Johan glaubte Nathalie ihr.

Wie die Erde in die Garage und den Gang gelangt war, konnte Estelle nicht erklären.

»Wenn Sie und Ihr Mann es nicht waren, die sie dorthin gebracht haben, muss es jemand anders getan haben«, sagte Granstam.

»Welche Personen außer Ihnen bewegen sich noch auf Ihrem Hof?«, fragte Johan.

»Die Kinder, unsere Nachbarn manchmal, ein paar Leute, die Robert mitbringt, um bei den Pferden zu helfen, manchmal kommen die Sulki-Fahrer und die Eigentümer. Sind Sie sicher, dass die Erde von uns ist?«

Nathalie fiel etwas ein, das sie überprüfen wollten, wovon sie aber nichts mehr gehört hatte. Sie drückte auf den Knopf auf dem Kontrolltisch, der den Verhörführenden signalisierte, herauszukommen.

Als Granstam hinter sich und Johan die Tür schloss, sagte sie: »Erinnern Sie sich noch an den Nachbarn, der bei Robert und Estelle den Heizkessel repariert hat?«

»Ja?«, antwortete Johan ungeduldig.

»Mir war so, als würde ich ihn kennen, und jetzt weiß ich, wer das war.«

»Wer?«, fragte Johan.

»Der Hausmeister, der uns im Krankenhaus herumgeführt hat.«

»Sind Sie sicher?«, wunderte sich Johan. »Ich hatte eigentlich auch den Eindruck, dass er mich an jemand erinnert hat.«

»Ich bin sicher«, stellte Nathalie fest. »Und auch ein Nachbar war nach dem Brand der Erste vor Ort ... Haben Sie das überprüft?«

Ohne ihr eine Antwort zu geben, kehrte Johan in den Verhörraum zurück. Estelle bestätigte, dass es sich bei dem Nachbarn um den Hausmeister Göran Bylund handelte und dass er versucht hatte, das Feuer zu löschen.

»Wissen Sie, wo er sich jetzt aufhält?«, fragte Johan.

»Keine Ahnung«, antwortete Estelle.

Johan kam wieder heraus und bat Pablo, Bylund ausfindig zu machen.

»Auch wenn das ein Schuss ins Blaue ist, müssen wir wissen, was er zu sagen hat.«

Das Verhör ging weiter. Estelle wusste nicht, wer die Sozialarbeiterin Camilla Söder war. Weder sie, Robert noch die Kinder machten Orientierungslauf, und sie hatte nur eine vage Vorstellung, von welchem Waldstück sie sprachen. Norén und Hübinette waren sich einig, dass Camilla Söder letzten Montagmorgen im Wald abgelegt worden war, nur zwei Stunden nach dem Überfall auf Hoffman. Wenn dem so war, dann lagen sie mit dem exakten Zeitplan des Mörders und der kurzfristig zweifachen Gefangenschaft richtig.

»Jetzt gibt es keinen Zweifel mehr, wir haben zwölf Stunden, um Erik zu finden«, stellte Johan fest. »Und wenn der Täter weiterhin nach demselben Muster vorgeht, gibt es vielleicht noch ein weiteres Opfer.«

Estelle hatte ihre Geschichte über Roberts Ausflug ins Ferienhaus in Stöde wiederholt. Er war die ganze Nacht fort gewesen und erst zum Mittagessen nach Hause gekommen. Sie hatte die Kinder in die Schule gefahren und dann auf dem Hof gearbeitet. Beiden fehlte folglich auch ein Alibi für den Zeitraum, in dem die Leiche von Camilla Söder abgelegt worden war.

Die Ermittler wussten nicht, wo, wann und wie Camilla Söder entführt worden war – aber Angelica Hübinette war zu der Einschätzung gelangt, dass sie wahrscheinlich drei Tage vor dem Mord festgehalten wurde, was wiederum das zwanghafte Verhaltensmuster des Mörders bestätigte. Am fraglichen Wochenende hatte sich Robert von Freitag bis Sonntag bei einem Trabrennen in Umeå aufgehalten, und Estelle hatte Samstag und Sonntag Tagesschicht gehabt.

Das Verhör wurde beendet, und Johan bat, eine Speichelprobe für einen DNA-Abgleich nehmen zu dürfen. Estelle nickte zögernd. Johan fasste sie am Kinn und schob ihr das Baumwollstäbchen in den Mund. Nathalie schaute weg, als sie die Angst in Estelles weit aufgerissenen Augen sah. Das war der Blick eines gehetzten Tieres, das keine Fluchtmöglichkeit mehr hatte.

51

Estelle wurde hinausgeführt und Robert fünf Minuten danach hereingebracht. Er war in Begleitung von Anwalt Pelle Sjöström. Johan hatte klargestellt, dass Robert und Estelle sich vor den Verhören nicht begegnen durften. Als Nathalie Roberts zorniges Gesicht sah, wusste sie, dass die Entscheidung richtig gewesen war: Das war der Gesichtsausdruck eines betrogenen Mannes – vielleicht noch etwas schlimmer –, der eines Mannes, der jeden bis zum Stillschweigen einschüchtern konnte. Wie auch immer das Ganze ausgehen mochte, so war Nathalie überzeugt, dass die Ehe ihrer Schwester nur noch schwer zu kitten war. Sie dachte unfreiwillig an Håkan und die Kinder, an die zermürbenden Streitereien und Verdächtigungen, und ihr tat Estelle leid.

Wenn ich ihre Aussage nicht weiter vorangetrieben hätte, dann wäre es vielleicht nicht so schlimm gekommen. Was hat mich, die ich mein ganzes Leben gut darin war, unangenehmen Situationen aus dem Weg zu gehen, plötzlich dazu getrieben, um jeden Preis die Wahrheit herauszufinden?

Die Antwort war simpel: Nach den Enthüllungen um ihren Vater und Adam gab es nichts mehr, was ihr noch Angst machen konnte.

Johan machte Dampf, und Granstam sorgte für Abkühlung. Dieses Wechselspiel beeindruckte Robert nicht nennenswert. Wenn er doch einmal wütend wurde, schob Anwalt Pelle Sjöström einen passenden Paragraphen in das Verhörgetriebe und schickte die Vernehmung zurück auf Anfang.

Robert bestätigte Estelles Version. Nach einer halben Stunde brach Johan das Verhör ab. Nach kurzer Beratschlagung im Zuschauerraum, wo sich Staatsanwältin Fridegård mitten im Verhör dazugesellt hatte, wurde beschlossen, Estelle und Robert mit verstärkter Beschattung zu entlassen.

Als Nathalie in den fünften Stock kam, trat sie ans Fenster und schaute auf den Parkplatz. Robert und Estelle kamen nebeneinander aus dem Gebäude und setzten sich in Roberts Auto.

52

Um halb vier Uhr am Sonntagnachmittag war die Gruppe wieder im Konferenzraum versammelt. Das älteste Mitglied im Sundsvall-Team, der sechsundsechzig Jahre alte Kommissar Dan Sankari, hatte sich ihnen angeschlossen, nachdem er ein paar Tage wegen einer Hüftgelenksartrose krankgeschrieben war. Frisch gekochter Kaffee in Thermoskannen und frische Apfelkrapfen aus Ullas Konditorei auf der anderen Seite der Storgatan standen bereit, doch niemandem war nach Kaffeekränzchen zumute. Die Aufmerksamkeit aller war auf Johan gerichtet, der vor dem Whiteboard auf und ab lief.

»Unsere schlimmste Vermutung ist bestätigt worden«, begann Johan. »Jetzt jagen wir einen Serienmörder. Drei Opfer, derselbe Modus Operandi, in zwei von drei Fällen auf Alnön abgelegt.«

»Erik Jensen ist noch nicht tot«, stellte Nathalie fest.

»So den Täter als Serienmörder zu definieren ist nicht korrekt«, stellte Tim Walter fest.

»Ich glaube, alle verstehen, was ich meine«, sagte Johan tonlos.

»Und Camilla Söder ist keine Ärztin und hat bisher keine Verbindung zum Krankenhaus«, fuhr Tim Walter fort und drehte seine Cap zur Seite.

»Dazu kommen wir noch«, sagte Johan und sah Åkerman an, der vom Computerbildschirm aufblickte und nickte. »Laut Angelica Hübinette erschlug der Mörder Camilla Söder mit einem harten, stumpfen Gegenstand – wahrscheinlich mit einem Hammer – und legte sie am Montagmorgen, das heißt fünf, sechs Stunden nach dem Überfall auf Thomas Hoffman, ab. Genau wie in Hoffmans Fall hat der Mörder Camilla Söder drei Tage lang festgehalten und ihr nur Wasser zu trinken gegeben. Die Stichwunden am Rücken sind ihr zugefügt worden, als sie noch lebte, und wahrscheinlich mit derselben Form von Stechbeitel.«

Johans Stimme wurde mit jedem Wort rauer, und nun brach sie wie ein vertrockneter Zweig. Er biss sich auf die Wangen, warf einen Blick auf die ständig wachsende Mindmap an der Tafel und wandte sich wieder der Gruppe zu.

»Die Frage ist, was der Täter uns mit der Anzahl der Punkte auf den Spielsteinen sagen will. Ein Sechser-Paar, ein Einser-Paar und ein Zweier-Paar. Hat jemand einen Vorschlag?«

Einige schüttelten den Kopf, und Nathalie stellte fest: »Es ist bestimmt kein Zufall, dass jeder Spielstein ein Paar aus denselben Zahlen darstellt, aber mir fällt nichts Weiteres dazu ein.«

»Vielleicht klärt es sich, wenn noch mehr Spielsteine auftauchen«, meinte Tim Walter.

Das Team schaute ihn forschend an.

»Ich meine, wir wissen ja nicht, wo die Serie anfängt und wo sie aufhört. Camilla Söder ist vielleicht nicht das erste Opfer und Erik Jensen nicht das letzte ...«

»Wir werden ihn finden«, unterbrach ihn Johan, »aber an Ihren Worten ist was Wahres dran.«

Er trat ans Fenster. Auf der Storgatan standen Autos von sämtlichen Medien in einer Reihe hintereinander.

»Ich begreife nicht, warum der Täter zuerst das nächste Opfer entführt, bevor er das letzte ermordet und ablegt?«, überlegte Granstam laut.

»Aus Kontrollgefühl, glaube ich«, vermutete Nathalie.

»Könnten Sie sich mit Ihrem Profil geirrt haben?«, fragte Pablo. »Serienmörder sind doch oft triebgesteuert und ohne Motiv. Und vielleicht ist die Anzahl der Punkte auf den Spielsteinen reiner Zufall.«

»Glaube ich nicht«, widersprach Nathalie. »Der Mörder will uns was sagen. Sogar die Tatsache, dass er Erik Jensen mit Johan telefonieren ließ, spricht dafür, dass er kommunizieren will.«

Mit den Worten kam in Johan wieder das Gefühl auf, dass Erik versucht hatte, ihm etwas Wichtiges zu sagen, etwas, das eine andere als die wörtliche Bedeutung hatte.

Pablo verschränkte die Arme vor der Brust und insistierte: »Und wir wissen wohl auch immer noch nicht, *wo, wann* und *wie* Camilla Söder entführt wurde, oder?«

»Die Orientierungsstrecke wurde letzten Montagmorgen angelegt«, erklärte Johan und kehrte an den Tisch zurück. »Wir haben die Leute befragt, die das gemacht haben und dort gelaufen sind, aber niemand hat etwas gesehen oder gehört. Camilla Söder wurde nicht als vermisst gemeldet, weil sie keine Angehörigen hat und seit letztem Dienstag Urlaub hatte. Sie hatte eine Reise nach San Remo gebucht, hat sie aber offensichtlich nicht angetreten.«

»Also nicht geschieden oder Mitglied im Skvaderorden«, stellte Granstam fest.

»Haben wir überhaupt eine Verbindung zwischen ihr, Hoffman und Jensen gefunden?«, fragte Hamrin von seinem Posten als tragende Stütze neben der Tür.

»Dazu wollten wir noch kommen«, antwortete Johan und nickte Åkerman zu, der sich räusperte.

»Ich habe gerade erfahren, dass Camilla Söder an dem Tag im Krankenhaus war, als sie verschwand.«

Alle im Team drehten sich zu Åkerman.

»Um vier Uhr nachmittags nahm sie an einer Besprechung über die Pflegeplanung auf der chirurgischen Station 23 teil, übrigens dieselbe Station, auf der Estelle Ekman arbeitet. In der Besprechung ging es um einen Patienten, der keine Verbindung zur Ermittlung hat; und laut der Anwesenden verhielt sich Camilla Söder so wie immer.«

»Also nach dem Todeszeitpunkt zu urteilen, den Hübinette uns genannt hat, wurde sie wahrscheinlich auf dem Heimweg überfallen«, ergänzte Johan. »Ich bin so sicher, weil ihr Auto immer noch auf einem der Personalplätze in der Garage steht.«

Eine Pause entstand. Granstam und Sankari versorgten sich mit Kaffee und Krapfen, einige blätterten in ihren Aufzeichnungen, andere rutschten auf ihrem Stuhl herum und starrten aus dem Fenster, wo der Regen einer milden Sonne gewichen war.

Nathalie fing Johans suchenden Blick ein: »Die Verbindung zum Krankenhaus ist also eine Tatsache, genauso wie meine Theorie von einem Motiv dahinter. Dem Mörder fällt es schwer, sich auszudrücken, und die Dominosteine sind ein Symbol für etwas, das wir nicht verstehen. Das hat nicht nur was mit der Anzahl der Punkte zu tun, sondern mit den Spielsteinen an sich.«

Die Schlussfolgerung nahm in ihrem Gehirn in dem Moment Gestalt an, in dem sie sie aussprach. Wie in dem Intuitionsspiel, mit dem sie immer in der Fallanalyse arbeitete – sprechen, bevor du denkst, und vor allem das sagen, was du denkst, bevor du denkst: »Das solltest du nicht denken.«

»Und was zum Henker sollte das sein?«, polterte Hamrin von der Wand aus.

»Das weiß ich noch nicht«, antwortete sie. »Aber die Tatsache, dass Camilla Söder im Krankenhaus war, stützt meinen Verdacht, dass der Mörder seine Opfer dort versteckt hält. Der Täter muss ja Hoffman wie Söder irgendwo zur gleichen Zeit versteckt haben, was sowohl Platz als auch Nähe zum Ort erfordert. Und die Erde in der Garage war wie gesagt dort aufgeschüttet, um uns in die Irre zu führen und uns glauben zu machen, die Opfer wären auf diesem Weg transportiert worden.«

»Ja«, nickte Granstam und schluckte den letzten Bissen Apfelkrapfen hinunter. »Wie weit ist die Suche im Krankenhaus?«

»Ich habe vor unserer Besprechung mit dem Sicherheitschef Pontus Tornman telefoniert«, sagte Johan. »Wir haben die Suche dort konzentriert mit Schwerpunkt auf den Gang, in dem Erik und Hoffman überfallen wurden. Aber es ist nicht einfach, das Krankenhaus ist, wie wir wissen, sehr groß. Es gibt zum Beispiel ein Geschoss ganz unten, das für einen eventuellen Kriegsfall vorgesehen ist.«

»Was Neues von Sara und José?«, fragte Sofia.

Johan schüttelte den Kopf.

»Sara ist zu Hause, und José haben wir immer noch nicht geortet.«

»Komisch, dass er nicht ans Telefon geht«, meinte Hamrin. »Das gehört doch wohl zur Arbeit eines Literaturagenten. Wenn er um zwölf Uhr mit dem Auto die Stadt verlassen hat, müsste er jetzt in Stockholm sein.«

»Ja«, stimmte Johan ihm zu. »Aber wir können nur abwarten und hoffen, dass er sich meldet oder dass die Fahndung etwas bringt. Jedenfalls waren Sara und José im Haus und arbeiteten an dem Tag, an dem Camilla verschwand.«

»Folglich das gleiche gemeinsame Alibi wie in Jensens und Hoffmans Fall«, stellte Sankari fest und faltete die Hände vor seiner Wampe, die genauso imposant war wie die von Granstam.

»Was hat der Hausmeister gesagt, den wir bei Estelle angetroffen haben?«, wollte Nathalie wissen.

Johan lehnte sich ans Whiteboard. »Ich habe mit Göran Bylund gesprochen. Er bestätigte, dass er versucht hat, das

Feuer in der Scheune zu löschen, hat aber keine Ahnung, wie die Erde in den Gang oder die Garage gekommen ist. Er trug nicht dieselben Stiefel, als er zur Arbeit fuhr, aber es ist ja nicht ausgeschlossen, dass er trotzdem etwas davon mitgebracht hatte, ich meine, wenn er sich andere Schuhe angezogen hat und in den Erdresten auf dem Flurboden herumgetreten ist ...«

»Finde ich zu weit hergeholt«, entschied Granstam. »Und das erklärt den aufgeschütteten Erdhaufen in der Garage nicht.«

»Göran Bylund?«, schob Tim Walter ein. »Das war doch der, der Kent Runmarks Freundin Jennie Larsson gefunden hat, nachdem sie sich erhängt hat.«

Die Gruppe drehte sich forschend zu ihm um.

»Das habe ich gesehen, als ich die Polizeiberichte durchgegangen bin«, erklärte Walter, als sei es die natürlichste Sache der Welt, sich solche Details zu merken.

»Ist wahrscheinlich kaum von Bedeutung«, meinte Sofia. »Bylund arbeitet doch da.«

»Wohl einer der Zufälle, die in unserer kleinen Stadt nicht weiter ungewöhnlich sind«, grinste Hamrin.

»Welchen Status haben wir für unsere Verdächtigen?«, fragte Granstam und trommelte mit den Fingern auf seine Snusdose in der Lederweste.

»Robert Ekman ist gerade zur Jagdhütte nach Stöde losgefahren«, antwortete Johan. »Estelle Ekman ist mit den Kindern zu Hause auf dem Hof. Weil uns nur ein Team von der verdeckten Ermittlung zur Verfügung steht, habe ich sie auf Robert angesetzt; die Wahrscheinlichkeit, dass Estelle die Kinder allein lässt, um Erik aufzusuchen, halte ich für sehr gering. Yasmine Danielsson haben wir nicht mehr unter Bewachung, wie ihr wisst.«

Pablo Carlén legte seine bloßen Unterarme auf den Tisch und sagte mit gewichtiger Miene: »Ich habe ein interessantes Detail gefunden, als ich Camilla Söder überprüft habe.«

»Ja?«, sagte Johan ungeduldig.

»Sie ist vor drei Wochen aus der Feministischen Definition ausgetreten, offensichtlich nach einer Meinungsverschiedenheit mit Yasmine Danielsson.«

»Worum ging es dabei?«, fragte Nathalie.

»Weiß ich nicht, aber das finde ich raus.«

»Ruf Yasmine Danielsson nach der Besprechung an und frage nach, wo sie sich befindet«, entschied Johan.

Pablo nickte und verließ den Raum. Johans Handy klingelte. Während des kurzen Gesprächs lief er vor der Tafel rastlos im Kreis. Als er das Telefonat beendet hatte, sprach er wieder eifrig zu der Gruppe. »Kent Runmark wurde vor einer halben Stunde vor der Buchhandlung in der City Galleria gesehen. Ein Mann mit Rollator kam eben an die Rezeption und erzählte es. Unsere verdeckten Ermittler im Zentrum überprüfen das, aber Runmark wird wohl kaum noch da sein. Er wird wissen, dass wir hinter ihm her sind.«

»Nicht wenn die Psychose ausgebrochen ist«, gab Nathalie zu bedenken. »Aber wie gesagt, glaube ich, dass seine Verrücktheit zum großen Teil nur gespielt ist.«

Tim Walter sah hellwach von seinem Bildschirm auf. »Ich habe gerade Runmarks Akte im Sozialamt gehackt. Und wisst ihr was? Er hatte bis vor einem Monat Camilla Söder als Sachbearbeiterin. Er hat ihr gedroht, nachdem sie ihm finanzielle Unterstützung verweigert hatte, weil er unter Drogeneinfluss stand.«

»Wie Kreise im Wasser«, sagte Johan ungeduldig. »Mir kommt es so vor, also ob uns jeder neue Hinweis weiter von der

Lösung wegführt und vor allem von der Antwort, wo Erik versteckt gehalten wird.«

Wieder hörte er Eriks Stimme in sich: »Ich muss jetzt aufhören, muss nach Hause gehen.«

Was hatte er damit gemeint? Irgendetwas an der Ausdrucksweise kam ihm bekannt vor, nur was?

»Wenn wir uns die Karte von Alnön anschauen ...«, drehte sich Granstam zur Karte an der Wand um und brach seinen Gedankengang ab.

»Hier wurde Hoffman gefunden«, sagte Johan und zeigte auf eine rote Nadel im südlichen Teil. »Und hier wurde Camilla Söder gefunden«, fuhr er fort und deutete auf eine Nadel in der Mitte.

»Also nicht in der Nähe von Roberts und Estelles Hof oder Yasmine Danielssons Trainingsraum«, stellte Nathalie fest.

»Aber nur einen Kilometer von Sara Jensens Eltern und Runmarks Eltern entfernt«, sagte Hamrin.

»Das spielt wohl keine Rolle, weil der Mörder ein Auto hat«, meinte Johan.

Sie wurden von einem energischen Klopfen an der Tür unterbrochen. Staatsanwältin Gunilla Fridegård betrat den Raum. Ihr Gesichtsausdruck war eher grimmig als freundlich.

»Rechtsmedizinerin Hübinette hat mich eben angerufen. Sie hat einen interessanten Fund gemacht und mich gebeten, herzukommen und sie auf Skype hinzuzuschalten.«

Jens Åkerman und Tim Walter tippten auf ihre Computer ein. Walter war am schnellsten, und bald beugten sich alle über seinen Bildschirm. Angelica Hübinette stand im Zelt im Wald und schaute sie mit einem durchdringenden Blick an, den noch nicht einmal die grobkörnige Bildauflösung verbergen konnte.

»Ich habe die Spitze eines Betäubungspfeils in einem der Rechtecke im Rücken des Opfers gefunden«, begann sie. »Der Pfeil ist verhältnismäßig tief eingedrungen und zur Hälfte abgebrochen.«

»Ein Betäubungspfeil?«, wiederholte Johan ungläubig und ging näher zum Bildschirm heran, obwohl Hübinettes Stimme klar und deutlich zu hören war.

»Ja, und zum Glück ist ein Teil des Codes zu lesen. Der Pfeil stammt aus einem Betäubungsgewehr, wie es Veterinäre benutzen, um Tiere zu betäuben. Der Typ wird auch in der Forschung verwendet, wenn man Bären, Löwen und so weiter mit einem GPS-Chip markiert.«

Hübinette legte eine Pause ein und hustete in die Armbeuge, bevor sie weitersprach: »Ich habe gerade die Analyse von Hoffmans Blut bekommen, und die enthält Reste des Betäubungsmittels, das sich in diesen Pfeilen befindet.«

Einen Augenblick lang schien die Gruppe kollektiv die Luft anzuhalten. Dann meldete sich Johan mit der Frage zu Wort, die sich alle stellten: »Was hat das zu bedeuten?«

»Wahrscheinlich hat der Täter mit einem Betäubungsgewehr auf die Opfer geschossen. Die Pfeile sind für Tiere gedacht, und die Opfer sind wohl auf der Stelle zusammengebrochen.«

»Kann man die Pfeile einem bestimmten Veterinär zuordnen?«, fragte Nathalie.

»Nein, aber es gibt sicher nicht allzu viele, die hier im Bezirk eine Genehmigung dafür haben.«

»Ich überprüfe das sofort«, sagte Åkermann, und seine Fingerspitzen tanzten über die Tastatur.

53

Es war wieder Schlussverkauf für DVDs, doch sie hatte nicht vor, sich von den Sonderangeboten abermals verführen zu lassen. Letzte Woche hatte sie zwei romantische Komödien gekauft, deren Titel sie vergessen hatte. Der eine Film stotterte, und bei dem anderen fehlten die schwedischen Untertitel. Nach dieser Erfahrung musste das Programm in der Glotze reichen. Selbstverständlich zwang ihre niedrige Rente sie dazu, die Fernsehgebühr zu ignorieren, aber sie hatte schließlich ihr Leben lang Steuern bezahlt, und etwas durfte man doch auch davon haben.

Sie ging in die Bücherabteilung. In der Buchhandlung in der City Galleria zu stöbern war eines ihrer wiederkehrenden Glücksmomente. Liebend gern schaute sie sich die Umschläge an, las die Zusammenfassungen auf den Buchdeckeln und hörte das Rascheln beim Blättern der Seiten. Die Bestsellerliste beachtete sie nicht. Fast ausschließlich Krimis und Chick-Lit standen dort. Sie verstand die Leute nicht, die rosarote Jung-Mädchen-Träume und bestialische Mordstories verschlangen. Sie wollte etwas über das wahre Leben lesen, das, so gut man konnte, gelebt werden musste.

Am Regal mit den Klassikern blieb sie stehen und blätterte in Jane Austens *Vernunft und Gefühl*, obwohl sie das Buch schon sieben Mal gelesen hatte. Aber so in der Buchhandlung zu stehen, mit dem Roman in der Hand, schenkte ihr das wohlige Gefühl von Zugehörigkeit. Sie schloss die Augen und ließ die positive Energie durch die Finger und in den Körper strömen. Jetzt gab es nur sie und die Geschichte und den glatten Einband auf der Haut.

Ein Mann drängelte sich hinter ihr zur diskreten Ecke mit erotischer Literatur durch. Als er ihre Schulter streifte und hustete, war die Magie verflogen. Schnell stellte sie das Buch zurück und verließ den Laden, nachdem sie sich bei der Verkäuferin Maja verabschiedet hatte, die immer zu ihr kam und fragte, ob sie ihr helfen könne.

In der Galleria wimmelte es von Menschen, obwohl es Sonntag war. Der Ruhetag war zum Tag des Kommerz geworden, wogegen sie nichts einzuwenden hatte. Ihr gefiel es, aus ihrer Zwei-Zimmer-Wohnung herauszukommen und sich das bunte Treiben anzuschauen, das war die einzige Gesellschaft, die sie nach Göstas Tod noch hatte.

Die Schmerzen in der Hüfte wurden mit jedem Schritt stärker, und vor dem Parfüm-Geschäft musste sie sich auf einer Bank ausruhen. Sie hatte keinen Operationstermin bekommen, obwohl sie schon vor einem halben Jahr beim Orthopäden gewesen war. Die Behandlungsgarantie hatte auch nicht funktioniert – die einzige Garantie, die sie hatte, war, dass sie ihre Spaziergänge nicht mehr schaffen würde, wenn sie sich nicht jeden Morgen mit Tabletten vollstopfen würde.

Ein schwarz-weißer Karton stand auf der Bank, aber niemand war in der Nähe, und wenn sich herausstellen sollte, dass der Platz besetzt war, dann musste sie eben weiterrücken. Mit einem Seufzer ließ sie sich nieder und spürte, wie die Schmerzen nachließen. Linste zum Karton und stellte fest, dass er ein Dominospiel enthielt. Das hatte sie mit Gösta gespielt, obwohl sie es eigentlich für Zeitverschwendung hielt.

Nach fünf Minuten Warten war ihr klar, dass jemand das Spiel vergessen haben musste. Ein Stück weiter standen vier Jugendliche, die im Einkaufszentrum immer klauten und Radau machten. Einer der Jungen schaute in ihre Richtung. Instinktiv nahm sie den Karton auf den Schoß, als gehöre er ihr. Der wahre Besitzer würde bestimmt bald zurückkommen, und sie konnte problemlos sitzen bleiben.

Die Qualität des Kartons war nicht so schön wie beim Einband von *Vernunft und Gefühl*, und er fühlte sich leicht an. Am Klebeband merkte sie, dass er geöffnet worden war. Neugierig wie sie war, beschloss sie, einen Blick hinein zu riskieren. Das konnte dem glotzenden Jungen zu verstehen geben, dass der Karton ihr gehörte.

Sie hob den Deckel an. Ganz oben im Karton lag ein mit der Hand in Blockbuchstaben auf liniertem Papier geschriebener Zettel.

AN DIE POLIZEI

Erstaunt nahm sie den Zettel in die Hand. Auch auf der Rückseite stand etwas.

ICH BIN DAS AUGE DES STURMS. ICH BIN NUMMER FÜNF.
FÄLLT EINER, FALLEN ALLE.

Verwundert sah sie in den Karton hinein. Sechs Plastikfächer gefüllt mit Spielsteinen. Ein paar Steine schienen zu fehlen.

Was mache ich jetzt?, überlegte Märta Lindmark und schloss den Deckel. Gestützt auf den Gehstock, den Karton unter dem Arm, machte sie sich langsam auf den Weg zum Ausgang.

Sollte sie direkt zur Polizei oder nach Hause gehen und nachdenken? »Nie etwas übereilt tun«, hatte Gösta immer gepredigt, und diesen Rat hatte sie sich weiterhin zu Herzen genommen. Und sie mochte Polizisten nicht, nicht seitdem man sie in dem Pflegeheim, wo sie einen Sommer geputzt hatte, des Diebstahls bezichtigt hatte.

Wir werden sehen, eins nach dem anderen, entschied Märta Lindmark und verzog das Gesicht, als sie sich auf dem weichen Teppich am Eingang den Fuß vertrat.

54

Endlich war sie wieder zu Hause. Das *müsste* sie denken, aber das Haus fühlte sich leer und unwirtlich an, obwohl die Kinder in der oberen Etage herumtobten. Estelle machte sich in der Küche eine Tasse Tee und ein Käsebrot und spürte, wie ihr Blutzuckerspiegel anstieg. Nachdem Robert ins Ferienhaus gefahren war, hatte sie vor dem abendlichen Ausritt, den sie Marielle und Minna versprochen hatte, drei Pferde sorgfältig gestriegelt. Die Arbeit im Stall war eine Wohltat gewesen, eine Methode, zu verdrängen, was gerade um sie herum passierte.

Roberts Angebot, sie im Auto vom Polizeigebäude mit nach Hause zu nehmen, hatte sie erstaunt, und die Fahrt war unangenehm verlaufen. Er hatte sie wegen ihrer Untreue und weil sie das Versprechen gebrochen hatte, ihm ein Alibi zu liefern, mit Beschimpfungen überschüttet. In der Hoffnung, ihn zu besänftigen, hatte sie geschwiegen, doch ihre Strategie war nicht aufgegangen.

»Ich denke über eine Scheidung nach«, waren seine letzten Worte, bevor er nach Stöde fuhr, wo er übernachten wollte, um »seine Ruhe vor allen Idioten« zu haben.

Sie zog ihre Reitstiefel an und ging hinaus auf den Hof. Sie hatte versprochen, den Platten an Mannes Fahrrad zu reparieren – was Robert normalerweise immer erledigte, aber jetzt würde sie es ihm zeigen. Es regnete nicht mehr. Sie wich in Schlangenlinien den Pfützen auf dem Hofplatz zur Garage aus und sah, wie sich der Himmel im trüben Wasser spiegelte.

Wie konnte es nur so weit kommen? Warum hatte Erik mit ihr Schluss gemacht, als es ihnen so gut miteinander gegangen war? Warum konnte er ihr das nicht erklären, als er sah, wie schlecht es ihr ging?

Mitten in der Garage stand Mannes Fahrrad. Sie konnte nicht verstehen, warum er sich so oft einen Platten holte, obwohl er die neuesten Moutainbike-Reifen montiert bekommen hatte, die auf dem Markt waren. Sie drehte sich zur Werkzeugwand, um nach dem Schraubenschlüssel zu greifen. Der Platz, wo er immer hing, war leer. Er lag auch nicht auf der Werkbank oder in einer der Schubladen. Sie fluchte laut und schlug mit der Faust so fest auf die Werkbank, dass es bis hoch in den Ellenbogen zwirbelte.

Sie suchte weiter und dachte an Nathalie. Als sie ihr vor dem Verhör im Korridor über den Weg gelaufen war, hatte sie die Zweifel in ihren Augen gesehen. Und wer konnte ihr das vorwerfen nach all den unbeholfenen Lügen? Trotzdem war Nathalies Anwesenheit eine Stütze gewesen, und die Polizisten hatten sie die ganze Zeit respektvoll behandelt.

Nein, der Schraubenschlüssel war nicht in der Garage. Schnell ging sie ins Haus und fragte die Kinder. Sie wussten von nichts. Konnte Robert ihn mitgenommen haben? Ihr fiel ein, dass er vor seiner Abfahrt in der Garage gewesen war, um etwas zu holen. Aber ihn anzurufen und zu fragen war genauso ausgeschlossen wie Manne zu sagen, dass er bis morgen warten musste, bis er wieder Fahrrad fahren könne.

»Der Nachbar, der alles repariert«, sagte sie sich und stellte mit einem Blick aus dem Fenster fest, dass Rauch aus dem Schornstein des Nachbarhauses stieg.

Sie sagte den Kindern Bescheid, bekam einen Schwall von Antworten und ging hinaus. Schnappte sich Roberts Armeefahrrad und strampelte die Schotterpiste entlang. Zum Nachbarn zu radeln dauerte nur fünf Minuten, und auch wenn sie noch ein kurzes Schwätzchen hielt, wäre sie in einer Viertelstunde wieder zurück.

55

Johan saß in seinem Büro und sprach mit Sara. Sie hatte nichts von José gehört und machte sich langsam Sorgen. Es war nicht seine Art, das Handy nicht eingeschaltet zu haben, und er rief sonst immer an, um Bescheid zu sagen, dass er gut angekommen war. Leider erinnerte sie sich nur noch daran, dass es bei seiner Besprechung um einen Film ging, und Johan erkannte, dass der Versuch, mehr herauszufinden, sinnlos war.

Sara hatte keine Ahnung, was Erik mit »nach Hause« gemeint haben könnte, und Johan kamen langsam Zweifel, dass in den Worten eine Botschaft verborgen war, wenn er denn Erik überhaupt richtig verstanden hatte.

Als Johan das Gespräch beendet hatte, klopfte es an der Tür. Pablo und Sofia traten in Begleitung einer älteren, fülligen Frau ein. Sie trug einen Karton, als enthalte er eine Bombe. Nachdem sie ihnen den Inhalt gezeigt hatte, zog sich Johan Plastikhandschuhe über und brachte den Karton in den Konferenzraum. Mit Hilfe eines Technikers, der DNA-Spuren sicherstellte, untersuchten Johan und Pablo den Inhalt. Sofia rief die anderen aus der Gruppe außer Jens Åkerman und Dan Sankari dazu. Åkerman saß am Telefon auf der Jagd nach Tierärzten mit Zugang zu Betäubungspfeilen; Sankari war ins Krankenhaus gefahren, um Yasmine Danielsson zu verhören, die dort im Fitnessraum trainierte, weil die Räume auf Alnön besetzt waren – der Grund dafür war unklar.

»Kann Kent Runmark das Spiel dort abgestellt haben?«, schlug Tim Walter vor. »Er ist doch vor einer guten Stunde bei der Buchhandlung gesehen worden.«

»Ja, das ist nicht ganz unwahrscheinlich«, stimmte Granstam zu und ließ sich auf einen Stuhl nieder. Er stützte seine Hände in den Rücken, und sein Gesicht war schmerzverzerrt.

»Welche Spielsteine fehlen?«, fragte Nathalie.

»Weiß nicht«, antwortete Johan. »Wir müssen das noch untersuchen, aber es ist nicht ersichtlich, wie viele von jeder Sorte vorhanden sein sollen. Sofia, kannst du den Hersteller anrufen und nachfragen?«

»Heute ist doch Sonntag, ich glaube kaum, dass ...«

»Finde es irgendwie raus«, fiel Johan ihr ins Wort.

Sofia griff nach dem Mobiltelefon und verließ den Raum.

»Was zum Henker hat das da zu bedeuten?«, fragte Hamrin und nickte zu dem handgeschriebenen Zettel, der in einer durchsichtigen Plastiktüte auf dem Tisch lag.

»Der Mörder hat eine Botschaft, die wir verstehen sollen, das wird immer deutlicher«, erklärte Nathalie. »Wie ich schon gesagt habe, handelt es sich wahrscheinlich um eine der Personen, die wir bereits im Lauf der Ermittlung kennengelernt haben, eine Person, die weiß, was wir machen.«

Hamrin schnaubte und stellte sich an die Tür. »Es wäre ja gut, wenn Sie mit Ihrem tollen Täterprofil uns Landeiern mal erzählen würden, *wen* von den Verrückten in diesem Durcheinander wir einbuchten sollen.«

Nathalie überhörte den Sarkasmus und antwortete sachlich: »Ich weiß es nicht, und das liegt, wie Sie wissen, daran, dass wir zwei Verdächtige und eine Person mit gespaltener Persönlichkeit haben. Aber Yasmine Danielsson können wir, glaube ich, ausschließen.«

»Und wie lautet die Botschaft?«, fragte Johan und schaute sie aus seinen grünen Augen an, die ein Netz aus roten Adern durchzog.

»›Fällt einer, fallen alle‹ ist vielleicht der Schlüssel«, meinte Nathalie. »Ich habe ja erklärt, dass die Dominosteine über die Anzahl der Punkte hinaus etwas an sich symbolisieren.«

Einige nickten, und es machte sie verlegen, dass sie sich anhörte, als halte sie vor Medizinstudenten eine Vorlesung, aber das war ein belangloses Gefühl, das verging.

»Klingt schwammig«, fand Pablo. »Was mir Sorgen macht, ist, dass da steht ›Ich bin Nummer fünf‹ – bedeutet das, dass der Täter insgesamt vier Morde plant?«

»Ja, vielleicht«, nickte Granstam und pulte an einem Knopf an seiner Weste. »Vielleicht hat der Täter vor, sich das Leben zu nehmen, wenn er fertig ist.«

Diese düstere Prophezeiung stieß auf nachdenkliches Schweigen. Nathalie hob ihren Blick zum Whiteboard und zur Karte von Alnön und senkte ihn dann wieder aufs Spiel. »Ich bin das Auge des Sturms.« Das war ein zentraler Satz.

299

Auge. Konnte damit eins der Augen auf den Spielsteinen gemeint sein?

Nummer fünf.

Ihr Blick wanderte zurück zu den roten Nadeln, die die Orte markierten, an denen Thomas Hoffman und Camilla Söder gefunden wurden. Instinktiv ging sie nach vorn zur Tafel und dachte laut nach, ohne den Gedankenfluss zu behindern: »Wenn der Mörder die Nummer fünf und das Auge im Sturm ist, dann sind doch die Opfer die vier ihn umgebenden Punkte. Wenn wir davon ausgehen, dass der Täter die Opfer so abgelegt hat wie im Verhältnis zwischen den Punkten auf einem Dominostein mit fünf Augen ...«

Sie nahm drei rote Nadeln von der Ablage unter der Karte, überlegte eine Weile und sah, dass es nur eine Möglichkeit gab, wie sie sie platzieren konnte, wenn man alle auf Land einstach.

Drei schnelle Bewegungen, und das Bild eines Dominosteins mit fünf Augen erschien mit Nadeln markiert auf der Karte.

»Übertreiben Sie es jetzt nicht ein bisschen?«, knurrte Hamrin.

»Vielleicht«, antwortete Nathalie, »aber der Täter kommuniziert auf diese Art, mit Symbolen, Ziffern und Mustern.«

»Wo sind die übrigen Punkte gelandet?«, fragte Johan und stellte sich neben sie, so dass sie seine Schulter an ihrer spürte und einen schwachen Geruch aus Schweiß und Snus wahrnahm.

»Die beiden äußersten Punkte liegen im Waldgebiet in der Nähe des Wanderweges«, erklärte Nathalie. »Dort hat er wohl vor, die beiden übrigen Opfer abzulegen.«

Als sie sah, wo auf der Karte das fünfte und mittlere Auge saß, erstarrte sie.

300

Johan sprach die Schlussfolgerung laut aus, mit der sie seltsamerweise nicht gerechnet hatte: »Auf Robert und Estelle Ekmans Hof.«

»Ja«, bestätigte Granstam, der sich vom Stuhl gehievt hatte. »Oder möglicherweise Yasmine Danielssons Trainingsraum.«

»Sowohl Robert als auch Estelle Ekman haben eine Lizenz für ein Jagdgewehr«, sagte Walter.

»Dann sind sie es, trotz allem«, meinte Pablo.

»Wollen wir losfahren?«, fragte Hamrin und riss die Tür auf.

56

Obwohl ich weiß, dass es sinnlos ist, versuche ich zu schreien. Der Stofflappen in meinem Mund erstickt den Schrei, und das Einzige, was zu hören ist, ist meine eigene Angst, die in meinem Schädel vibriert. Bald werde ich verrückt.

Ich hole ein paar Mal schnell Luft durch die Nase und spüre, wie das Band, das den Lappen an Ort und Stelle hält, an meinen Wangen scheuert. Ich liege genauso fest an die Pritsche gefesselt wie zu dem Zeitpunkt, als ich in dieser undurchdringlichen Dunkelheit aufgewacht bin. Die Binde drückt so stark auf die Augäpfel, dass ich hin und wieder rote und weiße Punkte wie Irrlichter vor Augen sehe. Meine Unterhose ist nass und kalt, und obwohl ich Wasser durch einen Trinkhalm bekommen habe, bin ich durstiger, als ich jemals gewesen bin. Die Schmerzen im unteren Rücken nehmen immer mehr zu, und ich erinnere mich nur vage, wie der Überfall mit einem heftigen Schmerz genau dort begann. Oder irre ich mich? Die Isolation und die Ungewissheit treiben mich an den Rand des Wahnsinns.

Wer, warum und wie?

Die Frustration presst einen weiteren sinnlosen Schrei aus mir, und meine Fußknöchel brennen wie Feuer, wenn ich versuche mich freizustrampeln. Ich nage an dem Band in meinem Mund wie ein hungriges Raubtier an einem Kadaver.

Wie lange ist es her, dass ich Johan anrufen durfte? Ich vermute drei bis fünf Stunden. Als ich von dem Lappen im Mund befreit wurde, habe ich beschlossen, freundlich zu sprechen, anstatt zu schreien. Die einzige Antwort, die ich bekam, war, dass ich Kommissar Johan Axberg anrufen solle, um zu beweisen, dass ich noch am Leben sei. Die Stimme war verzerrt, wie durch eine Blechdose gefiltert. Ich konnte noch nicht einmal erkennen, ob sie einem Mann oder einer Frau gehörte. Wenn ich verriete, wo ich mich befinde, wäre ich tot, ehe das Gespräch beendet sei. Ich traute mich nichts anderes, als zu gehorchen. Aber die verborgene Botschaft von »nach Hause gehen« müsste Johan verstehen.

Plötzlich quietscht die Tür. Schritte kommen näher. Die Person steht hinter meinem Kopf, und die metallisch verzerrte Stimme sagt: »Bald ist deine Zeit abgelaufen. Jetzt wirst du erfahren, warum du hier liegst.«

Ich versuche zu antworten, aber die Worte geraten nur zu einer gedämpften Vibration. Die Pritsche knarrt, und ich werde in eine halb sitzende Stellung nach oben geschoben. Das Blut läuft in die Beine, und die Muskeln im Lendenbereich verkrampfen sich. Methodisch und entschlossen nehmen die behandschuhten Hände die Augenbinde ab.

Ich starre geradeaus in die Dunkelheit vor mir, sehe aber

nichts. Ahne eine Bewegung. Eine Lanze aus Licht wächst aus der Dunkelheit und erhellt die Wand vor mir. Ein weißes Licht malt einen Kreis auf die geriffelte Betonwand. Dann sagt die Stimme: »Jetzt gucken wir uns Bilder an, du und ich.«

Ich summe etwas in den Lappen, zappele mit Armen und Beinen zum Zeichen, dass ich etwas sagen will. Aber es rasselt nur hinter mir. Mehr passiert nicht. Ein Foto wird auf die Wand projiziert.

Zwei Männer, die ich nicht kenne. Sie sind in den Dreißigern, stehen da, haben die Arme um die Schultern gelegt und lächeln in die Kamera. Beide tragen Stiefel, Blaumänner und karierte Flanellhemden und haben die Ärmel bis zu den Ellenbogen aufgekrempelt. Im Hintergrund erkenne ich ein abgeerntetes Feld mit Traktor und etwas, das aussieht wie das Blechdach einer langgezogenen Scheune. Die Sonne scheint in die braungebrannten, verschwitzten Gesichter.

Ich warte darauf, dass die Stimme etwas sagt, aber ich höre nur das Surren des Projektors und den Atem des anderen.

Es rasselt wieder, und ein neues Bild taucht auf. Ein Zimmer, das ich wiedererkenne, aber wo ist es? Mein Gehirn sucht fieberhaft.

Dann finde ich es. Die psychiatrische Notaufnahme. Die Bank, der Süßigkeitenautomat und die Toilette, deren Tür offen steht. Das Blitzlicht wird vom Spiegel über dem Waschbecken reflektiert. Ich erinnere mich, wie ich dort vorbeiging, als ich Estelle über den Weg lief.

Nächstes Foto: ein zusammengedrehtes Laken auf einem blauen Linoleumboden.

Mein Bewacher atmet schneller. Nächstes Bild: ein zwanzigjähriges Mädchen mit einer schwarzgefärbten, kurzgeschnitte-

303

nen Pony-Frisur schaut in die Kamera. Sie steht innen vor einer grünen Wand, und ihr Blick ist scheu und distanziert. Rechts ist ein Arm von ihr zu sehen, und sie scheint das Bild selbst gemacht zu haben. Ich habe keine Ahnung, wer sie ist.

Was willst du mir sagen? Warum sagst du nichts?

»Und jetzt kommt das letzte Bild.«

Ich erahne einen Anflug von Wehmut in der blechernen Stimme, und das Atmen hinter mir ist deutlicher zu hören.

Eine Frau auf einer Vortreppe.

Sie erkenne ich sofort.

Mit einem Mal verstehe ich.

Ein röchelndes Einatmen, und der Projektor erlischt.

57

Hamrin stand wie immer an der Tür mit der Klinke in der Hand, als Sofia so schnell eintrat, als hätte sie im Korridor gewartet.

»Ich habe niemanden erwischt, der sagen könnte, wie viele Steine zum Spiel gehören«, erklärte sie und stellte den offenen Karton auf den Tisch. »Aber fünf fehlen, das habe ich zur Kontrolle nachgezählt.«

»Also bisher wissen wir nur, wer die drei ersten Opfer sind«, stellte Granstam fest. »Und möglicherweise, dass der Täter selbst die Nummer fünf ist.«

»Sechs, sechs, eins, eins, zwei, zwei«, rappelte Tim Walter die Zahlen herunter.

»Soll das auch eine verborgene Botschaft sein?«, fragte

Hamrin spöttisch und sah Nathalie dabei an. »Wohl jedenfalls kaum eine Telefonnummer.«

Nathalie betrachtete die Spielsteine und hörte Walters monotones Herunterrappeln. Die Art, wie er die Ziffern ausgesprochen hatte, war neu, und vielleicht sollte man sie genau so aussprechen: paarweise, so wie sie auf den Dominosteinen vorkamen.

»Das kann eine Personennummer sein. Sechsundsechzig, elf, zweiundzwanzig.«

Die Gruppe schaute sie schweigend an.

»22. November 1966?«, sagte Johan.

»Genau, mit Hinblick darauf, wie der Mörder oder die Mörderin durch geheime Codes kommuniziert, bin ich mir sicher, dass er die Dominosteine nicht zufällig ausgesucht hat. Vielleicht können wir das Motiv anhand der Personennummer finden.«

Johan nickte und drehte sich zu Tim Walter um.

»Check alle Datenbanken und schau, ob du was findest«, forderte er ihn auf. »Verbindungen zu den Verdächtigen, die Verbrecherkartei, vermisste Personen ... du weißt schon.«

»Wenn Nathalie mit ihrer Theorie recht hat, dann gibt es auch ein viertes und fünftes Opfer«, sagte Granstam. »Behalten Sie das im Hinterkopf, wenn Sie suchen.«

Walter nickte und verließ das Zimmer, während er die Ziffern mit der gleichen monotonen Betonung wie vorher wiederholte.

»Dann können wir ja endlich nach Alnön fahren und überprüfen, ob wir diesen fünften Punkt ernst nehmen sollten«, verkündete Hamrin und übernahm im Korridor die Führung zu den Fahrstühlen.

Als sie am Büro vorbeikamen, in dem Åkerman vorm Computer saß, rief er sie zu sich hinein. An den roten Flecken an seinem Hals und der schrillen Stimme erkannten sie alle, dass er etwas Wichtiges entdeckt hatte.

»Ich habe den Tierarzt gefunden, auf den der Betäubungspfeil in Camilla Söders Körper registriert ist«, begann er.

»Wer ist es?«, fragte Johan und rannte zum Bildschirm.

»Er heißt Mikael Bylund und ist der Nachbar von Robert und Estelle Ekman auf Alnön. Der Hof liegt fünfhundert Meter entfernt davon. Dort«, erklärte er und zeigte auf die Karte.

»Einer der Höfe, den man von Ekmans Hof aus sieht«, stellte Johan fest.

Sein und Nathalies Blick begegneten sich.

»Dann hatten Sie recht mit der Theorie von der Punktesymmetrie«, sagte er leise.

»Robert und Estelle Ekman müssen ihm ein Betäubungsgewehr gestohlen haben.«

»Dann wäre es wohl angezeigt worden, oder?«, meinte Granstam.

Jens Åkerman nickte, und noch ein roter Fleck bildete sich auf seinem Hals.

»Das ist auch der Fall, Mikael Bylund hat den Diebstahl am 22. April angezeigt.«

»Drei Tage vor dem Überfall auf Camilla Söder«, sagte Johan.

»Genau«, bestätigte Åkerman. »Außer dem Gewehr fehlte auch eine Schachtel mit zwölf Betäubungspfeilen. Mikael Bylund hatte vergessen, den Waffenschrank abzuschließen, und jemand muss sich durch die offene Balkontür an einem Tag reingeschlichen haben, an dem er beruflich unterwegs war.«

»Klingt so, als habe jemand gewusst, wonach er suchen wollte«, sagte Johan.

»Ja«, seufzte Granstam und strich sich zweimal über den Schnäuzer, so dass er noch niedergeschlagener aussah als sonst. »Robert und Estelle Ekman sind die einzigen Verdächtigen, die einen Waffenschein haben. Nathalie, am besten, Sie bleiben hier.«

»Nein«, widersprach sie sofort. »Wenn meine Schwester verhaftet wird, will ich dabei sein, ich bin doch schließlich von Anfang an dabei. Sie können mich jetzt nicht ausschließen!«

»Doch, das können wir«, sagte Granstam.

Johan schaute Nathalie an. Sie begegnete seinem Zögern, ohne mit der Wimper zu zucken. Zu ihrem Erstaunen sagte er: »Für mich ist das okay. Kommen Sie, lassen Sie uns losfahren.«

»Was machen wir mit Robert?«, fragte Nathalie.

»Das Einsatzkommando kann ihn aus dem Ferienhaus holen, wenn er denn dort ist.«

»Bitten Sie die Kollegen, Ruhe zu bewahren«, empfahl Granstam. »Wahrscheinlich hat er das Gewehr.«

58

Als Estelle auf der Schotterpiste kräftig in die Pedalen trat und spürte, wie der Wind ihr Gesicht kühlte, erinnerte sie sich wieder an das Freiheitsgefühl, das sie empfunden hatte, als sie und Nathalie zum Baden nach Sunnersta um die Wette geradelt waren. Wegen dieses Gefühls kurvte Manne so begeistert auf seinem Moutainbike zwischen den Wasserlachen umher, und deswegen fiel ihr die Entscheidung, zu Göran zu radeln, so leicht, obwohl ihre Welt gerade in die Brüche ging.

Jetzt wollte sie einen Schraubenschlüssel von Göran ausleihen, ihn für seinen handwerklichen Rat loben und schnell wieder nach Hause zu den Kindern zurückfahren. Wenn sie richtig nett war, dann durfte sie den Schraubenschlüssel bestimmt bis morgen behalten.

Robert hatte nichts von sich hören lassen, und sie hatte auch nicht vor, sich zu melden. Das Wort Scheidung klang ihr noch in den Ohren. Als sie sich an die Schwärze in seinen Augen auf dem Heimweg vom Polizeigebäude erinnerte, wusste sie, dass das der einzige Ausweg aus dem Alptraum war, den sie sich gemeinsam geschaffen hatten. Die Frage, wie sie mit dem Geld auskommen sollte, musste später geklärt werden.

Sie bog von der Straße auf den Hof ein. Rauch quoll aus Görans Schornstein und verschmolz mit dem grauweißen Himmel, der sich über der Landschaft ausbreitete, wie Dampf unter einem unendlichen Deckel. Görans Bruder Mikael war nicht zu Hause – sie wusste, dass die Kleider nur auf seiner Wäscheleine hingen, um Einbrecher abzuschrecken, ein Trick, den er anwandte, seit ihm vorige Woche sein Betäubungsgewehr gestohlen worden war.

Sie bog auf den Hofplatz ein und sah Görans weißen Lieferwagen bei der Garage, deren Tor unverschlossen war. Göran war nicht drinnen, aber die Leuchtröhre an der Decke brannte, so dass er sich in der Nähe aufhalten musste.

Sie lehnte das Fahrrad an die Garagenwand und machte sich auf den Weg zum Haus. Die Autotüren standen offen. Auf dem Boden erahnte sie zwei Benzinkanister, eine Rolle weißes Klebeband und ein verschlungenes Seil, dessen eines Ende sich wie

308

eine Schlange über den schwarzen Plastikboden ringelte. Göran hatte immer etwas zu werkeln. Die Arbeit als Hausmeister war eine natürliche Erweiterung dessen, was er in seiner Freizeit machte. Wie oft hatte er ihr und Robert schon geholfen? Beim Heizkessel, bei Auto- oder Fahrradreparaturen und defekten Fenstern. Die Liste war endlos, und voller Dankbarkeit ging sie die Vortreppe hinauf und klingelte.

Die Klingel war seltsamerweise kaputt. Als sie sah, dass die Tür angelehnt war, ging sie in den Flur und rief nach ihm.

59

Johan fuhr, und Nathalie fragte sich, ob das eine so kluge Entscheidung war. Seine Hände umschlossen das Steuer krampfhaft, und er hielt die Geschwindigkeit konstant über dem Tempolimit. Die Narbe am Gelenk seines rechten Zeigefingers trat mit jeder Kurve, die er nahm, weißer hervor.

Warum so große Eile? Die Frage lag ihr auf der Zunge, aber sein verbissener Gesichtsausdruck verriet ihr, dass das die Unfallgefahr nur erhöhen würde. Sven Hamrins Knie drückten in ihren Rücken und verstärkten das Gefühl, nicht willkommen zu sein, obwohl Johan sein Okay gegeben hatte.

Auf dem Rücksitz beendete Ingemar Granstam das Telefonat mit Tim Walter, der im Polizeigebäude mit Jens Åkerman wie die Spinne im Netz saß.

»Tim hat den Tierarzt Mikael Bylund ausfindig gemacht«, verkündete Granstam. »Bylund ist auf einer Forschungsexpedition und besendert Bären in Härjedalen. Er konnte nichts Neues über den Einbruch sagen, allerdings war er offensichtlich erstaunt darüber, dass seine Pfeile in der Ermittlung aufgetaucht sind, und meinte, dass das Betäubungsmittel einen Menschen wahrscheinlich innerhalb von drei Sekunden umhaut, wenn man richtig trifft. Aber offenbar ist die Zusammensetzung des Betäubungsmittels so, dass man nicht daran stirbt, die Bewusstlosigkeit hingegen hält für rund zwei Stunden an, aber da reden wir wie gesagt von Bären.«

»Hat er ein Alibi?«, fragte Hamrin und veränderte seine Sitzposition, so dass sich seine Knie Nathalie noch mehr in den Rücken bohrten.

»Ja«, antwortete Granstam. »Er ist seit vier Tagen auf Bärenexpedition.«

Johan veränderte seinen Griff um das Lenkrad und fuhr auf die Alnöbrücke. Der Nebel verhängte stellenweise die Insel, und ebenso wie man das Ende der Brücke nicht erkennen konnte, fragte sich Nathalie, ob sie hier auf dem richtigen Weg waren. Allerdings hatte sie die Theorie über den fünften Punkt und das Auge des Sturms aufgestellt, das auf Roberts und Estelles Hof deutete. Und die Nähe zu Mikael Bylunds Hof war zweifelsohne verdächtig. Robert wie Estelle hatten für zwei der Fälle ein Motiv, sie besaßen einen Waffenschein, und Estelle hatte Erik nachweislich kurz vor dem Überfall getroffen.

Konnte Erik auf dem Hof versteckt sein? Die letzte Hausdurchsuchung war gründlich gewesen, dennoch war nicht auszuschließen, dass sie Erik übersehen hatten, wenn er in einem Geheimraum festgehalten wurde.

Aber warum sollten Estelle oder Robert der Polizei kryptische Rätsel schicken? Estelle war ihnen zwar mit Lügen und doppeldeutigen Botschaften gekommen und hatte Besessenheit und eine gut verborgene Wut bewiesen. Aber Nathalie war der Gedanke zuwider, dass es so weit gekommen sein sollte, dass sie in die Morde verwickelt war.

Bisher hatten sie auch keine weitere Verbindung zu Camilla Söder gefunden, außer dass sie kurz vor dem Überfall auf Estelles Station gewesen war, aber das war vermutlich ein unglücklicher Zufall.

Bilder und Worte kamen und gingen. Die Begegnung im Korridor des Polizeigebäudes, das flehende Gespräch mit Estelle und ihr plötzlicher Ausflug zu Saras Haus. Die lehmverschmierten Stiefel, die sie im Flur gesehen, über die sie aber kein Wort verloren hatte. Jetzt spielte das keine Rolle. Johans verbissener Gesichtsausdruck und die Tatsache, dass ihrem Wagen Pablo und Sofia, zwei Kollegen von der verdeckten Ermittlung und der Minibus der Kriminaltechniker folgten, sprachen seine eigene deutliche Sprache: Auf dem Hof würde man jeden Stein umdrehen.

Da kam das Ende der Brücke. Nathalie warf einen Blick in den Rückspiegel. Kein Auto war zu sehen, aber das war ganz nach Johans Plan: Alle Fahrzeuge sollten mit fünf Minuten Abstand fahren, um kein Misstrauen zu wecken, so dass Estelle nicht noch fliehen und vorher Beweise verschwinden lassen konnte.

Johans Worte hatten Nathalie geärgert. Man konnte manches über ihre jüngere Schwester denken, aber dass sie ihre vier Kinder im Stich lassen würde, war ausgeschlossen.

Johan bog nach Süden ab. »Hat Tim etwas über die Eingabe der Personennummer gesagt?«

»Ja«, antwortete Granstam. »Sie haben ein paar Treffer gelandet, haben aber noch etwas Arbeit ausstehen und melden sich bald wieder.«

311

»Sankari meint in einer SMS, dass er Yasmine Danielsson im Krankenhaus angetroffen hat«, fügte Hamrin hinzu.

»Gut«, sagte Johan. »Wenn wir ankommen, bleiben Sie, Nathalie, am besten im Auto. Wenn wir Estelle Ekman vielleicht mitnehmen, können Sie bei den Kindern bleiben?«

»Klar«, antwortete sie, denn sie hatte geahnt, dass die Frage kommen würde. »Was ist der Plan?«

»Estelle Ekman dazu zu bringen, alles zu erzählen, was sie weiß«, erklärte Johan. »Der Spielstein und der Betäubungspfeil überzeugen sie vielleicht, dass lügen keinen Sinn mehr hat. Und wir haben sie über die Verbindung zu Camilla Söder noch nicht genug unter Druck gesetzt.«

»In einer halben Stunde kommt das Einsatzkommando in Stöde an«, knurrte Hamrin. »Scheiße, was müssen die schnell fahren! Kann er dort noch mehr Waffen als das Betäubungsgewehr haben?«

»Wir wissen nicht, wo Robert und Estelle Ekman ihre Gewehre haben, doch das werden wir zuerst überprüfen«, sagte Johan. »Aber das mobile Einsatzkommando ist wie immer auf das Schlimmste vorbereitet.«

»Mikael Bylund hat gesagt, dass man das Gewehr auch mit anderer Munition laden kann«, murmelte Granstam so leise, dass unklar war, ob er Selbstgespräche führte.

Als sie an Ankersvik vorbeikamen, klingelte Johans Handy. Ohne vom Gas zu gehen, nahm er das Gespräch an und lenkte mit der rechten Hand weiter. Das Telefonat war kurz und gereizt. »Ich höre, was Sie sagen, aber Sie müssen eine Lösung finden, sonst können wir Sie wegen Behinderung einer Mordermittlung verklagen.« Damit beendete er das Gespräch.

Das Mobiltelefon landete auf Nathalies Schoß, und sie drückte das Gespräch aus.

»Danke«, sagte Johan.

»Wer war das?«, fragte sie und schob das Handy in die Halterung.

»Der Sicherheitschef vom Krankenhaus. Er behauptet, dass eine eindeutigere richterliche Verfügung notwendig sei, wenn er alle Räume öffnen soll. Aber ich glaube, ich habe ihn überredet. Hamrin, du kannst mal Fridegård anrufen und das prüfen.«

»Klar.« Hamrin griff nach seinem Handy, das in seiner Hand so klein wie eine Streichholzschachtel aussah.

Die Reifen knirschten auf der Schotterpiste, als sie über die Ebene mit den drei Höfen fuhren, die wie drei reglose Schiffe dalagen. Als einzige Bewegung waren ein Traktor zu sehen, der den Boden eggte, und der Rauch vom Wohnhaus des Hausmeisters Göran Bylund.

Sie fuhren an der Auffahrt zu den Brüdern vorbei und näherten sich Roberts und Estelles Hof. Der Plan war, zuerst Robert und Estelle und danach Mikael Bylund aufzusuchen. Dass der Täter an den Ort zurückgekehrt war, wo er das Gewehr gestohlen hatte, glaubte niemand, dennoch war die Botschaft vom »Auge des Sturms« zu offensichtlich, um der Sache nicht auf den Grund zu gehen.

»Da steht Estelles Jeep«, sagte Nathalie und nickte durch die Windschutzscheibe zum tarnfarbenen Range Rover auf dem Hofplatz hinüber.

»Spricht dafür, dass sie zu Hause ist«, meinte Granstam.

»Ich muss mit reingehen«, sagte Nathalie. »Ich habe Estelle versprochen, ihr beizustehen. Wenn sie etwas weiß, dann ist es leichter, sie zum Reden zu bringen, wenn ich dabei bin.«

Johan parkte und drehte sich zu Granstam um.

»Für mich ist das in Ordnung. Was meinen Sie?«

»Ja, geht klar«, nickte Granstam und schob die Tür auf.

Sie gingen auf das Haus zu. Ein kühler Wind, der nicht in der Stadt aufgekommen war, frischte vom Meer auf. Obwohl es feuchtkalt wie an einem Oktobermorgen war, schwitzte Nathalie.

Im Haus waren keine Anzeichen von Leben zu erkennen, aber es war so groß, dass das nichts zu bedeuten hatte. Nathalie stellte sich schräg hinter Johan und Granstam, als sie klingelten. Hamrin wartete auf dem Hofplatz. Aus den Augenwinkeln sah Nathalie, wie er die Hand an die Dienstwaffe im Holster unter der Lederjacke legte.

Ihre Kopfschmerzen wurden stärker, aber sie redete sich ein, alles würde sich finden, wenn nur jemand aufmachte. Dann mussten sie einsehen, dass sie mit ihren Verdächtigungen falschlagen.

Unrhythmisches Getrampel war auf der Treppe zu hören, als ob zwei oder drei leichte Personen mit geschlossenen Füßen die Treppe hinunterhüpften.

Zwei Schatten im Seitenfenster, und die Tür flog auf. Die Zwillingsmädchen Marielle und Minna, dicht gefolgt vom kleinen Jungen Manne starrten sie erstaunt an.

»Hallo, ihr drei«, sagte Nathalie und machte einen Schritt vorwärts. »Das hier sind meine Freunde von der Polizei. Wir müssen Mama was fragen. Ist sie zu Hause?«

Die Mädchen schauten einander an, und schließlich sagte Marielle: »Nein, sie wollte ein Werkzeug ausleihen, um Mannes Rad zu reparieren.«

»Aha«, sagte Nathalie, und es gelang ihr, sich zu einem

Lächeln zu zwingen, das zur Entspannung beitragen sollte, wobei sie sich aber eher noch mehr verspannte.

Johan ging in die Hocke. »Ist ein anderer Erwachsener zu Hause?«

Die Kinder schüttelten den Kopf.

»Wisst ihr, wohin Mama wollte?«, fragte Nathalie.

»Ja«, antwortete Minna. »Zu Göran. Er wohnt auf dem Nachbarhof und wollte bei Mannes Fahrrad helfen.«

Der kleine Bursche nickte und verschränkte die Arme vor der Brust.

»Göran Bylund?«, fragte Johan und zeigte auf das Haus mit dem rauchenden Schornstein.

»Ja«, antwortete Marielle. »Sie wollte nur eine Viertelstunde wegbleiben. Sie hat das Rad genommen und müsste bald wieder zu Hause sein.«

»Ich will heute Abend Radfahren«, sagte Manne und lief die Treppe wieder hoch, als der große Bruder rief.

»Wisst ihr noch, wann sie losgefahren ist?«, fragte Nathalie.

»Vor einer halben Stunde oder so«, antwortete Minna. »Aber bei Göran gibt's immer Kaffee, das kann also etwas dauern.«

»Und euer Papa?«, fragte Granstam.

Marielle strich sich mit der Hand über den Zopf, der genauso blond war wie die Haare ihrer Mutter.

»Papa ist im Ferienhaus in Stöde und arbeitet.«

»Okay«, sagte Johan. »Wir fahren jetzt zu eurer Mama. Nathalie, Sie können doch solange hier bleiben, oder?«

Johans grüne Augen fixierten sie. Sie begriff, dass es auf diese Frage nur eine Antwort gab.

»Klar, gerne.«

Sie sprach zu den Mädchen. »Darf ich kurz reinkommen? Ich

habe leider die Geschenke nicht dabei, aber ihr bekommt sie morgen. Ich bin neugierig und würde gern eure Zimmer sehen.«

»Klar«, sagte Marielle.

Nathalie war gerade im Begriff, ins Haus zu gehen, als Johans Mobiltelefon klingelte. Sie hielt inne, sagte zu den Mädchen, sie werde gleich nachkommen, und schloss die Tür. Johan lief auf dem Hofplatz im Kreis. Seinem Tonfall und seinem Gesichtsausdruck nach zu urteilen, lieferte das Gespräch neue wichtige Informationen. Als er das Handy mitten auf dem Hofplatz vom Ohr nahm, versammelten sich Granstam, Hamrin und Nathalie in gespannter Erwartung um ihn.

»Die Personennummer«, begann er tonlos und starrte zum Nachbarhof hinüber.

»Ja?«, fragte Hamrin ungeduldig. »Was zum Henker ist mit der Personennummer?«

60

Estelle rief wieder Görans Namen, bekam aber immer noch keine Antwort. Weil das Radio im Wohnzimmer eingeschaltet war, zog sie im Flur ihre erdverkrusteten Reitstiefel aus und ging ins Haus. Göran hörte schlecht und war manchmal so versunken in seine Arbeit, dass er erst reagierte, wenn man im Haus war. Sie merkte am Geruch, dass er da war: an der Mischung aus Schweiß, Erde und Küchendunst, mit dem sie geborgene Gemütlichkeit assoziierte im Unterschied zu dem geruchslosen Heim, das sie selbst geschaffen hatte.

Im Wohnzimmer war er nicht. Verwundert stellte sie fest,

dass der Couchtisch über und über mit Dominosteinen bedeckt war. Große Mengen nach Anzahl der Punkte sortiert und zu einer großen Sonne gelegt. In der Mitte der Sonne stand ein Foto von seiner verstorbenen Frau Elin.

Was war das? Natürlich wusste sie, dass Göran gern spielte, aber das hier glich eher einer Installation. Oder legte er eine Art von Patience mit den Spielsteinen? Auf einem Beistelltisch stand ein Computer und flimmerte. Aus zwei Lautsprechern war ein Knacken zu hören.

Die Gedanken wirbelten in ihrem Kopf herum, und sie spürte im Nacken einen kalten Luftzug. Sah das Seil und das Klebeband vor sich. Göran, der versuchte, das Feuer an der Scheune zu löschen, und Eriks genervtes Gesicht, als er ihr in dem Gang über den Weg lief.

Im Flur knarrte es. Reflexartig drehte sie sich um. Sie wusste, von welcher Tür das Geräusch stammte: von der Toilettentür unter der Treppe, von der Göran sagte, er habe sie nicht geöt, weil er dieses Knarren mochte – ein Laut, der für Gemütlichkeit stand, seit er Elin verloren hatte.

Schritte über den Boden. Sie warf einen Blick auf die Dominosteine und das Foto von Elin. Panik überkam sie. Sie schaute wieder in den Flur, wo die Schritte näher kamen, obwohl sie fortlaufen wollte, stand sie wie gelähmt da. Das Erste, was sie sah, war ein schwarzes Rohr, das sich deutlich von der rot-silbrigen Tapete im Flur abhob. In der nächsten Sekunde erkannte sie, dass es ein Gewehr war und dass Göran es in der Hand hielt.

Sie bekam am ganzen Körper Gänsehaut. Sie glaubte, sie würde in Ohnmacht fallen, blieb aber stehen.

Als er sie zu Gesicht bekam, zuckte er zusammen, als habe man ihm eine Ohrfeige verpasst. Überraschung und Wut in den runden Augen. Der schwere Körper sank zusammen und wuchs zugleich. Der Zorn bei dem Liebenswürdigen nimmt gefährlichere Formen an als bei jedem beliebigen Choleriker.

Drei Sekunden starrten sie einander an, ohne zu blinzeln, zu atmen oder sich zu bewegen. Dann entfuhr ihr ein Schrei, und sie stürmte an ihm vorbei.

Ohne auch nur einen Gedanken an die Stiefel zu verschwenden, rannte sie auf den Hof. Dass ihre Füße nass wurden, merkte sie nicht.

61

Johans Blick ging zwischen Nathalie und Granstam hin und her, um am Ende bei Hamrin stehen zu bleiben: »Die Personennummer gehört wahrscheinlich Elin Bylund, sie war verheiratet mit Hausmeister Göran Bylund.«

Es wurde ganz still. Dann krächzte eine Krähe auf dem Scheunendach und löste die Erstarrung auf.

»Was zum Henker sagst du da?«, rief Hamrin aus.

»Das war der einzige wahrscheinliche Treffer, den Åkerman gefunden hat«, erklärte Johan. »Elin Bylund ist letztes Frühjahr gestorben. Sie starb zu Hause, und wir hatten eine Streife vor Ort, aber der Fall wurde zu den Akten gelegt, weil der Tod als natürlich eingestuft wurde. Aber ...«

Johans Gesicht wurde blass. Sein Blick wurde so verschwommen wie der Himmel über ihnen.

»Ich weiß noch, dass Erik mir einmal von einem Fall erzählte, der ihm Angst machte. Eine Frau, die er von der Notaufnahme nach Hause geschickt hatte, starb in ihrem Bett; wenn ich mich recht erinnere, war das auf Alnön, aber ich bin nicht sicher.«

»Der Hausmeister«, sagte Nathalie. »Er passt zum Profil. Er ist immer in der Nähe der Ermittlung gewesen, war hier und löschte das Feuer und hat Zutritt zu den Räumen im Krankenhaus.«

»Ja«, sagte Granstam. »Und für ihn war es bestimmt kein Problem, seinem Bruder das Gewehr zu klauen.«

»Kommt, wir fahren hin«, entschied Hamrin, zog Johan am Arm und sauste zum Auto.

Nathalie blieb auf dem Hofplatz stehen und sah, wie Johan einen Kickstart hinlegte und losdüste. Ein schwarzer BMW kam aus entgegengesetzter Richtung, wendete aber und folgte Johans Wagen. Nathalie nahm an, dass es sich dabei um die Verstärkung handelte, die im Anmarsch war. Sie drehte sich zum Haus um und ging hinein zu den Kindern.

62

Göran Bylunds Hofplatz war leer, abgesehen von einem Fahrrad, das an der Garagenwand lehnte. Das Tor stand offen, und die Leuchtröhren brannten. Nur das Klopfen eines Spechts aus einem Birkenwäldchen war beim Haus zu hören.

»Sieht so aus, als sei er abgehauen«, stellte Hamrin fest und machte eine kreisende Bewegung mit dem Kopf, dass sein Nacken knackte.

Johan überprüfte das Fahrrad und rief Nathalie an.

»Hat Estelle ein sogenanntes Militärfahrrad? Sie wissen schon, ein grünes Herrenrad ohne Gangschaltung.«

»Warten Sie, ich frage mal die Kinder«, sagte Nathalie, und er hörte, wie sie sich bei den Kindern erkundigte. »Ja«, meldete sie sich wieder. »Was ist passiert? Haben Sie sie gefunden?«

»Nein, aber das Fahrrad«, antwortete Johan. »Ich melde mich, wenn wir mehr wissen.«

»Was ...?«

Er schaltete aus. Ein Wagen bremste hinter ihm ab. Pablo und Sofia schlossen sich ihnen an.

»Ihr überprüft die Garage, dann übernehmen wir das Haus«, entschied Johan.

Pablo und Sofia nickten, nahmen ihre Dienstwaffen heraus und gingen so leise wie möglich über den Kies.

»Was machen wir mit der Verstärkung?«, fragte Granstam.

»Ich rufe die Einsatzzentrale an und bitte die Streife von der Ermittlung, Mikael Bylunds Hof zu kontrollieren«, erklärte Johan. »Die Techniker fahren wie geplant zu den Ekmans.«

»Ja, das ist schlau«, nickte Granstam und wischte sich einen Schweißtropfen von der Nasenspitze. »Und sagen Sie ihnen, sie sollen die Alnöbrücke sperren. Vielleicht ist er noch nicht so weit gekommen.«

»Die Kinder sagen, Estelle ist um halb fünf hierhergefahren«, sagte Johan. »Jetzt ist es zwanzig nach. Er kann schon weit gekommen sein.«

»Wir wissen nicht, was passiert ist«, gab Granstam zu bedenken.

»Was hat Bylund für ein Auto?«, fragte Hamrin.

»Ich lasse das von Åkerman rausfinden«, entschied Johan und holte das Handy aus der Lederjacke.

Während des Gespräches sah er, wie Sofia und Pablo sich zunickten und mit gesenkten Waffen in die Garage gingen. Das Gefühl, dass Göran Bylund auf der Flucht war, wurde immer stärker. Johan bekam Åkerman an den Apparat, der sofort die Angaben fand.

»Er hat einen weißen Lieferwagen, Renault Kangoo von 2007«, wiederholte Johan, als er das Gespräch beendet hatte. »Ich habe eine interne Fahndung an alle Einheiten rausgeschickt.«

»Ist uns so einer nicht kurz vor der Brücke entgegengekommen?«, fragte Granstam.

»Weiß nicht mehr«, sagte Johan, während Hamrin die Schultern zuckte.

Sie lenkten ihre Schritte zum Wohnhaus. In Richtung zu Mikael Bylunds Hof stand eine rote Scheune mit einem Blechdach, in dem sich der Himmel spiegelte, als sei es frisch gedeckt. Neben der Scheune war ein Erdkeller, das einzige zusätzliche Gebäude auf dem Grundstück.

Granstam blieb neben der Vortreppe stehen, als Johan und Hamrin ums Haus gingen und in die Fenster linsten. Keine Menschenseele war zu sehen, doch am Wohnzimmerfenster meinte Johan ein Geräusch zu hören wie von einem entfernten Gespräch. Er stellte sich auf die Zehenspitzen, sah aber nicht mehr als die obere Hälfte des Zimmers: ein Bücherregal, ein paar Bilder mit Motiven vom Hötorget und an der Decke ein Plafond aus vergilbtem Stoff.

Sie versammelten sich wieder auf dem Kies. Pablo und Sofia kamen aus der Garage und gaben mit Gesten zu verstehen, dass sie mit dem Erdkeller weitermachten.

Granstam nahm die Dienstwaffe heraus und klingelte. Nichts passierte, woraufhin er die Hand hob, um zu klopfen.

Keine Schritte, keine Reaktion. Als Granstam abermals die Hand hob, schüttelte Johan den Kopf und holte seine SIG Sauer heraus.

Vorsichtig öffnete er die Tür. Sie hörten von drinnen Stimmen, aber sie hörten sich eher so an, als kämen sie aus einem Radio als von lebenden Personen.

»Hallo? Ist jemand zu Hause?«, rief Johan.

Keine Antwort. Eine der Stimmen redete weiter. Sie klang herrisch und bekannt, Johan konnte sie aber nicht einordnen. Er tauschte mit Granstam und Hamrin Blicke aus. Wie auf ein Kommando gingen sie ins Haus und scannten Raum für Raum. Niemand war dort, doch überall gab es Anzeichen, dass sich kürzlich jemand dort aufgehalten hatte: Abwasch, Kleidungsstücke auf der Wäscheleine und die Zeitung vom Vortag.

Die bekannte Stimme redete weiter, doch sie konnten die Worte nicht verstehen. Schließlich standen sie auf der Schwelle zum Wohnzimmer.

Der Anblick traf sie wie ein Schlag. Mit gesenkten Waffen gingen sie zum Couchtisch. Eine Myriade von Dominosteinen bildete eine große Sonne um ein Foto von einer Frau in den Dreißigern. Keiner von ihnen kannte sie, aber allen war klar, wer dort abgebildet war.

Auf einem Beistelltisch stand ein Laptop mit eingeschaltetem Skype-Programm. Der Bildschirm war schwarz, und zwei externe Lautsprecher rauschten. Neben der Tastatur lagen zwei abgegriffene Fotos und ein Din-A4-Blatt mit der Überschrift: »AN DIE MEDIEN – DAS HIER IST MEINE WAHRHEIT«, mit Filzstift in eckigen Großbuchstaben geschrieben.

Johan nahm die Fotos. Das erste war mit der Zeit verblichen und zeigte zwei sonnenverbrannte Männer im Blaumann. Die

Arme um die Schultern des jeweils anderen gelegt, lächelten sie in die Kamera. Der Mann rechts war Göran Bylund. Er sah mindestens zehn Jahre jünger aus.

Auf dem anderen Foto war ein junges Mädchen mit schwarzgefärbter Ponyfrisur und trotzigem Blick zu sehen. Johan erkannte auch sie wieder.

»Das hier ist Kent Runmarks Freundin Jennie Larsson«, sagte er tonlos.

»Die Göran Bylund auf der Toilette gefunden hat«, ergänzte Granstam.

»Und wer ist der Mann, der neben Göran steht?«, fragte Johan und drehte das Foto um.

Die gleichen eckigen Großbuchstaben wie auf dem Din-A4-Blatt: ICH UND OSKAR NACH DER ERNTE 2003.

Johan wechselte einen Blick mit Granstam und Hamrin. Bevor jemand etwas sagen konnte, knackte es in den Lautsprechern, und die bekannte Männerstimme sagte in rauem Ton: »Guck jetzt in die Kamera, ich glaube, sie sind da.«

Der Computerbildschirm flackerte auf, und plötzlich starrte Erik sie an. Das Bild war körnig, und man sah nur sein Gesicht. Die Augen waren blutunterlaufen und verzweifelt, die Wangen eingefallen unter den hohen Wangenknochen, und die Bartstoppeln erinnerten im Kontrast zu seinen hellen Locken an Kohle.

»Erik«, rief Johan aus und packte die Ecke des Bildschirms, wie um zu begreifen, ob das, was er sah, real sein konnte.

Erik versuchte den Kopf zur Kamera zu heben, aber etwas schien ihn daran zu hindern, etwas Stärkeres als seine schwindenden Kräfte. Hatte er da ein Seil um die Stirn?

»Johan? Bist du's?«

Die Stimme war verzerrt und heiser auf eine Weise, wie sie Johan noch nie gehört hatte. Sie traf ihn mitten ins Herz und in die Knie, und er geriet ins Wanken.

»Ja, ich bin's. Wo bist du, Erik?«

Erik blickte schreckensstarr nach links, schaute dann wieder Johan an.

»Kann ich nicht sagen. Kommst du nicht bald nach Hause?«

Nach Hause. Da war es wieder. Durch die Betonung dieser alltäglichen Worte in Verbindung mit dem verzweifelten Versuch, zu kommunizieren, begriff Johan plötzlich, was Erik meinte.

Nach Hause. So witzelten sie immer, wenn sie zur Arbeit gehen wollten. Eine Arbeit, mit der sie den größten Teil ihres wachen Lebens verbrachten und die sie manchmal für den Ort hielten, wo sie sich am wohlsten fühlten.

Erik war im Krankenhaus. Dass er das nicht kapiert hatte. Nathalie hatte schon früh diese Idee geäußert im Zusammenhang mit der dort in der Garage aufgehäuften Erde. Er biss sich so sehr auf die Lippe, dass er Blut im Mund schmeckte. Instinktiv wollte er Erik fragen, wo im Krankenhaus er sich befand, sah aber ein, dass das den Täter so stressen konnte, dass er umgehend dem Ganzen so ein Ende setzte, wie es nicht passieren durfte.

»Ich werde bald nach Hause kommen«, bestätigte Johan und suchte fieberhaft nach weiteren Fragen. »Wer ist bei dir, Erik? Wir haben jemanden mit dir sprechen hören.«

Neuer panischer Blick nach links und ein Röcheln, als Erik Luft holte. Dann war eine kratzige Stimme aus dem Hintergrund zu hören: »Ich habe vor, Recht zu sprechen. Glaubt nicht, dass ihr mich davon abhalten könnt! Wenn ihr es versucht, dann wird es Estelle schlecht ergehen!«

Johan fror, als habe man ihn in ein Eisloch getaucht. Er erkannte die Stimme. Es gab keinen Zweifel mehr. Es war Göran Bylund. Er war auf direktem Weg zu Erik gefahren, um seinen wahnsinnigen Plan zu Ende zu bringen.

»Bist du's, Göran?«, fragte Johan. »Immer mit der Ruhe jetzt, können wir nicht über alles reden?«

Keine Antwort, bloß ein Knacken im Hintergrund wie Metall auf Metall. Johan folgte Eriks Blick zur Seite und sah vor sich den Stechbeitel und den Hammer. Die Panik lähmte seine Zunge, aber er rang sich die Worte ab: »Sara und die Kinder denken an dich, gibt es etwas, das du ihnen sagen willst?«

Als Erik den Mund aufmachte, glitt er mit einem Knirschen nach unten aus dem Bild und verschwand. Johan rief seinen Namen, und in der nächsten Sekunde wurde das Bild schwarz.

Johan schaute die Spielsteine, Hamrin und Granstam an. Er kam sich vor wie in einem dieser Fernsehkrimis, in dem die Polizei immer einen Schritt hinterherhinkt. Jetzt war er so blockiert, wie er es nicht sein durfte.

»Er ist im Krankenhaus«, brachte er heraus.

»Ich rufe an und schicke alles hin, was uns zur Verfügung steht«, sagte Hamrin.

»Er muss Estelle Ekman im Auto haben«, meinte Johan und spürte, wie das Adrenalin seine blockierten Synapsen aktivierte.

Dicht gefolgt von Hamrin und Granstam rannte Johan auf den Hof hinaus. Pablo und Sofia erhielten die nötige Information.

»Kann er so dummdreist sein, dass er das Auto in der Garage abgestellt hat?«, fragte Hamrin, als Johan einen Kickstart hinlegte, dass der Kies über Estelles Fahrrad spritzte.

»Vielleicht«, antwortete Granstam.

»Kann Estelle Ekman sein viertes Opfer sein?«, fragte Pablo.

»Glaube ich nicht«, antwortete Granstam. »Sie ist doch hier aufgetaucht und ihm zufällig auf die Schliche gekommen, und dann hat er sie eingesperrt, um das zu Ende zu bringen, was er ...«

Johan sah Granstam scharf an, so dass er verstummte.

»Ruf den Sicherheitschef und die Einsatzzentrale an«, befahl er. »Sag, dass niemand eingreifen darf, bis wir kommen. Und gib Sankari Bescheid, er ist ja im Krankenhaus und verhört Yasmine Danielsson.«

63

Nathalie stand auf der Vortreppe in der offenen Tür und beobachtete, wie die Kriminaltechniker den Stall untersuchten. Die Pferde wieherten, und sie hörte durch die geöffneten Türen, wie der Stallbursche Olle besänftigend auf sie einredete. Die kleinen Knaben Manne und Mikael lärmten in der oberen Etage, sie schien das alles nicht zu interessieren, aber Marielle und Minna waren besorgt, als die zwei Minibusse auf dem Hofplatz abbremsten. Nathalie hatte versucht, sie zu beruhigen: »Das ist nur wegen des verschwundenen Arztes, von dem ihr bestimmt in den Nachrichten gehört habt.« Die Mädchen hatten ihr genauso wenig geglaubt wie Gabriel und Tea, wenn sie die Wahrheit zurechtbog, wenn auch nur ein kleines bisschen.

»Ist was mit Mama oder Papa?«, hatte Marielle gefragt und den Zopf so fest um ihren Zeigefinger gewickelt, dass er rot anlief.

»Nein«, hatte Nathalie geantwortet. »Mama kommt bald, ihr habt ja gesagt, dass es etwas dauern kann, wenn sie Göran besucht.«

»Hm«, hatten die Mädchen gesagt und einen skeptischen Blick gewechselt.

»Wollt ihr einen Film anschauen oder so, während wir warten?«

Keine Antwort, bloß zwei angespannte Münder und Augen, die überall hinsahen, nur nicht zu ihr. Nathalie ging vor ihnen in die Hocke. »Ich kann ja mal losfahren und gucken, wie es Mama geht? Die Polizisten, die hier sind, werden weitersuchen, aber das machen sie wie gesagt nur, weil sie glauben, dass ...«

Ja, was denn? Die Frage stand den Zwillingen ins Gesicht geschrieben. Nathalie gab auf.

»So machen wir das«, sagte sie und stand entschlossen auf. »Ich bin gleich wieder da, habt ihr eure Handys an?«

Marielle und Minna nickten. Nathalie brachte sie in die obere Etage, und sie tauschten ihre Nummern aus.

»Ich bin gleich wieder da«, wiederholte sie und eilte hinaus zum Stall. Nach einiger Überredung ließ Rut Norén sich darauf ein, ihr einen der Minibusse der Kriminaltechniker zu überlassen.

Die Entscheidung fühlte sich richtig an.

Sie hatte das dringende Bedürfnis, mit eigenen Augen zu sehen, was vor sich ging. Sie hatte Estelle versprochen zu helfen. Die Sorge in Marielles und Minnas Gesichtern war unübersehbar, und sie fragte sich, wie sie das ignorieren konnte.

Als sie nur noch zweihundert Meter von der Auffahrt entfernt war, sah sie zwei schwarze BMW nach Norden auf die Brücke fahren. Sie griff nach dem Telefon.

Granstam nahm das Gespräch in der Sekunde an, als sie an Göran Bylunds Hof vorbeizischte. Weder Göran noch Estelle waren zu sehen, aber das Garagentor stand offen.

»Hallo, hier ist Nathalie. Was ist los? Ich habe gerade gesehen, dass Sie den Hof verlassen haben.«

»Ja«, sagte Granstam. »Ihre Schwester war nicht dort.«

Etwas Kaltes und Hartes umklammerte ihr Herz wie eine eiserne Kralle.

»Was sagen Sie da?«

»Sieht so aus, als sei Bylund mit Ihrer Schwester im Auto weggefahren. Bylund ist jetzt bei Erik, und wir glauben, dass er im Krankenhaus ist.«

»Und Estelle?«

»Sie auch. Wir haben alle uns zur Verfügung stehenden Kräfte in Alarmbereitschaft versetzt.«

Die Kralle schloss sich enger um sie und drohte ihr Herz in Stücke zu reißen. Wie in Trance sagte sie: »Ich komme mit. Die Kinder sind noch bei den Technikern.«

Granstams Stimme klang gedämpft, sie sah ihn vor sich, wie er seine Hand auf den Hörer legte und Johan informierte. Ehe er ihr eine Antwort mitteilen konnte, drückte sie das Gespräch weg und gab so viel Gas, dass der Kies aufwirbelte.

64

»Wie läuft's?«, fragte Johan, als er auf halber Strecke auf dem Lasarettvägen endlich den Sicherheitschef Pontus Tornman an die Strippe bekam.

»Wir haben die richterliche Verfügung vor einer halben Stunde bekommen und die Sicherheitsabteilung und das Kellergeschoss geöffnet«, sagte Tornman. »Bisher keine Spur von Erik Jensen.«

»Der Täter ist im Krankenhaus und hat Erik vermutlich auf einer Pritsche mit einer Webkamera verbunden«, erklärte Johan und wurde zum Bremsen gezwungen, als vorm Altersheim Lindengården eine Frau mit Rollator den Zebrastreifen überquerte.

»Das habe ich vom Wachhabenden in der Einsatzzentrale gehört«, gab Tornman zurück. »Aber das hilft uns nicht bei der Suche.«

Johan gab so dicht hinter der Frau Gas, dass sie sich umdrehte und ihm die Faust entgegenstreckte.

»Wir schließen uns in fünf Minuten an«, erklärte Johan. »Wir kümmern uns dann um die Garage und melden uns wieder.«

Er berichtete Granstam und Hamrin. Die Arbeit lief, und man musste nur einen möglichst kühlen Kopf bewahren. Die Kollegen von der Schutzpolizei durchsuchten die Garage, hatten Bylunds Auto aber noch nicht gefunden. Keine der Streifen in der Stadt hatte Bylunds Wagen auf den vermuteten Straßen gesehen. Sie hatten der Suche auf den Parkplätzen ums Krankenhaus keine Priorität eingeräumt. Einerseits weil es zu viele waren, andererseits weil es unwahrscheinlich war, dass Bylund Erik abtransportieren würde, wenn das Risiko, entdeckt zu werden, so groß war.

Johan überkamen plötzlich Zweifel. Was, wenn Bylund nun überhaupt nicht im Krankenhaus war? Was, wenn er – gerade in diesem Augenblick – weit weg von dort den Stechbeitel an Eriks Rücken ansetzte, um zuzustechen?

Nein, das durfte nicht sein. Dann fielen ihm wieder Eriks Worte von »nach Hause« und Nathalies Analyse über die räumliche Nähe zu den Überfällen und der aufgeschütteten Erde ein, und er spürte, wie die Überzeugung zurückkehrte.

Bevor er hinunter in die Garage fuhr, warf er einen Blick in den Rückspiegel und sah Pablo und Sofia im BMW dicht gefolgt von Nathalie im Bus der Techniker.

Als das Tor aufging, rief er Sankari wieder an. Er verspürte einen Stich bei dem Gedanken, dass der Kollege schon längst das Verhör mit Yasmine Danielsson beendet haben müsste.

65

Ich glaube nicht, dass sie es ist, dachte Dan Sankari, als er sich vor dem Fitnessraum von Yasmine Danielsson verabschiedete. Yasmine begab sich schnell zu einer Seitentür, und Sankari trottete zurück zur Garage, wo er den Wagen abgestellt hatte.

Seine Hüfte schmerzte bei jedem Schritt, und er dachte an die Operation, der er sich im Herbst unterziehen würde, nachdem er in Pension gegangen war. Abzunehmen, wie es ihm der Arzt empfohlen hatte, war ihm nicht gelungen. Jetzt war das Messer der einzige Ausweg. Doch zuerst ging es auf Elchjagd, und in diesem Jahr hatte er sich vorgenommen, seinen Rekord mit einem Zweiundzwanzigender zu brechen. Immer eine Aufmunterung nach einem weiteren der unzähligen Verhöre, die die Ermittlung nicht weiterbrachten.

Yasmine Danielsson hatte zugegeben, dass es zwischen ihr und Camilla Söder zu einem Streit gekommen war, als sie aus der Feministischen Definition ausgetreten war. Aber das war aus ideologischer Sicht ein wichtiges Zeichen, weil Söder laut Danielssons Meinung sich dazu entschlossen hatte, weil »sie zu bequem und nicht in der Lage war, die Debatte über das Patriarchat zu führen«.

Yasmine wirkte aufrichtig schockiert über den Mord, und obwohl sie zur Tatzeit allein zu Hause gewesen war und kein Alibi hatte, glaubte Sankari ihr. Obwohl sie in allen drei Fällen ein Motiv hatte und es für sie rein technisch bestimmt kein Problem darstellte, die Morde zu begehen, war er von ihrer Unschuld überzeugt. Yasmine war eine Frau, die ihrer Wut auf andere Art Luft machte: nämlich als Netzhasserin und als progressive Politikerin. Wenn das nicht ausreichte, dann musste der Sandsack den Rest einstecken. Das sagte ihm sein Instinkt, und nach vierundvierzig Jahren Berufserfahrung hatte er gelernt, auf ihn zu hören.

Ihm fiel ein, dass er sein Handy ausgeschaltet hatte, und fischte es aus seiner Jackentasche, als er nach links abbog. Vier verpasste Anrufe, unter anderem zwei von Johan. Sankari stellte den Ton ein und wählte die Nummer seines Chefs. Ein Quietschen kam näher, und als Johan sich nach dem vierten Signal meldete, begegnete Sankari ein Mann, der eine abgedeckte Bahre rollte. Unter dem weißen Laken erahnte Sankari die Konturen eines Menschen und trat intuitiv zwei Schritte beiseite. Er nahm an, dass es eine Leiche war, wahrscheinlich ein Mann, der in den Kühlraum gebracht werden sollte. Obwohl Sankari in den Jahren als Polizist schon einiges mitgemacht hatte, war ihm der Anblick von Toten nach wie vor unangenehm.

Aus dem Augenwinkel meinte er zu sehen, dass sich das Laken über dem Mund des Toten bewegte, verwarf den Eindruck aber wieder als eine böse Phantasie, heraufbeschworen durch seine Todesangst.

»Hallo, hier ist Sankari. Wie läuft's?«

»Wir fahren gerade hinunter in die Garage des Krankenhauses«, antwortete Johan. »Wo bist du?«

»Auf dem Weg dahin. Ich bin fertig mit dem Verhör von Yasmine Danielsson. Sie gibt den Streit mit Camilla Söder zu, und sie hat kein Alibi, aber ich glaube nicht, dass sie es ist, weil ...«

»Ist sie auch nicht, Hausmeister Göran Bylund ist der Schuldige! Er ist mit Erik im Krankenhaus, und wahrscheinlich hat er auch Estelle Ekman in seinem Auto.«

»Bist du sicher?«

»Ja, ich habe jetzt keine Zeit, das näher zu erklären. Jetzt sind wir in der Garage.«

»Ich bin in drei Minuten bei euch«, sagte Sankari.

In der Garage herrschte vollkommenes Chaos. Kollegen von der Schutzpolizei liefen herum und überprüften die Nummernschilder, Leute von Missing People, vom THW und ein halbes Dutzend Zivilisten halfen ihnen dabei. Mittendrin standen Johan, Pablo, Sofia, Granstam und Nathalie und redeten mit dem Sicherheitschef Pontus Tornman.

Sankari humpelte zu ihnen, und Sofia zeigte ihm auf ihrem iPad ein Foto des Verdächtigen.

»Bylunds Auto ist also nicht hier«, stellte Johan verzweifelt fest.

»Dann hat er draußen vor dem Krankenhaus geparkt«, meinte Nathalie. »Ich bin sicher, dass er hier im Haus ist.«

»Wie weit sind Sie mit der Durchsuchung?«, fragte Johan und schaute den Sicherheitschef Pontus Tornman streng an.

»Wir haben noch drei Abteilungen auf Ebene eins«, antwortete Tornman. »Abgesehen von der geschlossenen Ebene vier.«

Sankari betrachtete das Foto. Der Mann kam ihm zweifelsohne bekannt vor. »Ja«, sagte er, doch niemand hörte zu, weil Johans Handy klingelte.

Johan nahm das Gespräch an und gab den Inhalt wieder: »Robert Ekman ist im Ferienhaus geortet worden und scheint tatsächlich unschuldig zu sein. Und José hat man im Filmhuset in Stockholm ausfindig gemacht, wo er nachweislich in einer Besprechung saß und sein Mobiltelefon ausgeschaltet hatte.«

Sankari dachte an den Mann auf der Bahre, sah die Person unter dem Laken vor sich, das hastige Einziehen des Lakens über dem Mund. Der Schmerz in der Hüfte verflog, und die Erkenntnis drang in sein Gehirn wie ein Nagel.

»Ich glaube, ich bin ihm begegnet.«

Alle drehten sich fragend zu ihm um. »Doch, das war er«, sagte Sankari nach einem weiteren Blick aufs Foto entschlossen. »Ich bin ihm vor fünf Minuten in dem unterirdischen Gang begegnet. Er ging nach Süden, das heißt weg von hier. Er schob eine zugedeckte Bahre, auf der ein Mann lag.«

Sankari sah Johan an. Seine Pupillen oszillierten, als fiele es ihnen schwer, im Halbdunkel den Fokus zu finden. Johan drehte sich zu Sofia um und forderte sie auf, in der Einsatzzentrale anzurufen und die Mannschaften umzudirigieren. Im nächsten Atemzug delegierte er an Hamrin die Organisation der Kollegen vor Ort.

Dann lief er zum Ausgang.

66

Der Gang wollte kein Ende nehmen. Nathalie lief neben Johan. Ihnen folgten Sicherheitschef Pontus Tornman und Pablo Carlén mit vier Kollegen von der Schutzpolizei. Johan hatte Tornman Order gegeben, ihnen alle Wege zu zeigen, die Göran Bylund genommen haben könnte, und sie hatten sechs Mann zur Suche abgestellt.

Ihre Füße schmerzten, aber Nathalie musste ihre Schuhe ausziehen, um das Tempo mitzuhalten. Die Luft sprengte ihre Lungen, und sie verfluchte sich, dass sie das Joggen in letzter Zeit vernachlässigt hatte.

Was hatte Göran Bylund mit Estelle angestellt? Hatte er sich gezwungen gesehen, sie zum Schweigen zu bringen?

Göran Bylund war offensichtlich verrückt, aber diese Schlussfolgerung half nicht weiter. Jetzt musste sie versuchen, seine Gedankengänge, Gefühle und Vorstellungen nachzuvollziehen – was sie in einem Sprechzimmer problemlos beherrschte, sich aber mit hämmerndem Blut in den Schläfen weitaus schwieriger gestaltete.

Konzentriere dich auf dein Profil, ermahnte sie sich und merkte, wie ihre Strumpfhose ein Loch bekam. Was will er? Welche Sprache spricht er? Wie weit ist er bereit zu gehen?

Ehe sie sich die Antwort selbst geben konnte, klingelte Johans Handy. Er hörte auf zu laufen und meldete sich außer Atem: »Ja, hier Axberg.«

»Lundell von der Einsatzzentrale hier. Bäckström und Karlsson haben Göran Bylund gefunden.«

»Wo?«

»Auf dem Parkplatz vor der Notaufnahme. Er hat rund um seinen weißen Lieferwagen Benzin verschüttet und hält ein Feuerzeug in der Hand, also haben sich Bäcklund und Karlsson zurückgezogen.«

Johan schluckte und starrte Nathalie an. »Hat Bylund die beiden entdeckt?«

»Ja, leider, das war nicht so geplant, aber das ist passiert, als sie vorfuhren, um zu überprüfen, ob es sich um das richtige Auto handelte.«

»Und Erik Jensen und Estelle Ekman?«

Es knackte im Hörer, und der Empfang brach ab, als sie zur Notaufnahme abbogen.

67

Johan hörte nichts im Handy und fluchte leise.

»Er ist auf dem Parkplatz«, keuchte er und schlug auf den Türöffner zur Notaufnahme.

Dann gab er das Telefonat wieder, während sie die gelben, fensterlosen Korridore mit den grauen Schalldämmplatten unter der Decke entlangliefen, die die Klaustrophobie noch mehr verstärkten.

Johan hielt die ganze Zeit das Handy ans Ohr und hörte, wie der Empfang mit Wortfetzen von Lundells Stimme kam und ging.

»Er ist schlau«, stellte Nathalie fest und wich einem barfüßigen Mann in Krankenhaushemd aus, der einen Tropfständer neben sich herschob. »Hier laufen so viele Leute rum, dass niemandem ein Mann auffällt, der mit einer Bahre vorbeikommt.«

Lundells Stimme ertönte wieder im Hörer: »Axberg, hörst du mich?«

»Ja, jetzt höre ich dich«, antwortete Johan, als sie an der Anmeldung der Chirurgie vorbeiliefen.

»Es sieht so aus, als ob zwei Personen im Auto liegen, aber das wissen wir nicht mit Sicherheit.«

Johan wusste nicht, wie er reagieren sollte. Die Nachricht war sowohl gut als auch schlecht. Endlich hatten sie Erik gefunden, aber lebte er? War Göran Bylund unterwegs, um ihn abzulegen, oder hatte Estelles Auftauchen ihn von seinem Plan abgehalten?

»Haben wir Ferngläser und ein Megaphon vor Ort?«, fragte Johan.

»Sind in einer Minute da«, antwortete Lundell.

Als sie durch die Krankenwageneinfahrt nach draußen kamen, sahen sie den weißen Lieferwagen fünfzig Meter entfernt auf dem Parkplatz stehen. Das nächste Auto war ein roter Golf vier Stellplätze weiter. Die eine Hintertür des Lieferwagens stand offen, bot ihnen aber keinen Einblick. Göran Bylund war nicht zu sehen, doch die Polizeifahrzeuge, die hintereinander auf der Straße zur Notaufnahme hielten, waren umso sichtbarer.

Nathalie wischte sich den Schweiß von der Stirn und schaute Johan an.

»Was machen wir jetzt?«

»Das Auto im sicheren Abstand umkreisen und zu den Kollegen auf der anderen Seite aufschließen. Wenn wir vorschnell handeln, zündet er vielleicht alles an.«

Schweigend schlichen sie sich die Backsteinwand an der Entbindungsstation entlang, ohne den Lieferwagen auch nur eine Sekunde aus den Augen zu lassen. Nachdem sie das Auto umrundet und die Einfahrt erreicht hatten, flog die andere Hintertür auf.

Göran Bylund trat auf den Parkplatz. In der einen Hand hielt er ein Feuerzeug, mit der anderen verschüttete er eine Flüssigkeit aus einem grünen Kanister.

Nathalie und Johan blieben stehen. Sahen die wabernden Dämpfe vom Boden aufsteigen und Göran Bylunds verzweifeltes Gesicht einhüllen. Auf dem Boden des Wagens waren die Umrisse von zwei Personen zu erahnen. Sie lagen mit den Füßen im Freien und waren mit zwei Laken zugedeckt.

»Wenn Sie näher kommen, dann lege ich Feuer!«, schrie Göran Bylund mit einer dumpfen Stimme, die zwischen den Backsteinwänden widerhallte.

Nathalie griff nach Johans Arm. Er drehte sich zu ihr um.

»Was sollen wir tun?«, fragte sie leise.

»Weiter zur Absperrung gehen«, flüsterte er. »Wir müssen verhandeln, aber nicht von hier aus, da könnte er sich bedroht fühlen.«

Ohne Bylund im Blick zu behalten, gingen sie schweigend zu den Wagen auf der Einfahrt. Zweihundert Meter Sicherheitsabstand, ganz genau nach Vorschrift, dachte Johan, um seine Frustration zu mildern.

Die Kommissare Bäcklund und Karlsson standen vor dem ersten Streifenwagen. Dahinter waren weitere zehn Kollegen eingetroffen, und als sich die Gruppe von der Notaufnahme ihnen anschloss, waren sie insgesamt sechzehn Polizisten.

Ein Krankenwagen mit eingeschaltetem Blaulicht kam im Eiltempo um die östliche Ecke des Krankenhauses gefahren. Zum ersten Mal fiel Johan auf, dass sie die Einfahrt zur Notauf-

nahme versperrten. Und würde Göran Bylund den Krankenwagen durchlassen, ohne Feuer zu legen?

Johan wandte sich an Karlsson.

»Sind Megaphon und Fernglas vor Ort?«

Ein Kollege von der Schutzpolizei lief herbei und überreichte
Johan das Verlangte. Johan gab das Megaphon an Nathalie weiter und hielt das Fernglas vor die Augen.

»Ich kann mit ihm verhandeln«, sagte Nathalie, als Johan
die Schärfe einstellte. »Ich glaube, ich kann ihn dazu bringen
aufzugeben, ich habe für so was eine Ausbildung.«

Das war zum Teil gelogen. Sie war in Theorie geschult, aber
in der Praxis war sie nie auch nur in die Nähe eines Vermittler-
auftrags gekommen. Doch so wie die Situation aussah, brauchte
man kein Mitglied in der Täterprofilgruppe zu sein, um zu begreifen, dass Eile geboten war. Der Krankenwagenfahrer schaltete das Blaulicht aus und hielt bei einem Schutzpolizisten an.

»Ist es nicht besser, ich mache das?«, fragte Johan und sah
das Feuerzeug in Göran Bylunds Hand, die beiden reglosen
Personen auf dem Boden und wie Görans schwerer Körper
vibrierte.

Waren Erik und Estelle schon tot? Spielte es eine Rolle, was
jetzt geschah?

»Okay«, sagte er. »Ich gucke, und Sie sprechen, legen Sie los!«

Das Megaphon fühlte sich leicht wie eine Feder an, als Nathalie es an ihren Mund hob.

68

»Hallo, Göran, ich heiße Nathalie und bin Estelles Schwester. Wir sind uns heute schon mal auf Ihrem Hof begegnet.«

Die Worte prallten an den kompakten Krankenhausfassaden ab und kehrten eine Sekunde nachdem sie sie ausgesprochen hatte zu ihr zurück. Johan zischte, ohne den Fokus mit dem Fernglas zu verlieren: »Er senkt das Feuerzeug, macht einen Schritt aufs Auto zu und sieht erstaunt aus. Machen Sie weiter!«

»Wie ich schon gesagt habe, arbeite ich mit der Polizei zusammen. Ich meine es gut mit Ihnen, Göran, und ich weiß, dass wir eine Lösung für das hier finden.«

Neue Pause, der Krankenwagen glitt langsam geradeaus, und der Kollege von der Schutzpolizei rief, dass es sich um einen akuten Notfall handele.

»Als Erstes möchte ich Sie bitten, den Krankenwagen durchzulassen, Göran. Da liegt eine akut kranke Person drin. Er kommt jetzt. Machen Sie keine Dummheiten. Das ist absolut keine Falle!«

Keine optimale Rede, aber manchmal war es gut, seine Unsicherheit zu zeigen, damit die nächsten Worte umso entschlossener klangen.

»Er nickt, guckt ins Auto, dreht sich zu uns um und nickt wieder«, berichtete Johan.

Nathalie drehte sich um und winkte den Krankenwagen heran, der Gas gab und an Göran vorbei zur Auffahrt fuhr.

»Er steht noch immer in derselben Haltung da«, sagte Johan, »trampelt mit den Stiefeln im Benzin, dass es platscht.«

Nathalie erahnte seine ungeduldigen Bewegungen und meinte das Platschen zu hören, obwohl sie wusste, dass es bei der Entfernung unmöglich war. Die Sanitäter rollten eine Trage heraus und eilten in die Notaufnahme.

Denk jetzt konstruktiv, Nathalie, versetz dich in die Lage des Mannes, der da drüben steht.

»Ich verstehe, dass Sie wütend und enttäuscht sind«, tastete sie sich heran. »Ich nehme an, das liegt daran, weil Elin nicht mehr bei Ihnen ist, Göran. Stimmt das?«

»Er beißt sich auf die Lippe«, beschrieb Johan das Szenario. »Sieht aus, als würde er weinen.«

»Sie haben uns viel zu erzählen, Göran«, fuhr sie fort. »Von Ihrem Freund Oskar und wie Sie Jennie Larsson in der psychiatrischen Notaufnahme fanden. Ich weiß, dass Sie versucht haben, das alles zu erzählen, aber niemand hat Ihnen zugehört. So ist es doch, oder, Göran?«

Pablo tauchte hinter Johan auf, flüsterte: »Die Presse ist hier, zwei Frauen von der *Abendzeitung.*«

»Lass sie nicht weiter!«, befahl Johan.

»In Ordnung«, bestätigte Pablo und ging.

»Bylund nickt«, sagte Johan.

Nathalie wog ihre Worte ab und fuhr fort: »Darum haben Sie uns die Dominosteine und das Spiel zukommen lassen. Damit wir es am Ende verstehen. Und das haben wir jetzt verstanden. Wenn Sie das Feuerzeug weglegen und herkommen, dann können Sie uns alles erzählen. Ich verspreche, dass ich Ihnen zuhöre, Göran.«

Sie sah, wie Göran drei Schritte nach hinten machte und im Auto zwischen den weißen Laken niedersank. Johan gab die Szene genauso trocken und sachlich wieder wie einen Seewetterbericht im Radio. Nathalie motivierte sich mental: *Wechsel das Thema, rede weiter, zerbrich seinen Schutzpanzer.*

»Meine Schwester spricht immer so gut von Ihnen, Göran. Auch wenn wir uns nicht kennengelernt haben, ist es so, als würde ich Sie kennen. Sie hat erzählt, wie geschickt und zuverlässig Sie sind. Ihr wollen Sie doch bestimmt nicht schaden, Göran? Denken Sie jetzt nach!«

Wieder eine Pause, um die Worte sacken zu lassen. Vertrauen schaffen, Argumente liefern, damit er seine Meinung ändert in Kombination mit Schmeichelei und Flehen in sorgsam abgewogenen Dosen. Zugleich wusste sie, dass das Ende oft auf einen Balanceakt auf Messers Schneide hinauslief, wo der Ansatz aufzugeben beim Täter schnell ins Gegenteil umschlagen konnte.

»Wissen Sie, warum Estelle zu Ihnen gekommen ist, Göran?«, fuhr sie fort und ging langsam auf ihn zu, um seine Aufmerksamkeit auf sie abzulenken. »Ich komme näher, damit wir uns sehen können, es ist doch albern, hier zu stehen und in dieses Ding zu schreien.«

Sie vollführte eine ausladende Bewegung mit dem Megaphon, hörte hinter sich Johans schwachen Protest, machte aber weiter. Dann rief Johan: »Er schüttelt den Kopf und hält die Hand zum Stoppzeichen hoch! Halt, Nathalie!«

Sie blieb auf der Stelle stehen und sah, wie Göran langsam seine leere Hand zur Seite fallen ließ. Was sollte sie jetzt sagen?

Was willst du?

Dann fiel ihr ein, was Johan von dem angefangenen Brief neben dem Computer erzählt hatte, und sie hob das Megaphon an die Lippen. »Wenn Sie mit uns zusammenarbeiten, schicke ich

Ihnen jemanden von der *Abendzeitung*, der Ihre ganze Geschichte aufschreibt. Sie können alles über sich und Elin erzählen, was Sie wollen. Ich verspreche Ihnen, dass es morgen wortwörtlich in der Zeitung stehen wird.«

Keine Reaktion, außer dass Göran das Feuerzeug betrachtete und damit vor sich eine Kreisbewegung beschrieb. Nathalie sah ihren Vater Victor auf den Asphalt stürzen, ihre Mutter Sonja auf der Intensivstation und Estelle in einem Flammenmeer. Wenn Göran Feuer machte, wäre Estelle tot, ehe sie bei ihr sein konnten.

Zitternd und mit letzter Kraft in dem Bemühen, ihre Stimme stabil klingen zu lassen, stieß sie hervor: »Wenn Sie nicht mit uns zusammenarbeiten, wird die Polizei Ihre und Elins Geschichte schreiben, Göran. Und das wollen Sie doch nicht, oder? Dann steht da nur drinnen, dass Sie ein verrückter Mörder sind.«

Ganz tief Luft holen, das Gehirn mit Sauerstoff versorgen.

»Also denken Sie nach, Göran. Sie haben die Wahl. Ihre eigenen Worte oder das Bild von einem Verrückten, Sie entscheiden.«

Sie sah, wie Göran aufstand und sich ein paar Schritte vom Auto entfernte. Dann hob er das Feuerzeug, wie um zu zeigen, dass er es noch hatte.

»Er nickt«, sagte Johan, drehte sich um und rief: »Pablo, hol jemanden von den Journalisten her.«

Nach einem Augenblick stand eine junge blonde Frau neben Johan. Sie bekam ein kurzes Update und stimmte nach einigem Zögern zu, sich mit Nathalie nach vorn zu begeben.

Nathalie bewegte sich wie in Trance, nahm kaum die Frau neben sich wahr. Alles, was sie sah, war Göran.

Das lief zu einfach. Jetzt fünfzig Meter Abstand. Görans ruhiger und abwesender Blick machte ihr Sorgen. Das Lächeln, das sich in einem Mundwinkel gezeigt hatte, die Stille in dem zuvor zitternden Körper.

Hatte sie die Situation falsch eingeschätzt? Als sie zehn Meter entfernt waren, hob Göran das Feuerzeug.

»Halt.«

69

Nathalie und Åsa Pihl blieben gleichzeitig stehen. Das Feuerzeug war winzig in Göran Bylunds lehmiger Hand, der Daumen glitt immer wieder über das silberfarbene Zahnrad. Der Geruch von Benzin stach ihnen in die Nase.

»Hallo, Göran«, begann Nathalie. »Wie gut, dass Sie uns erlaubt haben, zu Ihnen zu kommen.«

Er schaute sie aus finsteren Augen an, wie eine Eisschicht über einem bodenlosen Brunnen, der sowohl Wut und Trauer als auch Enttäuschung und Wahnsinn barg.

»Liegen da Estelle und Erik im Wagen?«, fragte sie und nickte zu den weißen Laken.

Da Göran nicht reagierte, wiederholte Nathalie ihre Frage. Er starrte sie an, als sei sie ein Schemen, der sich bald in Luft auflösen werde, der gleiche Gesichtsausdruck, den sie immer bei Personen mit optischen Halluzinationen beobachtete. War gerade eine Psychose im Begriff auszubrechen? Hatte er Estelle und Erik bereits getötet?

Göran warf einen Blick ins Auto, nickte und schwenkte das

Feuerzeug hin und her in einer Geste, die sie nicht deuten konnte.

»Neben mir steht Åsa Pihl von der *Abendzeitung*«, fuhr Nathalie fort. »Wenn Sie das Feuerzeug weglegen, können Sie ihr erzählen, was Sie wollen. Was Sie sagen, wird in der Zeitung stehen, Wort für Wort.«

Mit skeptischer Miene drehte sich Göran Bylund zu Åsa Pihl um. Sie nickte, holte ein Smartphone heraus und sagte mit einer Stimme, die Nathalie unnötig laut fand: »Ich nehme es auf und schreibe in der Zeitung morgen das, was Sie wollen.«

Keine Reaktion, nur der Daumen, der weiter über das Zahnrad strich.

»Wenn Sie wollen, können wir auch ein paar Fotos von Ihnen und Ihrer Frau dazunehmen«, ergänzte Åsa Pihl.

Die Kiefer mahlten, und Görans mächtiger Körper sank zusammen, als sei er doppelt so schwer geworden. Sein Mund öffnete sich mit einem Schmatzen, und er begann heftiger zu atmen. Er drehte sich zum Auto um, warf einen Blick auf die Absperrung und schaute abermals Nathalie an.

»Habe ich Ihr Wort?«

»Sie haben mein Wort, Göran. Legen Sie jetzt das Feuerzeug weg.«

»Ich erzähle zuerst«, widersprach er. »Und sie da soll das aufnehmen und die Audiodatei zuerst an den Chefredakteur der Zeitung schicken. Ich will sehen, dass es ins Netz gestellt ist, bevor ich aufgebe.«

Er ist definitiv nicht auf dem Weg in eine Psychose, stellte Nathalie fest.

»Das kann schwierig werden«, entgegnete Åsa Pihl. »Es dauert etwas, bis ...«

»Dann mache ich Feuer, ich habe nichts zu verlieren«, unterbrach Göran sie und hielt das Feuerzeug an seinen Jackenärmel, der bis zum Ellenbogen nass war.

*

Er hatte nichts zu verlieren. Alles war zerstört. Warum war Estelle aufgetaucht? Sie hatte seinen sorgfältigen Plan kaputtgemacht. Die beiden übrigen Spielsteine brannten in der Jackentasche. Er konnte nicht mehr klar denken.

Elin würde er nie wieder zurückbekommen. Weder Oskar noch einer von den anderen, die den Sparmaßnahmen im Gesundheitswesen zum Opfer gefallen waren, würden wieder lebendig werden. Wie lange wurde er schon gezwungen, schweigender Zeuge des Verfalls zu sein? 700 Personen mussten in den letzten drei Jahren ihre Arbeit im Krankenhaus aufgeben, obwohl die Zahl der Patienten die ganze Zeit gestiegen war. Mitmenschlichkeit als Geschäftsmodell – das war eine Gleichung, die nie aufgehen würde. Einsparungsberater, Sparpakete und verantwortungslose Politiker. Er biss sich die Lippen blutig und trampelte mit den Stiefeln im Benzin herum.

Die Finsternis hatte jetzt schon so viele Jahre in ihm gebrodelt. Bald würde es damit ein Ende haben.

Alles fing mit Oskar an. Er sah ihn vor sich. Den einzigen richtigen Freund, den er je gehabt hatte. Das Glück, als Oskar Eva-Marie kennenlernte, das nur von der Freude übertroffen wurde, als er Vater von Alice wurde. Die Scheidung, der Sorgerechtsstreit und die schreckliche Sozialarbeiterin, die Oskar das Recht entzog, seine Tochter zu sehen. Ihm das Recht entzog! Wie kann man das einem Menschen nur antun?

Die Sozialarbeiterin war sein erstes Opfer geworden. Der erste Dominostein war in Bewegung gesetzt worden, und nichts konnte ihn aufhalten. Bis jetzt.

Das Journalistenmädel sagte etwas, verstummte aber, als er mit dem Arm fuchtelte und den Daumen aufs Feuerzeug drückte.

Der nächste Sünder war Doktor Thomas Hoffman. Er hatte Jennie nicht ernst genommen. Nachdem sie stundenlang gewartet hatte, vertraute sie sich stattdessen ihm an, einem läppischen Hausmeister, als er kam, um den Süßigkeitenautomaten zu reparieren. Jennie hatte von Zwangseinweisung, Fixierungen ans Bett und vom Allerschlimmsten erzählt – dass ihr niemand zuhörte.

Die Magensäure brannte in der Kehle, als die Bilder von Jennies baumelndem Körper auf der Toilette vor ihm aufflackerten. Hoffman war Nummer zwei.

Vier Tage hatte er ihn gefangen gehalten. Vier Tage und vier Opfer – das waren Relationen, die ihn befriedigten. Nur der Tod war eine zu milde Strafe. Er hatte mit dem Projektor Bilder gezeigt und erzählt. Hatte den Hunger sein Übriges dazu beitragen lassen und den Schreien zugehört, als der Stechbeitel durch Hoffmans Haut und Muskeln drang.

Dann der Augenblick, der die Dunkelheit zum Explodieren brachte. Er sah es genau vor sich. Dreiunddreißig Tage war es her, aber er durchlebte es immer wieder von vorn.

Die Tür zum Schlafzimmer war angelehnt. Das Tablett fest in der Hand, schob er sie mit dem Fuß auf, vorsichtig, als schlafe sie trotz allem.

Der Anblick war wie ein Schlag ins Gesicht. Elin lag auf dem Rücken, die Hände fest an die Bettkante geklammert. Ihr Gesicht war so weiß wie das Laken und zu einer verzweifelten

Fratze verzerrt. Die Augen starrten leer aus dem Fenster, und der Mund war ein schwarzes Loch, als schnappe sie nach Luft.

Er ließ das Tablett fallen. Hörte nicht, wie die Teetasse auf dem Boden zerschlug, als er zu ihr stürmte.

Die Polizistin mit den langen dunklen Haaren sagte etwas, aber er hörte nicht zu. Er fuchtelte mit dem Feuerzeug herum, und sie machte einen Schritt rückwärts. Er dachte daran, wie er und Elin nach acht Tagen und Nächten mit Husten und Atemnot in die Notaufnahme fuhren. Wie der blonde Arzt eine schlampige Untersuchung durchführte und sagte, es liege an Elins Asthma, das sich aufgrund von erhöhtem Flug von Birkenpollen verschlechtert habe. Elins Dankbarkeit und seine eigenen Zweifel, als sie das Rezept für die Kortisontabletten bekam. Der Arzt hatte den Raum verlassen, noch ehe sie Fragen stellen konnten. Als Göran die Krankenschwester ansprechen wollte, die Elin die Inhalation verabreicht hatte, meinte sie, ein Notfall-Patient sei eingeliefert worden, den sie vorziehen musste.

Elins Tod hatte auch ihm das Leben genommen.

Die Obduktion ergab, dass er mit seiner Sorge recht gehabt hatte. Elin starb nicht an Asthma, sondern an Blutgerinnseln in der Lunge. An multipler Lungenembolie. Wie konnte der scheiß Arzt das übersehen haben?

Die Polizistin machte einen Schritt vorwärts und fing seinen Blick ein. In ihren braunen Augen lag eine seltsame Zugewandtheit, die für einen Moment die Erinnerung an Elin verdrängte.

»Wir machen es, wie Sie es wollen, Göran«, sagte sie und drehte sich zu der Journalistin um, die zustimmend nickte. »Wir nehmen Ihren Bericht auf und kontaktieren den Chefredakteur. Sie wollen ja von Elin erzählen, oder?«

Ja, dachte er. Alle sollten erfahren, wie schlecht sie und die anderen behandelt worden waren. Das war der Plan, und obwohl die Dominosteine andere Wege als geplant genommen haben, würden trotzdem alle am Ende fallen.

Er nickte. Die junge Journalistin drückte aufs Handy und hielt es in seine Richtung.

Sein Atem wurde ruhiger. Er nahm den Arm herunter und begann zu erzählen.

*

Nathalie drehte sich zu Johan um und hielt diskret den Daumen nach oben. Das war die einzige Geste, die ihr einfiel, obwohl sie alles andere als ein gutes Gefühl hatte. Das hier konnte immer noch sonst was für ein Ende nehmen.

Der Bericht dauerte sieben Minuten und zwölf Sekunden. Göran sprach mit monotoner Stimme ohne Unterbrechung. Nicht ein einziges Mal sah er sie an; sein Blick wanderte zwischen Waldrand und Wolkenkette hin und her.

Mitten in der Erzählung meinte Nathalie unter dem einen Laken eine Bewegung wahrzunehmen, aber als sie hinschaute, war alles ruhig.

Die Sorge wirkte wie Gift im Blut. Sie biss sich auf die Lippen, bohrte die Nägel in die Handfläche, wippte auf den Füßen.

Von den Kollegen an der Absperrung kamen ungeduldige Laute, Schweiß rann ihr den Rücken hinab, und in den Fenstern des Krankenhauses zeigten sich neugierige Gesichter.

»Das war alles«, sagte Göran und schaute Åsa Pihl an. »Haben Sie das?«

»Ja«, antwortete sie und schaltete die Aufnahme aus. »Jetzt schicke ich das dem Chefredakteur.«

»Ich will seine Antwort sehen, bevor ich das Feuerzeug weg-
werfe.«

Nathalie sah, wie Åsas Hand über dem Display zitterte. Es
war ein Zischen zu hören, und sie rief in der Redaktion an.

»Du musst das sofort ins Netz stellen«, sagte sie und erklärte
die Situation. »Gut, abgemacht. Und alles muss dabei sein ...
gut, danke.«

Göran starrte sie aus grauen Augen an, unerschütterlich wie
Findlinge. Dann machte er einen Schritt zurück in die Benzin-
pfütze. Der Anorak knisterte, als er den rechten Arm nach hinten ausstreckte und das Feuerzeug mit voller Kraft und einem
gutturalen Heulen wegschmiss.

Das Feuerzeug flog gegen die Backsteinwand bei der Entbindungsstation und zersprang. Nathalie rannte zum Auto und
zog beide Laken fort. Darunter lagen Estelle und Erik.

70

Uppsala,
Dienstag, 6. Mai

»Gib mir den Ketchup, Mama.«

»Klar«, sagte Nathalie und reichte Gabriel die Flasche, die
umgekehrt mit dem Deckel nach unten auf dem Tisch stand.

Gabriel schrieb mit dem Rest, der noch in der Flasche war,
ein G auf die Hackfleischsoße.

»Aber ich will auch noch mehr haben!«, rief Tea schmollend
aus und schob ihre Brille auf die Nase.

»Ich glaube, ich habe noch eine Flasche im Kühlschrank«, meinte Sonja und faltete die Serviette auf ihren Knien zusammen.

Nathalie lächelte. Tea und Gabriel sahen sie erstaunt an. Normalerweise wäre sie vor Oma aufgestanden und hätte mit schlecht verborgener Verärgerung gesagt, sie könne nachschauen, oder dass Gabriel hätte fragen sollen, ehe er die Flasche leerte. Jetzt blieb sie sitzen und genoss die Situation, nahm eine Gabel von ihrem Cesar-Salat, über den sie sich viel zu viel Dressing gegossen hatte. All diese Alltagsmomente, die sie sonst stressten, waren wie Balsam auf den Wunden, seit Granstam sie letzte Sonntagnacht vor dem Haus in Kungshamn abgesetzt hatte: die Schultaschen der Kinder packen, Gabriel die ADHS-Tablette geben, Tea ermahnen, nicht nur Computer zu spielen und zu lesen.

»Hier, ich habe sie gefunden«, sagte Sonja und hielt eine ungeöffnete Flasche mit einem stolzen Lächeln hoch, als wäre es die olympische Fackel.

»Geilo!«, rief Gabriel und riss mit einem Ruck die Verschlussfolie ab und ergänzte das G mit einem S.

»Wie schön, dass ihr hier seid«, lächelte Sonja und fuhr sich mit den Händen durchs kupferfarbene Haar.

»Danke, dass wir kommen durften«, sagte Nathalie, obwohl ihre Mutter sich sonst immer darüber beschwerte, dass sie sie im Haus in Sunnersta viel zu selten besuchten.

Und es war wie immer: Nathalie musste das Abendessen machen, während Sonja im Fotoatelier arbeitete. Sie bereitete gerade eine neue Ausstellung vor, die sie zusammen mit ein paar Freundinnen vom Lions Club organisierte. Der Besuch von Gabriel und Tea war für sie kein Grund, die Arbeit ruhen zu lassen – noch eine Sache, bei der Nathalie sonst immer die Galle hochkam.

Doch jetzt waren alle Routinen, gute wie schlechte, willkommen. Dass sich ihre Mutter nach allen Turbolenzen wieder erholt hatte, war so wunderbar wie erstaunlich. Erst vor sechs Tagen war sie von der Intensivstation nach Hause entlassen worden. Seitdem hatte sie nicht einen Tropfen getrunken, wie sie stolz erzählte. Nathalie verspürte aber trotzdem einen Anflug von Sorge, weil die Flaschen noch an ihrem Platz standen, weil Sonja »noch keine Zeit hatte, sie wegzuwerfen«. Zugleich war Nathalie klar, dass sie nicht mehr zur Unterstützung ihrer Mutter tun konnte, als sie weiterhin zur Enthaltsamkeit zu ermutigen. Vielleicht führte der Tod des Vaters dazu, dass sie weniger trank, vielleicht bewirkte es genau das Gegenteil.

Sonja war fest entschlossen, zur Beerdigung zu gehen, obwohl Estelle und Nathalie erklärt hatten, dass sie nicht vorhatten mitzukommen. Was Victor getan hatte, war unverzeihlich, und er verdiente es nicht mehr, ihr Vater zu sein. So hatten Nathalie und Estelle es besprochen, respektierten aber Sonjas Entscheidung. Tea und Gabriel waren traurig geworden, als Nathalie ihnen erzählt hatte, dass ihr Opa bei einem Sturz ums Leben gekommen war, aber wie so oft bei Kindern kam die Trauer in kurzen und intensiven Intervallen, abgelöst von Phasen des totalen Vergessens.

»Ich habe eine schöne Neuigkeit für euch«, sagte Nathalie und stach die Gabel ins letzte Stück Hühnchenfleisch. »Am Freitag kommen alle eure Cousins und Cousinen her. Und weil ihr bis gestern bei Papa wart, bleibt ihr bis Montagabend bei mir!«

Gabriel stand vom Stuhl auf und machte das Victory-Zeichen, Tea sah eher zurückhaltend zufrieden aus.

»Was meint ihr, was sollen wir uns ausdenken?«, fragte Nathalie.

»Ihr müsst mich besuchen«, sagte Sonja.

»Ins Freibad nach Fyrishov gehen«, brüllte Gabriel.

»In den Freizeitpark oder ins Biotopia«, schlug Tea vor.

»Okay, wir fragen auch eure Cousinen und Cousins, wohin sie wollen«, entschied Nathalie. »Am Freitag essen wir bei uns zu Hause zu Abend und machen uns einen gemütlichen Fernsehabend.«

»Schlafen sie bei uns?«, wollte Tea wissen.

»Ja, bis Sonntag.«

»Und Samstagabend kommt ihr doch hierher, oder?«, fragte Sonja und schlug mit der flachen Hand auf den Tisch, weil sie einen scherzhaften Schlusspunkt unter die Diskussion setzen wollte.

Dann wandte sie sich an Nathalie mit ihrer erstaunlichen Fähigkeit, von einem Moment zum anderen von Scherz in Ernst überzugehen.

»Wie geht es eigentlich Estelle?«

Nathalie verdrehte die Augen. Sie hatte Sonja mehrmals gebeten, in Gegenwart der Kinder keine Fragen zu stellen, die verrieten, was Estelle mitgemacht hatte. Sie selbst hatte ihnen gesagt, sie sei in Sundsvall gewesen, um zu arbeiten, und die Kinder hatten sich damit zufriedengegeben. Gleichzeitig war ihr klar, dass die Heimlichtuerei wahrscheinlich sinnlos war, weil Manne, Marielle, Mikael und Minna bald vor der Tür stehen würden.

»Ihr geht es gut«, antwortete sie und trug ihren Teller zum Spülbecken.

Das war die abgewandelte Wahrheit. Physisch hatte sie

keine Beschwerden, obwohl Göran Bylund ihr mit dem Betäubungsgewehr in den Rücken geschossen hatte. Die Ärzte hatten Estelle untersucht und festgestellt, dass das Betäubungsmittel schnell vom Körper abgebaut wurde: Sie war nur wenige Minuten, nachdem sich Göran der Polizei ergeben hatte, aufgewacht.

Robert wollte noch immer die Scheidung. Sie bewohnten jeder eine Etage und sprachen nicht mehr als das absolut Notwendigste miteinander. Estelle hatte Nathalie in ihren Skype-Gesprächen ein Dutzend Mal um Verzeihung gebeten, und obwohl sie jedes Mal versuchte, Estelle davon zu überzeugen, dass alles vergeben und vergessen sei, kam es ihr vor, als ob ihre jüngere Schwester es nicht annehmen konnte.

Im Krankenhaus wussten alle von Estelles Affäre mit Erik. Würde sie dort weiterarbeiten können? Die Blicke und der Tratsch würden sie noch Jahre verfolgen.

»Du kannst hierher nach Uppsala ziehen«, hatte Nathalie vorgeschlagen, um sie zu trösten.

»Wir kommen ja am Freitag, dann reden wir weiter«, hatte Estelle geantwortet. »Und du musst dich doch um die Gerichtsverhandlung kümmern und dich darauf konzentrieren, ich komme immer klar.«

Genau, dachte Nathalie und nickte, als Tea fragte, ob sie vom Tisch aufstehen dürfe. Gabriel war auf sein Zimmer gegangen, obwohl die Hälfte seiner Portion noch unberührt war.

Sonja war dazu übergegangen, Instagram zu checken, und reagierte nicht, als Nathalie sich ans Abdecken machte. Solange sie etwas zu tun hatte, konnte sie über die morgige Entscheidung im Sorgerechtsstreit nachdenken, ohne dass ihr die Tränen kamen.

Sie hasste Håkan dafür, dass er ihr und vor allem den Kindern das antat. Obwohl sie ihn am Vormittag im Anwaltsbüro aufgesucht hatte, um ihm ins Gewissen zu reden, hatte er weiterhin das alleinige Sorgerecht gefordert. Weil sie unzuverlässig und ich-fixiert sei. Weil Tea und Gabriel es am besten bei ihm hatten. Die Argumente waren so idiotisch, dass sie nur von dem Wissen übertroffen wurden, dass Håkan das Ganze ausschließlich veranstaltete, um sie für die Scheidung zu bestrafen. Aber morgen war alles überstanden. Geteiltes Sorgerecht und allmählich eine Art Waffenstillstand, das war die einzig denkbare Lösung.

Als Nathalie den letzten Teller abräumte, stand Sonja auf.

»Ich muss im Atelier etwas nachschauen; das ist okay, oder? Danach kann ich den Kindern was vorlesen.«

»Wie schön«, sagte Nathalie und rang sich ein Lächeln ab.

Um die Gedanken an den nächsten Tag zu vertreiben, ging sie ins Arbeitszimmer und kontrollierte ihre Mails.

Frank hatte geschrieben und sie gebeten, sich zu melden. Er bereute sein Verhalten und wollte ihr alles erklären.

Sie antwortete nicht. Als sie gestern wieder in ihrer Wohnung in der Artillerigatan war, hatte sie sich mit Louise getroffen und ihr alles über Franks Verlogenheit und seine Einladungen erzählt. Obwohl Louise versprochen hatte, Frank nichts zu sagen, hoffte Nathalie, sie würde es dennoch tun. Offenbar reichte es nicht, wenn sie ihn bat, sie in Ruhe zu lassen.

Jossan hatte neue Zeiten für die Proben mit dem Ekeby-Chor gemailt. Nathalie antwortete, sie werde erst nächste Woche kommen.

Klinikchef Torsten Ulriksson teilte mit, dass die Doktoranden sie vermissten, der neu eingestellte Bengt Vallman vom KS nach ihr gefragt habe und dass er persönlich hoffe, sie wie geplant am Montag an ihrem Arbeitsplatz zu sehen.

Worte, Worte, Worte. Alle Nachrichten waren wie Stimmen im Chor mit dem Unterschied, dass sie ihr Leben bedeutend schlechter dirigierte als Wilhelmsson den Chor in Ekeby.

Das Handy klingelte. Mit leichter Vorfreude in der Brust sah sie, dass es Johan war. Er hatte zweimal angerufen, seit sie nach Hause gekommen war, und hatte sie auf dem Laufenden gehalten, wie es mit Göran Bylund weitergegangen war. Die Gespräche waren nach einer Weile ins Private übergegangen; er hatte ihr Ratschläge im Streit um das Sorgerecht gegeben, und sie hatte ihn im Gegenzug mit Tipps zum Thema Kleinkind versorgt mit der Hauptbotschaft, dass die Zeit schnell verging und dass man versuchen sollte, sie zu genießen.

Mit Johan zu sprechen fiel ihr leicht, besonders am Telefon hatte sie das Gefühl, seine ungeteilte Aufmerksamkeit zu bekommen.

»Hallo, Johan«, meldete sie sich und schaute in den erblühenden Garten hinaus, wo Estelle als Kind gespielt hatte.

»Hallo, störe ich?«

»Nein, ich bin zu Hause bei meiner Mutter und habe gerade zu Abend gegessen. Wie geht's Ihnen?«

»Och, wollte nur erzählen, dass Göran Bylund jetzt gestanden hat, dass er die Erde in der Garage aufgehäuft hat, um uns in die Irre zu führen – genau wie Sie vermutet haben.«

»Das Puzzle fügt sich zusammen«, stellte sie fest und hoffte, dass sie nicht allzu selbstgerecht klang.

»Und die beiden Dominosteine, die er in der Tasche hatte, passten zu den vier letzten Ziffern von Elins Personennummer.«

»Opfer vier und fünf«, sagte Nathalie und schloss die Tür, als sie ihre Mutter im Wohnzimmer hörte. »Hat er erzählt, wer das werden sollte?«

»Ja. Nummer vier sollte eine Krankenschwester in der Notaufnahme sein, die Elin auch kennengelernt hatte, ehe sie nach Hause geschickt wurde. Nummer fünf wäre der Landtagsrat geworden, den Göran für die Sparmaßnahmen verantwortlich macht. Von ihm abgesehen hatte er von allen die Tagesabläufe unter Kontrolle, offenbar sitzen sie oft oben auf den Stationen. Und Camilla Söder war, wie Sie wissen, jeden Freitag wegen verschiedener Pflegeplanungen im Krankenhaus.«

»Hm.«

»Göran Bylund hat auch gestanden, dass er seinem Bruder das Gewehr gestohlen hat«, fuhr Johan fort. »Offenbar hatte er damit ein paar Mal zur Probe schießen dürfen. Der Bruder ist jedenfalls von der Liste der Verdächtigen gestrichen.«

»Wie geht es Göran Bylund?«

Johan seufzte.

»Er scheint recht zufrieden zu sein nach dem Artikel in der Zeitung, aber die Staatsanwältin hat ihn isoliert. Sie ahnen ja nicht, wie uns die Presse belagert, um mehr Interviews zu kriegen.«

»Er hat wohl die meiste Ruhe in der Zelle. Hat der Rechtspsychologe das Gutachten fertig?«

»Ja, aber das bekommen wir erst morgen. Bis dahin steht er weiterhin unter antidepressiven Medikamenten, die wir bei ihm zu Hause gefunden haben. Citalo...«

»...lopram«, ergänzte Nathalie. »Ja, das ist wohl ratsam. Aber wahrscheinlich ist er leider nicht psychisch krank in dem Sinn, dass er per Urteil in einer Anstalt untergebracht wird.«

»Nein, es wird wohl auf lebenslänglich hinauslaufen«, meinte Johan. »Er hat beide Morde und den Überfall auf Erik gestanden, und es war seine DNA auf dem Dominostein in Hoffmans Rachen.«

»Und das Gutachten über Runmark?«

»Der Rechtspsychiater ist – genau wie Sie – der Ansicht, dass Runmark mehr den Verrückten spielt, als dass er es wirklich ist. Aber er sitzt bis auf weiteres eingesperrt in der forensischen Psychiatrie.«

Eine Weile blieb es still. Nathalie sah, wie ein Buchfink in einer der Birken landete, die in ihrem satten Grün in der Abendsonne leuchteten. Ihr fiel das Gefühl wieder ein, das sie hatte, als sie zum ersten Mal an der Stelle stand, wo Hoffman und Erik verschwunden waren. Diese plötzliche Überzeugung, die sie manchmal Intuition nannte, manchmal eine nachträgliche Erklärung, um die Reaktion begreifbar zu machen. Jetzt war sie davon überzeugt, das Gefühl hatte darauf beruht, dass Göran Bylund seine Opfer drei Meter unter dem Boden, wo sie stand, eingesperrt hatte.

In einem Raum in der geschützten Kriegsabteilung, zu dem er den Schlüssel und die Passierkarte besaß. So nah und doch so fern, das Paradox, das für alle drei Mordermittlungen gegolten hatte, an denen sie beteiligt gewesen war.

Johan räusperte sich. »Das Einzige, was sich Bylund für die Zelle gewünscht hatte, war das Foto von Elin, das wir auf dem Couchtisch gesehen haben, und ein Dominospiel. Er bekam weder das eine noch das andere, weil Fridegård Angst hat, er könne sich mit dem Foto schneiden oder sich mit den Steinen ersticken.«

»Klug.« Nathalie warf einen Blick in den Spiegel und dachte, dass Johan sie zum Glück jetzt nicht sehen konnte.

»Das kann man wohl sagen«, stimmte er ihr zu, zog die Worte in die Länge, als wolle er nicht auflegen.

»Danke, dass Sie angerufen haben«, sagte sie. »Was ist mit Alfreds Kolik?«

Sie schnitt sich im Spiegel eine Grimasse. Auch eine Möglichkeit, das Gespräch fortzusetzen.

»Wir haben ihm ein paar Tropfen gegeben, die Erik verschrieben hat. Heute Nacht hat er tatsächlich vier Stunden am Stück geschlafen.«

»Schön.«

Die Tür flog auf, und Gabriel fuchtelte verzweifelt mit dem iPad in der Luft herum. »Das geht nicht mehr, Mama!«

»Warte kurz, Gabriel, ich telefoniere gerade.«

Sie versuchte ihn aus dem Zimmer zu lotsen, damit sie die Tür schließen konnte, aber er stellte sein Bein dazwischen.

»Wir können später sprechen«, sagte Johan.

»Ich rufe Sie an«, schlug sie vor. »Auch hier geht es etwas drunter und drüber, wie Sie hören.«

Als Gabriel Luft holte, um zu protestieren, verabschiedete sie sich von Johan und schaltete das Handy aus. Spürte das Kribbeln im Bauch, das sie gehabt hatte, als sie aus dem Aufzug stieg und zum ersten Mal seinem Blick begegnet war.

71

Als Johan zur Wohnungstür hereingekommen war, stand Carolina mit dem quengelnden Alfred über der Schulter vor ihm und schaute ihn vorwurfsvoll an.

»Warum kommst du so spät? Wir haben gegessen, und der Fall ist doch schon seit einigen Tagen abgeschlossen.«

Er bedachte sie mit einem vielsagenden Blick und schälte sich aus der Jacke.

»Du weißt doch, wie es läuft. Ich musste ein paar Anrufe erledigen. Aber jetzt will ich nicht drüber reden.«

Mit drei Schritten war er bei ihr und nahm ihr das Kind ab. Das Quengeln löste sich in ein Lächeln auf, und die blauen Augen strahlten wie zwei Dioden im Halbdunkel.

»Hallo, Tarzan, hast du Mama wieder geärgert?«, sagte er und hob den zwölf Kilo schweren Körper in die Höhe.

Alfred gluckste vergnügt, und ein Spuckefaden seilte sich vom linken Mundwinkel ab und landete auf Johans Wange. Carolina stemmte die Hände in die Hüften und ging mit einem Seufzer ins Wohnzimmer. Johan trug Alfred in die Küche, spielte eine Weile auf dem Boden mit ihm, ehe er ihn in den Kinderstuhl setzte. Alfred ging dazu über, mit gierigem Eifer an seiner Lieblingsrassel in Elefanten-Form zu knabbern, die bei jedem Biss piepste.

Johan öffnete den Kühlschrank. Weil weiter nichts zu essen vorhanden war, gab es Sauermilch mit zerbröckeltem Knäckebrot, Zimt und kleingeschnittener Banane. Hätte er nicht die Angewohnheit, jeden Mittag essen zu gehen, hätte er aus reiner Faulheit Vegetarier werden können: Käsebrot, Haferbrei und Milch mit Flocken.

Beim dritten Löffel kam Carolina herein und setzte sich ihm gegenüber. »Entschuldige, dass ich so pampig war, aber er ist heute richtig anstrengend gewesen. Zuerst wollte er das Penicillin nicht einnehmen, dann hat er es wieder erbrochen, und ich habe die Flasche auf den Boden fallen lassen und musste eine Stunde in der Warteschleife am Telefon sitzen, um ein neues Rezept zu bekommen.«

Er lächelte müde.

»Ich verstehe«, sagte er, ohne die Überschriften in der *Sundsvalls Tidning* aus den Augen zu lassen.

Die Berichterstattung über die Ermittlung ging mit ungeschönter Intensität weiter. Er verstand sowohl die Leser als auch die Journalisten. Dieser Fall war ihm so sehr an die Nieren gegangen wie keiner der Fälle zuvor, an denen er in den zehn Jahren als Leiter der Mordkommission je gearbeitet hatte. »Der überfallene Arzt erzählt«, lautete eine Überschrift. Johan hatte das Interview mit Erik schon zweimal gelesen. Als Versuch, das Unbegreifliche zu verstehen, in Worte zu fassen.

»Wie geht es ihm?«, erkundigte sich Carolina, die seinem Blick zu den Überschriften gefolgt war.

»Er ist mit den Mädchen zu Hause. Angeblich geht es ihm einigermaßen, aber du weißt ja, wie Erik ist.«

»Nicht gerade jemand, der sich als Erster beschwert«, sagte Carolina mit milder Ironie, als habe sie diesen Spruch schon häufiger gehört.

»Genau«, sagte Johan und zerknackte ein Stück Knäckebrot zwischen den Zähnen.

Erik war in Görans Wagen ein paar Minuten nach Estelle aufgewacht. Göran war unterwegs gewesen, um ihn zu liquidieren und auf Alnön an der Stelle abzulegen, auf die Nathalie durch die fünf Punkte auf dem Dominostein gekommen war.

Zum Glück hatte Göran bei Erik noch nicht den Stechbeitel benutzt, er war aber stark dehydriert und – zusammen mit Estelle – eingeliefert und an den Tropf gehängt worden. Was Göran mit Estelle vorgehabt hatte, war die einzige Frage, auf die er eine Antwort schuldig blieb. Estelle glaubte, er hätte sie am Leben gelassen. Es gab keinen Grund, über andere Alternativen zu spekulieren.

»Hattest du Gelegenheit, weiter über das Haus nachzudenken?«, fragte Carolina.

»Nein«, seufzte er. »Müssen wir uns damit so beeilen?«

Sie hob ihre sorgfältig gezupften Augenbrauen, und die senkrechte Zornesfalte dazwischen trat deutlich hervor.

»Ja, denn die Abgabe der Gebote hat schon angefangen.«

»Ich muss meine Oma anrufen«, sagte er. »Sie wurde heute aus dem Krankenhaus entlassen, und ich will mal hören, ob sie gut nach Hause gekommen ist.«

Er stand auf, obwohl er seine karge Mahlzeit noch nicht beendet hatte.

»Am Wochenende will ich sie mit Alfred besuchen. Willst du mitkommen?«

Carolina senkte den Blick, schaute die Rassel an, die zu Alfreds größtem Vergnügen auf den Boden schepperte. Johan hob sie auf, spülte sie ab und gab sie ihm auf dem Weg in den Flur zurück. Er hatte das Handy in der Jackentasche vergessen. Es klingelte in der Sekunde, als er danach griff.

Oma, dachte er.

Erstaunt stellte er fest, dass Ingemar Granstam der Anrufer war.

»Hallo, Ingemar«, meldete er sich und ging ins Arbeitszimmer.

Wieder landete die Rassel auf dem Boden, gefolgt von Alfreds Schrei. Johan schloss die Tür.

»Ja, hallo«, sagte Granstam.

Sie verständigten sich kurz über die letzten Maßnahmen im Fall Bylund. Dann räusperte sich Granstam. »Der Grund, warum ich anrufe, ist der, dass wir ein Angebot für Sie haben ...«

»Aha, was denn für eins?«, fragte Johan, als die Fortsetzung ausblieb.

»Einer unserer Kommissare in der Gruppe ist für unbestimmte Zeit krankgeschrieben worden, Lungenkrebs, und wir brauchen einen Ersatz.«

Johan starrte die Tür an, hörte, wie Carolina versuchte, Alfred aufzumuntern. Granstam sprach weiter: »Wir sind beeindruckt von Ihrer Leistung und glauben, Sie passen perfekt in die Gruppe. Ich habe mit der Landespolizeichefin gesprochen, und sie gibt ihren Segen dazu.«

»Das ist ja schmeichelhaft«, antwortete Johan und spürte, wie ungewohnt ihm diese Worte über die Lippen kamen. »Aber ich wohne doch in Sundsvall und habe Familie hier.«

»Das ist kein Problem«, meinte Granstam. »Wir arbeiten ja bekanntlich mit punktuellen Einsätzen, und ich nehme an, dass Sie während einer laufenden Mordermittlung ohnehin nicht so viel zu Hause sind, oder?«

Johan hörte zu und sah Granstams joviales Lächeln vor sich.

»Und einen Großteil der Arbeit bei der Erstellung von Profilen kann man auch von zu Hause aus erledigen ... wie Sie wissen, haben wir jede nur denkbare technische Unterstützung.«

»Was sagt Nathalie dazu? Ich meine, mit ihr habe ich ja am engsten zusammengearbeitet.«

»Sie hält das für eine ausgezeichnete Idee«, log Granstam, weil er davon ausging, dass das den Tatsachen entsprach.

Alfred brüllte, und Carolina klang erschöpft und aufgebracht.

»Wann sollte ich gegebenenfalls anfangen?«, fragte Johan leise.

»Sofort. Wir haben gerade einen neuen Fall auf den Tisch

gekriegt. Zwei vergewaltigte Studentinnen in Uppsala im Verlauf von drei Tagen, der erste Fall in der Walpurgisnacht. Der Täter versuchte die Mädchen zu erwürgen, und ich habe kürzlich Bescheid bekommen, dass noch eine Studentin vergewaltigt aufgefunden worden ist.«

Granstam legte eine Pause ein, und Johan sah sein besorgtes Gesicht vor sich, als er fortfuhr: »Diesmal handelt es sich leider nicht nur um Vergewaltigung. Die zwanzigjährige Hanna Eriksson wurde heute Morgen erdrosselt aufgefunden, wahrscheinlich vom selben Täter. Es gibt zwei seltsame Details beim Tathergang: In allen Fällen hat der Täter den linken Schuh des Opfers mitgenommen, und die Überfälle haben in oder in der Nähe von historischen Gebäuden stattgefunden. Und Hanna Eriksson wurde auf dem Obduktionstisch im anatomischen Theater im Gustavianum an der Universität gefunden.«

Johan stand still da, sah, wie ein Mann auf der anderen Seite der Bankgatan die Rollos gegen die untergehende Sonne herabließ. Granstam sprach weiter: »In allen Fällen sind die jungen Frauen zwanzig Jahre alt und Erstsemester. Mit Blick auf die wahnsinnige Steigerung des Täters ist es vermutlich nur eine Frage der Zeit, bis er wieder zuschlägt.«

»Ja«, stimmte Johan zu und spürte, wie das Handy an seinem Ohr warm wurde.

»Und ich weiß, dass Sie vor ein paar Jahren gute Arbeit bei der Klärung dieses Erdrosselungsmordes auf der beleuchteten Skiloipe geleistet haben«, fügte Granstam hinzu.

»Ich denke drüber nach. Kann ich morgen früh Bescheid sagen?«

»Ja, natürlich«, antwortete Granstam, als sei die Entscheidung schon gefallen.

Johan drückte das Telefongespräch aus und sah sein Gesicht in dem ausgeschalteten Bildschirm. Plötzlich war er wieder zwölf Jahre alt. Er saß in der Küche und aß Rhabarberpudding, als Opa ans Telefon ging. Er erinnerte sich an den unruhigen Blick seines Großvaters, seine Hände, wie sie durchs graue Haar und übers Gesicht strichen, das weiß wurde. Die Nachricht, dass seine Mutter und sein Vater bei einem Autounfall mit einem betrunkenen Autodieb am Steuer nördlich von Gävle ums Leben gekommen waren, die Entscheidung, Polizist zu werden, und das Versprechen, immer alles zu tun, um Verbrechen zu verhindern.

Dann wurde er zurück in die Wirklichkeit katapultiert, als Carolina die Tür öffnete. »Entschuldige, aber ich muss zur Toilette. Alfred ist im Laufstall im Wohnzimmer, nimmst du ihn?«

»Klar«, antwortete Johan und stand auf.

Nachwort

Danke an Polizeimeister Göran Westman und Anästhesist Erland Östberg für die wertvollen Aspekte bezogen sowohl auf die Handlung, die Sprache als auch die polizeilichen wie die medizinischen Beschreibungen.

Jonas Moström

So tödlich nah

Kriminalroman

Aus dem Schwedischen von Nora Pröfrock

ISBN 978-3-548-61328-4

Psychiaterin Nathalie Svensson unterstützt die Polizei bei besonders drastischen Fällen. Eines Nachts kann sie allerdings nur hilflos zusehen, wie ihr Liebhaber in Stockholm auf offener Straße erschossen wird. Er verblutet in ihren Armen. Sie fühlt sich in einem Alptraum gefangen, denn zehn Jahre zuvor wurde ihr damaliger Freund ebenfalls ermordet. Nathalie versucht, auf eigene Faust zu ermitteln. Doch jemand stellt ihr nach. Sie bekommt bedrohliche Nachrichten und hat das Gefühl, verfolgt zu werden. Gibt es einen Zusammenhang zwischen den beiden Morden? Und ist sie das eigentliche Ziel?

Lesen Sie hier, wie mit Nathalie Svenssons erstem Fall alles begann:

1

STOCKHOLM,
SONNTAG, 27. APRIL 2014

Nathalie Svensson bedankte sich für den Champagner, rutschte vom Barhocker und ließ den großzügigen, aber uncharismatischen Börsenmakler, dessen Namen sie schon wieder vergessen hatte, allein zurück. Er war ihr zu schüchtern und zu zögerlich gewesen. Es hätte sicher noch Wochen gedauert, bis er irgendetwas anderes unternommen hätte, als sie nur erneut auf einen Drink einzuladen. Außerdem hatte sie den Verdacht, dass er verheiratet war, auch wenn er das Gegenteil behauptete. Als sie zum ersten Mal miteinander angestoßen hatten, war ihr ein heller Streifen auf der sonnengebräunten Haut seines linken Ringfingers aufgefallen.

Auf dem Weg zur Garderobe geriet sie ins Schwanken, was nicht allein auf die neuen Dior-Schuhe mit den hohen Absätzen und die flackernden bunten Lichter zurückzuführen war, die die Discokugel in den Raum warf. Dem Glas Champagner war ein Dry Martini vorausgegangen, nachdem sie zum Essen bereits eine halbe Flasche Wein getrun-

$\sim$ LESEPROBE $\sim$

ken hatte. Das war offenbar mehr als sie vertrug, auch wenn sie sich wie gewohnt zwischendurch Wasser nachgeschenkt hatte.

Sie ließ sich ihren Mantel geben und fragte den etwas zu vorwitzigen Garderobier nach der Uhrzeit. Der lachte nur und antwortete: »Halb vier – soll ich ein Taxi rufen?«

»Nein danke, ist nicht nötig«, erwiderte sie und ging.

Vor dem Café Opera standen etwa zehn bis fünfzehn Leute Schlange. Die Türsteher ließen gerade zwei junge Typen zum VIP-Eingang hinein, die Nathalie aus dem Fernsehen kannte. Wahrscheinlich waren sie mal bei *X-Factor*, *Superstar* oder einer der anderen Talentshows aufgetreten, mit denen sie sich abends nach einem anstrengenden Tag in der Klinik berieseln ließ.

Kriegen die Leute eigentlich nie genug?, dachte sie und merkte im nächsten Moment, dass sie sich an die eigene Nase fassen musste. Sie lächelte den Türsteher an, als dieser die Absperrung für sie öffnete, konzentrierte sich darauf, einen möglichst nüchternen Eindruck zu machen, und steuerte auf den Fußgängerweg zwischen dem Kungsträdgården und dem Karl XII's Torg zu.

Die Luft war kühl. Über Stockholms Straßen und Plätzen lag eine angenehme Dunkelheit. Ein kleiner Spaziergang war jetzt genau das Richtige, wenn sie am nächsten Tag einigermaßen in Form sein wollte, um zur geplanten Zeit die Heimfahrt nach Uppsala anzutreten. Im besten Fall würde sie sich sogar noch zu ihrer üblichen Joggingrunde um den Kungliga Djurgården aufraffen. Für ihre fünfundvierzig Jahre sah Nathalie zwar nach wie vor gut aus, doch in letzter Zeit war ihr aufgefallen, dass sie schnell ein paar Kilo zunahm, wenn sie nicht für ausreichend Bewegung sorgte. Sie war schon immer eher mollig gewesen, aber die Kurven befanden sich bei ihr an den richtigen Stellen, so dass sie durchaus als attraktiv wahrgenommen wurde. Ein typisches »Plus Size Model«, wie Tyra Banks in *America's Next Top Model* zu sagen pflegte. Doch auch weiblichen Rundungen waren Grenzen gesetzt. Sobald Nathalie ihr Idealgewicht überschritt, fühlte sie sich nicht mehr sexy, sondern nur noch aufgedunsen.

Aus diesem Grund hatte sie – obwohl sie Sport verabscheute und immer behauptete, die wöchentlichen Chorproben genügten ihr als körperliche Betätigung – in ein Paar neonfarbige Laufschuhe investiert und angefangen, sich dreimal pro Woche zum Joggen zu zwingen (woraus gelegentlich auch zwei- oder keinmal wurde, wenn sie die Schuld aufs Wetter schieben konnte). Das Laufen fand sie genauso langweilig wie die Sportsendungen im Fernsehen, aber wenigstens konnte sie dabei Backstreet Boys, One Direction oder eine der anderen Boygroups hören, die sie vor ihren Kollegen und den Freunden im Chor lieber unerwähnt ließ.

Schon komisch, überlegte sie, als sie einem Fahrradfahrer auswich, der auf dem Radweg Richtung Oper angesaust kam. Heute gehe ich zum ersten Mal allein nach Hause, seit mein neues Leben begonnen hat.

Im Laufe des halben Jahres, in dem sie die Einzimmerwohnung in der Artillerigatan nun schon besaß, war sie ausnahmslos jedes kinderfreie Wochenende und hin und wieder auch wochentags nach Stockholm gependelt, um

LESEPROBE

sich mit Männern zu treffen, die sie im Internet oder beim Ausgehen kennengelernt hatte. Nach den neun Jahren Ehe mit Håkan, die sie zunehmend gelangweilt und eingeengt hatte, war sie nun endlich ausgebrochen. Hatte getan, wovon sie heimlich geträumt hatte, ihre Flügel getestet und herausgefunden, dass sie nach wie vor trugen.

Anfangs hatte sie es noch vorsichtig angehen lassen, doch mit dem wachsenden Selbstvertrauen, das ihre geglückten Eroberungen mit sich brachten, legte sie schließlich immer weitere Strecken zurück. Romantische Abendessen, verrückte Ausflüge und aufregender Sex. Neue Persönlichkeiten, neue Körper, neuer Spaß. Es war keinen Tag zu früh losgegangen.

Bis zu ihrer Trennung von Håkan hatte sie immer versucht, ein möglichst angepasstes Leben zu führen. In der Schule war sie brav und strebsam gewesen, hatte in sämtlichen Fächern Bestnoten erzielt. Nach dem Gymnasium wusste sie zunächst nicht, was aus ihr werden sollte. Nur, dass sie irgendeinen angesehenen Beruf ergreifen wollte, mit dem sie Menschen helfen konnte. So fiel ihre Wahl auf Medizin. Trotz aller Selbstzweifel und des Gefühls, nie gut genug zu sein, hatte sie diese Entscheidung nie bereut. Die Ehe mit Håkan hingegen bereute sie umso mehr.

Im Laufe der Jahre war es ihm geglückt, sie immer mehr in die Rolle der Anwaltsgattin und Mutter zu drängen, deren einzige Ziele im Leben darin bestanden, eine perfekte Fassade aufrechtzuerhalten, sich als Letzte hinten anzustellen und höchstens einmal pro Woche singen zu gehen. Ihre beruflichen Erfolge als Wissenschaftlerin und Psy-

⌒ LESEPROBE ⌒

chiaterin hatten in Håkans geldfixierter Welt keinerlei Bedeutung. Die Sicherheit war zur Tristesse verkommen, und sie hatte sich damit abgefunden.

Bis zu einem gewissen Dienstagabend zwei Wochen nach ihrem fünfundvierzigsten Geburtstag, als sie mit derselben Präzision und Sorgfalt wie immer die Spülmaschine einräumte. Mit einem Mal war es ihr so vorgekommen, als würde sie plötzlich von all der verlorenen Zeit eingeholt, als würden sich sämtliche unterdrückten Gefühle zu einer einzigen klaren Empfindung verdichten, und sie hatte sich vorgenommen, aus dem Gefängnis auszubrechen, das sie sich selbst errichtet hatte. Noch bevor sie die Spülmaschine anstellte, hatte sie den Entschluss gefasst, Håkan zu verlassen, auch wenn ihr das in dieser Deutlichkeit erst später bewusst wurde.

Nun wollte sie die verlorenen Jahre nachholen, und zwar so richtig. Der Schwarzweißfilm ihres Lebens sollte endlich Farbe bekommen. Nicht eine Sekunde würde sie mehr davon verpassen.

In aller Heimlichkeit hatte sie einen Teil ihres straff durchorganisierten Alltags, der sich bislang nur um Arbeit, Kinder und eine etwas zu fordernde Mutter gedreht hatte, gegen Freiheit, Glamour und unverbindliche Affären ausgetauscht. Endlich fühlte sie sich wieder attraktiv und glücklich – wie sie es ihrem Selbstverständnis nach im Grunde immer gewesen war. Und je wohler sie sich in ihrer Haut fühlte, desto besser kam sie auch bei den Männern an.

Tea und Gabriel gegenüber hatte sie zwar oft ein schlechtes Gewissen, doch das verflog, sobald sie sich vor Augen

⁓ LESEPROBE ⁓

hielt, dass es auch ihnen letztlich besserging. Gabriels ADHS-Symptome waren schwächer geworden, und das erste Halbjahr der zweiten Klasse hatte er zum größten Teil ohne Betreuer geschafft. Die stille und brave Tea spielte endlich mit ihren Freundinnen aus der Vorschulklasse, anstatt sich immer nur allein mit Büchern oder Computerspielen zu beschäftigen. Vor allem aber hatten die Kinder jetzt eine fröhlichere, zufriedenere Mutter.

Das große Problem war nur, dass Håkan nach der Trennung das alleinige Sorgerecht beantragt hatte. Nathalie war natürlich bereit, es sich mit ihm zu teilen, und im Grunde wollte er das auch, wie sie sehr wohl wusste. Seine Argumente beschränkten sich darauf, dass er sie für selbstbezogen und unverantwortlich hielt. Ihr Anwalt hatte ihr versichert, dass Håkan damit nicht durchkommen werde. Der Sorgerechtsstreit war Håkans Art, sie zu bestrafen. Nur ein weiterer Beweis dafür, dass es die richtige Entscheidung gewesen war, sich von ihm zu trennen.

Hin und wieder kam es ihr so vor, als wüsste Håkan, was sie in Stockholm tatsächlich trieb – dass sie nicht bei Louise übernachtete und nicht ganz so oft ins Theater und in die Oper ging, wie sie behauptete. Doch diese Gedanken konnte sie normalerweise abtun. Wenn Håkan von ihrem Doppelleben wüsste, hätte er sie längst damit konfrontiert. Das Schlimme war ja, dass er vor nichts zurückschreckte und sich im Kampf um die Kinder alles zunutze machen würde.

Mein Leben hat wirklich keinen Tag zu früh angefangen, sagte sie sich noch einmal. Altersmäßig war sie zwar noch

⎯⎯ LESEPROBE ⎯⎯

längst nicht am Ende der Fahnenstange angekommen, dennoch machten sich die Jahre inzwischen deutlicher bemerkbar. Sie würde spät, aber dafür lange blühen, sagte sie sich, genau wie der Frühling in diesem Jahr.

Sie ging am Blasieholmstorg vorbei und folgte der Arsenalsgatan weiter Richtung Nybroplan. Das Geräusch ihrer Absätze auf dem Gehweg hallte von den Steinfassaden wider, als wäre es das Einzige, was in der schlafenden Stadt in diesem Moment existierte. Wie immer machte sie einen Bogen um die Gullideckel mit einem A in der Mitte, die einem Stockholmer Aberglauben zufolge Unglück in der Liebe brachten, und lief kleine Umwege, um auf die Gullideckel mit einem K in der Mitte zu treten, über die das Gegenteil erzählt wurde.

Am Auktionshaus Bukowskis blieb sie unvermittelt stehen. Da war es wieder. Dieses deutliche Unbehagen. Das Gefühl, dass sie jemand verfolgte.

Ruckartig wandte sie sich um. Hinter ihr war alles still, es war niemand zu sehen. Sie atmete einmal tief durch und ließ den Blick über die Hauseingänge, Straßenecken und die Pferdestatue auf dem Blasieholmstorg gleiten.

Reine Einbildung, beruhigte sie sich und setzte ihren Weg fort. Verfluchte sich für ihre Schreckhaftigkeit, deren Ursache ihr jedoch durchaus bewusst war: eine Person in dunkelgrünem Anorak, die seit etwa einem Monat so gut wie überall aufzutauchen schien, wo sie sich befand. Nathalie hatte ihn oder sie immer nur aus relativ großem Abstand gesehen, vor dem Eingang des neuen Psychiatriegebäudes, vor dem Ikea in Boländerna und auf der Treppe vor

LESEPROBE

der Carolina Rediviva. Die Person war von durchschnittlicher Statur, trug ein blaues Paar Jeans und hatte die grüne Anorakkapuze stets über den Kopf gezogen, so dass das Gesicht nicht zu erkennen war.

Anfangs hatte sie das Ganze für einen Zufall gehalten, doch dafür war es mittlerweile einfach zu oft vorgekommen. Sie hatte keine Ahnung, um wen es sich bei dieser unbekannten Person handeln konnte. Natürlich hatte Nathalie eine ganze Reihe schwieriger Patienten und erhielt zum Teil auch Drohungen, wenn sie einem von ihnen mal wieder den Ausgang verwehrte oder keine Medikamente verschreiben wollte, die als Betäubungsmittel eingestuft waren. Einen konkreten Verdacht aber hegte sie nicht.

Als Ärztin musste sie mit gutem Beispiel vorangehen, vor allem jetzt, da man sie für ihre herausragenden Leistungen als Medizindozentin ausgezeichnet hatte. Ihre Studenten wären sicher überrascht, wenn sie wüssten, wie sie ihre Freizeit verbrachte.

Ob es vielleicht mit ihrer Tätigkeit für das schwedische Zentralkriminalamt zu tun hatte? Als führende Expertin für antisoziale Persönlichkeitsstörungen war sie mittlerweile inoffizielles Mitglied der Einheit für operative Fallanalyse, die für die Erstellung von Täterprofilen zuständig war. Ihre Doktorarbeit zu verdrängten Erinnerungen bei Psychopathen hatte große Aufmerksamkeit erregt, und um Weihnachten war sie an der Aufklärung des Mordes an einer Prostituierten in Malmö beteiligt gewesen.

Oder verfolgte sie da womöglich einer der Männer, mit denen sie sich privat getroffen hatte? Der Neurochirurg, der

LESEPROBE

Schreiner oder dieser Dichter, der noch auf seine erste Ver-
öffentlichung wartete? Nein. Auch wenn einige von ihnen
enttäuscht gewesen waren, als sie ihnen erklärte, dass sie
kein Interesse an weiteren Verabredungen hatte, war doch
keiner dabei gewesen, der offensichtlich gestört war.

Nathalie warf noch einen Blick über ihre Schulter. Die
Straße hinter ihr lag verlassen da, und allmählich beruhigte sich ihr Herzschlag wieder. Zuweilen, wenn Håkan
besonders aufdringlich wurde, hatte sie auch schon daran
gedacht, dass vielleicht er sie verfolgte. Dass er irgendein
dämliches Spiel mit ihr spielte, um ihr Angst zu machen.
Bei genauerem Nachdenken erschien ihr dieser Einfall jedoch zu weit hergeholt, und sie verwarf ihn sofort wieder.
Dieses Wochenende war Håkan zudem auf einer Konferenz
in Oslo.

Am Nybro-Imbiss blieb sie stehen und bestellte sich eine
Schokomilch und eine überbackene Wurst mit allem. Der
Verkäufer nickte müde, und kurz darauf bekam sie ihr def-
tiges Nachtmahl. Während sie gierig aß und trank, spürte
sie, wie ihr Kopf allmählich klarer wurde.

Als sie wenig später die Birger Jarlsgatan überquerte, vibrierte es plötzlich in ihrer Lederjacke. Sie zog das Handy
aus der Tasche und sah, dass sie eine SMS bekommen hatte.

Hallo, bist du noch wach? War im R und bin jetzt auf dem
Heimweg. Sollen wir uns sehen? Rickard.

Sie spürte Wärme in sich auflodern und musste lächeln. Er
kam wahrscheinlich aus dem Riche.

~ **LESEPROBE** ~

Gerne. Stehe gerade vor deinem Arbeitsplatz. ☺

Vor ein paar Monaten wäre ihr der Gedanke an ein Date mit dem jungen Nachwuchsstar des Königlichen Dramatischen Theaters ebenso lächerlich vorgekommen wie die Vorstellung, in einem tiefausgeschnittenen schwarzen Kleid an der Bar des Riche zu sitzen, nonchalant mit den Füßen zu wippen und die himbeerfarbenen Sohlen ihrer Schuhe, die perfekt zur Handtasche passten, aufblitzen zu lassen.

Die Nacht in seiner Wohnung vor ein paar Wochen war nicht zu übertreffen gewesen. Nathalie schloss einen Moment die Augen. Rief sich noch einmal seine Berührungen, die heisere Stimme und seine Ausdauer in Erinnerung.

Eine Weile blieb sie noch mit dem Handy in der Hand stehen und wartete, doch es kam keine Antwort. Nach etwa einer Minute stellte sie sich auf die Treppe hinter Strindbergs Bronzebüste und blickte über das Wasser. Langsam brach die Dämmerung über dem Vergnügungspark Gröna Lund herein. Nathalie fühlte sich ebenso zaghaft und ebenso glühend wie dieses Licht.

Über ihr flatterte eins der beiden Banner im Wind und brachte sie abrupt zurück in die Wirklichkeit. Eine Ankündigung für *Hamlet* mit Rickard in der Hauptrolle und für die neue Operninszenierung *Don Juan*. Ihr Vater hatte Karten für diese einzigartige Kooperation zwischen Theater und Oper besorgt. Die Vorstellung, die sie sich mit ihm und Louise ansehen würde, war diesen Freitag, wenn sie sich recht erinnerte.

Sie warf erneut einen Blick auf das Handydisplay. Noch

⁓ LESEPROBE ⁓

immer keine Antwort. Da sie nicht zu anhänglich wirken wollte, beschloss sie, einfach nach Hause zu gehen, doch genau in dem Moment vibrierte ihr Handy.

Komm in 10 Minuten zum Karlaplan.

Um nicht den Eindruck zu erwecken, sie stünde auf Abruf bereit, wartete sie zehn Sekunden, bevor sie antwortete:

Ok.

Wie immer, seit Håkan eines Abends in ihrem Handy herumgeschnüffelt hatte, löschte sie die Nachrichten sofort und steuerte dann auf den Strandavägen zu. Zwischen der Artillerigatan und der Sibyllegatan kam sie an Louises Praxis für plastische Chirurgie vorbei. Sie betrachtete die Fotos von all den schönen Männern und Frauen im Fenster und dachte über Louises Angebot nach, ihr den Busen anzuheben und etwas Fett am Bauch abzusaugen. »Nach der Scheidung von Frank habe ich das auch machen lassen, und ich habe es keinen Tag bereut«, hatte Louise ihr eines Abends bei ein paar Drinks im Sturehof gesagt. »Und du bekommst natürlich einen Freundschaftspreis.«

Ja, warum eigentlich nicht, überlegte Nathalie und knuffte sich die Brüste. Was ihre Größe und Festigkeit anging, konnte sie sich zwar nicht beschweren, aber wieso sollte sie sich mit etwas zufriedengeben, was nur noch besser werden konnte?

Dann fiel ihr Rickard wieder ein, und sie ging weiter. An

~ LESEPROBE ~

der Djurgårdsbrücke kehrte sie dem Wasser und dem errötenden Himmel den Rücken zu und bog in den Narvavägen ein. Gegenüber dem Historischen Museum kam sie an Franks Haustür vorbei. Sie fragte sich, ob er an diesem Abend wohl arbeitete, denn er hatte sich noch gar nicht bei ihr gemeldet. Sonst wollte er sich immer mit ihr treffen, wenn sie in der Stadt war. Sowohl er als auch Louise hatten nach ihrer Scheidung wieder verstärkt Kontakt zu ihr gesucht. Louise brauchte eine Freundin zum Quatschen und Spaßhaben, Frank jemanden, dem er sich anvertrauen konnte.

Nathalie warf einen Blick auf die Uhr. Seit der SMS war jetzt eine Viertelstunde vergangen. Ich komme also genau richtig, stellte sie bei sich fest.

Als sie am Fußgängerüberweg zum Karlaplan angelangt war, erblickte sie Rickard. Er stand ein Stück vom Springbrunnen entfernt und sah auf sein Handy. Sie hob die Hand und wollte ihm gerade etwas zurufen, hielt jedoch inne, als sie sah, wie plötzlich jemand von einer Bank am Springbrunnen aufstand. Mit energischen Schritten ging er – oder war es eine Sie? – auf Rickard zu, der mit dem Rücken zu der sich nähernden Gestalt dastand. Im Schein des erleuchteten Springbrunnens blitzte irgendetwas auf, was die Person in der Hand hielt. Nathalie kniff die Augen zusammen, um im Halbdunkel besser sehen zu können.

Dann ertönte ein dumpfer Knall, und Rickard sank zu Boden. Der oder die Unbekannte packte ihn unter den Armen, zog ihn zum Springbrunnen und hievte ihn ins Wasser.

⟨ LESEPROBE ⟩

Nathalie verstand nicht, was passierte. Die Nervenbahnen, die ihren Sehsinn mit dem Denkvermögen verknüpften, waren wie blockiert.

Schließlich rannte die Gestalt zu einem Fahrrad, das an einer der Ulmen um den Springbrunnen lehnte. Nathalie gefror das Blut in den Adern, als sie die dunkle Jacke erblickte. Wie gelähmt stand sie da und starrte der Person hinterher. Keine Kapuze, stattdessen trug der oder die Fremde eine schwarze Mütze auf dem Kopf. Im grauen Licht der Morgendämmerung und halb verborgen durch die dunkle Kleidung war das Gesicht nicht zu erkennen.

Erst als die Person in die Pedale trat und in Richtung U-Bahn-Haltestelle davonfuhr, stürzte Nathalie zum Springbrunnen. Mit dem Gefühl, dass alles unendlich lange dauerte, näherte sie sich dem Wasser.

Das Erste, was sie sah, als sie vor Rickard stand, war das Blut, das sich wie ein Heiligenschein um seinen Kopf ausbreitete. Er lag mit halbgeschlossenen Augen auf dem Rücken, die schwarzen Stiefel waren auf den Boden des Springbrunnens gesunken, sein grauer Mantel trieb im Wasser und wurde nach und nach dunkler.

Sie stieg in das Becken.

»Rickard?«, hörte sie sich sagen, halb als Frage. Im Rauschen des Springbrunnens war ihre Stimme kaum zu hören.

Sie fasste ihn am Nacken und hob seinen Kopf aus dem Wasser. Das Blut quoll nur so hervor, und sie spürte die klebrige Wärme an der Hand.

Rickard rang um Atem, er heftete den Blick auf sie. Unter Aufbringung seiner ganzen Kraft hob er die Hand und

LESEPROBE

drückte ihren Arm. Mit röchelnder, undeutlicher Stimme stotterte er: »Wi ... Wi ...«

Dann ging sein Blick ins Leere. Das Kinn sank auf seine Brust, der Körper erschlaffte und wurde gleich doppelt so schwer in ihren Armen.

Zwei Gedanken schossen ihr durch den Kopf.

Das hier passiert nicht.

Adam.

© für die deutsche Ausgabe Ullstein Buchverlage GmbH, Berlin 2017
© Jonas Moström, 2014
Titel der Originalausgabe: *Himlen är alltid högre*
(Lind & Co, Stockholm)

LESEPROBE

Camilla Läckberg

Die Schneelöwin

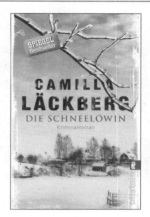

Aus dem Schwedischen von Katrin Frey.
Roman.
Taschenbuch.
Auch als E-Book erhältlich.
www.ullstein-taschenbuch.de

»Die erfolgreichste Schriftstellerin Schwedens.«
Brigitte

Ein junges Mädchen läuft verletzt auf die Landstraße, wenig später stirbt sie im Krankenhaus. Ihr Körper zeigt Zeichen schwerster Misshandlungen. Kommissar Patrik Hedström bittet seine Frau, die Schriftstellerin Erica Falck, ihm bei der Suche nach dem Täter zu helfen. Erica interviewt gerade eine Frau im Gefängnis, die vor vielen Jahren ihren Mann getötet hat. Ihr Motiv: Er hatte die gemeinsame, ungewöhnlich wilde Tochter im Keller angekettet. Hedström erhofft sich Hinweise auf Menschen, die Kinder quälen. Doch je länger Erica mit der Verurteilten spricht, umso mehr glaubt sie etwas Wichtiges übersehen zu haben.